REBECCA FLEET

Das andere Haus

GOLDMANN
Lesen erleben

Buch

Dramatische Zeiten liegen hinter Caroline und Francis, in denen ihre Beziehung fast zerbrochen ist. Nun wollen sie in einem gemeinsamen Urlaub Ruhe miteinander finden, und so zögern sie nicht lange, als sie ein Angebot zum Haustausch erhalten. Voller Hoffnung beziehen sie ihr Urlaubs-Domizil in der Nähe von London. Doch dort stößt Caroline auf Details, die sie zutiefst verstören: ein ganz spezieller Blumenstrauß, die eingelegte CD, ein vergessenes Rasierwasser; scheinbar harmlose Gegenstände, die in Wahrheit aber mit dem dunkelsten Kapitel ihres Lebens verbunden sind – und mit einem Menschen, den sie für immer vergessen wollte. Ist es möglich, dass er sie in eine Falle gelockt hat? Und wer ist nun in ihrer eigenen Wohnung? Es beginnt ein psychologisches Verwirrspiel, das sie und alle, die sie liebt, ins Verderben zu reißen droht …

Buch

Rebecca Fleet lebt in London und arbeitet in der Marketingbranche. »Das andere Haus« ist ihr Thriller-Debüt.

Rebecca Fleet

Das andere Haus

Psychothriller

Aus dem Englischen
von Eva Kemper

GOLDMANN

Die Originalausgabe erschien 2018 unter dem Titel »The House Swap«
bei Transworld, Penguin Random House UK, London.

Dieses Buch ist auch als E-Book erhältlich.

MIX
Papier aus verantwortungsvollen Quellen
FSC® C014496

Verlagsgruppe Random House FSC® N001967

1. Auflage
Taschenbuchausgabe April 2020

Umschlaggestaltung: UNO Werbeagentur, München
Umschlagmotiv: Irene Suchocki / Trevillion Images
FinePic®, München
CN · Herstellung: kw
Satz: KompetenzCenter, Mönchengladbach
Druck und Bindung: GGP Media GmbH, Pößneck
Printed in Germany
ISBN: 978-3-442-49007-3
www.goldmann-verlag.de

Besuchen Sie den Goldmann Verlag im Netz

Der Schlüssel gleitet ins Schloss und dreht sich, glatt und geschmeidig wie ein Silberfischchen. Letzte Nacht, als ich im Bett gelegen und auf die zitternden Schatten der Äste gestarrt habe, die über das Fenster strichen, habe ich mir diesen Moment schwieriger vorgestellt. Ich habe mit einem metallischen Scharren gerechnet. Mit Ruckeln und Widerstand. Nach allem, was mich hierhergeführt hat, habe ich das Gefühl, es sollte mühsamer sein. Aber es ist leicht – nahezu enttäuschend. Eine Eierschale, die man in der Hand zerdrückt und wegwirft.

Die Tür schwingt auf, und vor mir erstrecken sich Kieferndielen, sauber und glänzend poliert. Gleich vorne im Flur ragen starre grüne Zweige voller knalliger, offensichtlich künstlicher Beeren aus einer Ziervase. Der Spiegel zeigt mir eine Reihe gerahmter Fotos an der gegenüberliegenden Wand. Ich gehe hinein, schließe leise die Tür hinter mir und husche schnell durch den Flur. Den Fotos drehe ich den Rücken zu. Ich will sie nicht sehen, noch nicht. Bald.

Die Küche im ländlichen Stil wirkt in dieser Stadtwohnung im zweiten Stock seltsam deplatziert – alles ist in blassem Grün gehalten und geschmackvoll mit aufgehängten Töpfen und getrockneten Kräutersträußchen dekoriert. Auf dem Eichentisch liegt ein herausgerissenes Blatt Papier, unordentlich mit dunkler Tinte beschrieben. Willkommen!, *steht da.* Anleitungen für alle Elektrogeräte sind in der grünen Mappe im Wohnzimmer. Brot, Milch etc. im Kühlschrank – bedienen Sie sich. Rufen Sie ruhig an, wenn Sie etwas brauchen. Einen schönen Aufenthalt, und fühlen Sie sich ganz wie zu Hause! Caroline. *Ich starre lange auf ihren Namen. Auf das selbstbewusst geschwungene C, den Tintenklecks, wo der i-Punkt auf dem Blatt zerlaufen ist. Ich drücke den Handballen auf diesen Klecks und erwarte fast, er würde abfärben, aber natürlich ist er längst eingetrocknet.*

Irgendwann stehe ich auf und koche Kaffee. Ich werde Carolines Einladung folgen. Ich werde mich wie zu Hause fühlen. Ich setze mich mit dem Kaffee an den Tisch und stelle mir die Zimmer vor, die noch zu erkunden sind. Die Geheimnisse, die vielleicht dort versteckt sind und in ihren Habseligkeiten vergraben darauf warten, ans Tageslicht geholt zu werden. Ich muss an den Fuchs denken, den ich heute Morgen zusammengekauert am Straßenrand gesehen habe. Er hat sich an einem Kadaver zu schaffen gemacht, den man nicht erkennen konnte – seine blutigen Krallen blitzten silbern auf, als er seine Beute herauszerrte. Das hier wird genauso. Schmutzig, unerquicklich. So muss es sein. So will ich es. Nur so geht es unter die Haut.

Unterwegs

Caroline, Mai 2015

Als wir in die Straße einbiegen, ist mein erster Gedanke, dass in dieser Gegend alle Häuser gleich aussehen. Adrette getünchte Kästen mit fast quadratischen kleinen Fenstern und flach abfallenden Dächern. Und vor beinahe jedem Haus stehen Blumenkästen – ordentlich aufgereiht auf den unteren Fensterbänken und einheitlich mit weißen und violetten Stiefmütterchen bepflanzt, als würden sie einer Art Kleiderordnung unterliegen. Etwa dreißig dieser Häuser dürften hier stehen, alle schön vom gleichen Fließband gelaufen.

»Willkommen in der Vorstadt«, sagt Francis und blinzelt hinter dem Lenkrad in die untergehende Sonne, die auf die Windschutzscheibe knallt. »Hoffentlich bist du jetzt zufrieden.« Sein Ton ist gewollt grummelig und selbstironisch.

»So schlimm ist es doch nicht.« Die Antwort kommt automatisch, bevor ich überlegen kann, ob ich es auch so meine. In letzter Zeit führen wir immer wieder Gespräche im Schnelldurchlauf. Als Schlagabtausch, als Hin und Her. Gegeneinander, aber nicht bedrohlich, wie zwei Kinder, die sich auf dem Spielplatz harmlos zanken. Francis wirft mir einen schiefen Blick zu und verzieht das Gesicht.

Ich starre aus dem Fenster, während wir die schmale

Straße entlangschleichen, und betrachte wieder die Häuserreihe. Als ich genauer hinsehe, entdecke ich die leisen individuellen Noten, die manche Eigentümer gesetzt haben. Hier ein auffällig gestrichenes Garagentor, da ein elegantes goldenes Schild mit der Hausnummer. Eines der Häuser, Nummer 14, ist etwas weniger schick als die anderen – die Wände sind leicht angeschmutzt, das Gras höher und mehr von Unkraut durchsetzt.

»Die blamieren die ganze Straße«, sage ich und zeige aus dem Fenster. »Bald steigt ihnen die Nachbarschaftswache aufs Dach.« Francis lächelt matt, ohne richtig zuzuhören.

»Einundzwanzig, richtig?«, fragt er, während er schon in die Auffahrt einbiegt. Ich mustere das Haus und suche nach Eigenheiten, aber es gibt keine. Der Rasen ist akkurat gemäht, und die kleinen, gerafften Gardinen an den Fenstern sind weiß und makellos. Im Haus brennt keine Lampe, und einen Moment lang sehe ich im hellen Scheinwerferlicht, wie sich unser Auto in den Erdgeschossfenstern spiegelt, mit uns Seite an Seite als dunkle Schatten. Ohne rechten Grund überläuft mich bei dem Anblick ein unbehaglicher Schauer – ein vager, irrationaler Impuls, der so schnell verfliegt, wie er gekommen ist.

»Sieht nicht schlecht aus.« Ich winde mich aus dem Sicherheitsgurt und stoße die Autotür auf. Draußen ist es kälter, als ich gedacht habe, der Wind fährt mir kribbelig über den Nacken. Francis steigt auf der Fahrerseite aus und zeigt demonstrativ, dass seine Beine schmerzen. Die Fahrt von Leeds hierher hat gute vier Stunden gedauert – was keine schlechte Zeit ist, aber lang genug für dieses eingerostete, lethargische Gefühl, wenn man Ewigkeiten eingeengt war und sich nicht bewegen konnte. Früher hätten wir uns beim Fahren abgewechselt, aber kurz, nachdem ich aufgehört habe, es anzubieten, hat er aufgehört zu fragen.

»Ja, so weit. Ein paar Stunden mehr, und wir hätten in Paris sein können.« Francis lächelt mich wehmütig an. »Romantische Spaziergänge auf den Champs-Élysées. Eine schöne Tasse Café au Lait und ein Croissant wären jetzt genau das Richtige.«

»Ich weiß«, gebe ich zu, »aber ich fand das einfach zu kompliziert und ein bisschen weit zu fahren, mit Eddie zu Hause und allem. Nimm es als Probelauf, um zu sehen, wie es funktioniert. Vielleicht nächstes Jahr.«

Das ist ein altes Thema. Von Anfang an hat Francis für diese Woche deutlich ambitioniertere Reisepläne geschmiedet als ich. Aber als ich zögerlich die Sache mit dem Haustausch vorgeschlagen habe, kam seine Begeisterung trotzdem wie aus heiterem Himmel, in Sekundenschnelle hat er von Apathie zu fieberhafter Energie umgeschaltet. Er war so dankbar, weil er dachte, ich hätte die Initiative ergriffen, dass ich ihm gar nicht die Wahrheit sagen wollte: Ich hatte mich vor Monaten aus einer trägen Laune heraus auf der Haustauschseite angemeldet und nicht mehr daran gedacht. Die Benachrichtigung hatte ich nur zufällig gesehen, als ich meinen Spamordner auf der Suche nach einer falsch einsortierten Mail von einer Freundin durchforstet hatte. *Jemand möchte mit dir tauschen!* Ein verlockender Köder, der mich sofort am Haken hatte. Ich klickte den Link an, und da war sie: eine höfliche, neutrale Nachricht von jemandem, der mit S. Kennedy unterschrieben hatte und an unserer Wohnung in der Innenstadt von Leeds interessiert war. Im Gegenzug bot er sein Haus in Chiswick an, falls wir einen passenden Zeitraum finden sollten.

Ich hatte die Fotos von der Everdene Avenue, Hausnummer 21, durchgescrollt – unaufdringliche Inneneinrichtung, kühle, blasse Wände, gepflegter Rasen vor dem Haus –, aber ehrlich gesagt hatte ich sie kaum wahrgenommen. Ich konnte nur daran denken, dass sich hier eine Gelegenheit zu einem äußerst günstigen Tapetenwechsel bot, zu einer Woche Urlaub nur für uns zwei, wenn meine Mutter Eddie nehmen könnte. So nahe an London, dass wir bei Tagesausflügen die Sehenswürdigkeiten abklappern konnten, aber weit genug draußen, um uns eine Pause vom Stadtleben zu gönnen. Vor Monaten hatten wir mit dem Gedanken gespielt, in Spanien Urlaub zu machen, und ihn wieder fallen lassen. Zu teuer und zu umständlich, zumindest hatten wir das beide gesagt. Vielleicht hatte auch Francis sich insgeheim von der Aussicht auf ein exotisch heißes Hotelzimmer und Abende auf der Terrasse bei Mimosenduft und Kerzenschein einschüchtern lassen.

Francis sucht unter den Blumentöpfen neben dem Haus nach dem Schlüssel und findet ihn. »Mach dich auf was gefasst«, sagt er und fuchtelt mit dem Schlüssel herum. »Gleich finden wir in der Küche einen Haufen verwesender Leichen.«

Ich verdrehe die Augen und ignoriere dabei den kräftigen Schauder, der mir plötzlich über den Rücken läuft. So albern sein Spruch auch ist, werde ich doch das Gefühl nicht los, dass es sehr seltsam ist, im Haus eines Fremden zu wohnen. Mir fällt eine Sendung ein, die ich vor ein paar Monaten gesehen habe: Ein durchgedrehter Hellseher lief durch ein Haus, in dem es angeblich spukte, und faselte etwas von früheren Tragödien, die ins Gemäuer gedrungen waren. Ich habe mich über ihn lustig gemacht, aber nachts habe ich geträumt, ich würde durch stille Zimmer und kühle, dunkle Flure laufen und ihre verpestete, schwere Luft atmen.

Nachdem Francis die Tür aufgeschlossen und geöffnet hat, bleiben wir stumm auf der Schwelle stehen. »Tja«, sagt er schließlich, »wir hätten uns keine Sorgen machen müssen. Die Polizei war schon da und hat das Haus leer geräumt.«

Ich lächle matt, lasse aber nur unsere Umgebung auf mich

wirken. Ein so unbewohntes Haus habe ich noch nie gesehen. An den Wänden hängt nichts, nicht einmal ein Spiegel. Helle Kieferndielen, glatte, nackte Türen zu den angrenzenden, fast unmöblierten Zimmern. Ein Wohnzimmer mit einem schwarzen Ledersofa, klotzig und schnörkellos, und einem mager bestückten Bücherregal. Am Ende des Flurs sehe ich einen Teil der Küche – ein blanker Kieferntisch steht vor einem glänzenden Ofen, der aussieht, als wäre er gerade erst eingebaut worden.

»Ist das … normal?«, fragt Francis. Er geht zögerlich durch den Flur und späht in ein Zimmer nach dem anderen, bevor er mir die Treppe nach oben folgt. »Ich meine, es ist nicht besonders …«

»Gemütlich«, beende ich den Satz, als wir das Schlafzimmer erreichen. Es könnte ein Ausstellungsstück in einer modernen Kunstsammlung sein. Das Doppelbett mit einem dunkelbraunen Oberbett und zwei Kissen ist ordentlich gemacht, daneben steht ein Nachtschränkchen, in der Ecke ragt ein Kleiderschrank auf, aber persönliche Dinge findet man hier ebenso wenig wie in den anderen Zimmern.

Auf einem der Kissen liegt ein weißes Blatt Papier, präzise in der Mitte geknickt. Ich falte es auseinander; die Worte sind mit dem Computer geschrieben, in einer kleinen, zentrierten Schrift. *Liebe Caroline*, steht da, *ich wünsche Ihnen einen schönen Aufenthalt. Infos in der Mappe in der Küche. Greifen Sie bei allem, was Sie sehen, ruhig zu. S.*

Ich lese den Zettel Francis vor, der vor Lachen nach Luft schnappt, bevor ich fertig bin. »Was denn?«, frage ich gereizt. »Was ist daran so witzig?«

Francis braucht einen Moment, um sich zu sammeln. »Wo soll ich da anfangen?«, fragt er. »Dass sie nur dich anspricht und mich komplett ignoriert. Die Vorstellung, wie du bei irgendwas zugreifst, obwohl hier ein Dreck ist, soweit ich das sehen kann. Dass der Zettel auf dem Bett gelegen hat wie ein Liebesbrief und ich noch nie das Vergnügen hatte, etwas so Unromantisches aus zweiter Hand zu hören. Die ganze Sache ist …«

»Schon gut. Ja?« Ich knülle den Zettel zusammen, werfe ihn nach Francis und muss dabei selbst lachen. »Es war doch bestimmt nett gemeint. Und das Haus ist vielleicht ein bisschen einfach, aber wir müssen nicht die ganze Zeit hierbleiben, oder? Wir können nach London fahren, abends essen gehen. Deshalb sind wir doch hier.«

Francis zuckt mit den Schultern. »Stimmt. Na ja, unter anderem.«

Ich schaue ihn quer durchs Zimmer hinweg an, und plötzlich verändert sich die Stimmung, sie kippt, unser Lachen wird von der Entfernung zwischen uns aufgesogen. Die Stille hält zu lange an, um den Moment zurückzuholen, und ich lasse zu, dass sie sich weiter dehnt. An die Schlafzimmerwand gelehnt blicke ich zum Dachfenster, das die Sonne in spröder Helligkeit erstrahlen lässt. Ich muss ihn nicht ansehen, um seinen Gesichtsausdruck zu kennen: verloren und geistesabwesend, eine seltsame Mischung von Auflehnung und Bedauern.

»Okay …«, sage ich, einfach, um irgendwas zu sagen, und spüre dabei, wie Panik in mir aufsteigt. Schon jetzt vermisse ich Eddie, ihn und die Brücke, die er zwischen uns schlägt, die Liebe und Aufmerksamkeit, die wir beide ihm schenken. Plötzlich bleibt nur noch der klaustrophobische Schrecken, in diesem fremden Haus mit meinem Mann eingesperrt zu sein, sieben ganze Tage lang, von denen mir jede Stunde wie eine potenzielle Landmine vorkommt, um die wir herumschleichen müssen. Als müssten wir alles vermeiden, was den immer noch brüchigen Waffenstillstand, den wir in den letzten zwei Jahren ausgehandelt haben, explodieren lassen könnte. Es erscheint mir seltsam passend, dass dieses Haus so leer ist: aufs Wesentliche reduziert, ohne eine Möglichkeit, sich zu verstecken. Und genau darum geht es. Wir sind das Versteckspiel leid. Früher oder später müssen wir wieder ins Licht treten und uns ansehen, was wir haben, und herausfinden, ob es genug ist. Als ich mir mit der Hand über das Gesicht fahre, ist meine Handfläche feucht.

»Dann packen wir mal aus!« Francis schlägt einen beiläufig fröhlichen Ton an. Er öffnet den Reißverschluss unseres Koffers, der auf dem Bett liegt, holt die Kleidung heraus, schüttelt die Falten aus. »Ist ja gut, wenn das schon erledigt ist.« Er lächelt, sein Blick strahlt Wärme aus, aber ich glaube zu verstehen, was das Lächeln mir sagen will. Machen wir weiter und vergraben den Augenblick wieder da, wo er hergekommen ist.

»Ich gehe ins Bad«, sage ich, »und dann helfe ich dir.« Ich brauche einen Moment, um meine angespannten Nerven zu beruhigen. Mit hämmerndem Herzen gehe ich durch den Flur zum Bad. Meine Schritte sind auf den polierten Dielen erstaunlich laut, harte, kurze, hallende Klänge in der stillen Luft, und ich gehe unwillkürlich schneller. Auf eine seltsame Art erinnert es mich daran, wie ich als Kind rasch über den Flur zwischen dem Schlafzimmer meiner Eltern und meinem Zimmer gelaufen bin – mit dem vagen, fast übernatürlichen Gefühl, ich wäre nicht allein.

Ich schüttle die Erinnerung ab und öffne die Badezimmertür. Auch dieser Raum erstrahlt mit seinen marmornen Oberflächen und glänzenden Armaturen in jungfräulicher, tadelloser Sauberkeit. Das Fenster steht ein, zwei Fingerbreit offen. Der Wind fährt leicht durch den Spalt und zupft an meinem Blusenkragen.

Ich will weitergehen, aber ich stehe wie angewurzelt in der Tür und starre auf die Vase auf dem Fenstersims. Ein

Strauß blassrosa Rosen, hübsch arrangiert und kurz vor dem Aufblühen. Ich versuche, die Gedanken zurückzudrängen, aber sie sind zu schnell für mich. Verzweiflung fährt mit Wucht durch meinen Körper – ein Sekundenbruchteil der Unausweichlichkeit, bevor die Erinnerung mich trifft und explodiert, so lebhaft, dass ich sie nicht unterdrücken kann. So viele Monate lang habe ich sorgsam alles verdrängt und verleugnet, und dann reicht ein Blick auf eine Handvoll gewölbter rosa Blütenblätter. Und schon bist du wieder in meinem Kopf.

Zu Hause

Caroline, Dezember 2012

Wieder wache ich allein auf. Im Schlaf habe ich mich aus meiner gekrümmten Haltung gedreht und gestreckt und mich auf seiner Betthälfte breitgemacht. Die Laken sind glatt und kühl. Ich weiß nicht mehr, ob wir die Nacht zusammen oder getrennt begonnen haben.

Die Uhr auf dem Nachttisch zeigt Viertel vor sieben an, und das Zimmer ist von mattem Licht erfüllt, das durch die Vorhänge sickert. Ich bleibe fünf, vielleicht zehn Minuten lang liegen und lausche in der Stille auf Geräusche. Nichts. Langsam mühe ich mich aus dem Bett hoch und ziehe meinen Bademantel an. An meinen Schläfen spüre ich schon jetzt stechende Schmerzen, und ich greife nach dem Wasserglas auf dem Nachttisch, aber es ist leer. Trotzdem krame ich die kleine Schachtel Schmerztabletten hervor. Schlucke zwei hinunter, verziehe das Gesicht, als das gepresste Puder im Rachen kratzt. Als ich mein Gesicht im gekippten Spiegel neben der Tür sehe, wird mir plötzlich schwindlig. Blasse Haut, die Augen von verlaufener Wimperntusche verschmiert. Mittlerweile mache ich mir nur noch selten die Mühe, mich vor dem Schlafengehen abzuschminken. Wie so vieles andere scheint es seinen Sinn verloren zu haben, aufgefressen von den Mühen der nackten Existenz.

Ich schleiche mich in den Flur. Jetzt kann ich die blechernen Klangwellen hören, die unablässig aus dem Wohnzimmer schwappen: dramatische Musik, abgehackt murmelnde Stimmen. Ich öffne die Tür und spähe hinein. Flimmerndes Licht dringt aus dem Laptop und wirft einen matten Schein in die Dunkelheit. Und da sitzt er, den Kopf aufgestützt, den Ellbogen auf der Sofalehne. Starrt auf den Bildschirm. Eine skandinavische Krimiserie: die Einrichtung beige und cremefarben, hagere Männer in Uniform, die in ihrer fremden Sprache knapp und missmutig klingen.

»Francis«, sage ich, aber er reagiert nicht.

Zitternd hocke ich mich auf die Sofakante. »Du bist nicht ins Bett gekommen«, sage ich. Ich habe geraten, aber er widerspricht nicht, zuckt nur fast unmerklich mit den Schultern.

»Bin hier eingeschlafen«, sagt er schließlich. »Dann aufgewacht.« Sein Blick ist leer und glasig, immer noch auf den Monitor gerichtet. Er scheint nur noch zu schlafen, aber wenn ich ihn so ansehe, erinnert er mich vor allem an die Schwarz-Weiß-Fotos von Folteropfern, die von ihren Entführern tagelang wach gehalten wurden.

»Wie schade«, sage ich. Es ist sinnlos. Ich habe keine Ahnung, was ihn mitten in der Nacht aufschrecken lässt. Sein Kopf ist keine offene Höhle mehr, so wie früher. Früher konnte ich ganz einfach hineinklettern, seine Gedanken lesen und berühren, als wären sie meine eigenen. Jetzt ist sein Kopf eine Festung. Ich taste mich durch die Dunkelheit und suche einen Schlüssel, den es nicht gibt.

Die Folge auf dem Computer endet. Der Abspann läuft klein und verschwommen vor einem grauen, verwaschenen Hintergrund. Dabei wird ein düsterer Klangteppich gewebt, die Art unheilvoller, unablässiger Musik, bei der ich immer das Gefühl habe, ich würde ersticken. Ich merke, dass meine

Haut heiß ist. Einen Moment lang glaube ich, ich werde ohnmächtig. Ich kneife die Augen zusammen und bohre meine Fingernägel in die Handflächen. »Arbeitest du heute?«, frage ich. »Hast du Termine?« Ich kann mich nicht daran erinnern, wann er zum letzten Mal mit Sicherheit in der Klinik war. Ich versuche mir vorzustellen, wie der Mann neben mir auf seinem Therapeutenstuhl sitzt und seinen Patienten zuhört. Es ist erschreckend, wie schwer es mir fällt.

Francis wirkt ein wenig gequält, als hätte ich ihn an etwas Unangenehmes erinnert. »Nein.«

»Okay.« Ich zögere, weil ich weiß, dass ich nicht weiterreden sollte. Es ist zu spät; die Worte steigen empor und drängen über meine Lippen. »Und was willst du dann machen? Hast du was vor?«

Er knallt den Laptop zu, und damit verschwindet schlagartig das Licht aus dem Zimmer, wir sitzen im Halbdunkeln da. »Nein«, wiederholt er nach einer Weile. Ich betrachte sein Profil, will ihn dazu bringen, mich anzusehen, aber er rührt sich nicht, und am Ende gebe ich auf und gehe.

Im Bad wische ich mir das Make-up von gestern Abend ab und schminke mich für den neuen Tag. Ich konzentriere mich immer nur auf Bruchstücke meines Gesichts, rubbele einen kleinen Bereich nach dem anderen sorgfältig ab und erneuere. Ich schmiere mir dick Grundierung ins Gesicht, trage sorgsam Lidschatten auf, fahre mit dem schwarzen Eyeliner bis zu den Augenwinkeln. Zuletzt wähle ich einen dunkelrosa Lippenstift aus, streiche ihn langsam auf die Lippen, presse sie zusammen, damit die Farbe hält. Erst dann gehe ich einen Schritt zurück und mustere mein Spiegelbild. Ich sehe gut aus. Besser, als ich sollte. Trotzdem blicke ich mir in letzter Zeit nicht gerne in die Augen. Ich fürchte, ich könnte dort etwas erkennen, das ich nicht ausstrahlen will. Enttäuschung vielleicht oder Traurigkeit. Irgendetwas.

»Mummy, Mummy.« Eddies gutmütig quengelnde Stimme schallt durch den Flur. Ich sehe auf meine Uhr. Schon halb acht, in gerade mal einer Stunde müssen wir fertig sein und gehen. Dann die Hetze zum Kindergarten, mit dem Bus zurück in die Stadt ins Büro, acht Stunden an meinem Schreibtisch, in denen ich in Gedanken immer wieder Francis allein im Haus sehe und mich frage, was er macht, was er denkt. Allein die Vorstellung ist zermürbend.

Ich könnte wieder ins Bett gehen. Der Gedanke taucht einfach in meinem Kopf auf, rein und lieblich wie Wasser, als ich durch den Flur gehe und Eddies Zimmertür öffne. Mich krankmelden, mir die Decke über den Kopf ziehen und noch acht oder neun Stunden schlafen. Aber das werde ich nicht tun.

»Guten Morgen!«, trällere ich und ziehe die Vorhänge auf. Ich beuge mich über sein Bett, ziehe ihn an mich und spüre, wie sich seine heißen Fingerchen hinter meinem Nacken verschränken.

Ich beginne mit unserem allmorgendlichen Ritual. Anziehen, frühstücken, Zähne putzen. Erst das eine, dann das Nächste. So kommt man durchs Leben. So geht das.

»Heute ist Kindergarten«, sage ich Eddie. »Was wirst du da wohl machen?«

Demonstrativ nachdenklich legt er den Kopf schief. »Weiß nicht«, sagt er langsam. »Spielen, glaube ich.«

»Das könnte hinkommen.« Ich lächle, und er strahlt mich an, weil er merkt, dass er einen Witz gemacht hat. »Und hab ganz viel Spaß dabei«, füge ich hinzu.

Um halb neun kämme ich ihm die blonden Haare, mit zwanzig Bürstenstrichen, die ich im Kopf mitzähle. Er murmelt leise vor sich hin und bewegt zwei Plastiktiere in einem komplizierten Spiel auf seinem Schoß hin und her. »Was machen sie?«, frage ich. Statt zu antworten, sieht er mich an und kneift belustigt-misstrauisch die grauen Augen zusammen. Manchmal kommt mir seine Mimik seltsam erwachsen vor, als wäre sie viel länger als die zweieinhalb Jahre gereift, die sie sich auf seinem Gesicht entwickeln konnte.

Ich lege die Bürste weg und ziehe sein T-Shirt glatt. »Sag Daddy tschüss«, sage ich, und er trippelt eifrig ins Wohnzimmer. Ich höre, wie Francis ihn als schicken Jungen lobt und ihm sagt, er solle brav sein und viel Spaß haben. Er klingt freundlich, sogar liebevoll. Völlig normal. Der Gedanke heitert mich auf, und ich laufe schnell zu ihnen. Tatsächlich, Francis lächelt und streichelt Eddie über den Kopf.

»Wir gehen dann«, sage ich. Eddie schlüpft aus dem Zimmer, er kennt den Ablauf und poltert den Flur hinunter zur Wohnungstür, um auf mich zu warten. Sobald er draußen ist, kippt die Stimmung. Francis setzt sich wieder, klappt den Laptop auf und konzentriert sich auf den Bildschirm.

»Ist gut«, sagt er.

»Denkst du daran, Eddie abzuholen? Ich habe heute Abend diese Feier mit den Kollegen, weißt du noch?«

Verärgert blickt er auf. »Ja, weiß ich«, fährt er mich an. »Hast du mir schon gesagt. Drei oder vier Mal.«

Ich verkneife mir die Antwort, die mir sofort auf der Zunge liegt – den Vorwurf, dass es zurzeit offenbar reiner Zufall ist, woran er sich erinnert, gefiltert von einem unsichtbaren System, das geringste Fehltritte oder ein unbedachtes Wort jahrelang festhält, aber Daten, Zeiten und Termine wie zarte Zuckerwattewolken davontreiben lässt. »Schön«, sage ich. Ich weiß, dass ich schroff und unfreundlich klinge. »Bleib meinetwegen nicht auf.« Das triviale Klischee steht nichtssagend im Raum.

Francis lehnt sich zurück und seufzt, ein resignierter Atemstoß, bei dem sich mir die Nackenhaare aufstellen. »Bis dann«, sagt er tonlos, und wie aus heiterem Himmel denke ich daran, ihn zu berühren, und frage mich, ob es etwas ändern würde, wenn ich zu ihm gehen, mich vor ihn knien und ihm die Hände an die Stirn legen, seine Haare zurückstreichen und ihn auf den Mund küssen würde. Die Vorstellung wirkt seltsam verlockend, trotzdem rühre ich mich nicht.

Ich verabschiede mich und überlege hin und her, was ich noch sagen könnte. Es gibt nichts.

In der Bar ist es heiß und dunkel, an den Wänden blinken Lichterketten. Ein Blick auf die Uhr zeigt mir, dass es schon kurz vor zehn ist. Tagelang hat mir vor dieser Party gegraut, weil ich mir nicht vorstellen konnte, dass mir auch nur ansatzweise zum Feiern zumute sein würde, aber jetzt spüre ich nur noch Erleichterung. In letzter Zeit kam es mir vor, als würde ich zwischen Zuhause und Büro hin- und herhetzen wie eine Ratte im Laufrad, mit gelegentlichen Pausen für ein lustloses Abendessen mit einer Freundin voller Plattitüden und Lügen und mit Zapfenstreich um neun. Ich war lange nicht mehr mit einer Gruppe aus oder habe dieses kurze Glitzerkleid getragen, das ich zum Umziehen mitgenommen habe.

Ich senke den Blick, streiche den Stoff auf meinen Oberschenkeln glatt und sehe, wie er schimmert, und aus irgendeinem Grund muss ich kichern. Offenbar bin ich schon ziemlich betrunken. Mein Kopf fühlt sich angenehm schwummrig und betäubt an. Auf der anderen Seite des Tisches versucht Steven halbherzig, seine Autorität als Chef zu beweisen, und gibt laut einen langatmigen Toast zum Besten. »Wir alle haben hart gearbeitet …«, bekomme ich mit. »Jetzt wollen wir feiern und freuen uns auf ein neues Jahr mit …«

Worauf genau wir uns freuen sollen, geht in allgemeiner

Zustimmung und lautem Anstoßen unter. Es ist sowieso nicht besonders wichtig; die Media-Sales-Welt hat ihre Grenzen. Ich schnappe mir mein Glas und schließe mich dem Toast an, ohne darauf zu achten, dass mir das Getränk über die Hand schwappt. Ich kippe den Rest hinunter und verziehe das Gesicht, als mir der Alkohol in der Kehle brennt. In letzter Zeit trinke ich nicht viel. Mir ist schwindlig, ich will zur Toilette gehen. Ich stupse Julie neben mir an, um ihr zu sagen, dass ich aufstehen will. Sie rückt auf der Bank weiter, bis sie fast auf den Schoß eines Juniorverkäufers fällt, den es nicht besonders zu stören scheint. »Lass dir Zeit«, ruft sie und zwinkert mir zu. Ich verdrehe im Spaß die Augen, obwohl mir so etwas wie Neid einen Stich versetzt.

Ich laufe durch die Bar. Um mich herum hämmert die Musik, aber in meinem Kopf höre ich das sanfte Klackern meiner hohen Absätze auf dem glänzenden Boden, klar und rhythmisch, jedes Klicken vibriert in meinem Körper. Über mir schimmern Punktstrahler, die sich verschwommen auf der glatten Metalltheke spiegeln. Als ich näher komme, entdecke ich in dem Gedränge und Geschiebe Carl. Er beugt den Kopf über sein Handy und starrt mit zusammengekniffenen Augen auf das erleuchtete Display.

»So wirst du nie bedient«, sage ich im Vorbeigehen, und er schaut auf und lacht und wirft einen Blick zur Theke, während er sein Handy wegsteckt.

»Ja«, antwortet er, »bin abgelenkt worden. Das dauert scheißlange. Ich weiß gar nicht mehr, was alle wollen.«

»Hol einfach ein paar Limos.« Grinsend zucke ich mit den Schultern.

»Genau«, sagt er. »Die sind alle so besoffen, dass sie es gar nicht mitkriegen.«

»Im Gegensatz zu dir«, gebe ich zurück.

»Oder dir. Wir sind die einzig Vernünftigen hier.«

»Stimmt.« Solche kleinen Plänkeleien mit Carl ergeben sich wie von selbst. Achtzehn Monate lang fünf Tage die Woche auf demselben Stückchen Teppich herumzulaufen hat zwischen uns eine Freundschaft entstehen lassen, die mir wichtig geworden ist. Er ist acht Jahre jünger als ich, aber wir haben die gleiche Einstellung zu unserem Job – eine Mischung aus gelangweilter Vertrautheit, Frust über unsere Kollegen und gelegentlich aufblitzender Begeisterung und Interesse.

»Amüsierst du dich gut?«, fragt er. Er gibt den Versuch auf, den Barkeeper auf sich aufmerksam zu machen, und wendet sich stattdessen mir zu.

»Ja, es ist echt nett.« Ich lehne mich eifrig nach vorn, um meine Antwort zu unterstreichen, und dabei rutscht mein Absatz weg. Ich gerate ins Stolpern und taumele gegen ihn. Sein Jackenärmel streicht über meine nackte Haut.

»Schön langsam.« Er richtet mich auf. Seine dunklen Augen wirken belustigt, sie blitzen im Schein der Lampen, die auf der Theke glitzern.

»Tut mir leid«, sage ich lachend. »Ich wollte, ähm, wollte mich dir nicht so an den Hals werfen.« Es soll ein Scherz sein, wie bei unseren harmlosen Flirts im Büro, aber in dieser Umgebung – der parfumgeschwängerten Dunkelheit, mit den rötlichen Punktstrahlern und dem Gedränge um uns herum – klingt es irgendwie anders. Vielsagend. Starr vor Verlegenheit sehe ich ihm in die Augen und habe ein, zwei Sekunden Zeit, um zu merken, wie befremdlich unser gemeinsames Schweigen ist, bevor er mit den Schultern zuckt und lächelt.

»Keine Angst«, sagt er. »Das liegt nur an der vielen Limonade.« Er dreht sich plötzlich weg, wird von dem Barkeeper bemerkt und rattert scheinbar aufs Geratewohl eine lange Liste von Drinks herunter. Ich atme ein paarmal tief durch und beruhige mich. »Und«, sagt er, als er fertig ist, »wie geht es dir?«

»Ähm. Gut.« Die Frage ist zu vage für eine genauere Antwort, und trotzdem scheint mehr mitzuschwingen. »Kurz vor dem Nervenzusammenbruch«, erkläre ich leichthin und füge einen Moment später hinzu: »Das war ein Witz«, obwohl das nicht stimmt.

Carl lehnt sich mit verschränkten Armen gegen die Theke. »Immer noch Probleme zu Hause?«, fragt er.

Ich zucke mit den Schultern. Die indirekte Anspielung auf Francis trifft mich unangenehm, und ich merke, dass ich den ganzen Abend kaum an ihn gedacht habe. Vor meinem inneren Auge taucht kurz ein Bild auf – Francis schlaff und apathisch auf dem Sofa, in Schlaf oder Bewusstlosigkeit versunken, die brennende Lampe in der Ecke des kalten grauen Zimmers. »Toll ist es nicht«, gebe ich zu. Ich überlege, noch mehr zu sagen, aber ich finde nicht die richtigen Worte. Carl weiß besser als alle anderen, wie es wirklich aussieht, und wir haben bisher immer einen guten Mittelweg zwischen freundlicher Vertrautheit und respektvoller Distanz gefunden, aber heute Abend bin ich mir nicht sicher, dass ich auf diesem Weg bleiben werde. Ich habe die leise Befürchtung, wenn ich einmal anfange zu reden, höre ich nicht mehr auf.

Er sieht mich durchdringend an, aber als er antwortet, klingt er entspannt. »Also, wenn du mal eine Schulter zum Ausweinen brauchst, bin ich da, das weißt du ja.«

Ich nicke. Ich weiß, dass ich etwas sagen sollte, aber ich habe plötzlich einen Aussetzer. »Ich gehe mal lieber zur Toilette.« Als ich mich abrupt umdrehe, merke ich, dass meine Beine zittern.

Im Waschraum spritze ich mir kaltes Wasser ins Gesicht und beobachte im Spiegel, wie mir die Tropfen über die Haut rinnen. Meine Augen wirken groß und strahlend, sie funkeln in dem roten Dämmerlicht. Ich drehe den Kopf ein wenig, betrachte mein Profil, mustere mich kritisch aus diesem und jenem Winkel. Der Raum schwankt, und ich kneife kurz die Augen zusammen und versuche, wieder festen Stand zu finden. Ein Glas noch, dann gehe ich nach Hause.

Die nächste Stunde verbringe ich im engen, kleinen Kreis meiner Kollegen, ihre Gespräche rauschen an mir vorbei, ich bin gerade mal anwesend. Als ich aufstehe und mich verabschiede, kommt Carl um den Tisch, um mir frohe Weihnachten zu wünschen.

»Bis nächstes Jahr«, sagt er, »und schöne Feiertage.« Seine Umarmung ist freundlich, ein klein wenig zärtlich. Sie dauert vielleicht zwei Sekunden, und trotzdem durchschwirrt mich dabei ein ungewohntes Gefühl, das ich nicht erkunden und einordnen kann, bevor es vergeht.

»Dir auch«, antworte ich, »bis dann.« Ich verlasse die Bar, mein Herz schlägt wieder schneller, und meine Knochen klappern unter meiner dünnen Jacke, als ich in die eiskalte Luft trete.

Auf dem ganzen Heimweg spulen sich diese wenigen Minuten in der Bar immer wieder sinnlos in meinen Gedanken ab. Ich lehne den Kopf an das beschlagene Busfenster. Mit diesen Augen habe ich Carl noch nie gesehen – nicht so richtig, nicht ernsthaft –, aber jetzt kann ich meine Gedanken nicht von ihm losreißen. Eine harmlose kleine Träumerei, sage ich mir. Das kann mir niemand missgönnen. Und plötzlich öffnen sich die Schleusen, und ich überlege, wie es wäre, ihn zu küssen – irgendjemanden zu küssen nach dieser langen Zeit. Ein ungewohnter, heftiger Gedanke. Ich drücke mit den Fingerspitzen gegen meine Stirn, die schon schmerzt. Morgen werde ich sicher nicht die perfekte Ehefrau und Mutter geben können.

Zu Hause schließe ich leise die Tür auf und höre Francis

schnarchen. Ich schleiche auf Zehenspitzen zur halb offenen Wohnzimmertür und sehe, dass er in voller Montur auf dem Sofa liegt und tief und fest schläft. Lautlos gehe ich ins Schlafzimmer und schließe die Tür hinter mir. Ich ziehe mein kurzes silbernes Kleid aus, spüre, wie die Pailletten über meine nackte Haut kratzen. Nachdem ich die Unterwäsche abgestreift habe, stehe ich nackt vor dem Fenster. Die Vorhänge sind geöffnet, und ich zögere kurz, bevor ich sie zuziehe; in meinem dämmrigen Unterbewusstsein formt sich ein Gedanke, das plötzliche laszive Verlangen, beobachtet zu werden, wahrgenommen zu werden.

Ich werfe mich aufs Bett, ziehe mein Handy aus der Handtasche und registriere sofort, dass eine neue Nachricht blinkt. Ich bin wie elektrisiert, weil ich instinktiv weiß, von wem sie kommt, und tatsächlich taucht Carls Name auf dem Display auf.

War schön, dich zu sehen, lese ich. *Damit du beruhigt bist: Ich habe mich kurz nach dir auf den Heimweg gemacht. Man muss ja vernünftig bleiben, oder?*

Ich überlege, was ich antworten könnte, aber meine Gedanken entgleiten mir, und ich kann nicht formulieren, was ich sagen will. Ich werfe das Handy auf den Nachttisch, schalte das Licht aus, dann lege ich mich auf den Rücken und schließe die Augen. Mir ist schwindlig. Es ist nicht ungewöhnlich, dass wir uns schreiben, aber normalerweise nicht so spätabends. Nach meinen albernen Träumereien auf dem Heimweg kommt es mir vor, als würde es etwas bedeuten. Was es natürlich nicht tut. Es wird nichts ändern. Trotzdem liege ich in der Dunkelheit da und denke an ihn, und dann tue ich etwas, das ich sehr lange nicht mehr getan habe. Und als ich Stunden später aufwache, aus dem Schlaf gerissen von Träumen, an die ich mich kaum erinnern kann, heiß, frustriert und durcheinander, tue ich es noch einmal.

Erst anderthalb Tage später sehe ich mir die Fotos im Flur an. Sie sind wie erwartet: Schnappschüsse von strahlendem Ehe- und Familienglück. Die lachende Caroline mit Eddie auf dem Arm vor glitzernder Schneekulisse, beide mit Wollhandschuhen und Mützen; Caroline und Francis, die händchenhaltend einen Sandstrand entlanglaufen und reizend in den Sonnenuntergang blinzeln; für das Foto haben sie wahrscheinlich einen anderen Spaziergänger eingespannt. Alle drei zusammen offenbar am Weihnachtsmorgen in einem Chaos aus buntem Geschenkpapier und Bändern. Elf Fotos. Alle zeigen verschiedene Situationen, verschiedene Umgebungen, aber eines haben sie gemein: Sie scheinen aus dem letzten Jahr zu stammen. Es gibt keine Entwicklung, keine Vergangenheit. Die Zeit davor ist eine einzige Leerstelle.

Ich sehe sie mir nicht so lange an, wie ich erwartet hätte. Letzten Endes sind sie doch nur Fotos. Sie tun auch weniger weh als erwartet. Das Glück auf diesen Bildern fühlt sich nicht echt an, und wer gesagt hat, die Kamera lüge nie, war mit Sicherheit noch nie in diesem Haus.

Ich gehe nach oben in ihr Schlafzimmer, das ich völlig auseinandergenommen habe. Bei einem flüchtigen Blick in dieses Zimmer könnte man leicht auf die Idee kommen, es sei einer irrwitzigen Razzia zum Opfer gefallen – alle Sachen wild durcheinander auf dem Boden, Schränke und Kommoden offen und ausgeräumt. Ich habe nicht aufgeräumt, aber ich bin sehr gründlich vorgegangen. Jeder Trottel weiß, dass eine Frau ihre Geheimnisse dort aufbewahrt, wo sie schläft, und auch wenn ich bis jetzt nicht viel Interessantes gefunden habe, wird sich das bestimmt ändern. Ich bin absolut sicher, dass Caroline nicht der Typ ist, der die Vergangenheit ausradiert, egal, wie sie sich nach außen präsentiert. Sie will sich nicht entscheiden. Sie will alles.

Aber das Leben ist kein Wunschkonzert. Man kann nicht alles gleichzeitig haben. Man kann nicht etwas festhalten und es zerstören. Dass man seine Erinnerungen bewahren will und dabei hofft, man würde eines Morgens aufwachen, und sie wären aus dem Kopf getilgt … Dass man hegen und pflegen will, was man hat, und gleichzeitig die Lunte anzündet und zusieht, wie es brennt und explodiert … ja. Das kann ich genauso gut nachvollziehen wie Caroline.

Unterwegs

Caroline, Mai 2015

Ich stehe früh auf und mache in der blitzblanken Ausstellungsküche Frühstück. Ihre Leere wirkt erstaunlich beruhigend; zu Hause ist alles so zugestellt, dass ich mich kaum umdrehen kann. Manchmal stelle ich mir vor, ich würde tun, was ich gelegentlich in Zeitschriften lese: unseren ganzen Krempel wegwerfen und von vorne anfangen. Die Menschen, die öffentlich von solchen Aktionen erzählen, wirken immer fast wahnsinnig vor Erleichterung – irres Grinsen, die Augen weit aufgerissen und erfüllt von missionarischem Eifer. Aber unterm Strich kann ich es mir nicht wirklich vorstellen. Francis hat einen Sammeltrieb, ich wüsste nicht einmal, wo ich anfangen sollte.

Im Kühlschrank sind Eier und Milch, viel mehr auch nicht, und weil ich nach kurzem Stöbern in den minimalistischen Küchenschränken eine Tüte Mehl finde, rühre ich einen Pfannkuchenteig an und stelle eine Pfanne auf den Herd. Ich sorge dafür, dass ich ständig beschäftigt bin, aber beim Rühren und Gießen muss ich doch an die Blumen auf der Fensterbank im Badezimmer denken. Das Bild schwebt wie eine fliegende Mücke vor mir, rosig schimmernd an den Rändern meines Bewusstseins.

In der ersten Zeit ist das oft passiert. An fast jeder Ecke

hat mich etwas kalt erwischt, ein Lied, das in einem Laden lief, oder eine beiläufige Formulierung von einem Fremden. Alles hat mich an dich erinnert, weil es so leichtfiel, die Verbindungen herzustellen – du warst das Allererste in meinen Gedanken, immer. Genauso war es, als Francis und ich frisch verlobt waren, überall habe ich andere frisch verlobte Frauen gesehen. Sie waren leicht zu erkennen, weil sie an dem entsprechenden Finger nur einen Ring trugen, und der war oft zu groß oder zu eng, und sie spielten damit. Genau so, nur war es kein schönes Gefühl. Es war genau so auf die schlimmstmögliche Art.

Ich dachte, das hätte ich überwunden. Wahrscheinlich lag es daran, dass ich nicht damit gerechnet habe. Als ich den Rand des Pfannkuchens von der Pfanne löse und zusehe, wie der Teig blubbert und fest wird, denke ich an den Nachmittag auf dem Markt, daran, wie du am Blumenstand die Rosen gekauft und gesagt hast, ich solle sie bekommen, auch wenn ich sie nicht behalten könne. Wie sich die Blütenblätter unter meinen Fingerspitzen angefühlt haben. Kühl und glatt. Und an ihren Duft, der noch an meiner Haut haftete, als die Rosen schon lange auf dem Bahnsteig lagen und ich im Zug nach Hause saß.

Ich starre immer noch auf die Pfanne und hänge der Erinnerung nach, als ich im Nacken ein Kribbeln spüre – eine wortlose Warnung. Ich blicke mich um, sehe die glatten, makellosen Oberflächen, die gleichmäßig verteilten Punktstrahler. Hier ist nichts, das mich beunruhigen könnte, trotzdem werde ich das Gefühl nicht los, dass ich beobachtet werde; es ist ein starker, drängender Instinkt, so wie man nachts womöglich spürt, dass ein Fremder im Haus ist, selbst im Dunkeln und mit geschlossenen Augen.

Draußen. Ruckartig drehe ich mich zum Fenster um, und es dauert kaum eine halbe Sekunde – ein Schatten, der davongleitet, nicht richtig gesehen und schon verschwunden. Das Licht könnte mir einen Streich gespielt haben, aber es genügt. Ich spähe durch das Fenster und suche nach etwas Auffälligem, nach irgendetwas. Auf dem ordentlichen kleinen Rasenrechteck ist nichts, aber dahinter bewegt sich das Laub ganz sacht, es zittert, als könnte gerade jemand hindurchgelaufen sein.

»Das wollte ich machen!« Francis' Stimme lässt mich zusammenzucken. Er steht unvermutet hinter mir, schlingt mir die Arme um die Taille und gibt mir einen kurzen Kuss auf den Nacken. »Ich will nicht, dass du die ganze Woche am heißen Ofen schuftest.«

»Ich weiß«, sage ich. »Keine Sorge. Ich bin nur aufgewacht und konnte nicht wieder einschlafen, also dachte ich, warum nicht?«

»Hast du was auf dem Herzen?« Aufmerksam und besorgt sieht er mich an. »Du wirkst unruhig.«

Mein Blick wandert wieder zum Küchenfenster. Der Garten ist leer, das Laub raschelt nicht mehr. Ich schüttle den Kopf. »Nein. Es ist nichts.«

»Gut«, sagt er. »Wenn du dir sicher bist … Also, sollen wir essen und danach nach London fahren, wenn wir fertig sind? Ich dachte, wir besuchen vielleicht ein Museum oder so, essen zu Mittag und dann, keine Ahnung, unternehmen wir irgendwas anderes. Hast du auf was Bestimmtes Lust?«

»Weiß nicht … ich überlege mal.« Sogar nach einem Jahr ist es noch neu für mich, wenn er Pläne und Vorschläge macht. Es hat auf mich die seltsame Wirkung, dass ich am liebsten sämtliche Verantwortung abgeben und mich von seiner Begeisterung mitreißen lassen würde. Jetzt muss ich nicht mehr steuern und unseren Tagesablauf regeln. Ich will nicht entscheiden, was wir tun oder wo wir es tun.

Wir essen die Pfannkuchen an dem hölzernen Frühstückstisch und amüsieren uns bei der Vorstellung, wie Eddie sich alle unter den Nagel reißen würde, wenn er hier wäre. Mir fehlt seine Stimme, und ich überlege, Mum anzurufen und zu hören, ob es ihm gut geht. Aber damit warte ich bis zum Nachmittag; im Moment ist er sowieso in der Schule, und ich soll mich eigentlich entspannen und die Zeit genießen.

»Mir fehlt er auch«, sagt Francis, der meine plötzliche Stille richtig deutet. »Aber ihm geht es bestimmt prima. Wenn wir nach Hause kommen, will er wahrscheinlich für immer bei deinen Eltern wohnen.«

»Ich weiß«, stimme ich zu und beuge mich vor, um ihn zu küssen. Der Kuss dauert länger als zuerst gewollt, und ich überlege kurz, ob wir wieder nach oben ins Bett gehen sollten. Weil ich nach der Fahrt müde war und mich der Anblick der Blumen aus der Fassung gebracht hatte, war mir gestern Abend nicht nach Sex zumute, aber jetzt ist der Gedanke daran konkret und reizvoll. Ich zögere ein wenig zu lange, und der Moment verstreicht. Francis stellt die Teller in die Spülmaschine und erzählt dabei von einer Ausstellung über Licht und Klang, von der er gehört hat und glaubt, sie könnte mir gefallen. Sie klingt tatsächlich interessant – zu solchen Sachen bin ich mit Anfang zwanzig oft allein gegangen, in sorgfältig ausgewählten, künstlerisch angehauchten Outfits, weil ich dazugehören wollte. Allerdings klingt die Ausstellung auch wie etwas, das Francis absolut hirnverbrannt und sinnlos finden würde.

»Wir können auch was anschauen, das dir gefällt«, schlage ich vor.

Er lacht. »Ich bin mit allem einverstanden, was du machen willst«, sagt er. »Ich will, was du willst.«

Ich warte, falls noch mehr folgt, aber er sieht mich nur erwartungsvoll an. »Na schön«, sage ich schließlich. »Klasse.« Einen Augenblick lang wird mir seltsam übel – ein Gefühl, als würde eine Fassade einen Riss bekommen. Wer ist dieser perfekte Mann, der putzt und aufräumt und mit mir Ausstellungen besuchen will? Nicht mein Mann, zumindest nicht der, den ich zu haben glaubte.

Ich atme tief ein, um mich zu fangen, und warte, dass das Gefühl abebbt. »Ich laufe schnell zu dem Zeitschriftenladen, den wir oben an der Straße gesehen haben«, sage ich. »Dann hole ich die Zeitung und ein paar Kleinigkeiten, während du duschst?«

»Klar«, sagt er zu meiner Erleichterung beiläufig. Ich muss ein Weilchen raus, um einen klaren Kopf zu bekommen. Ich will diese Woche genießen, und dafür muss ich in der richtigen Gemütsverfassung sein. Das fällt mir noch nicht leicht, es funktioniert nicht automatisch. Ich weiß nicht, ob es das je wird.

Auf dem Rückweg vom Zeitschriftenladen lasse ich mir Zeit, weil ich weiß, dass Francis noch nicht fertig ist. Ich biege wieder in die Everdene Avenue ein, schlendere über den Gehweg und betrachte im Vorbeigehen die Häuser. Sie sind kastenförmig und reihen sich ordentlich in Dreiergruppen entlang der Straße auf. Ab und zu sehe ich die Schatten der Bewohner an den Fenstern, sie treiben vorbei wie Fische in schwach beleuchteten Aquarien. Würde ich mich ein wenig weiter von der Straße entfernen, könnte ich in ihre Wohnzimmer blicken. In dem schmalen Hochhaus, in dem wir jetzt wohnen, schweben wir in der Luft. Abgesehen von der Musik und dem Lärm, die manchmal durch die Decke oder den Boden dringen, könnten wir in dem Gebäude vollkommen allein sein. Es ist seltsam, das Leben anderer Menschen so nah um sich zu haben, dass ich sie fast berühren kann.

Kurz vor der Nummer 14 werde ich unwillkürlich noch

langsamer. Es ist das Haus, das mir gestern aufgefallen ist – das mit dem relativ ungepflegten Rasen, mit den feinen Streifen aus Staub und Schmutz an den Wänden. Beim Näherkommen entdecke ich ein silbernes Windspiel auf der Veranda, das in dem leichten Wind sanft klimpert; ein leises, helles, beinahe bedrohliches Geräusch. Es erinnert mich an etwas, ganz kurz nur, ein Sekundenbruchteil einer fast vergessenen Beklommenheit, die sich mir sofort wieder entzieht.

Die Tür öffnet sich, eine Frau bleibt auf der Schwelle stehen und blickt auf die Straße. Sie ist Mitte zwanzig, trägt ein Kleid in Dunkeloliv und hat lange blonde Haare, die ihr nachlässig zerzaust auf die übergroße schwarze Strickjacke fallen. »Bist du Heather?«, ruft sie plötzlich.

»Ich – nein.« Verlegen lächle ich und schüttle den Kopf. Ich spüre, dass ich rot werde. »Tut mir leid«, füge ich hinzu.

Die Frau lacht, lehnt sich gegen den Türrahmen und verschränkt die Arme. »Na, dafür kannst du ja nichts«, sagt sie. »Ich warte auf jemanden von der St Mary's, die wegen der Spendensammlung vorbeikommen will. Ich dachte, du wärst das vielleicht.«

»Ach so.« Ich weiche ein wenig zurück. »Kein Problem.«

»Übrigens«, sagt die Frau, und ich habe mich schon weggedreht, als ihre Stimme mich zurückruft, »ich glaube, ich habe dich gestern gesehen, als du vors Haus gefahren bist. Du bist in die Nummer 21 gegangen, oder?« Sie hat sich von der Tür gelöst und kommt barfuß über den Rasen auf mich zu. Ihr Gesicht wirkt offen und unschuldig, aber in ihren großen grünen Augen entdecke ich einen listigen, verschwörerischen Blick, als wollte sie andeuten, wir beide wüssten doch, dass ihre erste Frage nur ein Vorwand war.

So läuft das in der Vorstadt, denke ich und werfe einen Blick die Straße hinauf. Sie sieht etwas zu jung aus, um neugierig hinter der Gardine zu stehen, aber ich schätze, diese Umgebung weckt solche Tendenzen früh. Ich stelle mir ein System verschlüsselter Funksignale vor, die heimlich die Straße entlangpulsieren und den Alarm – *Neuankömmling!* – in jedes Haus tragen, und muss lächeln. »Ja«, sage ich freundlich. »Nur diese Woche. Um das Haus zu hüten.« Seltsamerweise habe ich leise Skrupel hinzuzufügen, dass wir es nicht hüten, sondern getauscht haben. Ich weiß rein gar nichts über den Menschen, in dessen Haus wir wohnen, ich habe keine Ahnung, ob es ihm recht wäre, wenn ich den Nachbarn von seinen Handlungen und Entscheidungen erzählen würde.

Die Frau setzt sich auf die niedrige Ziegelmauer vor dem Rasen und kramt in der Tasche ihres Kleides. Durch die Bewegung werden ihre Brüste kurz gegen den Stoff gedrückt, und als sie den Kopf neigt, fallen mir der Schwung ihrer langen Wimpern und die Form ihrer Wangenknochen auf. Sie ist außergewöhnlich hübsch.

Sie angelt eine Schachtel Zigaretten aus der Tasche, streckt sie mir entgegen und zieht fragend die Augenbrauen hoch. Ich lache verlegen. »Nein, danke.« Unbeeindruckt steckt sie sich eine Zigarette zwischen die Lippen und senkt den Kopf, um sie anzuzünden.

Damit scheint unsere Begegnung beendet zu sein, aber als ich wieder weitergehen will, blickt sie auf. »Also, wenn du mal nicht weißt, was du machen sollst«, sagt sie, »mir geht es diese Woche ähnlich. Vielleicht hast du ja mal Lust auf einen Kaffee … Zwei einsame Frauen und so.«

Die Frage hat einen ironischen Unterton; einen bizarren Moment lang überlege ich, ob sie mit mir flirtet. Ihr Vorschlag verunsichert mich ein wenig – er ist so direkt, eine Aufforderung zum Spiel. Ich betrachte sie mir genauer, wie sie da auf dem Mäuerchen sitzt, die Knie an die Brust gezogen, den Kopf erwartungsvoll zur Seite geneigt. Sie erinnert mich an etwas oder jemanden. Ich bekomme den Gedanken nicht ganz zu fassen, aber die glimmenden Spuren, die er hinterlässt, erscheinen mir bedeutsam. Es ist das gleiche Déjà-vu wie vorhin, als ich sie in der Tür gesehen habe, und es gefällt mir nicht.

»Eigentlich bin ich mit meinem Mann hier«, sage ich etwas schroffer, als ich wollte. »Aber danke. Ich muss auch weiter.«

Die Frau lächelt vage. Sie steht gelassen auf, streicht ihr Kleid glatt, dann dreht sie sich abrupt um und geht wortlos zum Haus. Ich schaue ihr nach, als sie ohne einen weiteren Blick hineingeht und die Tür schließt. Mein schlechtes Gewissen lässt meine Haut kribbeln. Ich war etwas unhöflich zu ihr; sie wollte nur nett sein, auch wenn es skurril wirkt, weil wir uns noch nie begegnet sind. Mir kommt eine Idee – ich werde ihr einen Entschuldigungsbrief durch die Tür werfen, zur Versöhnung ein Treffen vorschlagen –, aber dann sage ich mir, das ist albern. Wir sind nur eine Woche hier, und diese Zeit wollen wir miteinander verbringen, nicht damit, Freundschaften zu schließen.

Gedankenverloren stehe ich plötzlich vor der Haustür und stecke den Schlüssel ins Schloss, so vertraut, als wäre das hier wirklich mein Haus. Ich öffne die Tür und merke sofort, dass etwas nicht stimmt; im Bruchteil einer Sekunde zucke ich instinktiv zurück, noch bevor ich die erste Note gehört habe. Musik dringt die Treppe herunter. Es dauert ein paar Takte, bis ich das Lied erkenne, aber mein Körper ist schneller als mein Verstand. Mein Herz hämmert, meine Glieder fühlen sich schwach und wacklig an, wie plötzlich aufgeschreckt.

Dieses Lied habe ich seit unserer letzten Begegnung nicht mehr gehört. Aber ich erinnere mich noch an die überfüllte

Bar, in der ich es mit dir zum ersten Mal gehört habe, an dieses Gefühl wie Magie, als sich alles zusammengefügt hat. Es war der perfekte Soundtrack für unsere kleine Insel in diesem Raum, in dem wir so nah voreinander standen, in dem du mir sanft die Hände auf die Taille gelegt und mich an dich gezogen hast.

Francis taucht am oberen Ende der Treppe auf, er rubbelt sich gerade die Haare mit einem Handtuch trocken. »Was ist los?«, fragt er sofort.

»Nichts«, ringe ich mir ab. »Warum hast du das angemacht?«

»Die Musik?« Er sieht sich fragend um. »Ich habe im Schlafzimmer ein paar CDs gefunden, hinter der Anlage, und diese lag ganz oben. Ich dachte, ich höre sie mir an, während ich mich fertigmache. Ich habe mich etwas mitreißen lassen, weißt du – da war tatsächlich mal was! Sachen! Wenn wir weitersuchen, finden wir vielleicht sogar ein, zwei Bücher.«

»Ach so …« Für eine schlagfertige Antwort bin ich nicht in der richtigen Stimmung. Ich gehe schnell die Treppe hinauf und ins Schlafzimmer. Der Song ist erst zur Hälfte abgespielt, und es bestürzt mich, wie schwer es mir fällt, die Stereoanlage auszuschalten. Es fühlt sich an wie ein schmerzhafter Verlust, als ich es tue.

Francis steht mit wacher, besorgter Miene hinter mir. »Was ist los?«, fragt er. »Habe ich was falsch gemacht? War das …« Er spricht nicht weiter, aber ich weiß, was er denkt.

»Nein.« Mit Sicherheit weiß er, dass dieses Lied für mich eine Bedeutung hat. In unseren langen, erschöpfenden Gesprächen im Laufe der Monate habe ich es bestimmt mal erwähnt, wenn mich der Wunsch zu beichten gepackt hat und seine masochistischen Bedürfnisse ebenso groß waren wie mein schonungsloser Drang, solche Einzelheiten aus meinem Kopf zu bekommen. Kann er es vergessen haben?

»Ich habe nur …« Ich sehe ihn an, wie er vor mir steht, ohne mit der Wimper zu zucken, und darauf wartet, dass ich weiterrede.

»Es ist nichts«, sage ich schließlich. Nach einem langen stummen Moment schlinge ich ihm die Arme um den Hals, drücke das Gesicht gegen seine Brust und lausche seinem Herzschlag. Als ich den Kopf hebe, merke ich, dass meine Augen feucht sind, aber ich blinzle nicht, und bald ziehen sich die Tränen unvergossen zurück.

»Ich muss ins Bad«, sage ich, »und danach gehen wir, ja? Wir fahren mit dem Zug in die Stadt und sehen uns diese Ausstellung an.« Sein Gesicht entspannt sich zu einem Lächeln, und ich versuche, mich davon ein wenig trösten zu lassen. Kleines kann klein bleiben. Es muss sich nicht aufblähen, bis es alles im Raum erstickt.

Es geht mir wieder besser. Ich drücke ihn noch einmal, und dann löse ich mich sanft von ihm und gehe ins Bad. Die Blumen habe ich heute Morgen weggeworfen, ich habe mir eingeredet, dass sie langsam braun werden und sich an den Rändern einrollen; die Fensterbank ist makellos leer. Ich öffne das Fenster, lehne mich hinaus und starre auf die Straße mit den abgeschiedenen Reihen identischer Häuser. Etwas rührt sich, ich bemerke vage ein Geräusch und eine Bewegung, als hätte jemand eine Tür oder ein Fenster zugeschlagen. Instinktiv sehe ich zur Nummer 14 hinüber, aber als mein Blick es gefunden hat, ist das ganze Haus still und reglos.

Zu Hause

Caroline, Februar 2013

Auf dem Weg am Flussufer peitscht mir der Wind feucht ins Gesicht und klatscht mir die Haare an den Kopf. Meine Finger umklammern die Griffe des Buggys so fest, dass sie weiß werden. Eddie rutscht unter dem Regenschutz unruhig hin und her, und ich sehe sein Profil dunkel durch das Plastik, als er den Kopf nach oben dreht und das Wasser anstarrt, das über die Abdeckung rinnt. Neben uns bewegt Francis sich wie im Halbschlaf. Er macht ein finsteres, mürrisches Gesicht, sein Blick geht starr geradeaus. Die Hände hat er tief in den Taschen vergraben, und der Wind schnappt nach seinen Hemdzipfeln und schlägt sie in der kalten Luft hin und her.

»Dir muss doch eiskalt sein«, sage ich zum zweiten oder dritten Mal. Er wollte keine Jacke anziehen, als wir loszogen, und hat gegrummelt, er brauche nichts. Ich habe ihm widersprochen, aber dadurch hat er nur auf stur geschaltet. Auf dem Weg zur Bushaltestelle haben wir uns missmutig angeschwiegen und sind unseren Blicken ausgewichen. Dass dieser Ausflug ein Fehler ist, war mir schon klar, als wir unsere Straße noch sehen konnten.

»Ist es nicht«, sagt er und wirft mir einen misstrauischen Blick zu, als würde er vermuten, dass ich aus Hinterlist die besorgte Ehefrau spiele. »Jetzt hör auf mit dem Mist.«

»Wie reizend«, antworte ich eingeschnappt. Ich gehe schneller, obwohl ich weiß, dass er nicht mit mir Schritt halten wird. Als ich am Ufer entlangmarschiere, versuche ich, meine Schritte mit so viel rechtschaffener Empörung aufzuladen, dass sie mich von innen heraus wärmt. Es funktioniert nicht. Trotz meiner langen Jacke zittere ich, und der Regen dringt durch den Stoff und legt sich feucht auf meine Haut. Als ich gestern Abend diesen Ausflug plante, habe ich mir einen erfrischenden Spaziergang in der knackigen Wintersonne vorgestellt, eine Gelegenheit, sich den Kopf freipusten zu lassen. Solche Strategien probiere ich etwa alle zwei Wochen aus. Bei der Hälfte der Versuche fallen die Würfel zu meinen Gunsten. Bei den anderen kommt es mir vor, als würde ich eine sich sträubende Marionette bewegen wollen und ihre Glieder so verbiegen, dass sie lebensähnlich wirken.

Nach einer Weile merke ich, dass Francis stehen geblieben ist, und drehe mich um. Er lehnt am Eisengeländer und starrt auf den aufgewühlten Fluss. Einen kurzen, scheußlichen Moment lang sehe ich ihn, als wäre er ein Fremder: das zerzauste Haar, die unordentliche Kleidung, der eigentümliche, verschlossene Gesichtsausdruck. Ich schiebe den Buggy schnell zu ihm zurück und lege eine Hand auf seinen nassen Ärmel.

»Was ist los?«, frage ich. Es sollte besorgt klingen, aber meine Stimme ist barsch und vorwurfsvoll.

Er zuckt mit den Schultern und starrt immer noch auf das gräuliche Wasser, in das der Wind Berge und Täler bläst. »Ich glaube, ich gehe nach Hause«, sagt er. »Ich bin todmüde. Und das hier funktioniert sowieso nicht, oder?«

Obwohl ich ihm in diesem Punkt nicht widersprechen kann, macht es mich wütend, dass ich diesen geplanten Tag verliere. Ich starre Francis an, hin- und hergerissen zwischen

Zorn und Sorge. Und über all das breitet sich die Erschöpfung. Es kommt so viel zusammen: die schlaflosen Nächte, die Gefühlsausbrüche, die Distanziertheit in seinem Blick, die Leere. Wir hatten auch ein paar gute Wochen, aber in letzter Zeit wird immer deutlicher, dass sich im Grunde nichts verändert hat.

Er nimmt wieder die Tabletten. Der Gedanke sackt mir wie ein Stein in den Magen. Ich habe versucht, die Risse zu übertünchen, aber sie sind nicht zu übersehen. Wir stecken in unserem alten Teufelskreis. Dann leugnet er, obwohl es sinnlos ist, und verliert mehr und mehr die Kontrolle. Er weigert sich zuzugeben, dass es nicht ausgestanden ist. Ich weine und flehe ihn an und mache ihm Vorwürfe, was einen Scheiß bringt, denn gegen eine Sucht mit Vernunft anzugehen ist so, als wolle man die Flut mit der flachen Hand aufhalten.

»Weißt du«, sage ich, »vielleicht solltest du noch mal zum Arzt gehen. Er kann … kann dir vielleicht helfen.« Ich schmecke die Ironie in meinen Worten. Genau damit hat es vor über drei Jahren angefangen – mit meinem gut gemeinten Vorschlag, er solle zum Arzt gehen, sich vielleicht dabei helfen lassen, die nächsten anstrengenden Wochen in der Arbeit zu überstehen. Ich sehe noch vor mir, wie er am nächsten Tag nach Hause gekommen ist und aufgekratzt mit einem Rezept gewedelt hat. *Ich habe mir Happy-Pillen geholt!* »Ein paar Therapiestunden vereinbaren, meine ich«, sage ich behutsam. »Nicht nur ein Notpflaster besorgen.«

Francis starrt mich voller Verachtung an. »Leck mich«, sagt er genervt.

Entsetzt klappt mir die Kinnlade herunter. Es geht nicht nur um die Worte an sich, sondern darum, dass sie offenbar so dicht unter der Oberfläche gelauert haben, dass sie nur darauf gewartet haben, mich wegzustoßen. »Leck mich?«, wiederhole ich. »Ob du es glaubst oder nicht, Francis, ich versuche, dir zu helfen.«

»Das ist dein neues Lieblingswort, was?«, fragt er. »*Helfen*. Ich brauche verdammt noch mal keine Hilfe. Klar?«

»Doch, die brauchst du«, presse ich hervor. Es fällt mir nicht leicht, mich zusammenzureißen. »Und ob du die brauchst. Die meiste Zeit läufst du herum wie ein Zombie, und das bin ich echt leid. Ich bin es leid, so zu tun, als würde ich nichts merken …« Ich unterbreche mich, als ein Pärchen in mittleren Jahren auf uns zuschlendert.

Francis folgt meinem Blick, und seine Lippen verziehen sich zu einer unangenehmen Parodie eines Lächelns. »Lassen Sie sich von uns nicht stören«, ruft er dem Pärchen entgegen. »Wir können auch lauter reden, wenn Sie neugierig sind.«

»Francis«, zische ich. »Hör auf.« Ich könnte im Boden versinken, meine Wangen werden heiß, meine Kleidung kribbelt feucht auf meiner Haut. Das Pärchen wirft uns einen halb mitleidigen, halb besorgten Blick zu und geht leise tuschelnd schneller weiter.

»Verdammte Gaffer«, sagt Francis. Mit hochgezogenen Augenbrauen dreht er sich zu mir um, und mir wird klar, dass er glaubt, ich wäre auf seiner Seite, seine Komplizin. Er begreift gar nichts.

»Mir reicht es«, sage ich. »Ich habe es satt, dass du mich bloßstellst, und ich habe es satt, so zu leben. Was würdest du an meiner Stelle machen, Francis? Mal ehrlich, was zum …« Ich bin unkontrolliert laut geworden und brülle ihm hinterher. Er hat das Interesse verloren und trottet mit gesenktem Kopf davon. Auf dem Weg Gott weiß wohin schiebt er sich durch die zahlreichen Touristen. Ich weine, Tränen strömen über meine Wangen und vermischen sich mit dem Regen, und mit der linken Hand schuckele ich immer noch automatisch den Buggy. Eddie hat nichts mitbekommen, er drückt sich eine Faust gegen den Mund, sein Blick wird vor Müdigkeit schon trübe.

Ich brauche fast eine Stunde, um ihn nach Hause zu bringen, und nachdem ich neunmal vergeblich versucht habe, Francis auf seinem Handy zu erreichen, weiß ich, dass er nicht dort sein wird. Und tatsächlich, der Flur ist dunkel und kalt, und ich rufe ihn nicht einmal. Ich sehe nach, ob Eddie noch schläft. Er hat sich zusammengerollt, die Knie an die Brust gezogen, der Kopf ist träge zur Seite gesackt, die blonden Haare drücken sich zerzaust an den Stoff des Kinderwagens. Wenn er schläft, sieht er Francis so ähnlich, dass mir eine wirre Mischung aus Liebe und Sehnsucht, Kummer und Verlust einen Stich versetzt.

Ich stelle den Buggy im Flur ab, dann drehe ich das Thermostat hoch und schäle mich aus meinen durchnässten Kleidern. Ich ziehe meinen flauschigen Bademantel an, zünde im Wohnzimmer die Kerzen an, um es gemütlich zu machen, und bereite mir einen heißen Kakao zu. Eingewickelt in eine Decke trinke ich ihn schlückchenweise und spüre, wie mich nach und nach Wärme durchdringt.

Ich lehne den Kopf gegen das Kissen, und dabei bemerke ich etwas – einen langen weißen Umschlag, der unter dem Korb neben dem Sofa hervorragt. Es sieht aus, als wäre er versteckt worden, deshalb beuge ich mich hinunter und ziehe ihn unter dem Korb hervor. Er ist dicker als erwartet und enthält mehrere Streifen Metallfolie mit je zehn kleinen blauen Tabletten. Kein Rezept, keine offizielle Verpackung. Herkunft unbekannt.

Als ich den Umschlag in der Hand wiege, bin ich nicht geschockt; so durchdringend ist das Gefühl nicht, es ist eher eine dumpfe, schwere Übelkeit, die rhythmisch gegen meine Kehle drückt. *Nein, nein, nein.* Es war mir seit Wochen klar, ich habe damit gerechnet, trotzdem tut es weh, der Wahrheit ins Auge sehen zu müssen.

Ich überlege, die Tabletten wegzuwerfen, ihn vielleicht zur Rede zu stellen, aber am Ende schiebe ich den Umschlag wieder dahin, wo ich ihn gefunden habe. Mittlerweile weiß ich, dass es keinen Sinn hat, die Tabletten wegzuwerfen, es gibt noch mehr. Und wenn er nicht weiß, dass ich den Umschlag gefunden habe, kann ich nachsehen. Kann überprüfen, wie schnell die Tabletten weniger werden.

Ich zwinge meine Gedanken zur Ruhe, wende mich ab und sehe, dass mein Handy neben mir auf dem Sofa grün blinkt. Im ersten Moment denke ich, Francis könnte geschrieben haben, und meine Hand verkrampft sich, als ich das Handy aufhebe und auf das Display tippe, aber es ist eine WhatsApp-Nachricht von Carl. *He, du. Schönes Wochenende? Freust du dich auf morgen? X*

Ich starre auf die Nachricht, ohne genau zu wissen, was mich stutzen lässt, und dann gleitet mein Blick zu dem Kuss am Ende. Ich scrolle unseren Chat durch, um sicherzugehen, obwohl ich es schon weiß. Es ist das erste Mal, dass einer von uns eine Nachricht so beendet. So albern es auch ist, spüre ich, wie mein Herz leicht flattert. Die Reaktion eines Teenagers. Ich weiß, dass ich nicht so empfinden sollte. Es erinnert mich an meine Anfänge mit Francis, als ich das Gefühl hatte, ich würde ständig mit angehaltenem Atem darauf warten, dass er sich meldet. Ich habe diese Zeit nicht vergessen, und die Erinnerung ist bittersüß, durchzogen von Schuldgefühlen und Traurigkeit.

Langsam tippe ich eine Antwort. *Mieses Wochenende, ehrlich gesagt. Habe mich mit F. gestritten und fühle mich beschissen. Aber ja, ich freue mich! Wird bestimmt gut.* Grant aus unserem Büro tritt nach der Arbeit in einem nahe gelegenen Pub auf, und Carl und ich haben versprochen, zur moralischen Unterstützung zu kommen. Nach kurzem Zögern tippe ich auf das X. Mit dem Finger über der Senden-Taste starre ich auf den Kuss und weiß nicht, ob es richtig ist, was ich tue, und welche Botschaft ich damit vermittle. Als ich ihn gerade wieder löschen will, höre ich, wie sich der Schlüssel im Schloss dreht und die Tür geöffnet wird, und drücke vor Schreck auf Senden. Dann stecke ich das Handy in die Tasche meines Bademantels und stehe auf.

Ich wappne mich, sammle mich, bleibe reglos mitten im Zimmer stehen und warte ab, welchen Gesichtsausdruck Francis haben wird. Er tauscht in der Tür auf, und aus seinen Augen spricht eine beschämte Entschuldigung. »Tut mir leid«, murmelt er sichtlich benommen.

»Ist schon gut«, sage ich. Es ist ein schwacher Trost, aber immerhin etwas. Genug, um mir wegen der Nachricht, die ich gerade abgeschickt habe, ein schlechtes Gewissen zu machen und den Wunsch zu wecken, diesen Tag zurück in die Normalität zu zerren. Ich gehe zu ihm und schiebe meine Hand in seine, und das war der Anfang.

Am nächsten Morgen erscheint Grant als aufgekratztes Nervenbündel im Büro, er redet pausenlos über seinen Auftritt und seine Angst, wie die neuen Songs wohl ankommen werden. Mehr als einmal fragt er nach, ob Carl und ich uns auch wirklich blicken lassen, und wir versprechen ihm, dass wir da sein werden. Ich freue mich richtig darauf, vor allem, weil Eddie heute bei meinen Eltern übernachtet. Heute muss ich mich um nichts und niemanden kümmern. Ein verführerisch leichter, befreiender Gedanke.

Ich kann mich nicht auf die Arbeit konzentrieren, und als die Uhr Mittag anzeigt, beschließe ich, früher als sonst etwas zu essen zu holen. Ich schleiche mich unbemerkt hinaus und laufe die Hauptstraße entlang, mit eingezogenem Kopf und eng in meine Jacke gehüllt, weil ein kalter Nieselregen einsetzt. Als ich zitternd an einer Ampel warte, legen sich zwei Hände um meine Taille und drücken kurz und fest zu, bevor sie mich wieder loslassen. »Buh.«

Ich drehe mich schnell um und stehe vor einem grinsenden Carl. »Du Mistkerl«, sage ich, »du hast mich erschreckt.« Aber dabei muss ich lachen.

»Tut mir leid«, sagt er, ohne so zu klingen. »Ich habe gesehen, wie du dich verdrückt hast, und wollte dir nachgehen. Ich dachte, du hast vielleicht Lust auf ein Sandwich.«

»Ja, warum nicht.« Auf dem Weg zum nahe gelegenen Café gleichen sich die Rhythmen unserer Schritte an. Ich spüre immer noch seine Hände auf meiner Taille und den Stromstoß, der mich bei seiner Berührung durchzuckt hat. Seit dem Abend in der Bar vor ein paar Wochen scheint eine Sperre gelöst zu sein. Wir berühren uns öfter, kurz und spielerisch, was mir bei jedem anderen nur wie eine freundliche Geste erscheinen würde. Ich sage mir, dass ich ziemlich bescheuert bin. Ich bin verheiratet, Mutter, acht Jahre älter als er – das dürfte kaum Fantasien in ihm wecken. Für mich ist es nicht die erste kleine Schwärmerei, und Carl passt genau ins Beuteschema; bei meiner Ehe mit einem acht Jahre älteren Mann ist es wahrscheinlich kein Wunder, dass unkomplizierte jüngere Männer mich mit dem Reiz des Neuen locken. Diese Schwärmereien vergehen auch wieder. Es gibt keinen Grund, warum es mir jetzt gefährlicher als sonst erscheinen sollte.

Wir betreten das Café, suchen uns Sandwiches aus und bezahlen, dann setzen wir uns an einen Tisch am Fenster und beobachten den stärker werdenden Regen. »Wunderbares Wetter«, kommentiert Carl. »Da bekommt man doch gleich bessere Laune, oder?«

»Ja«, stimme ich zu. »Ich wüsste nicht, wo ich lieber wäre.«

Solche sarkastischen Bemerkungen machen wir jeden Tag, aber in diesem Moment, in diesem behaglichen Kokon geschützt vor dem Regen und mit jemandem, mit dem alles so leichtfällt, liegt in meinen Worten mehr als nur ein Körnchen Wahrheit.

»Ich bin ein wenig beunruhigt wegen heute Abend«, sagt Carl und macht sich über sein Sandwich her. »Ich weiß nicht, ob du Grant schon mal gehört hast, aber vielleicht sind seine Songs nicht gerade das, was die Leute hier erwarten.«

»Das soll heißen, sie sind Mist«, übersetze ich.

»Nein.« Mit gespielter Empörung runzelt er die Stirn. »Natürlich nicht. Sie sind nur ein bisschen, na ja, ein bisschen alternativ.« Als er meinen Blick auffängt, prusten wir beide wild los, wir beugen uns über den Tisch und können uns kaum noch halten. Ich lache befreit, bis es wehtut.

»Großer Gott«, sage ich, wische mir über die Augen und setze mich wieder gerade hin, »jetzt kann ich garantiert nicht mehr ernst bleiben. Na los, iss auf. Wir müssen zurück, ich habe noch einen Haufen Arbeit vor mir.«

Wir laufen zum Büro, und als wir dort angelangt sind, sage ich, ich wolle noch zur Toilette, und lasse ihn allein hineingehen. Ich will es mir selbst kaum eingestehen, aber mir ist lieber, wenn uns niemand zusammen zurückkommen sieht. Im Waschraum blicke ich in den Spiegel, starre mich an, sage mir, dass ich mich zusammenreißen muss. Es hätte sich sowieso niemand etwas dabei gedacht, wenn er bemerkt hätte, dass Carl und ich gemeinsam gegessen haben. Wir sind Freunde. Nur Freunde.

Der Nachmittag an meinem Schreibtisch vergeht schleppend. Ich arbeite wie auf Autopilot, meine Gedanken sind woanders – schweifen ab, suchen Erklärungen. Um kurz vor vier blicke ich auf und schaue quer durch das Büro zu seinem Schreibtisch. Er sieht schon zu mir herüber, und als ich seinen Blick erwidere, wendet er ihn nicht ab. Er lächelt nicht.

Grant stellt zwei Gläser Lager und ein Glas Weißwein auf den Tisch und lässt sich auf den Stuhl mir gegenüber fallen. Sein Gesicht ist von der Anstrengung, die hinter ihm liegt, gerötet, auf seiner Stirn schimmert Schweiß. »Wisst ihr was«, sagt er, »das war gar nicht schlecht. Ich glaube, die Leute sind gut mitgegangen, oder?«

»Glaube ich auch«, stimme ich zu. Unter dem Tisch stößt Carl mich mit seinem Knie an, und als ich ihm einen Blick zuwerfe, grinst er in sein Pint. Vor zehn Minuten haben wir noch darüber gelacht, dass wir noch nie bei einem Auftritt derart ratlose Pub-Gäste erlebt haben. Wie Carl vorhergesagt hat, ist Grants Band doch weit entfernt von den folkigen, zahmen Gruppen, die normalerweise in dieser Kneipe auftreten: reichlich wortloses Gebrüll, reichlich dissonante Gitarre und scheinbar wahllos einsetzende Drums.

»Auf jeden Fall«, wirft Carl ein. »Wann ist der nächste Auftritt? Wir müssen uns schon Karten besorgen.«

»Ach, das ist nicht nötig«, sagt Grant bescheiden. »Kommt einfach hin. Ich glaube, wir spielen nächsten Freitag in Kentish Town. Und danach …«

Er hangelt sich durch seinen Terminplan und zählt die Daten und Auftrittsorte auf. Dabei erklärt er kurz, was uns an den jeweiligen Abenden erwarten würde, und erzählt etwas zum Hintergrund der anderen Bands, die vielleicht auch auftreten. Ich versuche, mich zu konzentrieren, aber außer der Körperwärme, die ich plötzlich neben meiner linken Hand auf der Sitzbank spüre, nehme ich kaum etwas wahr. Carls Hand liegt neben meiner, nur Millimeter von ihr entfernt, und dann, nach einer Bewegung – ich habe keine Ahnung, von wem –, berühren sich unsere Finger sanft.

Durch meinen gesamten Körper geht ein leichter, aber spürbarer Schauer. Es ist anders als sonst. Wieder sehe ich ihn an. Er kratzt sich träge mit der freien Hand an der Wange, fährt sich durch die dunklen Haare. Seine ganze Aufmerksamkeit scheint er Grant zu widmen, er nickt und wirft gelegentlich witzige Kommentare ein. Über mich strömen die Worte hinweg wie Wasser. Ich kann nur an die winzige Blase warmer Luft denken, in der meine Hand seine berührt, und plötzlich begreife ich mit erschütternder Deutlichkeit, dass es wirklich passieren könnte. Es könnte heute Nacht passieren.

Ich versuche, mir über meine Gefühle klar zu werden. Ich versuche, an Francis zu denken und an unser gemeinsames Heim, unser Kind. Aber die glücklichen Bilder, die ich heraufbeschwören will, wirken so weit entfernt, und ich kann nur an dieses enge Gefühl in meiner Brust denken, wenn ich das Haus betrete, an die Unordnung, die keiner von uns beseitigt, weil wir beide den Kopf nicht frei haben, an unsere blank liegenden Nerven, die sich aneinanderreiben, wenn wir länger als ein paar Minuten im selben Zimmer sind, und an die unzerstörbare Mauer, die seine Tabletten zwischen uns aufgebaut haben.

Ich habe immer geglaubt, wenn eine solche Situation mit jemandem wie Carl mal brenzlig werden sollte, könnte ich ganz einfach und geschmeidig vom Abgrund zurücktreten. Jetzt ist es so weit, und ich merke, dass ich es nicht kann. Ich sehe Carl an, er sieht mich an, und sein Blick ist so intensiv, dass mir der Atem stockt. Ich spüre, dass sich ein Unwetter zusammenbraut, es bricht in Wellen über mich herein, zieht mich hinunter, ich kann mich nicht dagegen wehren.

Grant sammelt seine Sachen zusammen, nestelt an seiner Jacke. »Na ja, tut mir leid«, sagt er gutmütig. »Jetzt habe ich endlos von dem ganzen Mist erzählt. Ihr langweilt euch wahrscheinlich zu Tode. Ich mache mich auf den Weg – morgen ist viel zu tun, oder? Kommt ihr mit?«

Ich zögere. »Ich sollte wohl auch gehen«, sage ich. »Carl? Was meinst du?«

Carl zuckt mit den Schultern und leert sein Glas. »Ich könnte«, sagt er. »Aber ich hätte auch nichts gegen ein weiteres Glas, wenn du willst.«

Wie von selbst nicke ich beiläufig. »Klar.«

»Na gut. Also, ich bin dann weg.« Grant knöpft seine Jacke zu und hängt sich seine Gitarre um. »Vielen Dank, dass ihr gekommen seid, Leute. Bis morgen im Büro.« Und damit verschwindet er.

Einen Moment lang bleiben wir stumm sitzen. Trotz dem, was wir gerade gesagt haben, macht keiner von uns Anstalten, zum Tresen zu gehen. Ich spüre meinen Puls sanft und drängend unter meiner Haut. Seine Hand ist ganz in meine geglitten, unsere Finger sind locker verschränkt. Als Geste der Zärtlichkeit absolut unschuldig, dennoch fühlt sie sich schockierend, beinahe verdorben an. Ich kann mich nicht erinnern, dass ich eine Berührung, die Nacktheit meiner Haut schon einmal so bewusst wahrgenommen habe.

»Tja«, sagt er schließlich, »das ist interessant.«

Unverwandt starre ich auf den Tisch und nicke. Ich sehe sein Spiegelbild als Schatten auf dem verschmierten Glas, die Umrisse seiner Schultern und seines Profils, als er mir den Kopf zuwendet. »Interessant«, stimme ich zu, »und nicht besonders vernünftig, hm?«

»Na ja, wir können aufhören, wenn du willst«, sagt er.

»Willst du?«, frage ich sofort.

Er seufzt und lehnt den Kopf hinten an. »Oh, Caro«, sagt er. »Was glaubst du wohl? Du weißt doch, dass ich …« Er spricht nicht weiter, lässt seine Worte nachklingen. Und ich begreife, dass ich es natürlich weiß, dass ich mir selbst wochenlang etwas vorgelogen habe. Seine feuchte Hand, der Funken Unsicherheit in seinen Augen, als er meine Reaktion beobachtet, strafen seinen beiläufigen Tonfall Lügen. Er ist sich auch nicht gewiss, was hier gerade passiert und wie es weitergehen wird.

»Ich weiß nicht, was ich machen soll«, sage ich leise, und es stimmt, selbst wenn es armselig klingt.

»Geht mir genauso«, antwortet er. Seine Stimme ist sanft und zärtlich, ein wenig traurig, und mir kommt der Gedanke, dass es für ihn vielleicht auch nicht leicht ist. Wenn ich mir in den letzten Wochen meine Fantasien ausreden wollte, habe ich mir gesagt, dass er nur ein junger Aufreißer ist, der eine weitere Kerbe in seinen Bettpfosten schnitzen will, aber jetzt und hier wirkt es ganz und gar nicht so. Ich glaube, ihm liegt etwas an mir – er mag mich. Ein einfacher und doch unglaublich machtvoller Gedanke. Hitze steigt in mir auf, mir wird schwindlig. Die Musik aus den Lautsprechern hinter der Theke scheint an- und abzuschwellen und durch die Wände zu vibrieren.

»Hier hört man ja seine eigenen Gedanken nicht«, sage ich. »Lass uns gehen.«

Wir machen uns zusammen auf den Weg zur U-Bahn. Ich verschränke die Arme vor der Brust, weil ich in der Nachtluft zittere. Ab und zu reden wir über Grant und seine Band oder lachen über etwas, das letzte Woche bei der Arbeit passiert ist. Es ist, als hätte das Gespräch im Pub nie stattgefunden, und das gefällt mir nicht, es gefällt mir gar nicht. Ich will diese Augenblicke zurück. Ich will diese Vertrautheit, diese Bedeutsamkeit, als er schweigend meine Hand hielt. Ich nehme nichts anderes wahr, komme nicht darüber hinweg. Mein Kopf schwirrt so davon, dass ich kaum einen klaren Gedanken fassen kann.

Vor dem Eingang zur Tube verharren wir und sehen uns stumm an. »Kommst du mit?«, fragt er schließlich.

Ich schüttle den Kopf. »Ich laufe zur nächsten Haltestelle und nehme die Northern Line.« Wir stehen einander in der Kälte gegenüber, der Wind fegt zwischen uns hindurch. Vor Verlangen fühle ich mich schwach, die ganze Welt verschwimmt vor meinen Augen. Er sagt etwas, das ich nicht richtig verstehe, aber ich weiß, dass es eine Frage ist, und ich nicke, schmiege mich in seine Umarmung und hebe den Kopf. Mit den Fingern fahre ich durch seine Haare, als er mich festhält. Seine Lippen sind kalt. Wir küssen uns vielleicht zwanzig Sekunden lang. Ein paar betrunkene Teenager schlurfen vorbei und johlen anerkennend.

Er lässt mich los, und unsere Blicke treffen sich. »Mach dir kein zu schlechtes Gewissen«, sagt er leise.

»Ich werde es versuchen.« Ich bekomme die Worte kaum in meinem Kopf zusammen, geschweige denn über die Lippen. Ich murmele einen Abschied, wende mich ab und gehe eilig die Straße entlang. Vor lauter Adrenalin zittere ich. Ich gehe diese wenigen Sekunden immer wieder in Gedanken durch und versuche, meine Gefühle zu begreifen. In mir macht sich eine eigenartige Enttäuschung breit. Was es auch war, es war nicht genug. Und es ist schon vorbei.

Die Stelle, an der ich es schließlich finde, ist so offensichtlich, dass ich zuerst gar nicht dort nachgesehen habe: Die dunkelrote Kladde ohne Aufdruck auf dem Rücken steckt zwischen zwei Romanen im Bücherregal des Schlafzimmers. Ein Versteck, das jeder sehen kann – das ist typisch für sie. Ich hätte mich mehr bemühen müssen, wie sie zu denken, aber das fällt mir nicht leicht.

Ich setze mich auf ihr Bett, blättere die Kladde von hinten durch und beobachte, wie die Daten am oberen Rand die Zeit zurückdrehen. Als ich den Januar erreiche, lese ich jede Seite, die sie in den folgenden sechs Monaten geschrieben hat. Die Worte stehen eng an eng, wie aufeinandergestapelt, als hätte sie Schwierigkeiten gehabt, ihre Gedanken in die schmalen Zeilen zu quetschen.

Was sie schreibt, kommt aus dem Herzen, sie hält nichts zurück. Doch als ich das Ende erreiche, stürzt vor allem Enttäuschung auf mich ein. Es ist alles so prosaisch. Sie ist eine intelligente Frau, und sie kann gut schreiben, aber wenn es um Gefühle geht, arbeitet Caroline nur mit Versatzstücken. Bei den vielen abgedroschenen Allgemeinplätzen frage ich mich, ob ihr klar ist, dass dieses Tagebuch von fast jeder Frau in diesem Land stammen könnte. Ich denke ständig an ihn. Ich sehne mich nach ihm, selbst wenn er gerade erst gegangen ist. Ich kann an nichts anderes denken, kann nicht einmal etwas Abstand gewinnen und begreifen, was ich tue oder warum. Ich bekomme nicht genug von ihm, und das macht mir Angst. *Und so weiter. In etwas unterschiedlichen*

Formulierungen, mit einem anderen Dreh, immer und immer wieder, sechs Monate lang.

Wie erwartet finde ich den letzten Eintrag am achten Juli, danach nichts mehr. Nur noch leere Seiten. Ich lese alles noch einmal durch, und dann tue ich, was sie schon längst hätte tun sollen. Ich halte am offenen Schlafzimmerfenster ein brennendes Streichholz an eine Seite nach der anderen und beobachte, wie die verkohlten schwarzen Fetzen vor dem Wohnsilo zu Boden trudeln und im Nichts verschwinden. Es dauert lange. Nach der Hälfte meldet sich leise mein schlechtes Gewissen, weil es mir widerstrebt, etwas zu zerstören, das jemandem wichtig ist, selbst wenn es um sie geht. Aber ich komme darüber hinweg.

Als ich fertig bin, bleibe ich sitzen und denke wieder über die Worte nach, die ich gerade verbrannt habe, über ihre prosaische Schlichtheit, mit der sie weit hinter allem zurückbleiben, das wirklich zählt. Eigentlich sollte es mich nicht wundern. Letzten Endes ist nicht wichtig, worüber sie schreibt. Es geht nicht um Leben und Tod. Nur um Liebe.

Unterwegs

Caroline, Mai 2015

Sie schlendert mir vom oberen Ende der Straße entgegen, eine hochgewachsene, schmale Gestalt in Jeans und einem knallblauen Trägershirt, die Hände lässig in die Taschen gesteckt. Ich bin auf dem Rückweg meines mittlerweile täglichen Spaziergangs zum Laden, um die Zeitung zu holen. Wir laufen eindeutig aufeinander zu, unsere Wege werden sich zwangsläufig kreuzen.

Ich senke einfach den Kopf und gehe schnell weiter, beschließe ich. Die Einkaufstasche in meiner Hand fühlt sich rutschig an, und meine Wangen werden heiß. Das ist albern – ich kenne die Frau doch gar nicht. Es ist egal, ob sie mich für den unfreundlichsten Menschen hält, dem sie je begegnet ist, oder sämtlichen Nachbarn einen Rundbrief schickt und ihnen rät, die Läden dichtzumachen und mich zu ignorieren. Ich bleibe nur eine Woche hier.

»Hallo. Wie geht's?« Wie von außen höre ich ungläubig die Worte aus meinem Mund kommen, ich könnte nicht genau sagen, welche Schattierung von Höflichkeit mich zu ihnen getrieben hat.

Sichtlich erfreut strahlt sie mich an. »Ganz gut, danke.« Sie bleibt direkt vor mir stehen und verhindert damit, dass ich nur nicke und weitergehe. »Und dir?«

»Gut, gut«, sage ich, und plötzlich rede ich wie ein Wasserfall, weil mir klar ist, dass ich es tun werde und es keinen Sinn hat, es hinauszuzögern. »Hör mal, tut mir leid, wenn ich gestern ein bisschen unhöflich war. Ich bin es nicht gewohnt, dass fremde Menschen nett sind.« Mein Lachen soll selbstironisch sein, aber in meinen Ohren klingt es durchgeknallt. »Ich wohne in einer Großstadt, weißt du, da hat man mit seinen Nachbarn nicht viel zu tun.«

Die Frau nickt, und mir entgeht nicht, wie ihr Blick dezent und neugierig an mir auf und ab gleitet. »Keine Sorge«, sagt sie. »Ich verstehe schon, dass es etwas komisch gewirkt hat. Ehrlich gesagt ist mir einfach langweilig. Ich kenne hier kaum jemanden, und zurzeit arbeite ich nicht. Und als ich ein neues Gesicht gesehen habe, na ja, da bin ich etwas übermütig geworden.« Sie lacht humorlos und schroff auf.

»Verstehe ich«, sage ich, um die Stille zu durchbrechen. Ich starre auf ihre kleinen Diamantohrstecker und den hellrosa Lippenstift, den sie aufgelegt hat. Ich trage oft einen ähnlichen Farbton, aber ich glaube, mir steht er nicht so gut. Ihr Styling hat diese Art müheloser Eleganz, die ebenso selten wie kunstvoll ist, als wäre sie gerade der Fotostrecke eines Hochglanzmagazins entstiegen. Ich hätte nicht erwartet, dass jemand wie sie einsam ist.

»Ich bin gerade auf dem Weg in ein Café«, unterbricht sie meine Gedanken. »Du hast nicht Lust auf einen Kaffee, oder?«

Genau wie gestern reagiere ich perplex – ihre Einladung ist so direkt, so ungewohnt. Da es das zweite Mal ist, habe ich das Gefühl, ich kann nicht Nein sagen. Ich denke an Francis, der im Haus wartet, aber als ich gegangen bin, hat er im Bett gelegen und war noch lange nicht für unseren geplanten Ausflug nach Greenwich bereit. Ich könnte ihm aus dem Café kurz schreiben, dass ich etwas später komme. »Warum nicht?«, sage ich.

Die Frau läuft zügig weiter, offenbar geht sie davon aus, dass ich ihr folge. »Prima.« Sie dreht sich halb nach mir um, während ich mich beeile, sie einzuholen. »Es ist nicht weit. Ich heiße übrigens Amber.«

»Caroline«, sage ich und füge matt hinzu: »Freut mich.«

Ich glaube, diese Situation ist für mich auch deshalb seltsam, weil ich es nicht gewohnt bin, Freundschaften zu schließen. Als Erwachsener legt man nicht mehr so leicht seine Eigenarten und Macken offen und wartet ab, ob sie akzeptiert werden. Soweit ich mich erinnere, habe ich das in den letzten Jahren nur ein Mal getan. Dieser Gedanke lässt mich zusammenzucken, ich grabe die Fingernägel in meine Handflächen und versuche, ihn abzuwehren, aber bevor ich ihn aussperren kann, liege ich schon neben dir in deinem Schlafzimmer, Blick in Blick, überwältigt von Gefühlen, und dieser Ausdruck in deinen Augen sagt mir, dass du mich siehst. *Dass du mich kennst.*

Ich folge Amber blind, ohne einen Schimmer, wohin es geht. Wir biegen in eine elegante, schmale Einkaufsstraße ein: kleine Einzelhändler, Wohltätigkeitsläden und dazwischen ein Café mit grüner Fassade. Amber stößt die Tür mit dem Ellbogen auf und geht hinein. »Was willst du haben?«, fragt sie.

»Oh, ich mache das«, sage ich, aber sie schüttelt den Kopf.

»Sei nicht albern«, sagt sie. »Wenn ich dich einlade, bezahle ich auch. Du kannst es beim nächsten Mal wiedergutmachen.« Ihr Blick ist herausfordernd, fast schon aufreizend. Sie strahlt ein undefinierbares Charisma aus, von dem ich mich einfach angezogen fühle, vielleicht umso mehr wegen ihrer überdrehten Art.

»Na gut, danke. Dann einen normalen Filterkaffee, bitte.«

Ich lasse mich in einen der Sessel am Fenster sinken. Während sie zur Theke geht und bestellt, durchsuche ich meine Handtasche und merke mit einem flauen Gefühl, dass ich mein Handy im Haus vergessen habe. Es wird Francis nicht gefallen, wenn er nicht Bescheid weiß, und ich überlege aus einem Anflug von schlechtem Gewissen, ob ich mich entschuldigen und gehen soll.

Bevor ich mich entscheiden kann, kommt Amber mit dem Kaffee, stellt die Tassen schwungvoll auf den Tisch und zeigt bei ihrem Getränk auf die feinen, gleichmäßigen Spiralen aus weißem Schaum. »Hübsch, oder?«, sagt sie. »Die kleinen Dinge machen doch was aus.« Ihr linkes Auge zuckt, vielleicht zwinkert sie mir zu, aber es ist so schnell vorbei, dass ich nicht reagieren kann. »Also«, fährt sie fort und setzt sich mir gegenüber hin, »was bringt dich in diesen Teil des Landes? Er ist ja kein typisches Urlaubsgebiet.«

»Na ja …« Ich zögere, weil ich mir nicht sicher bin, wie viel ich sagen soll, oder auch nur, wie die Antwort überhaupt lautet. Ich wähle meine Worte sorgfältig, wäge sie ab. »Das kann sein. Aber wir wollten mal eine Woche raus, und das Ausland war uns mit zu viel Aufwand verbunden und zu teuer. Ich kenne diese Gegend nicht besonders gut, aber London ist recht nah und … na ja … hier hat sich eine Gelegenheit geboten.«

»Klar.« Amber zuckt mit den Schultern. »Warum nicht. Es ist ja auch wirklich schön hier. Ich habe mich nur so an diese Gegend gewöhnt, dass ich meine Umgebung kaum mehr wahrnehme.«

»Lebst du schon lange hier?«, frage ich.

Sie sieht nach links oben, wie Menschen es tun, wenn sie eine längst verschüttete Erinnerung ausgraben wollen. »Etwa … zehn Monate. Also nein, eigentlich nicht«, fügt sie grinsend hinzu. »Es kommt mir nur länger vor.« Sie beugt sich vor und senkt die Stimme zu einem vertraulichen Flüstern, um die Leute um uns herum auszuschließen. »Ein bisschen wie eine Gefängnisstrafe.«

Ich weiß, dass ich lachen sollte, aber die Worte berühren etwas in mir, und im ersten Augenblick kann ich nur nicken. »So schlimm ist es doch bestimmt nicht«, sage ich schließlich.

Sie schüttelt den Kopf, beugt sich noch weiter vor und stützt die Ellbogen auf den Tisch. »Nein, natürlich nicht«, antwortet sie. »Meistens fühle ich mich wohl. Nur … manchmal ist es ein wenig erdrückend. Schon etwas bizarr, wenn man darüber nachdenkt. Hier lernt man alle sehr schnell vom Sehen kennen. Ich laufe ständig denselben Leuten über den Weg, und wir lächeln und sagen hallo, und man fragt sich, was sie von einem halten. Weil man sie nicht wirklich kennt, und sie kennen einen auch nicht. Nur, was man vom anderen mitbekommt. Kleine Ausschnitte des immer Gleichen. Du weißt schon – Mütter, die ihre Kinder zur Schule bringen, alte Damen, die im Vorgarten Unkraut jäten, Männer, die sonntags ihre Autos waschen. Momentaufnahmen. Und hin und wieder überlege ich, welche Ausschnitte meines Lebens sie wohl sehen und wie sie darüber urteilen. Das ist alles.« Sie lehnt sich zurück und pustet vorsichtig auf ihren Kaffee. Der Schaum gleitet weiter, breitet sich aus, versinkt in der Tasse.

»Verstehe«, sage ich, um das Schweigen zu durchbrechen. Die Härchen auf meinen Armen richten sich auf, und mir läuft es kalt den Rücken hinunter. »Also lädst du nicht sämtliche Leute, die du triffst, zum Kaffee ein?«, frage ich, um die Stimmung zu lockern.

Ihr Lächeln wirkt vor allem verlegen. »Nein. Normalerweise nicht. Vielleicht verzweifle ich langsam.«

»Was ist mit den Leuten, die in der Nummer 21 wohnen?

Kennst du sie?«, frage ich. Plötzlich kommt es mir verrückt vor, dass ich im Haus von diesem S. Kennedy wohne, obwohl ich so wenig über ihn weiß.

Sofort ruckt Ambers Kopf hoch, auf ihrer perfekten Stirn bildet sich eine Falte. »Du nicht?«

Zu spät fällt mir ein, dass ich behauptet habe, ich würde das Haus hüten, und damit den Eindruck erweckt habe, es wäre ein Gefallen für einen Freund. »Nicht gut«, weiche ich aus. »Wir sind eher Freunde von Freunden.« Weil sie meine Frage nicht beantwortet hat, lasse ich zu, dass sich die Stille dieses Mal bewusst ausdehnt.

»Oh«, sagt Amber schließlich tonlos. »Na ja, nein. Eigentlich nicht. Wie gesagt, man sieht sie auf der Straße. Aber mehr auch nicht.« Sie verschränkt die Arme, starrt aus dem Fenster und beobachtet die vorbeischleichenden Autos mit übertriebener Aufmerksamkeit. Ihre Antwort klingt so abgehackt, als wollte sie sich selbst bremsen, bevor sie mehr sagt. Ich sehe sie an, ihre Augenbrauen sind leicht hochgezogen, auf den Lippen liegt ein Lächeln. Sie erwidert meinen Blick ruhig, ohne etwas zu sagen.

Es ist erstaunlich, wie gelassen sie wirkt. Sie verspürt offenbar nicht diese Unruhe, diesen Drang, das Schweigen zu beenden, der mich gerade erfüllt. Vielleicht sollte ich es bewundern, aber vor allem finde ich es eigenartig. Nach wenigen weiteren Sekunden knicke ich ein. »Tja«, sage ich munter, »so ist das …«, und damit lenke ich das Gespräch auf unverfänglichere Themen.

Wir plaudern darüber, was man in dieser Gegend am besten unternehmen kann, über die Wohltätigkeitsveranstaltung ihrer Kirche, für die sie unfreiwillig rekrutiert wurde, und ein paar Minuten später bin ich der Meinung, dass ich ohne schlechtes Gewissen auf meine Uhr sehen und sagen kann, ich müsse zurück zu meinem Mann. Amber reagiert gleichmütig, sie hat ihre Tasse geleert und ist aufgestanden, bevor ich auch nur meine Jacke anziehen konnte. Sie schenkt mir noch ein Lächeln, als wir hinaus in den Sonnenschein treten. »Danke, dass du mitgekommen bist«, sagt sie. »Es war eine nette Abwechslung. Vielleicht sehen wir uns noch mal, bevor ihr abreist.«

Im ersten Moment verspüre ich eine kindische Enttäuschung; ihr Abschied war vage und unverbindlich, ohne großen Enthusiasmus. »Ja«, sage ich, »das würde mich freuen.«

»Na gut.« Sie weicht zurück und deutet die Einkaufsstraße hinauf. »Ich gehe weiter und besorge noch einige Sachen. Bis dann!« Sie hebt die Hand, winkt kurz und wackelt mit den Fingern, und dann dreht sie sich um und marschiert davon. Ihre blonden Haare flattern übermütig im Wind. Ich sehe ihr nach. Ihr Gang hat etwas mühelos Verführerisches, und ein Mann nach dem anderen dreht sich nach ihr um. Ganz schemenhaft erkenne ich jemanden in ihr wieder.

Auf meinem Weg zurück zur Everdene Avenue überlege ich, an wen sie mich erinnert. Erst kurz vor dem Haus komme ich darauf, und als es mir einfällt, lache ich überrascht auf. An mich selbst. Wir sind ein ähnlicher Farbtyp, haben ähnliche Frisuren, auch wenn ich wohl nie so bezaubernd und gestylt ausgesehen habe wie sie, selbst in ihrem Alter nicht. Aber es geht über Äußerlichkeiten hinaus; ihre kraftvollen Bewegungen, ihre geschmeidige Selbstsicherheit lassen mich an die Energie denken, die mich erfüllte, als ich mit dir zusammen war, und die ich verströmte, wohin ich auch ging. Dieses Licht wurde vor fast zwei Jahren ausgeknipst, aber ich weiß noch genau, wie es sich angefühlt hat. Wenn ich in ihren Körper schlüpfen könnte, könnte ich diese Caroline wieder zum Leben erwecken.

Es ist ein quälender, trauriger Gedanke. Die letzten zweiundzwanzig Monate habe ich damit verbracht, mich zu sammeln, wieder Halt zu finden, aber auch damit, vieles zu unterdrücken. Mein altes Ich – diese Frau voller Zuversicht, die so überzeugt war, das Leben würde sich zum Guten wenden – habe ich an dem Abend verloren, an dem ich dich zum letzten Mal gesehen habe. Danach habe ich sie nicht mehr verdient.

Francis steht sofort vor mir, als ich die Tür öffne, komplett angezogen und sichtlich aufgebracht streckt er mir mein Handy entgegen wie eine Waffe. Mir bleibt fast das Herz stehen, und dann spüre ich im ganzen Körper dieses flaue Gefühl, wenn man gleich auffliegt. Erst nach ein paar Sekunden wird mir klar, dass ich nichts zu verbergen habe.

»Wo warst du?«, fragt er ohne Begrüßung. »Du hast dein Handy hiergelassen, und du warst eine Ewigkeit weg. Ich habe mir große Sorgen gemacht.«

»Tut mir leid«, sage ich, gehe hinein und ziehe meine Jacke aus. »Ich habe diese Frau getroffen, die schräg gegenüber wohnt; ich habe dir gestern von ihr erzählt. Wir haben zusammen einen Kaffee getrunken. Ich weiß, das klingt etwas seltsam, aber …« Ich lasse den Satz ausklingen, weil es wirklich nicht mehr zu sagen gibt.

Ich sehe ihm in die Augen und erkenne die unausgesprochene Frage in ihnen – die Frage, die ihm keine Ruhe lässt, selbst nach der langen Zeit. Eine Woge der Erschöpfung bricht über mich herein, sie nimmt mir meine Energie. Obwohl es mir vielleicht nicht zusteht, bin ich verärgert. Sogar wütend. Als würde er es als gegeben hinnehmen, dass ich jederzeit, wenn ich mal ein paar Minuten lang nicht bei ihm bin, einen anderen Mann vögeln könnte. In der ersten Zeit wollte ich dagegen angehen, indem ich es abstritt. *Es ist vorbei. Es ist vorbei.* Das habe ich wieder und wieder gesagt, und jedes Mal hat es weniger überzeugend geklungen, obwohl es die reine Wahrheit war. Manchmal hätte ich es gerne erklärt, hätte die Worte ausgesprochen, die ihn überzeugt hätten, aber jedes Mal, wenn ich es tun wollte, habe ich mir vorgestellt, wie sich sein Gesicht verändern, wie er mich ansehen und begreifen würde, was ich war. Und dann sind mir die Worte nicht über die Lippen gekommen.

Jetzt stelle ich mich ihm direkt und antworte leise und deutlich. »Es gibt keinen Grund zur Sorge«, sage ich. »Ich habe zufällig diese Frau getroffen. Wir haben einen Kaffee getrunken. Das war's.« Ich lasse meinen Worten Raum, achte darauf, mich nicht zu sehr zu rechtfertigen.

Francis nickt mit starrer Miene, solche Mühe kostet es ihn, mir zu glauben. »Ich weiß«, sagt er.

»Na, besten Dank für dein Vertrauen«, sage ich unwillkürlich – der kleine, trotzige Teil von mir, der sich das Streiten nicht verkneifen kann, musste diesen verbissenen, unüberlegten Gedanken in die Wirklichkeit stoßen. Als ich meinen schroffen Tonfall höre, würde ich es am liebsten zurücknehmen.

»Caroline, was soll das?«, fragt er verletzt und verständnislos. »Ich habe dir nichts vorgeworfen. Ich habe mir nur Sorgen gemacht. Ich will mir hier mit dir ein paar schöne Tage machen. Etwas Spaß haben. Ist das zu viel verlangt?«

»Natürlich nicht.« Ich bemühe mich, meiner Stimme die Schärfe zu nehmen.

Ganz dicht stehen wir voreinander im Flur, unsere Gesichter berühren sich fast. Ich schlinge die Arme um seinen Hals, vergrabe mein Gesicht in der Kuhle, atme ein, rede mir selbst gut zu. Es ist doch verständlich, dass er noch misstrauisch ist, und dass er deswegen hilflos ist und manchmal beruhigt werden muss. Was ich getan habe, mag erklärbar sein, aber nicht entschuldbar. Ich kann nicht erwarten, dass die Auswirkungen über Nacht verschwinden.

»Schon gut«, sagt er. »Es tut mir leid.« Er löst sich sacht von mir und lächelt mich mit diesen vertrauten Lippen an, die ich seit fünfzehn Jahren küsse. Jetzt kann ich mich kaum daran erinnern, wie verbissen er sie manchmal zusammenkneift. Diese Lippen gehören einem anderen Menschen.

»Mir tut es auch leid«, murmele ich und versuche, dieses absurde, widersinnige Brennen in der Brust zu ignorieren. Je liebevoller er sich verhält, desto wütender werde ich manchmal.

Wir bleiben lange so stehen, in einer sanften Umarmung, in der wir den Rhythmus unserer Atemzüge spüren. Sein Herz schlägt schnell und stark. Allmählich zeigt die Nähe Wirkung und besänftigt mich. Ich lehne den Kopf an seine Schulter, und mein Blick fällt auf die Wand gegenüber. Gleich hinter der Haustür ist eine kleine Nische. Sie scheint für eine Garderobe gedacht zu sein, die nicht da ist. Jetzt hängt dort nur ein kleines, gerahmtes Bild mitten auf der weiß gestrichenen Wand. Ein künstlerisch gestaltetes Foto eines Parks, mit einem Fluss, der sich diagonal am Bildrand und dahinter an einem Ziergarten vorbeischlängelt. Ich starre eine gefühlte Ewigkeit auf das Bild, bis ich begreife, was ich da sehe, und dann trifft es mich wie ein Schlag. Es ist der Hyde Park und kein Fluss, sondern das Ufer des Serpentine, wo der See in die Kensington Gardens übergeht. Die Stelle, die ich einmal mit dir besucht habe. Unwillkürlich male ich mir aus, mit dir am Ufer des Sees zu liegen. Ich spüre das Gras unter meinen nackten Armen. Die Sonne scheint heiß auf meine geschlossenen Lider, und dann dein Schatten über mir, der das Licht verändert.

Übelkeit schnürt mir den Magen zusammen. Ich denke an die Blumen im Badezimmer und die Musik, die Francis gestern gespielt hat, als ich zurückgekehrt bin. Monatelang bin ich allem ausgewichen, das Erinnerungen auslösen könnte, all diesen unauffälligen dünnen Stolperdrähten, deren Bedeutung nur du und ich kannten. Jetzt bedrängen sie mich so, dass ich kaum noch denken kann. Ich verstehe nicht, wie sie zusammenpassen und warum sie mir jetzt begegnen, an diesem fremden Ort. Dieses Haus sollte eine Zuflucht sein – ein Schritt aus meinem Leben heraus. Doch es kommt mir eher vor wie ein Schritt zurück – in eine Vergangenheit, an die ich mich nicht erinnern will.

Ich will hier weg. Der Gedanke trifft mich ohne Vorwarnung, unlogisch, aber heftig.

»Caro?« Francis löst sich aus meiner Umarmung, er hat meinen veränderten Atem gespürt. »Alles in Ordnung?«

Ich starre ihn an, und ich kann nicht erkennen, ob sein Gesichtsausdruck wissend oder naiv ist. Aus den Augenwinkeln sehe ich immer noch das Foto. Ich begreife nicht, dass es mir vorher nicht aufgefallen ist. »Ja«, sage ich zögerlich, obwohl sich mir die Kehle zuschnürt. »Ja, alles in Ordnung.«

Zu Hause

Francis, März 2013

Jeder Tag beginnt gleich. Ich schrecke aus dem Schlaf auf, wenn man diesen Zustand so nennen kann, sehe auf die orangefarbenen Leuchtziffern der Uhr auf dem Nachttisch und lese vier Uhr morgens ab. Ein paar Minuten früher oder später. Die Luft ist erfüllt vom Schlaf anderer Menschen und dem Nachhall meiner unruhigen Träume.

Das Hämmern in meinem Kopf breitet sich bis in die Brust aus. Zuerst ist es wortlos, ein Instinkt, animalisch, heftig. Dann lässt es nach, und mein Verstand wird klarer. Es ist jedes Mal so. Mich beschleicht das vage Gefühl, dass gleich etwas Schreckliches passieren wird – oder dass es schon passiert ist und ich es nur noch nicht weiß. Jeden Morgen beim Aufwachen wappne ich mich gegen diesen Schlag. Noch hat er mich nicht getroffen. Aber es ist nur eine Frage der Zeit. Ich bleibe ein paar Minuten im Dunkeln liegen, sammle diese Gedanken und versuche, sie niederzuhalten, aber sie springen immer wieder begierig auf, als würden sie an kräftigen Metallfedern hängen.

An diesem Morgen quäle ich mich aus dem Bett und gehe ins Wohnzimmer, um den Computer hochzufahren. Ich schalte durch ein paar Sendungen, die tagsüber gelaufen sind, wobei eigentlich egal ist, welche ich dann sehe. Ich versuche, mich zu konzentrieren, weil nur das hilft, diese Gedanken auszublenden, aber es fällt mir unglaublich schwer. Jede gesprochene Zeile scheint in einer Art Geheimsprache verfasst zu sein, die man erst mühsam entschlüsseln und interpretieren muss, und bis die Bedeutung in mein Hirn vorgedrungen ist, hänge ich schon hinterher, weil die Handlung auf dem Bildschirm weiter ist.

Hin und wieder sehe ich auf die Uhr in der Ecke des Bildschirms. 04:46. 04:59. 05:23. 06:32. Diese letzte Stunde ist schnell herumgegangen. Vielleicht bin ich eingeschlafen, aber das ist schwer zu sagen. Die Grenzen sind verschwommen und verschwimmen immer mehr. Als Kind bin ich oft schlafgewandelt. Ich erinnere mich noch an das unwirkliche, benebelte Gefühl, ein Zimmer um mich herum zu erahnen, während ich mich bewegte, mit den Fingern über vertraute Gegenstände zu fahren, ohne sie richtig zu sehen. Daran habe ich jahrelang nicht gedacht, aber seit ein paar Monaten geht es mir ständig durch den Kopf. Die Erinnerung steckt in meiner Chemie. In den Muskeln. Ich spüre, wie sie jeden Tag durch meine Knochen kriecht.

Meine Schläfen fühlen sich starr und angespannt an, und ein dünner Schweißfilm zieht sich über meinen Nacken. Als ich ihn wegwischen will, zittern meine Finger. Das könnte ich leicht beenden. Aber heute habe ich um elf einen Patienten und muss klar denken können. Ich muss es einfach aussitzen. Mittlerweile ist es nach sieben, es wird hell, und durch die Wand höre ich Eddies lustige wortlose Liederfetzen, die er um diese Zeit oft trällert. Ich überlege, aufzustehen und ihn aus dem Bett zu holen, und strecke schon die Hand aus, um den Film auf dem Computer anzuhalten. Aber dann höre ich die Schlafzimmertür und Carolines rasche Schritte auf dem Flur. Also kann ich nichts weiter tun, als tiefer in den Polstern zu versinken und zu warten.

Ich höre die beiden, meine Frau und meinen Sohn, wie sie sich in den Zimmern um mich herum fertigmachen. Sie sind nur ein paar Schritte entfernt, aber sie könnten genauso gut am anderen Ende der Welt sein.

Kurz bevor Caroline hereinkommt, stehe ich auf und blicke in den Spiegel über dem Kamin. Ich weiß nicht, wen ich erwarte, dort zu sehen. Nicht diesen Mann mit dem gräulichen aufgedunsenen Gesicht und den Sorgenfalten, die sich tief neben seine Augen gegraben haben, mit dem vertrauten und doch fremden Gesicht, wie eine unwirkliche Karikatur meiner selbst. Einen kurzen Moment lang stelle ich mir vor, wie ich den Spiegel antippe. Wie ich hineingreife, den Mann herauszerre und ins Licht halte, um herauszufinden, wer er ist. Ich sehe ihn so, wie andere ihn sehen. Freunde mit verblüfften Mienen, die nicht genau sagen können, wann mir alles scheißegal geworden ist. *Alles klar bei dir, Kumpel? Wir haben uns ja lange nicht gesehen …* Die anderen Therapeuten in der Klinik verschwinden unauffällig in andere Flure, um nur ja jedem Schwatz aus dem Weg zu gehen, für den sie früher jede Gelegenheit genutzt haben. Mein Bruder Greg bei seinem letzten Besuch: *Francis, ich erkenne dich kaum noch wieder. Was hast du mit meinem Bruder gemacht?* Er hat immer wieder durch das Fenster zu seinem Banker-Großkotz-Porsche gesehen, der auf der Straße eitel in der Sonne gefunkelt hat, als hätte er Angst, jemand könnte ihn verkratzen. Er hat sein pralles Portemonnaie durchgekramt und seine Platin-Kreditkarten aufgefächert wie ein Zauberer. *Wie läuft das Geschäft?*

Die Wut flackert auf und schwindet wie eine abgenutzte, alte Fackel, die mir schon fast egal ist. Kaum sitze ich wieder, fliegt die Tür auf. Caroline marschiert zu der Stelle, an der ich gerade noch gestanden habe, überprüft ihr Make-up und richtet ihr schmal geschnittenes Kleid. Ihr Rock ist eng und lässt den halben Oberschenkel frei. Ich beobachte, wie sich der Stoff bewegt und über ihrer Haut spannt, und für einen Moment regt sich Begierde, die zu nichts führen wird.

»Ich gehe gleich«, sagt ihr Spiegelbild zu meinem. So laufen mittlerweile viele unserer Gespräche ab. Wir starren uns an, obwohl sie mir den Rücken zuwendet. »Ich bringe Eddie weg. Ich hole ihn ab und bringe ihn zum Abendessen nach Hause, und dann bin ich wieder unterwegs, ja?«

»Wohin gehst du noch mal?«, frage ich, aber eigentlich interessiert mich die Antwort nicht, und fünf Minuten später habe ich sie schon vergessen.

Um zwanzig nach zehn gehe ich aus dem Haus in die eisige Kälte draußen und überlege, ob ich zurückgehen und etwas Wärmeres anziehen soll, aber das erscheint mir zu mühsam. Bevor ich mich entschieden habe, tragen mich meine Füße zur Haltestelle. Alles ist zu hell. Die Bäume zeichnen sich so scharf vom Hintergrund ab, dass mich der Anblick unruhig macht, und die aufgetürmten Häuser um mich herum erscheinen in widerlicher Deutlichkeit. Es ist fast wie ein Geschmack auf der Zunge, bitter und metallisch. An solchen Tagen scheinen die Würfel längst gefallen zu sein. Man muss sie einfach hinter sich bringen.

Die Bahn braucht normalerweise nur zehn Minuten, aber auf der Strecke gibt es ein Problem, und so kriecht sie voran und bleibt immer wieder abrupt stehen. Mir gegenüber singt eine junge Frau mit puscheligen Kopfhörern lautlos den Song mit, der ihr in die Ohren dröhnt. Ihre Lippen sind rot und von Lipgloss verschmiert. Ein abstoßender Anblick. Ein-, zweimal blickt sie auf und mustert mich argwöhnisch durch halb geschlossene Augen. Ich weiß, dass ich nicht lächle. Ich könnte die Spannung auflösen, könnte wegsehen oder wenigstens mein Stirnrunzeln glätten, aber dazu habe ich keine Lust. Heute ist kein Platz für Höflichkeiten.

An der Haltestelle vor meiner nimmt sie ihre Tasche, rauscht aus dem Wagen und grummelt dabei etwas. Die alte Schachtel auf der nächsten Sitzbank wirft ihr einen mitfühlenden Blick zu und starrt mich dann sekundenlang vielsagend an, bevor sie sich wieder zurücklehnt. In letzter Zeit fällt mir immer öfter auf, dass mir von den Menschen Ablehnung entgegenschlägt, obwohl ich kein Wort sage. In gewisser Weise ist das lustig. Mit Sicherheit werde ich nicht dagegen ankämpfen. Manchmal fordere ich es sogar noch heraus.

Ich habe mal über eine Prominente, ich glaube, es war Madonna, gehört, dass sie ganz nach Belieben ein- oder ausschalten konnte, ob sie auf der Straße erkannt wird, dass sie in einem Moment in der Menge verschwinden und im nächsten eine undefinierbare Superstar-Aura ausstrahlen konnte, mit der man sie bemerkte. Bei mir ist es ähnlich, nur strahle ich keine Star-Aura aus, sondern eine beklemmende, gereizte Unzufriedenheit mit der Welt, die andere unbehaglich am Ärmel zupft und sie genauer hinsehen lässt. Im Moment strahlt diese Aura mit voller Kraft.

»Guten Morgen, Francis«, begrüßt mich Sara mit Singsang-Stimme, als ich hereinkomme, und hebt dabei kaum den Blick von ihren Notizen. Sie gehört auch zu den Therapeuten, die regelmäßig diese Klinik nutzen. Wenn ich ihre kleinen, blitzenden Augen und ihren wachen, durchdringenden Blick sehe, frage ich mich manchmal, wie gut sie die Maske durchschaut, die ich hier jedes Mal aufsetze. Ich denke lieber nicht darüber nach.

»Morgen«, antworte ich im Vorbeigehen auf dem Weg zu meinem Sprechzimmer. Ich suche meine Unterlagen heraus und versuche, mich auf den anstehenden Termin zu konzentrieren. Es ist ein neuer Patient, ein Mann Anfang vierzig. Die Notizen aus seinem Gutachten verschwimmen vor meinen Augen, ich kann den Wörtern nicht folgen. Ich gebe auf und schiebe die Unterlagen beiseite. Ich werde mit ihm von vorne anfangen. Das ist besser so.

Meine Hände zittern wieder. Ich schütte Wasser in ein Glas und fluche, als es auf den Tisch neben meinem Sessel spritzt. Ich muss mich zusammenreißen. Ich kann das doch mit links. Früher habe ich meine Arbeit geliebt. Jetzt erscheint sie mir nicht mehr so sinnvoll. Seit ich meine Termine stark zurückgefahren habe, verdient Caroline drei- bis viermal so viel wie ich. Im Vergleich sind meine Gehaltsabrechnungen kaum das Papier wert, auf dem sie stehen.

Diese Gedanken sind wie feine, quälende Nadelstiche auf meiner Haut. Es gibt nur einen Weg, sie zu lindern, und den kann ich noch nicht gehen. Konzentrier dich.

Er zögert verlegen an der Tür, ein kleiner, unaufdringlicher Mann mit schütterem Haaransatz und einer runden bernsteinfarbenen Brille. Sein Gesicht wirkt ganz nett, aber ich sehe aus zehn Schritt Entfernung, dass eine Frau, metaphorisch gesprochen, mit ihren Pfennigabsätzen über ihn hinweggetrampelt ist. Ich stehe auf und gehe mit ausgestreckter Hand auf ihn zu. »Mark? Kommen Sie herein.« Ich schlage einen ruhigen, verbindlichen Ton an. Ich habe genug Erfahrung, um richtig zu klingen, wenn es sein muss.

In der ersten Sitzung geht es meist nur darum, zuzuhören und dafür zu sorgen, dass der Patient weiterspricht, und diese bildet keine Ausnahme. Es ist eine Erleichterung, mich ganz darauf einzulassen und alles andere auszublenden. Er redet zögerlich, stockt oft mitten im Satz oder kratzt sich verlegen an der Wange. Aber als er erst einmal in Fahrt gekommen ist, sprudeln die Worte schnell hervor, ein fast geflüsterter Strom der Unzufriedenheit. Größtenteils ist es das Übliche –

unbefriedigende Arbeit, ein nicht ausgefülltes Privatleben, enttäuschende Beziehungen zu Familienmitgliedern. Seine Frau erwähnt er erst nach einer halben Stunde, obwohl er alle paar Sekunden mit seinem Ehering spielt. Als er dann von ihr spricht, ist er anfangs zögerlich, redet um den heißen Brei herum, relativiert alles mit Vorbehalten und Vermutungen.

»Ich habe das Gefühl, dass sie gar keine Zeit mit mir verbringen will.« Hinter seiner Brille blinzelt er schnell und unregelmäßig, als würde ihm der Gedanke kleine Stromstöße verpassen. »Ich meine, ich weiß nicht. Sie hat einen anstrengenden Job, arbeitet oft lange. Ich kann es schon verstehen, wenn sie sich einfach ausruhen will. Aber manchmal frage ich mich, ob das alles ist. Ob es noch einen anderen Grund gibt. Wahrscheinlich irre ich mich.«

Es dauerte weitere zehn Minuten, bis die Wahrheit ans Licht kommt: die Textnachrichten, die spätabends ihr Handy klingeln lassen, die neue Kleidung, die er in ihrem Schrank gesehen hat, die sie aber nie zu Hause trägt, das wachsende Desinteresse an Sex und Zärtlichkeit. Jedes neue Detail scheint ihn tiefer in einen Abgrund zu zerren, den er nicht betreten will, und doch kommen immer mehr. Als würde er die Beweise zusammentragen und auf ein Urteil warten. Als er fertig ist, breitet er hilflos die Hände aus, mit den Handflächen nach oben. Seine Fingerspitzen sehen ganz weich und rosa aus, wie bei einem Kind. »Ich weiß nicht«, sagt er. »Glauben Sie, dass sie eine Affäre hat?«

Die Antwort liegt offen auf der Hand, aber es steht mir nicht zu, sie zu geben. Stattdessen frage ich: »Glauben Sie das?«, und beobachte, wie er seine innere Gewissheit gegen die Wirklichkeit abwägt, die es werden wird, wenn er es laut ausspricht.

»Ja«, gibt er schließlich zu. Mehr scheint er nicht sagen zu wollen.

An diesem Punkt könnte ich eingreifen, könnte in ihn dringen. Aber manchmal hilft Schweigen am besten weiter, und außerdem brummt mir der Schädel, meine eigenen Gedanken drängen an die Oberfläche. Ich denke daran, wie Caroline sich heute Morgen vor dem Spiegel hin- und hergedreht hat, wie prüfend sie sich in dem kurzen, engen Kleid gemustert hat. Wie seltsam, dass ich die Beziehungen anderer Menschen mit solchem Scharfsinn beurteilen kann, selbst jetzt, und bei meiner eigenen so viel unter dem Deckel halte und außer Sichtweite schaffe, dass ich mir die Wahrheit nicht eingestehen kann, obwohl ich sie kenne.

Arzt, hilf dir selbst. Ich wüsste nicht mal, wo ich anfangen sollte.

»Eigentlich weiß ich es schon lange«, sagt er nach einer Weile, »aber ich wollte es nicht zugeben. Jetzt muss ich etwas tun, und ich weiß nicht, was das Richtige ist.«

Ich nicke, und unsere Blicke treffen sich in einem kurzen Moment der Verbundenheit, der dieses Konstrukt durchbricht, in dem ich in diesem Sessel sitzen bleibe und er mich für meine Anwesenheit bezahlt. »Nun ja«, sage ich sanft. »Manchmal kann es helfen, erst einmal nichts zu tun.«

»Das habe ich auch schon gedacht.« Begierig greift er nach der Rettungsleine. Ich weiß, wie es ablaufen wird. Fünf bis zehn angsterfüllte Sitzungen mit immer wieder aufflackernden Verdächtigungen, die er mit Hoffnung und Leugnen einzudämmen versucht, dann eine Enthüllung oder eine Steigerung, die ihn zwingt, die Tatsachen zu akzeptieren, und dann fangen wir von vorne an. Manchmal ist es besser, einfach wegzusehen, um nicht verrückt zu werden.

»Ich liebe sie«, sagt er, als er aufsteht. »Ich liebe sie wirklich.« Seine Stimme klingt stolz, beinahe trotzig. Am liebsten würde ich ihm sagen, dass es keine edle Tat ist, jemanden zu lieben. Man liebt jemanden oder liebt ihn nicht. Es passiert oder passiert nicht. Und sich dieses Gefühl ein- oder ausreden zu wollen, bringt meistens so viel, wie gegen den Wind zu pinkeln. Stattdessen antworte ich mit einem ernsten, respektvollen Nicken und sage, dass wir uns nächste Woche wiedersehen.

Als er gegangen ist und ich am Fenster stehe, kommt mir Caroline erneut in den Sinn. Dieses Mal so, wie ich sie gestern Abend gesehen habe, als ich im Halbschlaf auf dem Sofa lag. Sie hat mit den Reißverschlüssen ihrer Stiefel gekämpft und musste sich an der Wand abstützen, um sie auszuziehen. Dann hat sie barfuß im Dämmerlicht vor mir gestanden und mich angesehen. Ich habe gemerkt, dass sie überlegt, ob sie mich wecken soll. Zuerst dachte ich, sie würde zu mir kommen, aber dann hat sie nur die Arme verschränkt, sich an die Wand gelehnt und den Kopf schräg gehalten, als würde sie auf etwas lauschen. Nach einem Moment ist sie so leise hinausgeschlichen, dass ich im Halbdunkeln und mit fast geschlossenen Augen nicht sicher war, ob sie gegangen ist, bis ich die Kälte und Stille im Zimmer ohne sie gespürt habe. Und im Schlaf habe ich von unserer Hochzeit geträumt. Von ihrem unbeschwerten, strahlenden Gesicht vor dem Sommerhimmel, ihrem Blick, der meinen erwidert, und wie ihre Stimme kippt, als sie sagt, dass sie mich liebt. Es war echt und doch nicht echt. Wie ähnlich sich Träume und Erinnerungen sind.

Diese Gedanken steigen in mir auf, doch hier will ich sie nicht. Ich muss nach Hause gehen.

Caroline kommt mit Eddie um Viertel vor sechs nach Hause, macht für ihn Abendessen und setzt sich mit ihm an den Tisch, um ihm beim Essen zuzusehen. Zwischendurch huscht sie immer wieder hinaus und kommt leicht verändert zurück. Neuer Nagellack, eine Parfumwolke. Sie glaubt, ich würde solche Dinge an ihr nicht bemerken, aber ich bemerke sie. Ich bemerke sie jedes Mal.

»Ich muss los«, sagt sie nach einem Blick auf ihre Uhr. »Bring ihn rechtzeitig ins Bett, ja? Ich habe mein Handy mit, ruf sofort an, wenn es ein Problem gibt.«

»Wohin gehst du noch mal?« Es fällt mir schwer, die Worte zu formen. Der Nebel senkt sich schon auf mich, und meine Gedanken werden sanft zusammengedrückt wie Wattebäusche.

Stirnrunzelnd dreht sie sich um. »Ich treffe mich mit Jess«, sagt sie. »Das weißt du doch.«

»Ach ja«, antworte ich. »Stimmt ja.«

»Das habe ich dir hundertmal gesagt.« Ihr Blick lässt Wut in mir aufsteigen, was in letzter Zeit allzu leicht passiert, und ich will ihr nur noch wehtun.

»Ja«, wiederhole ich nachdenklich. »Tja, ich höre dir nicht oft zu. Das meiste, das du sagst, ist nicht besonders …« Was ich als Nächstes sage, wähle ich sorgfältig aus. *Wichtig. Interessant.* »… der Aufmerksamkeit wert«, beende ich den Satz. Ich kann mir eine gewisse Genugtuung über ihre Reaktion nicht verkneifen, über dieses leichte Zusammenzucken, an dem ich festmache, dass die Bemerkung sie getroffen hat.

»Toll«, sagt sie. »Danke. Ich gehe dann mal.« Sie zögert noch, beißt sich auf die Lippe, überlegt, ob es noch etwas zu sagen gibt. Es verunsichert mich, sie so zu sehen und mich zu fragen, was sie mir eigentlich bedeutet. Manchmal liebe ich sie so sehr, dass mir die Tränen kommen, dass ich sie vor der Welt beschützen und dafür sorgen will, dass ihr niemand je wehtut. Und dann gibt es Zeiten, an denen ich glaube, es wäre mir ziemlich scheißegal, wenn sie stirbt.

Sie senkt den Blick, zuckt mit den Schultern und geht rasch zu Eddie, um ihm einen Gutenachtkuss zu geben.

Bevor sie aus dem Zimmer läuft, winkt sie grob in meine Richtung. Einen Moment später knallt die Haustür zu.

»Jetzt sind wir zwei allein«, sage ich in der Stille zu Eddie. Er kann meinen Tonfall nicht einordnen, wachsam und mit einem angedeuteten Lächeln sieht er zu mir auf. Ich stecke ihn in seinen Schlafanzug und schlage sein Buch an der Stelle auf, an der wir gestern Abend aufgehört haben. »›Der Prinz zog sein Zauberschwert und ließ das Schloss glänzen‹«, lese ich.

»Glitzern«, korrigiert Eddie mich leise.

Ich sehe noch einmal auf die Seite. »Glitzern«, sage ich. »Stimmt.« Die knallbunten Bilder und unförmigen Wörter verschwimmen vor meinen Augen, und ganz plötzlich muss ich dringend schlafen.

Ich mühe mich ein paar Seiten weiter, dann wuchte ich mich vom Sofa hoch, bringe Eddie ins Bett und drücke ihm sein Lieblingskuscheltier in die Arme. »Gute Nacht«, sage ich und gebe ihm einen Kuss auf die Stirn. Mit einem leisen, zustimmenden Maunzen rollt er sich zusammen. Heute Abend wird es einfach, Gott sei Dank. Als ich seine Finger von meiner Hand löse, brandet in meinem tiefsten Innern Liebe auf, und das ist kein schönes Gefühl. Es ist verdammt schmerzhaft, und über den Grund will ich gar nicht nachdenken.

Im Wohnzimmer schalte ich das Deckenlicht aus, setze mich aufs Sofa und greife nach den Tabletten. Nur noch eine heute Abend. Unter dem Druck meines Fingernagels knickt die Folie und reißt – ein fast unhörbares Geräusch, das mich wie immer beruhigt. Vorsichtig nehme ich die kleine blaue Tablette aus ihrer Vertiefung und halte sie mit den Fingerspitzen fest. In meinem Hinterkopf regt sich leise der Gedanke, dass ich sie vielleicht nicht brauche. Vielleicht kann ich die Dosis reduzieren oder ganz aufhören. Aber dieses verschwommene Gefühl lässt langsam nach, und unter der Oberfläche brodelt eine beißende Übelkeit, die hervorbrechen will, und dann habe ich mir schon die Tablette in den Hals geworfen und schlucke sie ohne Wasser hinunter, gefolgt von noch einer und noch einer. Das war's bis morgen. Aus und vorbei.

Carolines Laptop glänzt rot und ist mit Bildern von Feuerwehrautos übersät, die wahrscheinlich ihr Sohn so schief aufgeklebt hat. Sie bewahrt es in einer Schublade neben ihrem Bett auf und war so hilfreich, das Passwort hinten in ihren Terminkalender zu schreiben. Darin hält sie noch banalere Gedanken fest als in dem Tagebuch, das ich gestern verbrannt habe. Ich schalte es ein. Auf dem Desktop ist kaum etwas abgelegt, nur ein paar Nahaufnahmen von ihr in einem unbenannten Ordner. Eine ganze Weile lang betrachte ich dieses undurchschaubare Gesicht – ihre Lider sind mit blaugrauer Wimperntusche verschmiert, die Lippen dunkelrosa und leicht geöffnet. Ich glaube nicht, dass die Fotos für ihren Mann gedacht sind. Ich glaube, tatsächlich sind sie für sie.

Online habe ich mehr Glück. Caroline macht sich nicht die Mühe, viele unterschiedliche Passwörter zu verwenden; in ihre Mails komme ich nicht, aber ihre Facebook-Seite öffnet sich bereitwillig, als ich die gleichen Daten wie beim Entsperren des Rechners eingebe. Ich gehe ihre privaten Nachrichten durch und lese aufmerksam eine nach der anderen. Alle, die älter als zwölf Monate sind, wurden gelöscht, aber bei den Nachrichten zwischen ihr und ihrer besten Freundin Jess stoße ich auf eine kleine Goldmine. Durch sie erfahre ich, dass Francis – größtenteils – seine Versprechen hält, dass es zwischen ihnen deutlich besser läuft, sie aber trotzdem nicht ganz sicher ist, ob sie das Richtige getan haben. Ich erfahre, dass sie immer noch unter Schlafproblemen leidet und ihre Träume sie manchmal an einen Ort schleifen, den sie nicht vergessen kann.

Sie erwähnt sogar, was am 9. Juli 2013 geschehen ist. Natürlich nicht direkt. Sie ist nicht dumm, und sie weiß, dass man niemandem wirklich vertrauen kann. Aber auch das zeigt mir schon, wie sehr sie sich wünscht, mit jemandem zu reden. Wider besseres Wissen hofft sie, dass es jemandem gelingt, sie zu knacken und ihre Geheimnisse ans Tageslicht zu holen. Sie will sie aus ihrem Kopf haben. Sie sollen verschwinden.

Bevor ich mich auslogge, verändere ich noch ihr Profilbild. Im Moment ist es eine harmlose Aufnahme mit Weichzeichner, auf der sie und ihr Sohn händchenhaltend an einem sonnigen Meeresufer spazieren gehen. Es dauert ein paar Minuten, bis ich ein Foto finde, wie es mir vorschwebt, aber dann stolpere ich schließlich über eines, das genau richtig ist. Ich speichere es auf ihrem Desktop und lade es hoch. Ich frage mich, wie lange es dauern wird, bis es anderen Leuten auffällt, bis sie kommentieren, spekulieren. Was hat das zu bedeuten, Caroline? Ist bei dir alles in Ordnung? *Nach allem, was ich gesehen habe, lässt sie kaum jemanden hinter die Maske blicken. Sie schafft für alle um sie herum eine Fassade, weil sie Angst hat. Sie braucht ein wenig Hilfe, um den anderen die Schuppen von den Augen zu wischen und ihnen zu zeigen, wer sie wirklich ist.*

Unterwegs

Caroline, Mai 2015

Es ist keine leichte Aufgabe, dieses Haus gemütlich herzurichten, aber wir sammeln alle Kissen ein, die wir finden können, und werfen sie aufs Sofa, zünden ein paar Kerzen an und lassen leise Hintergrundmusik laufen. Als ich zurücktrete und mich im Zimmer umsehe, merke ich, dass es wirklich einen Unterschied macht. Diese kleinen Veränderungen verleihen dem Haus eine andere Atmosphäre, nehmen ihm einen Teil seiner unbehaglichen Anonymität. Durch sie kann ich leichter die Gedanken und Erinnerungen abschütteln, die mich bedrücken. Wäre Eddie doch nur hier, dann käme es mir fast wie ein normaler Familienabend vor.

Ich sehe mir das Foto an, das meine Mutter mir heute geschickt hat: Eddie strahlt in die Kamera und zeigt auf einen Anstecker an seiner Jacke, auf dem »Gut gemacht!« steht. Ich wünsche mir, ich wäre dort, aber ich verscheuche diesen Gedanken, weil ich fest entschlossen bin, den kommenden Abend zu genießen.

Francis hat ein Curry gemacht und erklärt mir bis ins kleinste Detail, welche Gewürze er benutzt hat und warum. Für meinen Geschmack ist es etwas zu scharf, aber ich esse es trotzdem. Zwischendurch trinke ich eimerweise Wasser, obwohl er mich warnt, dass es nicht helfen wird. Nach dem

Essen räumen wir das Geschirr weg und beschließen, eines der Spiele zu spielen, die wir mitgebracht haben. Wie ich es mir hätte denken können, wählt Francis Scrabble aus, und wir setzen uns damit an den makellosen Sofatisch.

»Bloß keine Kratzer machen«, warnt er. »Wahrscheinlich hat der Tisch eine direkte Verbindung zur Polizeiwache. Ehe wirs uns versehen, buchten sie uns wegen Vandalismus ein.«

»Oooh.« Ich beiße mir in gespielter Angst auf die Lippen. »Am besten ziehen wir unsere Handschuhe an.«

Francis drückt eine Fingerspitze auf die Tischplatte, reißt die Augen auf und zieht die Hand erschrocken zurück. Wir reiten den Witz wirklich zu Tode, aber es ist unser erster Abend hier, an dem sich alles ganz natürlich anfühlt. Hier und jetzt erkenne ich in ihm kaum den Mann wieder, der mir noch vor einem guten Monat gegenüberstand und der in brutaler Unregelmäßigkeit immer wieder hervortritt. Es sind typische Wechsel zwischen Manie und Lethargie, ein Zurückfallen in Dinge, die er noch nicht ganz der Vergangenheit überantworten kann. Aber diese Phasen werden seltener, zumindest kommt es mir so vor, und obwohl es mir falsch erscheint, weiß ich auch, dass sie die guten Zeiten stärker hervorheben, sie beglückender und kostbarer machen.

Wir fangen an zu spielen, und nach fünf Minuten ist schon abzusehen, dass ich nicht gewinnen werde. Ich bin eine durchschnittlich gute Spielerin, aber Francis hat ein ärgerliches Talent für solche Dinge, auch wenn er behauptet, er habe nicht öfter gespielt als ich.

»He«, protestiere ich, als er mit einem Funkeln in den Augen ein X auf ein Feld mit dem dreifachen Buchstabenwert legt. »X U – das ist doch kein Wort. Das sind nur zwei beliebige Buchstaben.«

»Oh, stimmt!« Francis spielt den Einsichtigen, lehnt sich zurück und schielt auf das Spielbrett. »Tut mir echt leid …

obwohl, genau gesagt irrst du dich, Caroline, der Xu ist nämlich eine vietnamesische Währungseinheit.«

»Weiß ja jeder Dummkopf«, sage ich sarkastisch und schüttle den Kopf.

»Hundert Xu sind ein Dong«, erklärt Francis geduldig, als würde er mit einem kleinen Kind reden.

»Ein was?« Obwohl ich langsam frustriert werde, muss ich lachen, als ich ein mickriges S an ein vorhandenes Wort anlege und auf seinen nächsten Zug warte. »O nein, jetzt wird es aber albern.« Er hat ein I vor ein O geschoben. »Io? Was zum Teufel soll das sein?«

»Ein Ausruf«, erklärte Francis genüsslich. »Häufig bei einem Sieg verwendet, also gewöhn dich schon mal daran, ihn zu hören, denn wenn ich mich nicht täusche, räume ich hier gerade ab.«

»Du hältst dich wohl für ganz schlau«, grummele ich und funkele ihn finster an.

Er erwidert meinen Blick. Das Kerzenlicht lässt seine Wangenknochen hervortreten und malt dunkle Schatten unter seine grünen Augen. Ein Kribbeln durchfährt mich bei dem überraschenden Gedanken, dass dieser Mann, mein Mann, in den letzten zwei Jahren nach und nach wieder zu dem Menschen geworden ist, dem ich früher stundenlang wie gebannt beim Schlafen zugesehen habe.

»Du bist am Zug«, sagt er schließlich.

Ich beuge mich über den Sofatisch und küsse ihn, zu Anfang noch sanft. Mein Atem geht schneller, als er die Hände an meine Wangen legt und mich näher zu sich zieht, als er die Finger in meinen Haaren vergräbt. Er drückt seine Lippen fest auf meine, und ich rutsche schnell herum, klettere auf seinen Schoß, schlinge die Arme um seinen Hals und krümme den Rücken, damit seine warme Hand unter meine Bluse gleiten kann. Das alles haben wir Tausende Male gemacht, immer wieder in den letzten fünfzehn Jahren, und wenn man etwas so oft gemacht hat, ist man gut darin. So gut, dass man dabei nicht mehr nachdenken muss. Mein Verstand ist wie leer gefegt, in meinem Kopf knistert nur weißes Rauschen. Er hakt meinen BH auf, und ich öffne erst seinen und dann meinen Reißverschluss, will es schnell, ohne großen Umstand, aber plötzlich lehnt er sich zurück und sieht aufgeschreckt an mir vorbei.

»Hast du das gehört?«, fragt er.

»Was?« Ich schüttle verwirrt den Kopf. »Ich habe nichts gehört. Ist doch egal.«

Als ich ihn gerade wieder küsse, höre ich es auch – ein leises, zögerliches Klopfen an der Haustür. Ich sehe auf die Wanduhr; es ist kurz vor zehn. »Verdammt noch mal«, grummele ich. »Was denn jetzt?«

Francis steht auf und macht seine Jeans zu. »Merk dir, wo wir stehen geblieben sind.« Er wirft mir aus leicht zusammengekniffenen Augen einen Blick zu, bevor er zur Tür geht. »Ich sehe mal, wer es ist, und wimmele ihn ab.«

Seufzend lehne ich mich zurück. Mein ganzer Körper bebt vor Frust, die Begierde ist geweckt, aber nicht gestillt. Im Spiegel sehe ich mich – die Bluse halb aufgeknöpft, die Hose auf die Oberschenkel heruntergeschoben. Ein Gedanke huscht finster durch meinen Kopf: deine Hände auf meinem Körper, die den Stoff weiterschieben. Ich unterdrücke ihn sofort, und doch genügt er, um mir diesen Moment wie Quecksilber durch die Finger gleiten zu lassen.

Ich höre, wie Francis die Tür öffnet und fragend »Hallo?« sagt, und dann eine Frauenstimme, leise und reizend verlegen. Die Worte verstehe ich nicht, aber ich erkenne die Stimme. Ich springe auf, richte meine Kleidung und laufe in den Flur. Und tatsächlich, auf der Schwelle steht Amber. Sie trägt einen kurzen schwarzen Rock und eine bis oben zugeknöpfte Jacke im Military-Stil, ihre glatten blonden Haare fallen ihr auf die Schultern. Sie lächelt Francis mit dem gleichen unbeschwerten Charme an, den sie im Café versprüht hat. Als ich im Flur auftauche, sieht sie mich an und strahlt richtig. Ihr zaghaftes Winken ist gleichzeitig Begrüßung und Entschuldigung.

»Caroline«, sagt sie, »schön, dich zu sehen. Ich hoffe, es ist in Ordnung, dass ich einfach so vorbeischneie. Ich habe zu Hause gesessen und hatte nichts zu tun, deshalb habe ich gedacht, ich sage einfach mal Hallo. Hoffentlich störe ich nicht.«

»Nein …«, sage ich automatisch, als ich sehe, dass Francis Platz macht und sie hereinwinkt.

»Klasse«, sagt sie. »Nachdem wir uns gestern verabschiedet haben, ist mir aufgefallen, dass wir uns gar nicht neu verabredet haben, und ich fände es zu schade, wenn du abreisen würdest, ohne dass ich dich noch mal gesehen hätte. Du bleibst noch ein paar Tage hier, oder?«

»Ja«, sage ich. »Bis zum Wochenende.« Dieses Gespräch wäre gar nicht so seltsam, wenn es nachmittags um drei stattfinden würde statt abends um zehn. Amber schiebt sich zielstrebig durch den Flur, öffnet die Wohnzimmertür und sieht sich mit einem schnellen Blick um.

»Es ist nicht zu spät, oder?«, fragt sie, als hätte sie meine Gedanken gelesen.

»Nein, nein«, antworte ich übertrieben eifrig. Hinter Ambers Rücken verzieht Francis das Gesicht, als wolle er fragen: »Wer ist diese Verrückte?« Aber mir entgeht nicht, wie er sie ansieht, als sie sich aufs Sofa setzt und ihr Rock an den langen, schlanken Beinen hochrutscht. Ihre Kleidung würde eher zu einem Abend in einer Bar passen als zu einem zwanglosen Besuch bei den Nachbarn. Sexuelle Eifersucht versetzt mir einen Stich. Davon habe ich seit einer Ewigkeit nicht mal einen Hauch gespürt, wenn es um meinen Mann und eine andere Frau ging, und perverserweise merke ich, dass es mir gefällt.

»Ich hole dir was zu trinken«, sagt Francis und verschwindet in der Küche. Als ich mich neben Amber auf das Sofa setze, sehe ich uns beide im Spiegel und habe wieder dieses seltsame Gefühl, mich in ihr wiederzuerkennen, so wie gestern nach unserem Treffen. Im schmeichelnden Kerzenlicht wirkt die Ähnlichkeit noch stärker. Ich frage mich unwillkürlich, ob sie es auch sieht.

Sie beugt sich leicht herüber und spricht leise und vertraulich. »Dein Mann wirkt nett«, sagt sie.

»Oh. Ja – danke«, antworte ich dümmlich. Ihre Offenherzigkeit hat etwas Entwaffnendes. »Ist er auch.« Dabei bin ich nicht sicher, ob das stimmt. »Nett« ist ein Wort, das ich noch nie mit Francis in Verbindung gebracht habe. Unberechenbar, launisch, verwirrend, charmant, zum Aus-der-Haut-Fahren, undurchschaubar. All das, wobei sich die Reihenfolge von Tag zu Tag ändert.

»Mir fehlt etwas männliche Gesellschaft«, gesteht Amber und wirft mir mit gesenkten Wimpern einen Blick zu. »Mein Freund ist beruflich oft unterwegs. Einer der Gründe, warum ich diese Woche nichts mit mir anzufangen weiß.«

Ich nicke und brummele mitfühlend. Obwohl sie so attraktiv ist, überrascht es mich, dass sie einen Freund hat. Sie wirkt auf mich beeindruckend unabhängig, als könnte sie andere Menschen auf Distanz halten und studieren. Aus Pupillen, die im gedämpften Licht dunkel und flüssig aussehen, beobachtet sie mich. Ich habe das Gefühl, dass sie um meine Gedanken Bescheid weiß, und das beunruhigt mich.

»Tut mir leid, dass wir keine Auswahl haben.« Francis kommt mit einem Glas Wein hereingerauscht und gibt es Amber. »Prost. Freut mich, dich kennenzulernen. Caroline hat mir erzählt, dass ihr euch gestern im Café unterhalten habt.« Für einen kurzen Moment wird sein Blick starr, als er auf Ambers Bestätigung wartet, und als er sie erhält, entspannt sich seine Miene schlagartig. Es macht mich traurig, dass er immer noch nicht davon überzeugt war, dass ich ihm über gestern Vormittag die Wahrheit gesagt habe.

»Ja. Tut mir leid – das war ziemlich spontan. Du findest bestimmt, dass ich ihr zu viel Zeit stehle«, sagt Amber. »Und das in eurem Urlaub.«

»Nein, gar nicht«, antwortet Francis galant und setzt sich uns gegenüber hin.

Amber hebt ihr Glas an die Lippen und trinkt es in einem großen Schluck halb leer, offenbar ohne zu merken, was sie tut.

»Es ist nur so«, sagt sie in einem vertraulichen Tonfall, »dass ich Menschen interessant finde. Vielleicht etwas zu sehr. Damit habe ich mir schon einige Male Ärger eingebrockt.« Sie wirft mir ein Lächeln zu. »Ich lerne es nie.«

Ihre Miene verfinstert sich, aber dann lacht sie, kippt den restlichen Wein hinunter und fährt sich elegant mit der Hand über den Mund. Ihre rot lackierten Fingernägel funkeln im Licht.

Francis springt auf ihre Bemerkung an und hält einen entfernt dazu passenden Vortrag über soziale Medien und ihre Auswirkungen darauf, wie viel wir alle von unserem Leben preisgeben, wenn auch aus sicherer Entfernung. Zu diesem Thema haben er und Amber viel zu sagen, und ich lasse sie reden und das Gespräch an mir vorbeirauschen. Ich denke darüber nach, dass sie sich beschreibt, als sei sie ein offenes Buch. Aber durch alles, was sie sagt, schimmert ein Subtext, den ich nicht richtig wahrnehmen kann. Ich kann sie nicht lesen, weil ich sie im Grunde gar nicht kenne.

Allmählich dringt zu mir durch, dass ihr Gespräch ins

Stocken gerät und Francis mir unauffällig Zeichen gibt, dass ich eingreifen soll. »Und«, frage ich übergangslos, »ist dieses Haus so wie deines, Amber? Von außen sehen sich alle ziemlich ähnlich.« Die Frage ist so dämlich, dass ich innerlich zusammenzucke, aber Amber wird dabei überraschenderweise richtig munter.

»Wenn ich mich so umsehe«, sagt sie, während sie aufsteht und einen Blick in den Flur wirft, »sind sie sich ziemlich ähnlich, zumindest vom Grundriss her. Meines ist viel unordentlicher. Aber ja, der Aufbau ist gleich.« Sie stockt, als würde sie überlegen. »Ich gehe mal ins Bad, wenn ihr nichts dagegen habt«, verkündet sie abrupt. Und bevor ich etwas sagen kann, ist sie schon verschwunden.

Francis und ich lauschen schweigend ihren Schritten auf der Treppe und dann den knarrenden Dielen oben. Die Geräusche erklingen unregelmäßig und mit Pausen, als würde sie einmal durchs obere Stockwerk und zurück laufen.

»Sie geht nicht ins Bad«, flüstere ich. »Zumindest nicht sofort.« Ich lächle unsicher und wünschte, es wäre witzig, aber instinktiv verspannen sich meine Muskeln, und ich merke, dass ich den Atem anhalte.

Francis hört wortlos zu. Einen Moment lang ist es still, dann knarrt eine Tür. Ich springe unwillkürlich auf und husche zum Fuß der Treppe. Ich werde hinaufgehen und nachsehen, was sie macht. Aber als ich nach oben blicke und das glatte, polierte Holz und dahinter den dunklen Flur sehe, packt mich eine kindische Angst, und ich kann es nicht. Die kalte, anonyme Atmosphäre in diesem Haus erinnert mich an das Set eines Horrorfilms.

Ich höre wieder Schritte, die sich schneller und entschlossener als vorhin der Treppe nähern, und husche zurück ins Wohnzimmer, wo Francis wartet. Im nächsten Augenblick taucht Amber mit einem strahlenden Lächeln in der Tür auf. Sie hat sich ihre Handtasche umgehängt und die Jacke zugeknöpft.

»Dann lasse ich euch jetzt allein«, sagt sie. »Vielen Dank. Caroline, wir sehen uns noch mal, ja? Vielleicht trinken wir noch einen Kaffee, bevor du fährst.«

»Ja – natürlich«, antworte ich matt. Sie war kaum zwanzig Minuten im Haus. Ihr Abschied, so abrupt er auch ist, entwickelt eine Eigendynamik, und ich folge ihr gehorsam durch den Flur, halte die Haustür auf und winke ihr nach, als sie in die Nacht verschwindet.

Ich schließe die Tür, lehne mich dagegen und ziehe die Augenbrauen hoch. Francis geht schulterzuckend zur Treppe. »Manche Menschen sind seltsam«, tut er die Sache ab, doch ich merke ihm an, dass er beunruhigt ist.

»Manche mehr als andere.« In Gedanken rekapituliere ich die letzten zwanzig Minuten. Mir fällt nichts auf, was besonders belastend wäre, aber mein Bauch sagt mir, dass Amber sich anders benommen hat, als die meisten Menschen es getan hätten, dass an ihr irgendetwas nicht ganz passt.

Mein Blick fällt auf den Tisch, auf dem noch das Scrabblebrett liegt. »Spielen wir nicht zu Ende?«, rufe ich Francis nach.

Seine Stimme dringt von oben zu mir herunter. »Lassen wir es stehen«, sagt er. »Wir haben was Besseres zu tun …«

Mit Mühe fällt mir ein, was wir gemacht haben, bevor es geklingelt hat. Ich spüre der Lust nach, die ich vorhin empfunden habe. Ich kriege sie nicht ganz zu fassen, aber aus Erfahrung weiß ich, dass sie zurückkehrt, wenn ich sie lasse. Ich folge ihm nach oben. Als ich das Schlafzimmer erreiche, ist er schon halb ausgezogen, liegt auf dem Bett und knöpft träge seine Jeans auf. »Kommst du?«

Ich nicke, ziehe mich im Stehen aus und sehe mich dabei um. Irgendwie habe ich den seltsamen Eindruck, dass etwas verändert oder nicht an seinem Platz ist. Ich suche das ganze Zimmer mit meinem Blick ab, um den Auslöser dieses Gefühls zu finden, aber ich kann nichts Konkretes entdecken, und so bleibt nur ein diffuses Unbehagen.

So wie man manchmal stundenlang sein Gedächtnis nach einem vergessenen Namen durchforstet und ihn dann beim Aufwachen schlagartig weiß, bemerke ich sofort die Veränderung im Zimmer, als ich am nächsten Morgen die Augen aufschlage. Der kleine dunkelviolette Regenschirm, der an einem Haken neben dem Spiegel hing, ist verschwunden. Ich sehe mich im Zimmer um, ob ich ihn an eine andere Stelle gelegt habe und mich nur nicht erinnere, aber er ist nicht da. Ich denke an die Schritte über uns, als wir gestern Abend im Wohnzimmer gesessen haben, und stelle mir vor, wie Amber dieses Zimmer betreten und sich schnell nach etwas Interessantem umgesehen hat. Obwohl das Zimmer äußerst asketisch eingerichtet ist, sehe ich auf den ersten Blick mehrere Gegenstände, die eindeutig wertvoller sind. Es wäre unsinnig, dass sie den Regenschirm genommen haben sollte.

»Vielleicht ist sie Kleptomanin«, ruft Francis, um die Dusche zu übertönen, als ich ihm im Bad davon erzähle. Er zuckt mit den Schultern, bevor er weiter energisch seine Haare shampooniert. »Es muss doch keinen Grund geben, oder?«

»Nicht unbedingt.« Für einen Psychotherapeuten zeigt sich Francis oft erstaunlich desinteressiert an menschlichen Verhaltensweisen. »Etwas skurril ist es schon«, füge ich hinzu, aber er hat sich umgedreht, hält das Gesicht in den Wasserstrahl, und meine Worte verlieren sich im Rauschen.

Nach einem Moment gehe ich leise nach unten in die Küche. Wieder fällt mir ihre unnatürliche Perfektion auf, die makellosen Oberflächen, die akkurat ausgerichteten Reihen von Geschirr und Küchenutensilien. Ein Sonnenstrahl fällt schräg durchs Fenster und trifft die Arbeitsplatte wie ein sorgfältig platzierter Scheinwerfer. Der einzige Fremdkörper in dieser Küche bin ich.

Ich versuche, die lockere Atmosphäre von gestern Abend, vor Ambers Besuch, wieder wachzurufen, aber sie ist fort. Mein ganzer Körper fühlt sich angespannt an, als würde ich auf einen Schlag warten. Ich fülle den Wasserkocher, betätige den Schalter und starre ihn an. Ich kann kaum sehen, was ich direkt vor Augen habe.

Unvermittelt strömen Bilder und Erinnerungen in meinen Kopf. Sie rauschen so schnell an mir vorbei, dass mir fast schwindlig wird. Ich öffne eine Schranktür, nehme den löslichen Kaffee und eine Tasse heraus. Ich hole die Milch aus dem Kühlschrank. Ich schütte das kochende Wasser in die Tasse, der dünne Strahl lässt in der Stille ein Pfeifen aufsteigen.

Die Handgriffe sitzen, aber ich bin nicht wirklich hier. Ich gehe eine dunkle Straße entlang, auf dein Auto zu, die Luft ist warm und duftet. Ich halte deine Hand, blicke in dein lächelndes Gesicht und sage: »Daran will ich mich immer erinnern, es soll ein Abend sein, den wir nicht vergessen.«

»Nein«, sage ich laut.

Meine Stimme holt mich zurück, und ich sage es noch einmal lauter. Mein Herz rast, meine Handflächen sind schweißnass. Ein Schaudern überzieht meinen Rücken mit Gänsehaut. Ich schließe die Augen und zähle. Das musste ich seit Monaten nicht mehr tun – und ich habe gedacht, ich müsste es nie wieder. Diese Gedanken auszublenden kostet mich enorm viel Kraft.

Als ich die Augen schließlich wieder öffne, durchfährt mich heftige Angst. Dieses Haus hat das alles ausgelöst. Die

Blumen, die Musik, das Foto im Flur … die vielen kleinen Gedächtnisfunken haben zusammen ein Feuer entfacht, das ich jetzt löschen muss. Ich glaube nicht an einen Zufall, egal, was ich mir eingeredet habe. Ich sehe mich in der Küche dieses fremden Menschen um, und dann reiße ich mich los, laufe durch alle Zimmer, suche nach einem Riss in seiner Anonymität. Das hier ist ein Musterhaus, eine Fassade. Ich öffne Schranktüren, durchwühle die wenigen Habseligkeiten. Sie verraten mir nichts.

Ich forsche genauer nach, gehe tiefer. Taste die Unterseiten von Schränken und Sofas ab, sehe hinter den Vorhängen nach. Im Schlafzimmer neben dem Bett schließt sich meine Hand um einen harten, glatten Gegenstand, der zwischen Kopfteil und Wand klemmt. Ich ziehe ihn heraus und starre ihn an. Ein gläsernes Fläschchen, ein Aftershave, das ich augenblicklich an dem auffälligen schwarzen Logo auf der Vorderseite erkenne. Als ich es unter meine Nase halte, schlägt mir der Geruch entgegen und erfüllt mein Herz mit Nostalgie.

Mein Mund ist trocken, verrückte Gedanken wirbeln durch meinen Kopf, und ich muss etwas tun, muss sie aufhalten. Ich denke an die belanglosen kurzen Nachrichten, die wir über die Haustauschseite verschickt haben. Ich weiß nicht einmal mehr, was wir geschrieben haben. Es waren zweckmäßige, förmliche Mails. Einzelheiten über den Tausch.

S. Kennedy. Nicht mehr als ein Name. Vielleicht ist er nicht einmal real.

Kurz entschlossen nehme ich mein Handy und gebe die Adresse der Website in die Suchleiste ein. Meine Einloggdaten kenne ich auswendig, ich kann meine Nachrichten noch einmal lesen. Aber die Seite öffnet sich nicht, mein Handy hängt und will sie nicht neu laden.

Nach Luft ringend versuche ich nachzudenken. Ich öffne die WLAN-Einstellungen und sehe in der Liste einen neuen Eintrag unter dem Namen BT, aber die Verbindung ist verschlüsselt. Plötzlich fällt mir der Zettel ein, der auf meinem Kopfkissen auf mich gewartet hat. *Infos in der Mappe in der Küche.* Ich laufe wieder nach unten und entdecke sofort eine marineblaue Mappe, die an der Mikrowelle lehnt. Bis jetzt habe ich sie noch nicht geöffnet, aber vielleicht enthält sie das WLAN-Passwort. Ich schlage die Inhaltsliste auf und gehe sie durch. WLAN-Angaben, S. 4. Das Papier zerknittert beim Umblättern, ich streiche die entsprechende Seite mit zitternden Fingern glatt, und dann starre ich auf die klein gedruckten Wörter. In meinem Kopf ist etwas explodiert, alles ist ganz klar und still und reglos.

Passwort für WLAN: silverbirches

Die Worte verschwimmen vor meinen Augen, und ich kann es nicht länger leugnen – ich weiß, was sie bedeuten, ich erinnere mich an die Nacht, in der ich diese Buchstaben in dieser Reihenfolge zum letzten Mal gesehen habe und sich alles verändert hat. Ich verbinde mein Handy mit dem Internet. In meinem Mailprogramm gebe ich die Adresse ein, die ich anschreiben sollte, wenn es Probleme gibt. Mein Kopf ist völlig leer, ohne Raum für Gedanken. Ich tippe die einzigen Worte ein, die ich zu fassen bekomme.

Bist du da?

Dann drücke ich auf Senden.

Zu Hause

Caroline, April 2013

Dienstagmorgens herrscht im Büro immer gedrückte Stimmung; die Euphorie des letzten Wochenendes ist abgeklungen, und bis zum nächsten dauert es noch lange. Alle trinken einen Kaffee nach dem anderen, hängen gebeugt über Laptops und Telefonen, murmeln sich lustlos Sachen zu. Steven wirft uns gelegentlich pseudowitzige Sprüche durch die offene Tür seines Chefzimmers zu, um uns etwas aufzumuntern, aber er kämpft auf verlorenem Posten. Könnten Büros reden, würde unseres am Dienstagmorgen sagen, dass es nicht hier sein will.

Bei mir ist es anders. Zurzeit sind meine Wochenenden zu Hause keine Freude, sondern eher etwas, das ich ertragen muss, ein düsterer Kreislauf aus Hoffnung, Frust, Enttäuschung und Verzweiflung. Ins Büro zu kommen ist Erleichterung, das reinste Vergnügen. Ich bemühe mich, mir nichts anmerken zu lassen, aber hier durchströmt mich neue Energie. Es fühlt sich an, als wäre ich betrunken, nur ist nichts verzerrt und unscharf – wenn überhaupt, erscheint mir die Welt strahlend und klar. Ich kann mich immer nur wenige Minuten lang auf meine Arbeit konzentrieren, und trotzdem erledige ich sie so schnell und effizient wie seit Jahren nicht mehr. Sie lenkt mich ab, und je schneller ich etwas geschafft habe, desto eher kann ich über Carl nachdenken.

An meinem unteren Bildschirmrand blinkt das Symbol des Chatprogramms. Ich klicke das Fenster auf, nachdem ich mich vergewissert habe, dass mich niemand beobachtet. *Wenig los heute, was. Aber nur noch 20 Minuten bis …*

Beobachtest du die Uhr?, schreibe ich zurück. Ich gestatte mir einen kurzen Blick. Er sitzt zurückgelehnt auf seinem Stuhl, starrt mit einstudiert gelangweilter Miene auf den Bildschirm und tippt träge ein paar Wörter ein. *Und ob*, lese ich auf meinem Bildschirm, *und du auch, gib's zu.* Als ich aufsehe, tut er es mir gleich, und unsere Blicke treffen sich sekundenlang. Das Kribbeln zwischen uns jagt mir einen Schauer durch den Körper, und ich kann kaum glauben, dass um uns herum alles weiterläuft, so missmutig und ahnungslos wie immer. Mit einem Mal werde ich ungeduldig. Ich schiebe meinen Stuhl zurück, drücke mein Notizbuch an die Brust und marschiere zu seinem Schreibtisch.

»Hast du was dagegen, wenn wir die Konten jetzt schon durchgehen?«, frage ich beiläufig. »Ich weiß, wir haben zwölf Uhr gesagt, aber in der Pause will ich zur Post, und dafür muss ich früh los.«

Er starrt mich ausdruckslos an. »Klar«, sagt er. »In fünf Minuten, ja?«

Ich knirsche mit den Zähnen. »Sicher«, antworte ich zuckersüß. An meinem Schreibtisch setze ich mich, schlage das Notizbuch auf und beuge mich betont konzentriert darüber. Ich fülle den Raum zwischen den Zeilen mit einem Bleistift aus und schraffiere ein Muster. Meine Finger sind vor Schweiß rutschig. Aus dem Augenwinkel sehe ich, dass das Chatprogramm wieder blinkt, aber ich ignoriere es und gebe vor, in meine Aufgabe vertieft zu sein. Ich weiß, dass er mich beobachtet, und tatsächlich vergehen kaum zwei

Minuten, bis er aufsteht und herüberkommt, wenn auch aufreizend langsam.

»Weißt du was«, sagt er, »ich glaube, ich bin so weit.« Er trägt sein Laptop unter dem Arm, die andere Hand hat er lässig in die Hosentasche gesteckt. Ich stehe auf und laufe neben ihm her zum Konferenzraum. So nahe war ich ihm den ganzen Vormittag über nicht. Er trägt das Aftershave, das mir am besten gefällt, sein Duft erfüllt die Luft und verdreht mir den Kopf.

Ich folge ihm in den Konferenzraum, schließe die Tür und sperre den Rest des Büros aus. Nachdem er sein Laptop auf den Tisch gestellt und es sorgsam angeschlossen hat, öffnet er die Präsentation, die wir besprechen wollten. Dann dreht er sich grinsend zu mir um.

»In fünf Minuten«, sage ich. »Du …« Zu mehr komme ich nicht, denn er stürmt auf mich zu, drückt mich neben der Tür gegen die Wand, drängt sich an mich und nimmt mir mit einem Kuss den Atem. Seine Hände halten mich fest, obwohl ich mich gegen sie anstemme. »*Nein*«, raunt er und packt mich noch fester. Mein Bauch krampft sich vor Lust zusammen, meine Finger krallen sich in seine Haare, und ich verliere mich in diesem Moment. Ich wünschte, er würde mir die Kleider vom Leib reißen und mich zu Boden werfen. Wieder küsst er mich, jetzt leidenschaftlicher. Die Zeit verfließt, verwandelt sich. Ich habe keine Ahnung, wie lange wir uns schon küssen. Ich wünschte, es würde niemals aufhören.

Schließlich wird er sanfter, und ich spüre, wie sich meine innere Anspannung löst. Er hält mich zärtlich in den Armen, streicht mir die Haare zurück. Im gleichen Augenblick wie ich beginnt er zu lächeln, und dann lachen wir leise, immer noch ineinander verschlungen. Wir küssen uns minutenlang, bedächtig streifen seine Lippen meine. »Weißt du«, sagt er nach einer Weile, »man sollte meinen, es würde irgendwann langweilig.«

Ich nicke, weil mir dieser Gedanke auch schon gekommen ist. Es läuft jetzt seit fast acht Wochen so – erhaschte halbe Stunden in diesem Raum oder manchmal in der Mittagspause, nicht zu oft, damit niemand Verdacht schöpft, und ab und zu ein gemeinsamer Abend. Dann sitzen wir da und starren uns an wie Teenager, wir reden und machen Witze und küssen uns. Mehr nicht. Ich wage es nicht, diese körperliche und seelische Grenze zu überschreiten, solange wir jeden Tag acht Stunden miteinander verbringen.

Er streicht den verknitterten Kragen meiner Bluse glatt und lässt seine langen Finger über meine Schultern gleiten. »Steven hat gestern wieder mit mir über die Versetzung gesprochen«, sagt er, als hätte er meine Gedanken gelesen. »Es scheint alles zu laufen. In ein paar Wochen arbeite ich in dem Büro in Bishopsgate. Du weißt schon. Keine Kollegen mehr.« In seiner Stimme klingt eine Mischung aus Bedauern und Vorfreude mit.

»Etwas Luft, um nachzudenken. Es könnte Vorteile haben«, murmele ich.

»Könnte es.« Er hält mich wieder fester, ein wenig nur, aber das genügt, damit ich mich an ihn schmiege und die Arme um ihn schlinge. »Nur, wenn du es willst«, sagt er. Seine Lippen berühren meinen Hals. »Und wenn wir uns dafür entscheiden.«

»Wir müssen sehen, wie es läuft.« Konkreter als jetzt haben wir noch nie über die Zukunft gesprochen. Wenn ich allein bin, grübele ich stundenlang darüber nach – versuche zu verstehen, was in aller Welt wir machen, was es bringen soll, was wir wollen, wohin es führt. Wenn wir dann zusammen sind, zerfallen diese Überlegungen in nichts.

Seine Hände gleiten unter meinen Rock, bewegen sich

langsam meine Oberschenkel hinauf und halten dort, wo der dünne Stoff meines Slips meine Haut bedeckt, inne. Ich weiß, dass er nicht weitergehen wird, nicht hier – auch nicht irgendwo anders, bevor ich es sage. Manchmal scheint er deutlich mehr Selbstbeherrschung zu besitzen als ich. Ich kämpfe ständig gegen den Drang an, seine Hände dorthin zu führen, wo ich sie spüren will, ihm zu zeigen, dass ich nicht länger warten will. Seine Finger streicheln sanft meine Haut, und ich lehne den Kopf an die Wand, höre meinen schnellen, heftigen Atem, als sein Mund wieder meinen findet. Er beißt mir auf die Unterlippe, erst zärtlich, dann so fest, dass ich nach Luft schnappe, ich kratze mit den Fingern über seinen Rücken und ziehe ihn an mich.

Er löst sich leicht von mir, seine dunklen Augen sind nachdenklich und abschätzend. »Das gefällt dir richtig, was?« Bei seiner leisen Stimme überläuft mich ein Schauer. Ich nicke stumm. Einen langen Moment bleiben wir reglos stehen, bringen unseren Atem wieder unter Kontrolle. Ich lege den Kopf an seine Brust und spüre seine Wärme.

»Wir sollten zurückgehen«, sage ich nach einer Weile.

»Ja.« Seufzend verlagert er das Gewicht. »Geh vor. Ich brauche ein paar Minuten, um mich zu beruhigen, du weißt schon.«

»Ist gut.« Ich löse mich aus seiner Umarmung und entgleite ihm. Mit der Hand auf der Klinke drehe ich mich kurz zu ihm um.

Sein Lächeln zaubert ihm kleine Fältchen neben die Augen. »Zieh dir den Lippenstift nach.«

Ich nicke, und erneut trifft es mich wie ein Schlag – dass wir so unglaublich entspannt miteinander umgehen, dass wir keine Spielchen spielen oder Kämpfe ausfechten, dass wir glücklich sind. Dieses Gefühl erkenne ich wieder, selbst nach so langer Zeit. Das Vertrauen, das wir als Freunde aufgebaut haben, ist unerwartet und reibungslos in den nächsten Kontext übergegangen, und es fühlt sich natürlich und richtig an, obwohl wir beide wissen, dass es falsch sein müsste. Ehrlich gesagt ist es mir egal. Ich weiß nur, dass ich es brauche und dass ich nicht aufhören werde.

Um sechs Uhr biege ich in unsere Straße ein, zähle im Gehen die Häuser und halte nach dem Licht im Wohnzimmerfenster Ausschau. Es ist kalt für April, zu kalt für den kurzen Rock, den ich trage, aber deshalb zittern mir nicht die Knie. Ich denke an das Telefonat mit Francis in der Mittagspause zurück und versuche mich zu erinnern, wie er geklungen hat. An viel kann ich mich dabei nicht erinnern, weil er kaum etwas gesagt hat. Inzwischen drückt sich mein Mann nur noch auf zwei Arten aus: durch lange Monologe voller Abschweifungen, die er so schnell herunterrasselt, dass sie beinahe manisch wirken, oder durch verschleierte, einsilbige Äußerungen, die eher an Fragen in Kreuzworträtseln denn an Gespräche erinnern.

Als ich den Schlüssel im Schloss umdrehe, flattert Übelkeit in mir auf, verkrampft mir den Magen und lässt meinen Atem stocken. Es ist verrückt, dass ich mich derart beklommen fühle, wenn ich mein eigenes Haus betrete. Ich beiße die Zähne zusammen und marschiere durch den Flur ins Wohnzimmer. Eddie sitzt wie gebannt vor einem Disneyfilm; als er mich hört, winkt er und ruft etwas zur Begrüßung, bevor er seine Aufmerksamkeit wieder dem Fernseher widmet.

»Hallo!« Obwohl Francis lächelt, wird mir das Herz schwer. Seine Augen strahlen zu sehr, seine Bewegungen sind fahrig und übertrieben. Reine Überkompensation, damit ich denke, alles sei in Ordnung. Vor Enttäuschung bleibe ich wie angewurzelt stehen, als er vom Sofa aufspringt und mich umarmt. »Guck mal!«, ruft er Eddie zu laut zu. »Mummy ist zu Hause.«

»Nicht lange«, sage ich und mache mich los. »Ich bade Eddie und bringe ihn ins Bett, und dann gehe ich wieder, du erinnerst dich?«

»Ja, ja, ich weiß«, antwortet Francis hastig, aber sein Blick ist von Unsicherheit verhangen.

Ich sehe zum Sofa hinüber und suche nach dem weißen Umschlag, den ich fast jeden Tag überprüft habe, seit ich die Tabletten gefunden habe. Ihre Reihen lichten sich erschreckend schnell, und dann sind sie auf unerklärliche, wundersame Weise wieder aufgefüllt, wie Krebszellen teilen und vermehren sie sich.

»Du wirkst nicht wie du selbst«, sage ich und merke dabei, dass ich keine Ahnung habe, ob das stimmt. Ich habe keine Ahnung mehr, wer er wirklich ist. »Hör mal, Francis …« Ich hole tief Luft, mir ist klar, dass ich weiterreden muss. »Ich weiß, dass du wieder Tabletten nimmst. Ich glaube, du musst …«

»Was redest du da?«, unterbricht er mich, das Gesicht zu einer verwirrten Grimasse verzogen.

»Willst du es abstreiten?« Mein Blick fällt wieder auf das Sofa; er sieht es und nickt trotzdem.

»Ja!«, erklärt er. Um mich zu überzeugen, starrt er mich aus großen Augen unverwandt an. »Du bist albern. Mir geht's gut!«

Ich setze an, etwas zu sagen, lasse es aber. Er lügt zweifellos, aber dieses glatte Abstreiten, diese undurchdringliche Mauer haben eine solche Wucht, eine solch düstere Vertrautheit, dass mir keine passende Antwort einfällt.

»Alles gut«, wiederholt er. Er nestelt unruhig an seinem Hemdkragen. Diesen Zustand kenne ich: eine eigenartige hyperaktive Phase, die oft in innere Erregung, Paranoia und

Desorientiertheit abdriftet. Abrupt kommt er näher, um mir einen Kuss auf die Wange zu geben, und ich zucke instinktiv zurück. Ich kann kaum fassen, dass ich jetzt fast abstoßend finde, was ich früher so begehrt habe.

Er verzieht gekränkt das Gesicht, aber in der nächsten Sekunde dreht er sich weg, schnappt sich Eddie und wirft ihn johlend in die Luft. Eddie liebt ihn natürlich, wenn er in dieser Gemütsverfassung ist, und als ich sehe, wie mein Sohn kichert und kreischt, weiß ich auch den Grund – er versteht es oder glaubt, es zu verstehen. In diesen Momenten benimmt Francis sich wie ein Kind, ohne die Überlegungen oder Hemmungen eines Erwachsenen.

Sofort nehme ich ihm Eddie ab. »Ich lasse ihm sein Bad ein«, sage ich leise, ohne Francis anzusehen.

»Oje!«, ruft Francis mir nach und rudert heftig mit den Armen. »Jetzt habe ich wieder was falsch gemacht!« Sein Tonfall verändert sich, bekommt einen gemeinen Beiklang, aber ich schließe die Badezimmertür hinter mir und sperre all das aus.

Ich stecke meinen Sohn in die Badewanne, nehme händeweise Schaum auf und verstreiche ihn sanft auf seiner Haut. Er plappert zufrieden und wie ein Wasserfall über den Film, den er gerade gesehen hat. »Der Junge ist in den Wald gegangen, und da war ein helles Licht, und er hat ein Monster gesehen, aber seine Augen waren blau, und ich weiß nicht mehr …«

»Das klingt toll, mein Schatz«, sage ich und streiche über seine nassen Haare. Es beruhigt mich, ihn zu spüren, und gibt mir ein wenig den Boden unter den Füßen zurück.

Nachdem ich ihn abgetrocknet und ihm seinen Schlafanzug angezogen habe, kuscheln wir uns zusammen in sein Bett, und ich lese ihm eine Geschichte vor. »Und die Meerjungfrauen schwammen in der silbrigen See und sangen ihr wunderschönes Lied«, lese ich vor. Ich will mich konzentrieren, aber ich muss an Carl und die Dinge denken, die wir noch vor wenigen Stunden gemacht haben, an das, was er gesagt hat, an seine Hände auf meiner nackten Haut. Es erscheint mir seltsam, gerade jetzt daran zu denken, während mein Sohn sich neben mir zusammengerollt hat, aber diese Gedanken sind meine Talismane, sie schützen mich vor den anderen Gedanken, die kommen könnten.

»Gute Nacht, Mummy«, flüstert Eddie nach der Geschichte. Seine grauen Augen sind groß und ernst, als ich ihn richtig zudecke, sie glänzen im Halbdunkel. Ich sehe ihm tief in die Augen, und mir schnürt sich die Kehle zu – es gibt so viel, das er nicht weiß, so viel, das mich aus dem Hier und Jetzt mit ihm reißt, so viele Momente, in denen ich woanders sein möchte.

Mir kommen fast die Tränen, und ich beuge mich vor, küsse ihn auf die Stirn und atme den Duft seiner frisch gewaschenen Haare ein. »Gute Nacht«, flüstere ich. »Hab dich lieb.« Er lächelt müde, dreht sich auf die Seite, greift nach seinem geliebten Stofftier und vergräbt das Gesicht am Hals des Hasen.

Einen Moment lang beobachte ich ihn noch, und dabei regt sich fieberhafte Unruhe, die so vertraut ist, dass ich sie nicht mehr in Worte fassen muss. Ich sage mir, dass er gleich einschläft und dass er nachts nie wach wird, dass mein Handy immer eingeschaltet ist, dass Freunde von mir mit dem Auto in fünf Minuten hier sein können, sollten sie gebraucht werden. Und dass Francis sein Vater ist und ihn liebt.

Leise stehe ich auf und stehle mich aus dem Kinderzimmer. Ich merke, dass ich nicht einmal meine Jacke und meine Schuhe ausgezogen habe, nachdem ich nach Hause gekommen bin. Mir war nicht bewusst, dass ich so schnell wieder verschwinden wollte.

»Ich gehe jetzt«, sage ich, aber Francis liegt auf dem Sofa, die Augen geschlossen, der Kopf zur Seite gesackt. Seine Energie ist so schnell verbraucht, wie sie aufflackert. Ich kann nicht erkennen, ob er schläft oder mich einfach ignoriert. So oder so läuft es auf das Gleiche hinaus.

Ich stehe ein, vielleicht sogar zwei Minuten lang da und suche in ihm den Mann, in den ich so verliebt war, dass ich nur herumsaß und von ihm träumte, wenn wir getrennt waren, und der mir dann fehlte wie ein Teil meines eigenen Körpers. Jetzt fehlt er mir am meisten, wenn er direkt neben mir sitzt. Wenn er nicht da ist, kann ich mich an ihn erinnern, wie er früher war. Aber wenn wir zusammen sind, lässt es sich nicht verbergen – wir haben verloren, was wir einmal hatten, und ich hänge in der Schwebe, ohne Ausweg und unglücklich mit jemandem verflochten, den ich nicht in Ordnung bringen kann.

Im Schlaf wirkt sein Gesicht beinahe entspannt. *Ich war dir untreu*, sage ich in Gedanken. *Ich betrüge dich.* Diese Worte gehen mir seit Wochen in stumpfer Regelmäßigkeit durch den Kopf. Vielleicht hoffe ich, dass sie irgendwann eine Sperre in mir lösen, dass sie Wucht entwickeln und ihr Ziel treffen. Bis jetzt ist es jedenfalls noch nicht passiert. Ich wende mich ab, lasse ihn allein und schalte nicht einmal das Licht aus.

Ich esse mit Jess in einer kleinen Pizzeria, durch die ein verlockender Duft nach Oregano und Teig aus dem Holzofen weht, und besuche anschließend mit ihr eine angesagte, überfüllte Bar mit bunten Kerzen auf den Tischen. Wir plaudern über die Arbeit, unsere Kinder, Sachen, die wir im Fernsehen gesehen haben. Sie fragt mehrfach nach Francis. Beim ersten Mal antworte ich schulterzuckend, es gehe ihm gut, aber als sie später noch einmal fragt, bricht aus mir heraus, dass es nicht besser geworden ist. Von all meinen Freundinnen weiß sie am besten, wie es zwischen uns aussieht – sie hat guten Grund anzunehmen, dass unsere Ehe auf wackligen Füßen steht. Nur die Tabletten habe ich nie erwähnt. Manchmal lasse ich Andeutungen fallen, in gewisser Weise hoffe ich, sie würde zwischen den Zeilen lesen, aber wenn sie dann Ansätze dazu macht, übertünche ich die Probleme sofort.

»Tut mir leid«, sagt sie jetzt, das Gesicht voller Sorgenfalten. »Glaubst du, dass du irgendetwas ändern kannst? Lässt er es bei der Arbeit immer noch so ruhig angehen?«

Ich nicke. »Ich weiß gar nicht, wie viel er im Moment arbeitet. Ich meine, manchmal verlässt er das Haus, aber ich habe keine Ahnung, wohin er geht.« Von den Einnahmen habe ich jedenfalls schon lange nichts mehr gesehen. Sobald sie auftauchen, verschwinden sie in einem schwarzen Loch.

Jess wirkt etwas überrumpelt, als habe sie Mühe, es zu verstehen. Das kann ich ihr nicht verübeln. Bis vor wenigen Jahren waren Francis und ich vollkommen offen miteinander. Wir haben so viel Zeit miteinander verbracht, dass es völlig undenkbar gewesen wäre, einer könnte vom anderen nicht wissen, wo er war und was er machte. »Das klingt ja nicht besonders«, sagt sie.

»Nein.« Ich zögere, weil ich überlege, wie viel ich gestehen soll. »Ehrlich gesagt kann ich mir manchmal nicht vorstellen, dass es besser werden soll.«

Jess blinzelt überrascht. »Gott«, sagt sie. »Ich hätte nicht gedacht …«

»Die Sache zieht mich nur ziemlich runter«, unterbreche ich, weil ich plötzlich merke, dass ich nicht mehr über Francis reden will. »Du weißt doch, wie so was ist. Wahrscheinlich gibt es sich wieder.«

»Möglich«, sagt sie gedehnt. Sie knibbelt Wachs von der

Kerze zwischen uns, ihre roten Fingernägel glitzern im Licht. »Und, ähm, darf ich fragen, wie es mit Carl aussieht?«, fragt sie mit betont neutraler Stimme. »Gibt es da eine Entscheidung?«

Schon seinen Namen zu hören muntert mich auf. Am liebsten würde ich ständig über ihn reden, selbst wenn ich meinen Worten einen Anstrich von Angst und Unsicherheit geben muss. »Kann man so nicht sagen«, gebe ich zu. »Ich meine, es kann natürlich nicht ewig so weitergehen, aber es ist auch nicht einfach, es zu beenden, wenn wir uns jeden Tag sehen. Aber früher oder später müssen wir wohl Schluss machen.« Ich weiß, dass es stimmt, aber mein Verstand verschließt sich davor, er versteckt sich in einem hübschen, kleinen Kokon vor der Wirklichkeit.

Jess nickt und schürzt nachdenklich die Lippen. »Was empfindest du wirklich für ihn?«, fragt sie. »Ich meine, bist du …«

»Nein«, sage ich schnell, weil ich weiß, was sie fragen will. Und ich will nicht darüber nachdenken. »Na ja, wir verstehen uns gut. Unglaublich gut. Es hat einfach klick gemacht. Aber er ist viel jünger als ich, und wenn man es mal logisch betrachtet, würde es doch niemals wirklich funktionieren … Ich kann es nicht erklären«, antworte ich kläglich. Eigentlich würde ich ihr gerne sagen, dass es Spaß macht. Ich würde ihr gerne in allen Einzelheiten erzählen, was wir heute Vormittag gemacht haben, und dabei kichern und rot werden wie ein frisch verknalltes junges Mädchen. Aber genau das kann ich nicht machen. Spaß zu haben gehört sich in meiner Situation nicht, die gesellschaftliche Norm erwartet Seelenqualen und Selbstzerfleischung.

Seufzend nickt sie wieder. »Ich hoffe, ihr könnt das einrenken«, sagt sie. »Ich finde das alles so traurig, weißt du. Einfach traurig.« Sie redet ohne Hintergedanken, ohne mich zu verurteilen, einfach und ehrlich. Und das ertrage ich nicht, weil ein paar solcher Worte genügen, um den Schleier zu lüften, um mir zu zeigen, dass sie recht hat – und ich darf nicht zulassen, dass die Traurigkeit mich überwältigt. Während ich mein Glas leere, drehe ich mich auf dem Stuhl um und greife nach meiner Jacke.

An der Haltestelle umarme ich Jess zum Abschied und warte, bis sie in die Bahn gestiegen ist, dann gehe ich durch die Schranken wieder hinaus und ziehe mein Handy aus der Tasche. *Absacker?*, tippe ich. Carl wohnt nur ein paar Minuten entfernt, und obwohl ich mir vorgenommen hatte, ihn heute nicht zu sehen, kann ich nicht widerstehen, als sich die Gelegenheit ergibt. Ich stelle mir vor, wie er auf dem Bett liegt, das ich noch nie gesehen habe, die Hände hinter dem Kopf verschränkt, und an mich denkt, wie ich an ihn denke. Die Vorstellung ist zu verlockend, um nichts zu tun.

Fast sofort kommt die Antwort. *Wo bist du? X*

Vor der Tube, schreibe ich zurück. *Ganz kalt und einsam! ;-) X*

Alles klar. Bin in 10 Minuten da. X

Zitternd laufe ich in der kalten Nachtluft auf und ab, vor Aufregung und Vorfreude dreht sich mir fast der Magen um. Als ich ihn näher kommen sehe, legt sich ein breites Lächeln auf mein Gesicht, und, ohne nachzudenken, laufe ich ihm entgegen, springe ihn fast an und schlinge ihm die Arme um den Hals. Er küsst mich. Er schmeckt nach Zahnpasta, und er trägt ein anderes Hemd als heute im Büro. Er hat sich zurechtgemacht, hat sich Mühe gegeben. Für mich. Ein wunderbarer, erregender Gedanke.

»Hallo«, sage ich mit Quiekstimme und drücke ihn fest an mich.

»Bist du angeschickert?«, fragt er lachend. Er lehnt sich zurück, um mich mit neckischem Blick zu begutachten.

»Ein bisschen vielleicht.« Mir ist ein wenig schwindlig, und ich bin wacklig auf den Beinen, als hätte ich keinen festen Boden unter den Füßen. »Na komm«, sage ich und zupfe an seinem Ärmel. »Gehen wir in der Bar was trinken.« Ich zeige auf den Laden, den Jess und ich gerade verlassen haben, und er nickt bereitwillig, nimmt meine Hand und läuft mit mir über die Straße.

»Wieder da?«, fragt der Türsteher, als wir hineingehen. Ich glaube, ich sehe ein wissendes Funkeln in seinen Augen; er scheint zu erkennen, dass eine Frau, die abends um elf eine Bar mit ihrer Freundin verlässt und zehn Minuten später mit einem Mann im Schlepptau auftaucht, mit jemandem zusammen ist, mit dem sie nicht zusammen sein sollte. Bevor ich es mir anders überlegen kann, zwinkere ich ihm im Vorbeigehen zu. Es sollte mir eigentlich schäbig vorkommen, dieses verschwörerische Schweigen zwischen Fremden, aber ich finde es reizvoll.

In der nächsten Stunde widmen wir uns ganz einander – die Drinks sind vergessen, die scherzhafte Unterhaltung wird von Küssen und Zärtlichkeiten unterbrochen. Ich berühre ihn immer wieder, kann einfach nicht die Hände von ihm lassen. Ich streiche seine zerzausten Haare glatt, dann lasse ich die Hände unter sein Hemd gleiten und ziehe ihn näher. Es kommt mir vor, als hätte ich all das noch nie getan. Benebelt vom Alkohol habe ich das berauschende Gefühl, alles würde sich zusammenfügen – das seltsame, magische Empfinden, genau das zu wollen, was ich gerade habe. Sein Lächeln, das gar nicht mehr aufhören will, erinnert mich auf eine unwirkliche Art daran, wie ich ihn früher gesehen habe, als wir nicht mehr als Freunde waren. Attraktiv, aber ein wenig desinteressiert und reserviert, auch wenn er sich mit anderen unterhielt – beinahe unnahbar. Ich habe das Gefühl, dass ich etwas unglaublich Wertvolles entdeckt habe.

Nicht nur entdeckt, sondern geschaffen. Ich mache ihn glücklich, was mir bei meinem eigenen Mann nicht gelingt, so sehr ich es auch versuche.

Wie aufs Stichwort vibriert das Handy in meiner Tasche, und ich hole es gedankenverloren heraus. Francis ist aufgewacht. *Noch nicht auf dem Heimweg? Sag Bescheid, wenn. Wäre schön gewesen, wenn du gesagt hättest, dass du lange wegbleibst, aber nachdem du so ein Miststück warst, bevor du gegangen bist, sollte es mich eigentlich nicht wundern.* Entgeistert lese ich die Nachricht mehrmals durch.

»Ist was passiert?«, fragt Carl. Ich zucke mit den Schultern, und dann zeige ich ihm spontan das Handy, bevor ich es wieder in die Tasche stecke.

»Hmm«, bemerkt er stirnrunzelnd. »Tja. Ich weiß gar nicht, was ich dazu sagen soll. Er kennt offenbar eine andere Caro als ich.«

Seine Worte sind beiläufig gesagt, trotzdem treffen sie mich im Innersten. Er hat recht, begreife ich. Die Sache zwischen uns ist viel mehr als die Summe ihrer Teile. Sie ist eine Verwandlung. In mir steckt eine Frau, die sich seit Jahren freikämpfen will, und er reißt die Türen weit auf und zerrt sie und all ihre neuen Begierden und Triebe ans Tageslicht.

Anfangs ist es mir schwergefallen, in Carolines Bett zu schlafen – trotz der frischen Bettwäsche musste ich mir vorstellen, wie sie dort liegt, wie ein geisterhaftes Wesen neben mir. Aber gestern Abend hat mich die Erschöpfung plötzlich mit Macht eingeholt. Ich bin erst um zehn Uhr aufgewacht, und dabei hatte ich das Gefühl, ich würde nicht nur aus dem Schlaf auftauchen, sondern aus etwas Größerem. Als hätte ich gerade ins Leben zurückgefunden.

Ich bleibe liegen und betrachte das Chaos in ihrem Schlafzimmer, das ich noch nicht beseitigt habe, das Durcheinander aus Kleidung und Papieren als Zeugnis meiner Nachforschungen. Nach einer halben Stunde quäle ich mich aus dem Bett, wasche mich und ziehe mich an, bevor ich auf dem Handy meine Mails durchgehe. Als ich ihren Namen als ersten im Posteingang sehe, ordnet sich etwas in mir neu, justiert sich nach – es ist wie ein sanfter Stoß gegen das Herz. Bist du da? *Nicht dass ich nicht damit gerechnet hätte. Ich war nicht sicher, wie lange es dauern oder welcher der subtilen Hinweise, die ich im Haus verteilt habe, ihr den entscheidenden Stoß versetzen würde, aber dass sie irgendwann fallen würde, wusste ich. Trotzdem berühren mich die wenigen Worte, sie sind so direkt, so verlangend, umgeben von so viel freier Fläche mit unsichtbarer Bedeutung.*

Ich lasse mir mit der Antwort mehrere Stunden Zeit und weiß genau, dass sie immer wieder nachsehen wird. Eine der wertvollsten Lektionen, die ich ihr erteilen könnte, ist, dass sich die Welt nicht nach Carolines Rhythmus dreht. Es muss sich nicht alles ihren Bedürfnissen anpassen, sich nicht alles danach ausrichten, was für sie das Beste wäre. Sie ist nicht der Mittelpunkt allen Seins, nur ihres eigenen Lebens. Sie ist weder vor Verurteilungen noch vor Tragödien gefeit, genauso wenig wie die Menschen, die, wie sie glaubt, um sie kreisen.

Caroline bekommt nicht immer, was sie will. Aber als ich antworte, richte ich mich doch nach ihr. Ich halte die Mail kurz und einfach, wenn auch doppelt so lang wie ihre.

Wenn du willst, bin ich da.

Unterwegs

Caroline, Mai 2015

In der U-Bahn ist es überfüllt und zu heiß, sogar vormittags um elf unter der Woche. Wir fahren seit einer guten Viertelstunde im Stehen mit, und jedes Mal, wenn die Tube in eine Haltestelle einfährt, ruckelt sie und wirft mich fast um. Ich versuche, daran zu denken, dass ich mich festhalten muss, aber irgendwie kommt die Botschaft nicht bei mir an. Ich kann mich nicht länger als ein paar Sekunden konzentrieren. Die fremden Menschen um mich herum nehme ich nur verschwommen wahr, sie gleiten aus meinem Blickfeld und lösen sich in ein helles Nichts auf. Neben mir hantiert Francis unbekümmert mit seinen Kopfhörern herum und stellt die Musik lauter.

Wenigstens kann ich unter der Erde ein paar Minuten lang nicht meine Mails abrufen. Ich hatte vergessen, wie sich dieser krankhafte Zwang anfühlt, alle fünf Sekunden auf mein Handy zu sehen, wie eine Nadel, die immer wieder über dieselbe Rille kratzt. Ich habe mir nicht nur einmal eingeredet, dass ich mir die ganze Sache nur einbilde. Aber dann denke ich an die Mappe und das ausgedruckte Passwort und stehe sofort wieder in der Küche, umklammere die Seiten mit zitternden Händen und fühle mich, als würde ich tausend Meter in die Tiefe stürzen, ohne die Chance, aufgefangen zu werden. Auch wenn ich es nicht beweisen kann, bin ich mir sicher, dass du dieses Passwort eingerichtet hast. Und wenn das stimmt, bist du in meinem Haus. Siehst dir meine Sachen an, berührst sie. Schläfst in meinem Bett. Du hast dich wieder in mein Leben gedrängt.

Eine seltsame Mischung von Gefühlen durchströmt mich bei diesem Gedanken. Ich bin durcheinander, auf eine morbide Art erregt, auch ängstlich. Ich begreife nicht, warum du es auf diese Art tun solltest. Das passt nicht zu dem Menschen, den ich kannte – ungeniert offen, geradeheraus, nahezu schonungslos. Warum schreibst du mir nicht einfach eine SMS, wenn du mich sehen willst? Eine Mail? Sobald sich dieser Gedanke geformt hat, spüre ich schon den Fehler; du siehst mich ja nicht, ganz im Gegenteil. Du siehst, wie ich lebe, ohne mich im Haus. Aber warum solltest du das wollen?

»Komm mit.« Francis stupst mich an und zeigt auf die Schiebetüren vor uns. Ich schiebe mich wie fremdgesteuert durch die Menge, bis ich auf den Bahnsteig stolpere. Offenbar haben wir South Kensington erreicht.

Ich versuche, meine Gedanken zu sammeln, mich auf den Tag zu konzentrieren, der vor uns liegt. Wir haben uns gestern darauf geeinigt, halb ironisch, einen nostalgischen Ausflug ins Wissenschaftsmuseum zu unternehmen. Als ich Francis betrachte, der neben mir den Bahnsteig entlanggeht und vor sich hin lächelt, läuft es mir kalt den Rücken hinunter. Ich liebe ihn, sage ich mir. Jetzt läuft es zwischen uns ganz anders als noch vor zwei Jahren. Wenn ich wirklich glaube, was ich da denke, habe ich allein mit dieser einen Frage eine entscheidende Grenze überschritten. Ich bin es uns beiden schuldig, die Sache beiseitezuschieben, wenigstens für den Moment.

Den Weg durch den Tunnel von der Tube bis zum Eingang des Museums nehme ich überhaupt nicht wahr. Ich werfe einen Blick zurück und bin von dem Gedanken an die verlorenen Minuten verunsichert. Auch daran erinnere ich mich noch. Ich habe oft Zeit an dich verloren, wenn du nicht bei mir warst, so in meine Gedanken versunken, als wäre die Wirklichkeit in ein schwarzes Loch gesogen worden. Das gefällt mir nicht. Es ist, als würde eine unsichtbare Macht meine Hände sanft, aber bestimmt vom Steuerknüppel ziehen.

»Wohin willst du zuerst?«, fragt Francis, als wir das Museum betreten. Er marschiert vorweg in die dämmrige Halle zu ebener Erde. Über uns huschen zischende Lichter durch bunte Röhren. Ein leises Summen wie von statischer Elektrizität liegt in der Luft.

»Ist mir egal«, antworte ich abgelenkt und starre auf das Labyrinth aus Gängen um uns herum. Francis ist vor einem riesigen Modell stehen geblieben, das nach einem Teil unseres Sonnensystems aussieht: Sternenlichter über dreidimensionalen Planetenmodellen mit Kratern, Linien und Mustern, die sich rot in Oberflächen graben. Ich sehe es mir an, ohne recht zu begreifen, was ich da vor mir habe.

»Lies das mal.« Francis zeigt auf eine kleine, dunkle Tafel neben dem Exponat. »Das ist fantastisch, oder?« Er ist ganz hingerissen und strahlt vor Begeisterung. In unserer ersten Zeit zusammen habe ich es immer als Teil von ihm gesehen, dass er sich für alles unter der Sonne ernsthaft interessieren konnte, doch danach habe ich lange geglaubt, ich würde das nie wieder an ihm erleben.

»Ja. Fantastisch«, stimme ich ihm zu. Auf der Tafel steht etwas über die Entstehung von Sternen. Molekülwolken. Kollabierende Kerne. Ich kann das alles nicht aufnehmen, aber es berührt mich, ihn so eifrig bei der Sache zu sehen. Ich greife nach seiner Hand und verschränke meine Finger mit seinen. Die Berührung fühlt sich warm und sicher an, und ich fasse wie von selbst fester zu. »Willst du etwas Bestimmtes anschauen?«, frage ich.

»Ja, die Ausstellung im ersten Stock«, sagt er. »Ich glaube, da geht es um Mathe und so.«

»Okay ...« Als ich ein zweifelndes Gesicht mache, lacht er und verdreht die Augen.

»Das ist interessant«, sagt er. »Vertrau mir.« Die Worte gehen ihm glatt über die Lippen, und er lächelt mich an. Mir wird leicht ums Herz, als würde es glauben, dass es wirklich so einfach sein kann, als könnte ich mit ihm in unserer kleinen Seifenblase leben und einfach so tun, als würde meine Mail an dich nichts bedeuten.

Ich folge ihm in den abgetrennten Bereich, der von gebogenen, spiegelnden Flächen aus blauem Glas eingefasst ist. Der glatt polierte Boden schimmert in dem farbigen Licht, meine gedämpften Schritte klingen wie Regentropfen.

An der gegenüberliegenden Wand hängt etwas, das wie ein riesiges, reich verziertes Ziffernblatt aussieht. »Das ist ein Astrolabium. Damit haben die Astronomen die Position der Sterne und Planeten am Himmel gemessen«, doziert Francis und prüft mit einem verstohlenen Blick, ob ich auch zuhöre.

Ich nicke. »Wie mit einer Sonnenuhr.«

»Na ja, fast ...« Er nickt vage. »Nur, du weißt schon. Nachts.«

Ein Moment vergeht, und dann lachen wir – leise und einmütig. Wir gehen weiter zum nächsten Exponat, und ohne nachzudenken, hole ich mein Handy aus der Tasche und sehe aufs Display. Und dieses Mal blinkt oben ein kleiner Umschlag. Eine neue Mail.

Ich wische über den Bildschirm und sehe sie. S. Kennedy. Sechs Wörter.

Der Raum dreht sich um mich, und obwohl ich noch nie ohnmächtig geworden bin, bin ich mir absolut sicher, dass ich es gleich werde, wenn ich mich nicht hinsetze. Ich lehne mich gegen eine der kühlen Glaswände, rutsche an ihr herab, senke den Kopf und höre, wie mir das Blut durch den Kopf rauscht.

»Caroline? Caro, geht es dir gut? Was hast du?« Francis kniet neben mir, er legt eine Hand auf meinen Arm und will mir ins Gesicht sehen. »Ist dir schlecht geworden?«

Ich schüttle den Kopf, obwohl mir die Übelkeit kurz in der Kehle brennt. Mit geballten Fäusten drücke ich auf meine Augen, und als ich loslasse, strahlt das blaue Licht grell auf und lässt mich wieder schwindlig werden. Ich versuche, tief einzuatmen, aber meine Brust ist so eingeschnürt, dass ich kaum Luft bekomme. Mein Handy liegt hart und schwer in meiner Tasche. Ich will die Mail noch einmal lesen. Ich wünschte, ich hätte sie nie gesehen.

Plötzlich merke ich, dass ich allein bin. Besucher schlendern hin und her und werfen mir verstohlene Blicke zu, aber Francis ist verschwunden. Ich springe auf, ohne darauf zu achten, dass sich alles dreht, und schaue mich aufgeregt in der Ausstellung um. Ich kann ihn nirgends finden. Der Rücken meines Oberteils ist schweißnass, das Blut jagt durch meine Adern.

Endlich entdecke ich ihn, wie er sich umständlich einen Weg zu mir bahnt, aber ich bin nicht erleichtert – nur unerklärlich wütend und panisch. »Wo warst du?«, frage ich gereizt, als er in Hörweite ist. »Was hast du gemacht?«

Beunruhigt sieht er mich an und hält eine Flasche hoch. »Ich habe dir Wasser aus dem Café geholt. Ich dachte, das hilft vielleicht, wenn du dich benommen fühlst.«

»Danke«, ringe ich mir ab und nehme das Wasser. »Es geht mir gut.«

Francis kommt näher, die Sorge steht ihm noch ins Gesicht geschrieben. »Du siehst aber nicht so aus«, sagt er. »Du bist blass und zitterst. Vielleicht solltest du dich wieder setzen …«

Er legt mir die Hände auf die Schultern und will mich sanft nach unten drücken, und mit einem Mal kann ich es nicht mehr ertragen, diese Nähe, diese Fürsorglichkeit sind zu viel, sie ersticken mich. »Nicht!«, fauche ich. »Fass mich nicht an.« Ich höre selbst, wie es klingt, aber ich kann es nicht zurücknehmen.

»Was?«, fragt Francis, die Augen groß und verständnislos, die Hände noch federleicht auf meinen Schultern. Ich beiße mir auf die Lippe und reiße mich zusammen, um sie nicht abzuschütteln. »Ich will dir doch nur helfen.«

Ich weiß, dass ich mich entschuldigen sollte, aber deine Worte hämmern laut in meinem Kopf. Als ich Francis ansehe, versetzt mir mein schlechtes Gewissen einen Stich, immerhin ist das hier unser gemeinsamer Urlaub – und auch das ertrage ich nicht. »Ich will keine Hilfe«, platzt es wütend und undankbar aus mir heraus. »Von dir will ich gar nichts.«

Es dauert einen Moment, bis sich sein Gesichtsausdruck verändert. »Scheiß drauf«, fährt er mich an. »Ich kann wohl nichts richtig machen. Ich dachte, diese Woche wird nett. Aber soll ich ehrlich sein? Du warst die meiste Zeit ein echter Albtraum. Erst lieb und zärtlich und dann plötzlich in Gedanken ganz woanders. Ich weiß nicht, was in deinem Kopf vor sich geht, Caro, aber so langsam glaube ich, dass ich machen kann, was ich will, und es wird nie reichen. Ich habe mir weiß Gott Mühe gegeben.« Er wird laut, und die ersten Leute bleiben stehen und sehen zu uns herüber. Ich gebe ihm mit einer Geste zu verstehen, er soll leiser sein, aber er ignoriert mich. »Ich habe versucht, die letzten Jahre wiedergutzumachen«, fährt er fort, »weil mir klar war, dass es nötig ist, aber weißt du was? Manchmal geht es mir verdammt gegen den Strich, dass ich mich als Einziger abstrampeln soll, obwohl ich nicht derjenige war, der …«

Er verstummt schlagartig. Uns trennen nur ein paar Fingerbreit, mein ganzer Körper ist heiß und zittert, während ich auf seine nächsten Worte warte. »Obwohl du nicht derjenige warst, der was?«, frage ich leise, als er nicht weiterspricht. »Na los, raus damit.«

Er starrt mir direkt in die Augen. Sein Blick fährt durch mich hindurch und lässt mich zum ersten Mal an diesem Tag richtig spüren, dass wir im gleichen Raum sind. »Obwohl ich nicht derjenige war«, sagt er mit einer Pause nach jedem Wort, um ihnen mehr Nachdruck zu verleihen, »der unsere Probleme lösen wollte, indem er sich auf den Rücken legt und jemand anderen vögelt.«

Die Luft ist gereinigt, die Spannung hat sich entladen – was zurückbleibt, ist eine tiefe Traurigkeit, der ich mich nicht direkt stellen kann, eine Wunde, die bis ins Mark geht. Er macht auf dem Absatz kehrt, steckt die Hände in die Taschen und bahnt sich mit gesenktem Kopf einen Weg durch die Menge. Früher wäre ich ihm nachgelaufen, hätte ihn am Ärmel festgehalten, ihn angefleht zurückzukommen, ihm eine richtige Szene gemacht, und das alles umsonst. Aber meine Beine sind schwach und zittern, von dem eigenartigen blauen Licht ist mir immer noch schwindlig und unsicher zumute, und in diesem Moment will ich genauso allein sein wie er. Also bleibe ich nur stehen und blicke ihm nach, bis er verschwunden ist.

Vielleicht eine Viertelstunde lang laufe ich noch durch das Museum und schaue mir glatte, gebogene Metallobjekte und funkelnde Sternenkarten an. Ich erinnere mich daran, dass ich bei meinem ersten Besuch das überwältigende Gefühl hatte, mit etwas Gewaltigem und Unerreichbarem konfrontiert zu sein, dass ich spürte, wie winzig mein Leben angesichts des Universums ist. Dieses Mal ist es das genaue Gegenteil. Ich kann nicht über das Hier und Jetzt hinaussehen. Meine eigenen Sorgen haben sich aufgebläht, bis sie die ganze Welt einnehmen.

Draußen vor dem Turnham Green Park setze ich mich auf eine kalte Bank an der Bushaltestelle und lese noch einmal die Mail. *Wenn du willst, bin ich da. Wenn du willst, bin ich da.* Das hast du immer gemacht, du hast meine Fragen an dich an mich zurückgespielt, hast sie zu einer Selbstbetrachtung verdreht und gesagt, du würdest nur das Beste für mich wollen. Deine eigenen Gefühle waren nicht zu fassen, wie Quecksilber. Ich habe mich auf jeden Hinweis gestürzt, was in deinem Kopf vor sich ging, und nachher mit leerer Hand dagestanden, nicht schlauer als zuvor.

Ich klicke auf Antworten. *Ich verstehe das nicht,* tippe ich. Mir ist schmerzhaft bewusst, wie unzulänglich diese Worte sind. *Warum machst du das? Warum jetzt? Was willst du?* Zu viele Fragen. Ich weiß nicht, was ich sonst schreiben soll. Insgeheim habe ich mich immer an ein vages Trugbild voll Zärtlichkeit und Nostalgie geklammert, falls wir je wieder Kontakt miteinander haben sollten – dieses seltsame, feindselige Katz-und-Maus-Spiel habe ich mir nicht vorgestellt. Einen Moment lang sehe ich dich so deutlich, als würdest du vor mir stehen, und ich wünschte so sehr, du wärst da, und ich könnte die Arme um dich schlingen. Ich würde dich bitten zu sagen, dass alles in Ordnung ist, dass du dein Verhalten erklären kannst und alles einen Sinn ergibt.

Ans Ende der Mail setze ich ein C gefolgt von einem Kuss. Ich starre auf den Kuss, dann lösche ich ihn. Drücke auf Senden. Sofort fange ich an, die Sekunden zu zählen und auf eine Antwort zu warten. Ich halte es nicht aus. Schon jetzt bereue ich es, weil ich nicht sicher bin, dass ich das Richtige getan habe, aber es ist zu spät. Ich kann die Mail nicht zurückholen, und jetzt werde ich mit Nerven, so gespannt und kratzig wie Stacheldraht, Gott weiß wie lange warten müssen.

Bei der Rückfahrt im Bus drücke ich die Stirn gegen das Fenster, sehe Bäume und Häuser vorbeiziehen und versuche, diese Gedanken zu vertreiben. Ich habe nichts, mit dem ich sie ersetzen könnte. Nur die Erinnerung an Francis' Gesicht und diese schmerzliche Mischung aus Wut, Verletztheit und Bedauern in seinen Augen. So heftig haben wir uns lange nicht mehr gestritten. In der ersten Zeit, nachdem ich ihm von dir erzählt habe, wirkten solche giftigen Bemerkungen zu gefährlich – als könnte ein grobes Wort das Gleichgewicht zerstören und uns auseinanderreißen.

Ich hätte uns jetzt eher in Sicherheit gewähnt, aber ich habe mich geirrt. Unsere Beziehung steht immer noch auf tönernen Füßen. Wir haben für sie gekämpft, allen Widrigkeiten zum Trotz, und es ist eine deprimierende Vorstellung, sie jetzt zu verlieren. So viele Mühen und Opfer, und trotzdem keine lebenslange Garantie. Ich steige aus dem Bus und laufe zügig durch die Straßen, und als ich nach links in die Everdene Avenue einbiege, muss ich an unsere Hochzeitsnacht denken … daran, wie ich frühmorgens in unserem dunklen Zimmer stundenlang neben ihm wachgelegen und ihm beim Schlafen zugesehen habe, an diese tiefe Zärtlichkeit, an das Gefühl zu wissen, dass ich genau da bin, wo ich hingehöre. Erschreckend, wie leicht diese Gewissheit in sich zusammenfallen kann. Wie wenig dafür nötig ist.

Mit zitternden Händen schließe ich die Haustür auf und horche auf ein Lebenszeichen. Als ich den Flur betrete, bin ich mir sicher, dass er nicht im Haus ist, trotzdem sehe ich in allen Zimmern nach. Nichts. Ich rufe sein Handy an, aber er hat es ausgeschaltet. Ich habe keine Ahnung, wo er ist und was er tut. Mittlerweile sollte ich damit umgehen können, aber es ist eher noch schlimmer als früher. Selbst ohne die Drogen ist Francis impulsiv. Ich kann nicht absehen, wie er reagieren wird.

Ich gehe in die Küche, lasse Wasser in ein Glas laufen und trinke es in Sekunden aus. Die Kälte beruhigt mich und lässt meinen Kopf klarer werden, und dann stehe ich nur da und starre das Glas an. Es ist hoch, leicht gebogen und am Rand mit einer grünlichen Linie verziert. Dieses Glas hätte ich auch aussuchen können. Und endlich fällt es mir wie Schuppen von den Augen – wenn du in meinem Haus bist, bin ich in deinem.

Adrenalin durchströmt mich. Ich laufe noch einmal durch die Zimmer und suche nach Hinweisen. Alles ist so frustrierend anonym gehalten. Nackte Holzmöbel, keine Fotos, die Schränke nahezu leer. Ich erinnere mich, wie Francis und ich darüber gelacht haben, als wir angekommen sind, und überlegt haben, wer in einem so asketisch eingerichteten Haus lebt. Jetzt begreife ich, dass niemand so lebt, es sei denn, er will etwas verbergen. Du wolltest nicht, dass ich es sofort weiß. Ich sollte die Informationen Stück für Stück zusammentragen, bis sie ein Bild ergaben.

Unheilvoll. Das Wort taucht ohne Vorwarnung in meinem Kopf auf. Ich erstarre mitten in der Bewegung, als ich gerade den Flurschrank öffnen will.

In den letzten beiden Jahren habe ich geglaubt, du hättest den Kontakt abgebrochen, weil du etwas für mich empfindest, weil es keine andere Möglichkeit gab, und weil das Opfer brutal war, aber nötig, um reinen Tisch zu machen. Ich kann mir nicht vorstellen, was schwerer wiegen sollte als alles, was bei unserem letzten Treffen geschehen ist. Warum hast du deine Meinung geändert?

Vergraben in meiner Erinnerung regt sich etwas. Dunkle Schatten am Ende einer langen Straße. Deine Stimme aus dem Nichts. Ich presse die Hände an meine Schläfen, zwinge das Bild zurück. Ich werde nicht daran denken. Jetzt nicht. Niemals.

Ich höre jemanden schluchzen und merke, dass ich es selbst bin, Tränen strömen mir über die Wangen und tropfen auf meine Bluse. Ich laufe blind zur Tür, reiße sie auf, gehe hinaus. Ich kann nirgendwohin, aber hier kann ich nicht bleiben. Durch meine Tränen sehe ich die Häuserreihen mit ihren ordentlichen, nichtssagenden Fenstern und ihren hübsch gepflegten Gärten. Auf der anderen Straßenseite trägt ein Mann in mittleren Jahren Recyclingtonnen aus dem Haus und stellt sie auf den Rasen. Stirnrunzelnd und abschätzig beobachtet er mich aus zusammengekniffenen Augen.

»Caroline?« Ambers Stimme. Ich zucke zusammen. Sie ist aus dem Nichts aufgetaucht, direkt hinter mir, und hat mir zögernd eine Hand auf die Schulter gelegt. »Alles in Ordnung?«

Ich wische mir mit dem Ärmel über die Augen und ringe zutiefst verlegen um Fassung, aber es hilft nicht. Stumm schüttle ich den Kopf. Sie sieht mich an, die Lippen leicht geöffnet, die Stirn in Falten gelegt. Ihre Augen sind groß und starr, wie Buntglas. Mir schießt durch den Kopf, dass es nicht normal ist, wie durchdringend sie mich ansieht, wie konzentriert sie ist. Und doch gehe ich darauf ein, ich kann gar nicht anders. Wird man zum Objekt dieser geballten Aufmerksamkeit, fällt es schwer, sie zu ignorieren.

»Ich habe eine Nachricht bekommen«, höre ich mich sagen. Die ganze Sache tost durch meinen Kopf, ich muss wenigstens einen Bruchteil davon abladen können. »Von einem Ex«, bringe ich mühsam heraus.

Amber nickt bedächtig, ihr Blick fordert mich auf weiterzusprechen.

»Ich bin nicht …« Das Sprechen fällt mir schwer. »Ich bin nicht sicher, was sie bedeutet.« Schlagartig versiegen die Tränen. Ich setze mich benommen auf die niedrige Gartenmauer. Aus den Augenwinkeln sehe ich, wie der Mann gegenüber sich aufrichtet, um sich die Hände abzuwischen, und mir einen letzten Blick zuwirft, bevor er langsam zu seinem Haus geht.

Amber bemerkt meinen Blick. »Ignorier ihn einfach.« Lauter, gerade laut genug, dass ihre Stimme vom Wind hinübergetragen werden könnte, fügt sie hinzu: »Das geht nur dich etwas an, niemanden sonst.« Der Mann wird stocksteif, und er knallt die Haustür zu, ohne sich umzudrehen.

Amber hockt sich neben mich. »Hör mal«, sagt sie, »ist dieser Ex jemand, mit dem du neu anknüpfen möchtest, oder nicht?«

»Nein«, antworte ich rasch. Das Wort fühlt sich in meinem Mund verräterisch und unzuverlässig an. »Nein.«

»Dann antworte nicht«, sagt sie schulterzuckend. »Ist doch ganz einfach.« Plötzlich ist die Sorge aus ihrem Gesicht gewichen, und sie lächelt, als hätte sie gerade ein verzwicktes Rätsel gelöst, hätte das letzte Puzzleteil eingefügt und Licht in die Sache gebracht.

Ich nicke, weil ich nicht weiß, was ich sonst tun sollte. Ich kann nicht erklären, dass es schon zu spät ist und ich dich nicht mehr ignorieren kann. Außerdem stellt sich ihre Frage gar nicht. Man kann nicht mit jemandem neu anknüpfen, wenn die Bande nie getrennt waren. Was wir erlebt haben, kann man nicht wegwischen oder ungeschehen machen. Selbst nach dieser langen Zeit geht es mir immer noch unter die Haut.

Zu Hause

Caroline, Mai 2013

Es ist Samstagmorgen, und als wir die Augen öffnen, ist alles klar und schön und einfach. Die Nacht ist ohne Störung verlaufen, ohne die Geräusche und unruhigen Bewegungen, die so oft Francis' schlaflose Stunden vor dem Sonnenaufgang geprägt haben. Er hat die ganze Zeit in unserem Bett gelegen, und dass ich ihn neben mir sehe, als ich die Augen aufschlage, ist schön und ungewohnt, als wären wir frisch verliebt und würden zum ersten Mal zusammen aufwachen.

Eddie plappert beim Frühstück ohne Pause, sein schwer verständlicher Redeschwall könnte genauso gut eine Unterhaltung sein wie die Ausläufer eines vage erinnerten Traums.

»Na los«, sage ich, als ich ihm seine Kleidung bringe. »Hände hoch.« Er reckt brav die Arme in die Luft und greift mit gespreizten Fingern nach dem Himmel.

»Du willst zum Spielplatz«, sagt er mit gedämpfter Stimme, als ich ihm das T-Shirt über den Kopf ziehe. Ich muss immer darüber schmunzeln, dass er die erste und zweite Person nicht auseinanderhalten kann, als wären wir zwei identische Hälften eines Ganzen.

»Ist gut«, sage ich. »Können wir machen. Ich weiß nur nicht, was mit Daddy ist …« Ich sehe Francis an und rechne schon mit einer Ausrede, aber er lächelt.

»Warum nicht?«, fragt er. »Ist ein schöner Tag dafür. Wir könnten zu dem Spielplatz am Fluss gehen.«

»Was sagst du jetzt, Eddie?« Ich stupse ihn sanft an. »Mummy und Daddy kommen beide mit. Klingt das gut?«

»Ja!« Strahlend wirft er sich zwischen uns auf das Sofa und streckt blindlings die Arme aus, um zu kuscheln. Wenn man jetzt einen Schnappschuss von uns machen würde, denke ich, sähen wir aus wie eine glückliche Familie. Und obwohl ich weiß, dass Bilder lügen und Augenblicke vergehen, ist es trotzdem tröstlich, dass sich wenigstens für einen Moment alles zusammenfügt, wie es sein sollte.

»Wir könnten jetzt gehen«, schlage ich zaghaft vor. Nicht ohne leise Hintergedanken – ich glaube, er hat heute noch nichts genommen, und wenn wir das Haus schnell genug verlassen … Mit einem leichten Stirnrunzeln wägt er meinen Vorschlag ab. Die Stimmung zwischen uns wird angespannt, während ich warte. Dann nickt er, und ich ziehe Eddie beflügelt von verrückter, dummer Euphorie schnell seine Schuhe und seine Jacke an, ziehe mich selbst auch an und mache Eddies Buggy fertig.

Wir fahren mit dem Bus zum Spielplatz, und Eddie singt unterwegs laut und malt mit den Händen Muster in die Luft, als würde er die Fahrgäste dirigieren. Manchmal können Fremde unfreundlich sein, aber heute ernten wir nur milde Blicke und wohlwollendes Lächeln. »Er ist sehr süß«, merkt eine ältere Frau an, als sie humpelnd aussteigt. Es kommt mir vor wie eine Auszeichnung, ein Gütesiegel. Wir haben etwas richtig gemacht. Francis streicht mit den Fingerspitzen über meine Hand, und mir treten Tränen in die Augen.

Auf dem Spielplatz läuft Eddie vor, wirft sich direkt an die Kletterwand und sucht mühsam mit seinen Turnschuhen nach Halt. Ich kaufe im Café eine Packung Saft, bleibe draußen stehen und beobachte ihn. Ich muss lachen, als er widerwillig die Hilfe eines größeren Jungen annimmt. Zwei Minuten später folgt er dem Jungen zum Sandkasten, bleibt schüchtern stehen und wartet, bis er zum Mitspielen aufgefordert wird.

Auf der Bank hinter mir lacht Francis auch; ein Geräusch, das ich lange nicht mehr gehört habe. Ich drehe mich halb herum, betrachte ihn, versuche, ihn mit neuen Augen zu sehen. In den letzten Monaten hat mich so oft der Gedanke überfallen, dass er mit seinem blassen, aufgedunsenen Gesicht und den glasigen Augen nur noch ein Zerrbild seiner selbst ist. Aber heute, mit der hellen Frühsommersonne auf seinem Gesicht und der Freude, mit der er Eddie beobachtet, wirkt er beinahe gesund.

Er bemerkt meinen Blick, steht auf und schlendert mit den Händen in den Taschen zu mir. »Er genießt das«, bemerkt er. Nach einem Moment legt er mir einen Arm um die Taille. »Ich auch«, gesteht er.

Ich nicke nur, weil ich meiner Stimme nicht traue.

»Hör mal«, sagt er leise und neigt den Kopf näher zu mir. »Es tut mir leid. Ich weiß, dass ich in letzter Zeit Mist gebaut habe. Ich werde einiges verändern.«

Das sagt er zum ersten Mal seit Monaten, und ein Stück weit löst es die Anspannung. Wir spüren die warme Sonne auf unseren Gesichtern, sehen unserem Kind beim Spielen zu, und obwohl ich das alles schon früher gehört habe, habe ich in diesem Moment das Gefühl, dass alles in Ordnung ist und uns nichts im Weg steht.

Die Worte, die ich wochenlang zurückgehalten habe, drängen durch meine Kehle. »Die Tabletten …«, sage ich. »Du hast gesagt, es stimmt nicht, aber ich weiß, dass du sie wieder nimmst.« Ich zögere. »Zu viele«, zwinge ich mich hinzuzufügen.

Sein Blick wird trüb, und ich rechne damit, dass er mit

den Schultern zuckt und sich leugnend in sein Schneckenhaus zurückzieht. Dann nickt er knapp und entschlossen. »Ja«, gibt er zu. »Es ist dumm. Ich habe keine Ahnung, warum.«

»Ich weiß«, sage ich sanft. Ich glaube ihm. Früher habe ich nach einem Grund gesucht. Ich wollte den Auslöser analysieren, ihn erklären, ihn zu den ersten Wochen zurückverfolgen, in denen ich Francis wegen einer schwierigen Phase bei seiner Arbeit und anhaltenden Reibereien in der Familie vorgeschlagen habe, sich Hilfe zu holen. Es hat lange gedauert, bis ich begriffen habe, dass nicht alles schön säuberlich in die Schubladen Ursache und Wirkung passt, wie ich es mir wünsche. Diese Sache ist größer. Widersinnig, unlogisch, machtvoll.

»Am Anfang haben sie wirklich geholfen«, sagt Francis. »Zu gut. Wenn man so daran gewöhnt ist, ständig unter Druck zu stehen, und er dann wegfällt, ist es eine Erleichterung. Mehr noch. Und dieses Gefühl will man natürlich immer wieder erleben. Nicht nur für die wichtigen Dinge – alles wird einfacher. Aber genau das ist das Problem mit diesen Tabletten. Je mehr man nimmt, desto mehr …« Er unterbricht sich, fast überrascht runzelt er die Stirn. »Desto mehr braucht man«, sagt er schließlich. Der Ausdruck der Erleuchtung auf seinem Gesicht wirkt beinahe kindlich.

»Das verstehe ich«, sage ich. Auch das höre ich nicht zum ersten Mal, aber jetzt klingt er anders. Trotz der Sonne überläuft mich ein Schauer. Es ist, als würde ich auf einem Drahtseil balancieren, ganz vorsichtig, und ich will mich nicht zu schnell bewegen. Ich beiße mir auf die Zunge und beobachte ihn, wie er Eddie zusieht, der im Sandkasten hockt und mit windzerzausten Haaren konzentriert den Kopf senkt.

»Dieses Mal höre ich endgültig auf«, verspricht er nach

einer Weile, fest entschlossen. »Ich will sie auch gar nicht mehr. Als ich heute Morgen wach geworden bin, hat es richtig gutgetan, clean zu sein. Sie machen mich nur irre.« Er stockt, und dann schüttelt er das Ungesagte mit einem kurzen Schulterzucken ab. »Ich fühle mich richtig gut«, wiederholt er. Sein Blick ist fest, mit seinen großen grünen Augen sieht er mich unverwandt an.

Wir starren uns bestimmt zehn Sekunden lang an. Das sind neun Sekunden mehr als in den letzten Monaten. Unversehens schießt mir ein Gedanke durch den Kopf. *Alles wird gut.*

Eddie ruft uns über den halben Spielplatz etwas zu. Als ich zu ihm sehe, klettert er aus dem Sandkasten, zeigt auf die Wippe und will auf den Sitz gehoben werden. »Bin gleich wieder da«, sage ich, aber Francis hält mich zurück.

»Nein, ich mache das schon«, erklärt er. Er läuft zu Eddie, schwingt ihn hoch in die Luft und setzt ihn vorsichtig auf die Wippe, bevor er zur anderen Seite geht. Mein Herz schlägt schnell, und ich sehe plötzlich Carl vor mir. Ich sitze in der Bar, die wir letzte Woche besucht haben, auf seinem Schoß, die Arme um seinen Hals geschlungen, seine Hände auf meinem Rücken, und wir flüstern miteinander. Er hört mir zu, und sein Gesicht strahlt vor Aufmerksamkeit und Zuneigung.

Es will mir nicht gelingen, dieses Bild mit der Wirklichkeit in Einklang zu bringen. Zwischen ihnen verläuft eine seltsame Trennlinie, zwei Leben gleiten parallel aneinander vorbei, ohne sich zu berühren. Bis jetzt bin ich der Einsicht ausgewichen, dass ich mich früher oder später für eines entscheiden muss. Doch jetzt starrt mir die traurige Wahrheit ins Gesicht, und mir wird plötzlich klar, welches Leben es sein sollte.

Eddie rutscht von der Wippe und rennt breit grinsend auf

mich zu, so schnell ihn seine kurzen Beinchen tragen. Francis versucht, mit ihm mitzuhalten. Die Sonne steht hinter ihnen und badet die beiden in ihrem Licht, und meine Augen brennen wieder, weil ich sie so leicht verlieren könnte, und das will ich nicht. Das will ich nicht.

»Du bist ja ein toller Sprinter!«, rufe ich, als Eddie mich erreicht, und knie mich hin, damit er mich umarmen kann. Ich vergrabe das Gesicht in seinen Haaren und atme den Geruch von Minzshampoo und frisch geschnittenem Gras ein. Wenn ich nach Hause komme, werde ich Carl schreiben. Ich werde unsere Verabredung heute Abend absagen. Der Gedanke versetzt mir einen Stich, aber das ignoriere ich. Es wird mir Zeit und Luft verschaffen, um nachzudenken, und Francis und ich können den Abend gemeinsam verbringen. Einen Film ansehen, vielleicht Essen bestellen. Normale Sachen. Es ist erstaunlich, wie sehr mich die Idee beflügelt.

Wir bleiben noch zwanzig Minuten, dann schlendern wir zurück zur Bushaltestelle. Auf der Rückfahrt kann ich kaum die Augen offen halten. Es fühlt sich an, als hätte sich der Druck der letzten Monate einfach aufgelöst, und jeder Muskel in meinem Körper wäre entspannt. Francis legt mir seinen Arm locker um die Schultern, und ich lehne den Kopf gegen die warme Fensterscheibe und nicke immer wieder wohlig ein.

»Caro.« Benommen merke ich, dass er mich anstößt, um mich zu wecken. »Er wird unruhig. Ich weiß nicht, was er hat.«

Mühsam hebe ich den Kopf und sehe zu Eddie, der in seinen Buggy festgeschnallt vor uns sitzt. Er quengelt ohne ersichtlichen Grund, seine gute Laune ist verflogen. Im Halbschlaf beuge ich mich vor und will seine Hand streicheln, um ihn zu beruhigen, aber ich bin zu ungeschickt und schlage ihm die Reiswaffel aus der Hand, dass sie über den Boden rutscht. Er starrt seine leere Hand an, dann kneift er die Augen zusammen und kreischt los. Auf der anderen Seite des Gangs zucken die Leute zusammen und tuscheln.

»Ist schon gut«, sage ich, was aber nicht hilft, und streichle seine Stirn. »Es tut mir leid, das wollte ich nicht. Ich gebe dir eine neue.« Ich krame in meiner Handtasche nach den Reiswaffeln, aber als meine Finger sich um die Verpackung schließen, ist sie leer. »Na toll.« Die ersten Flämmchen der Panik flackern in mir auf. »Es tut mir wirklich leid, ich habe keine mehr, aber zu Hause bekommst du etwas anderes Leckeres, ja?« Er ignoriert mich und schraubt die Lautstärke seiner Schreie so hoch, dass er knallrot anläuft. Das Geräusch geht mir bis ins Mark und wischt jede Spur von Entspannung fort. Ich fange an zu zittern. Das ertrage ich nicht. Ich weiß, wie er in diesem Zustand ist, man kann ihn dann mit nichts beruhigen. Er muss sich einfach abreagieren, und wir sitzen in diesem Bus fest, noch fünfzehn Minuten von zu Hause entfernt.

Aus den Augenwinkeln sehe ich, dass Francis uns aufmerksam, aber unbeteiligt beobachtet, mit dem Gesichtsausdruck, mit dem er sonst halbwegs interessante Nachrichten verfolgt. »Um Himmels willen«, fahre ich ihn unüberlegt an, »kannst du nicht mal helfen?«

Er wirkt überrumpelt, dann zuckt er mit den Schultern und zieht sich in sein Schneckenhaus zurück. »Ich wüsste nicht, was ich tun sollte, was du nicht schon tust.«

»Mein Gott«, zische ich, »das ist ja sehr hilfreich. Vielen Dank auch.« Sofort tut es mir leid. Die Vertrautheit des Vormittags verpufft schlagartig. Francis lehnt sich zurück, mit düsterem Blick starrt er aus dem Fenster. »Es tut mir leid«, fange ich an, aber ich weiß nicht, was ich noch sagen soll, und Eddie brüllt weiter und drischt dazu mit den Fäusten auf den Sportwagen ein, und so gehen die Worte ungehört unter.

Bis wir aussteigen, ist Eddies Wutanfall abgeebbt, gelegentliche Schluchzer sind noch zu hören. Wir laufen schweigend die Straße zu unserem Haus entlang. Der Himmel hat sich zugezogen, und meine Muskeln sind stark angespannt. Ich zwinge mich, Francis anzulächeln, der neben mir herschlurft. »Das war anstrengend«, sage ich beiläufig, als wir im Haus sind. »Tut mir leid. Essen wir einfach zu Mittag, ja?«

»Klar«, sagt Francis geistesabwesend, als er aus dem Wohnzimmer zurückkommt. »Ich laufe nur kurz die Straße rauf und hole etwas Saft, in Ordnung?«

»Geh nicht.« Die Worte sind so schnell heraus, dass ich sie nicht mehr überdenken kann. »Bitte.«

Die Arme vor der Brust verschränkt sieht er mich stirnrunzelnd an. Einen Moment lang herrscht Stille, Spannung baut sich zwischen uns auf. »Jetzt darf ich nicht mal mehr allein auf die Straße? Willst du mich rund um die Uhr überwachen?«

»Nein ...« Ich überlege, was ich noch sagen kann, aber es fällt mir nichts ein.

»Schon gut«, sagt er, aber mit einem eisigen Unterton.

Ich sehe ihm nach, als er sich mit gesenktem Kopf vom Haus wegschleicht. Meine innere Stoppuhr springt an. Wenn er in weniger als fünfzehn Minuten wieder hier ist, dürfte alles in Ordnung sein. Wie auf Autopilot geschaltet mache ich Eddie ein Sandwich, dann lege ich ihn zum Mittagsschlaf hin.

Zwanzig Minuten. Fünfundzwanzig. Eine halbe Stunde.

Erst nach knapp zwei Stunden kommt er zurück, und dann wankt er direkt ins Schlafzimmer, zieht die Vorhänge zu und fällt aufs Bett. Es ist unsinnig, ihn anzubrüllen, trotzdem tue ich es. Tränenüberströmt stehe ich in dem dämmrigen Zimmer und beschimpfe ihn nach Strich und Faden – und das alles ändert rein gar nichts.

Carls Türklingel funktioniert nicht, also bleibe ich vor dem Haus stehen und schreibe ihm. *Ich bin hier. X.* Zehn Sekunden später höre ich, wie eine Tür geöffnet wird, dann folgen schnelle Schritte. Er zieht mich in den halbdunklen Flur, küsst mich zur Begrüßung und stößt die Tür mit dem Fuß zu.

»'n Abend.« Schon jetzt fühle ich mich gelöster, ich lächle unentwegt, während der Kummer des Tages von mir abfällt. Er sagt nie, dass er sich freue, mich zu sehen, aber das merke ich auch so, und es ist ansteckend. Er trägt ein verschossenes rotes Hemd und schwarze Jeans. Ich überlege, ihm ein Kompliment zu machen, wie umwerfend er aussieht, aber vielleicht ist auch das nicht nötig. Mittlerweile wirkt es, als könnten wir die Gedanken des anderen lesen, wahrscheinlich, weil wir meistens dasselbe denken.

»Komm rein«, sagt er, nimmt meine Hand und führt mich in seine Wohnung. »Soll ich dir alles zeigen? Eher nicht.« Grinsend beantwortet er seine Frage selbst. Mir bleibt gerade genug Zeit, die glänzenden Holzböden, die spärliche, recht farblose Einrichtung und die kahlen Wände zu bemerken. Dann bin ich in seinem Schlafzimmer, hinter geschlossener Tür. Hier gibt es nicht viel zu sehen. Hätte ich dieses Zimmer als Fremde betreten, hätte ich über den Menschen, der hier lebt, nicht viel sagen können, und vielleicht will er es auch so haben. Er ist ein verschlossener, wachsamer Mensch. Ich habe oft beobachtet, dass er andere Leute anschaut, als würde er sie unbeteiligt taxieren und insgeheim seine Schlüsse über sie ziehen. Er sieht niemand anderen an, wie er mich ansieht.

»Es ist kaum zu glauben, dass du in einer Woche schon

gehst«, sage ich. Wir stehen ganz dicht voreinander mitten im Zimmer, seine Hände auf meiner Taille. »Du wirst mir im Büro fehlen.«

»Du wirst mir auch fehlen.« Er kneift die dunklen Augen leicht zusammen und fährt sich nachdenklich mit der Hand über die Wange. »Aber wir treffen uns ja trotzdem.«

»Natürlich.« In Wahrheit haben wir noch nicht darüber gesprochen, wie es nach seiner Versetzung weitergehen soll, es sind nur vage Andeutungen gefallen, dass es irgendwann auslaufen wird. Ich sage es, obwohl ich mir noch nicht sicher bin. Es ist so leicht, sich vorzumachen, unsere Treffen würden in einer kleinen Kapsel aus Raum und Zeit jenseits von Kritik und der Wirklichkeit stattfinden. Ich kann mir nicht vorstellen, dass sie enden sollen. Aber etwas anderes kann ich mir auch nicht vorstellen. Die Zukunft ist ein unbeschriebenes Blatt, das ich noch nicht lesen kann. Der Gedanke macht mir Angst, und ich schlinge die Arme um Carls Hals, um nicht den Halt zu verlieren.

»Wir sollten darüber reden«, sagt er, weil er mein Schweigen richtig deutet. »Aber vielleicht nicht jetzt, hm?«

»Du hast recht.«

Jetzt will ich überhaupt nicht reden, über nichts, und auch das merkt er sofort. Er küsst mich wieder, drückt sich an mich, lässt seine warmen Hände über meinen Körper gleiten und zieht mir dabei mit einer geschmeidigen Bewegung mein Kleid über den Kopf. Mir stockt der Atem, als seine Lippen ihrem Weg folgen und mich erschauern lassen. Ich nestele ungeduldig an den Knöpfen seines Hemds. Er legt eine Hand auf meine Finger und hält sie fest. *Sag bitte.* Fast lautlos fordert er mich dazu auf, und ich flüstere das Echo.

Langsam zieht er die Hand weg, und ich beende, was ich angefangen habe. Ich fahre über seine Brustmuskeln und streife ihm das Hemd von den Schultern, während er meinen BH öffnet, und dann nimmt er mich ohne Vorwarnung in die Arme und wirft mich schwungvoll aufs Bett. Einen Moment bleibt er vor mir stehen und sieht mich an.

»Komm her«, sage ich, »bitte«, und er legt sich neben mir auf die Seite und stützt den Kopf in die Hand.

»Gefährliche Zeiten«, sagt er. Sein Atem streift heiß über meinen Hals. Wieder lässt er seine Hand über meinen Körper gleiten, er schiebt sie seitlich unter meinen Slip, zieht ihn langsam über meine Oberschenkel, streift ihn ganz ab. Die ganze Zeit über sieht er mich an, und in diesem Moment begehre ich ihn so sehr, dass mein Grundsatz, wir sollten diese Grenze noch nicht überqueren, zu Staub zerfällt. Ich greife nach der Schließe seiner Jeans, zerre am Gürtel. Er hält mich zurück und schüttelt den Kopf. »O nein«, sagt er leise. »So geht das nicht. Du wolltest doch warten, oder? Also warten wir.«

Ich beiße mir fest auf die Lippen, ohne zu antworten. Wir küssen uns, ich dränge mich gegen die Hitze und die Härte seines Körpers, schlinge die Beine um seine Hüften und kratze mit den Nägeln über seinen Rücken. Es gefällt ihm, das weiß ich, aber er schiebt meine Hände weg und schüttelt ein weiteres Mal den Kopf. Er hebt einen Schal auf, der neben dem Bett liegt, und bevor ich weiß, wie mir geschieht, hat er meine Arme nach oben gedrückt und meine Handgelenke schnell und gekonnt gefesselt. Als ich nach Luft schnappe, lächelt er. »So«, sagt er, als er fertig ist. »Jetzt habe ich dich, wo ich dich wollte.«

Wir sehen uns tief in die Augen, es ist kaum zu ertragen, fast schon zu vertraut, wie eine erdrückende Last auf dem Herzen, die mir den Atem nimmt. Seine Hand ist zwischen meinen Beinen, und er streichelt mich, erst sanft, dann fester, lässt seine Finger in mich gleiten, und es ist mir egal, ob die Nachbarn mich hören, ich habe jede Kontrolle verloren.

Ich hebe die Hüften an, und er zwingt sie mit der flachen freien Hand zurück aufs Bett. Es tut weh, ich kann nicht sagen, ob es mir gefällt oder nicht, aber es ist auch nicht wichtig. Ein paar brennend heiße Sekunden lang ist mein Kopf vollkommen leer, und ich sehe in seine Augen und weiß nicht einmal mehr, wer ich bin.

Später ziehen wir uns an, gehen hinaus in die Dunkelheit und setzen uns für eine Weile in eine gut besuchte, rot erleuchtete Bar. Wir sprechen über die Arbeit, über unsere Pläne für den Rest des Wochenendes. Ganz mühelos, ohne Hemmungen, und trotz allem kann ich der Lust nicht widerstehen, die mich durchdringt. Es ist zu einfach, zu verführerisch. Sie will mich, und jede Faser meines Körpers will sie auch.

An der U-Bahn-Station bleiben wir vor dem Mäuerchen am hinteren Eingang eng umschlungen stehen, und ich vergrabe das Gesicht an seinem Hals. »Gott«, sagt er leise, »ich will dich ficken.« Das Wort durchfährt mich wie ein Stromschlag – als würde sich mein Körper überrascht erinnern, dass es nicht nur eine Beleidigung ist, eine Aufforderung, wegzugehen und jemanden in Ruhe zu lassen, und er pulsiert vor Erregung. Ich verschränke meine Finger mit seinen, umklammere seine Hand. Ich bekomme kein Wort heraus, aber ich weiß, dass er mich versteht.

»Aber es geht mir nicht nur darum.« Er lehnt sich leicht zurück. »Das weißt du, oder? Ich …« Er unterbricht sich, runzelt leicht die Stirn, holt kurz Luft. »Ich mag dich wirklich«, sagt er. So kraftlos zurückhaltend seine Formulierung auch ist, schwingt doch etwas mit, bei dem sich mir das Herz zusammenzieht.

Wir bleiben dort stehen und sehen uns an. Seine Augen sind liebevoll, wie kleine Seen, in denen ich ertrinke. Bei unserem Abschiedskuss befällt mich plötzlich ein seltsamer

Schwindel … Mit einem Mal wird mir klar, dass ich die Lage nicht im Griff habe. Ich weiß nicht mehr, was hier passiert, oder ob ich es kontrollieren kann, und falls es einen Moment gab, an dem ich es hätte aufhalten können, habe ich ihn wohl verpasst. Und jetzt ist es zu spät.

Seit einiger Zeit verspüre ich manchmal den Drang, etwas zu zerstören, und ich komme nicht dagegen an. Ich habe in den letzten Jahren vieles gelernt, aber vor allem, dass Besitz nichts bedeutet. Es ist egal, ob man Dinge zerschlägt oder zerreißt oder verbrennt. Man kann sie ersetzen. Meistens mache ich mir diese Mühe gar nicht, was nur zeigt, wie wichtig sie mir schon vorher waren.

Diesem Augenblick, wenn man etwas in den Händen hält und weiß, dass man damit tun kann, was immer man will, wohnt wahre Macht inne. Im Leben trifft einen so vieles mit voller Wucht und ohne Vorwarnung. Wenn man sich ein kleines Reich schaffen kann, über das man selbst bestimmt, und sich damit vor dem Wahnsinn rettet, ist es doch sicher eine gute Sache. Aus diesem Grund mache ich mir deswegen auch kein schlechtes Gewissen. Es gibt Schlimmeres.

Heute befällt mich dieser Drang wieder, und ich gehe zu Carolines Kleiderschrank, reiße die Türen auf, ziehe alle Röcke und Kleider von den Bügeln und werfe sie auf den Boden. Es ist wie am Fließband, mit genau einer Arbeitskraft. Ich gehe zielstrebig mit der großen metallenen Küchenschere ans Werk, deren silberne Schneiden in meiner Hand befriedigend aufblitzen. Es dauert nicht lange, bis ich meinen Rhythmus gefunden habe. Schneiden und reißen, hin und her, die Stücke verformen und vervielfältigen sich, bis nur noch ein bunter Haufen nutzloser Fetzen übrig ist. Acryl und Polyester, Samt und Seide. Billige und kostbare Stoffe, wild durcheinander und auf das gleiche Niveau reduziert.

Das Summen in meinem Kopf verstummt, als ich fertig bin, und die Spannung in meinen Schläfen lässt nach, doch es fühlt sich nicht so befriedigend an, wie es sollte. Vielleicht, weil ich ihr nicht näher komme, egal, was ich tue. Ich komme nicht an ihr Herz heran. Ich wohne in ihrem Haus, in ihrem Leben, und trotzdem fühle ich mich ihr am stärksten verbunden, wenn ich ihre Worte, die sie Hunderte von Kilometern entfernt abgeschickt hat, auf einem Display lese. Ich stehe auf und wische mir die Hände ab. Es ist Zeit für die nächste Nachricht.

Unterwegs

Caroline, Mai 2015

Ich glaube, ich wollte sehen, wo du lebst, beginnt die Mail, *aber dich nicht sehen. Hoffe, das klingt nicht unhöflich oder beängstigend. Über bestimmte Dinge denke ich seit Längerem nach. Das ist seltsam, ich weiß. Mach dir nicht zu viele Sorgen. Man muss tun, was man tun muss.*

Ich lese die Mail mehrmals durch und finde sie mit jedem Mal frustrierender. Jeder Satz fügt eine neue Ebene hinzu, und ich sehe die Verbindungen, die sich von einem zum nächsten ziehen, aber gleichzeitig steht auf eigentümliche Art jeder für sich. Eine Reihe von Gedanken, denen die entscheidenden Elemente fehlen, und kleine Häkchen, an denen man hängen bleibt und die verwirren sollen. Welche Dinge? Wie viele Sorgen sind zu viele? Was muss getan werden, und von wem? Ich könnte den ganzen Tag auf diese Zeilen starren und mich an ihnen aufreiben.

So war es mit dir immer. Du hast dich mit deiner geradlinigen, schnörkellosen Art gebrüstet, aber die wahre Bedeutung deiner Worte war so tief vergraben, dass es mich verrückt gemacht hat. Ich habe geglaubt, wenn ich aufmerksam genug zuhören, mich lang genug konzentrieren würde, dann würde sie in einem Sternengestöber hervorbrechen, wie ein weißes Kaninchen aus dem Hut eines Zauberers.

Aber den richtigen mentalen Taschenspielertrick habe ich nie entdeckt, bis heute nicht, wie es scheint.

Am liebsten würde ich sofort antworten, aber ich zwinge mich, das Handy aus der Hand zu legen und mich weiter zu schminken. Ich verstreiche Foundation auf meinen Wangen und bis zu den Augenwinkeln. In dem unerbittlichen Sonnenlicht, das auf den Spiegel fällt, sehe ich müde und älter aus, als ich bin. Fünfundvierzig, nicht fünfunddreißig. Mit einem Pinsel trage ich hellgrauen Lidschatten auf, dann betone ich mit dunklerer Farbe den Bereich über meinen Wimpern. Mein Gesicht scheint aus Abschnitten zu bestehen. Ich betreibe Malen nach Zahlen, fülle die einzelnen Bereiche aus. Ich benutze schwarzen Eyeliner, tusche mir die Wimpern, trage hellrosa Lippenstift auf. Das alles ist eine unschöne Erinnerung daran, wie ich in unserer besonders schlimmen Phase vor dem Badezimmerspiegel gestanden habe, um dieses wacklige Kartenhaus aufzubauen.

Jetzt ist es anders, erinnere ich mich. Francis ist gestern Abend kurz nach neun nach Hause gekommen, kleinlaut und einsilbig, aber immer noch er selbst. Es hat mich erschreckt, wie erleichtert ich war – wie schnell ich so weit war, wieder mit dem Schlimmsten zu rechnen. Den ganzen Abend ist mir durch den Kopf gegangen, was meine Therapeutin einmal gesagt hat. *Es ist ein langer Weg. Und diese Unsicherheit wird Sie ständig begleiten. Das ist so, wenn man mit einem Süchtigen zusammenlebt. Es wird auf und ab gehen, und in guten Phasen werden Sie sich nie sicher sein, dass es so bleiben wird. Manche Menschen können das ertragen, andere nicht.* Manchmal kommt es mir vor, als hätte ich in den letzten beiden Jahren nur darauf gewartet, die Antwort auf diese nicht gestellte Frage herauszufinden. *Kannst du das ertragen, Caroline?* Ich weiß es immer noch nicht, und langsam glaube ich, dass ich eher sterben werde, als die

Antwort zu finden – und dann hat sich die Frage erledigt, wenn auch nicht durch eine Entscheidung.

Ich bürste mir gründlich die Haare und entwirre alle Nester. Meine Gedanken überschlagen sich, sie sirren hartnäckig durch meinen Kopf. Einer von ihnen lautet, das Haus auf der Stelle zu verlassen und mit dem nächsten Zug nach Leeds zu fahren. Ich stelle mir vor, wie ich die Tür öffne, plötzlich vor dir stehe und dir in die Augen sehe. Wogen der Sehnsucht und der Angst überfluten mich. Ich kann es nicht. Ich sollte es gar nicht wollen.

Ich lese die Mail noch einmal. Wieder habe ich den Eindruck, als würde etwas nicht stimmen. Ich kann mir einfach nicht vorstellen, warum du ohne mich in meinem Zuhause sein wolltest. Obwohl es natürlich nicht nur mein Zuhause ist. Leicht beunruhigt überlege ich, ob du so meinem Leben mit Francis und Eddie näher kommen willst. Als wir zusammen waren, habe ich es völlig abgeschottet. Du hast selten danach gefragt, und ich dachte immer, dass es dir lieber ist, wenn wir so tun, als würde unsere Beziehung unabhängig davon existieren, in einem kleinen, heißen Kokon aus Spannung und Begierde. Genau wie mir. Aber vielleicht empfindest du es jetzt anders … vielleicht bist du zu einem anderen Menschen geworden.

Als dieser Gedanke in meinem Kopf auftaucht, begutachte ich ihn, prüfe ihn, hinterfrage, ob es stimmen kann. Es ist viel Zeit vergangen, und seit diesem schrecklichen Abend, an dem ich dich zum letzten Mal gesehen habe, ist so viel passiert. Ich habe dich wieder vor Augen, und dieses Mal stelle ich mir vor, wie du die Sachen meines Mannes durchwühlst, wie du versuchst, in seine Haut zu schlüpfen. Seine Kleidung hochhältst, seine Unterlagen durchsiehst. Versuchst, unsere Ehe zu verstehen, zu begreifen, warum ich immer noch bleibe. Wie du dich fragst, wie glücklich wir sind und ob ich es überhaupt verdient habe, nach allem, was du meinetwegen durchgemacht hast.

Ich könnte mit Francis reden. Die Idee kommt ganz von selbst auf, frisch und verlockend. Aber als ich darüber nachdenke, erscheint sie mir so verrückt und unmöglich, wie ihm eine Atombombe vor die Füße zu legen. Wenn ein paar Mails mich schon so aus dem Gleichgewicht bringen, dass es zu der Szene gestern im Museum führt und zu der stumm durchwachten Nacht, die hinter uns liegt, nebeneinander im selben Bett, ohne ein Wort, während die Nacht zum Tag wurde, kann ich ihm auf keinen Fall sagen, ich würde annehmen, dass du im Moment in unserem Haus wohnst. Dafür habe ich zu viel geschuftet. Ich bin nicht so weit gekommen, um jetzt alles zu versauen. Und zum ersten Mal steigt Wut in mir auf – auf dich, auf mich und auf die Fehlbarkeit meiner Schutzmechanismen.

Getragen von diesem Gefühl nehme ich mein Handy und tippe eine Antwort auf die Mail ein. *Ich weiß nicht, welche Reaktion du von mir erwartest. Wir haben fast zwei Jahre nichts voneinander gehört. Ich habe keine Ahnung, warum du das machst oder warum du nach allem, was passiert ist, überhaupt mit mir Kontakt haben willst. Ich verstehe es nicht. Ich will dich* – Und bevor ich den Satz beenden kann, ist mein Daumen ungeduldig über das Display geglitten und hat die Mail abgeschickt. Entsetzt starre ich auf das Handy und schlucke schwer. *Ich will dich nicht in meinem Leben haben.* So sollte der Satz lauten. Das wollte ich schreiben. Ich öffne eine neue Antwortmail, aber jetzt bringe ich es nicht mehr über mich. Für sich genommen wirkt es zu drastisch, zu entschieden. Ich bin nicht einmal sicher, ob ich wirklich so empfinde.

Der Satz war noch nicht beendet, schreibe ich. *Das nur, falls du auf dumme Gedanken kommst.* Als ich die letzte

Zeile noch einmal lese, verziehe ich das Gesicht. Nein. Das klingt zu lässig, als wollte ich flirten, obwohl genau das Gegenteil stimmt. Ich lösche den Satz. *Es ist egal*, schreibe ich stattdessen. Drücke wieder auf Senden. Die Nachricht ist sinnlos. Lächerlich.

Ich werfe das Handy auf die Kommode, verberge das Gesicht in den Händen und atme erst ein und dann wieder aus, um mich zu beruhigen. Entspann dich. Reg dich ab. Aber natürlich bist du der einzige Mensch, der mich je wirklich beruhigt hat.

Als ich wieder aufblicke, öffnet sich die Schlafzimmertür. Francis streckt den Kopf ins Zimmer und kommt zögerlich herein, als er mich vor der Spiegelkommode sitzen sieht.

»Hallo«, sagt er und lehnt sich an die Wand. Er sieht auch müde aus, aber nicht feindselig. »Hör mal, wir sollten reden. Es tut mir leid, dass ich gestern verschwunden bin. Ich wusste, dass du dir Sorgen machen würdest, aber ich musste allein sein und nachdenken. Wäre ich geblieben, hätten wir uns nur weitergestritten, und ich wollte nicht, dass wir noch mehr sagen, was wir nicht so meinen.«

Er schweigt, als wolle er mir die Gelegenheit geben, darauf einzugehen, aber in meinem Kopf stürmt alles durcheinander, und ich kann mich nicht erinnern, was ich gesagt habe. Seufzend stößt er sich von der Wand ab und lehnt sich an die Spiegelkommode.

»Ich hätte das über dich und Carl nicht sagen sollen.« Der Name fällt wie ein Stein, und ich blinzle erschrocken. Ich weiß nicht, wann er ihn zum letzten Mal ausgesprochen hat. Es muss Monate her sein. »Ich denke wirklich nicht oft darüber nach«, sagt er leise. »Nicht mehr.«

Mir steht noch sein gequälter Gesichtsausdruck gestern im Museum vor Augen – die Worte sind so schnell und reflexartig gekommen, als wären sie aus einem sorgsam gehegten Quell der Verbitterung geströmt. Zweifellos warten in ihm vergraben noch viele geduldig auf ihren großen Auftritt. Aber jetzt machen mich seine Worte nur dankbar, und ich drücke mein Gesicht gegen ihn und schließe die Augen, während er mir eine Hand auf den Kopf legt. »Ist schon gut«, sage ich. »Mir tut es auch leid. Versuchen wir einfach, es zu vergessen, ja? Lassen wir das hinter uns.«

»Das will ich auch.« Er legt mir eine Hand ans Kinn und hebt meinen Kopf, damit ich ihn ansehe. »Ich dachte, wir könnten heute an die Küste fahren, wenn du nichts gegen eine ausgefallene Idee hast. Es ist draußen richtig schön. Ich habe nachgesehen, wir könnten in einer, vielleicht anderthalb Stunden in Brighton oder so sein. Was sagst du dazu?«

»Ich sage ja.« Bei der Aussicht auf einen Ausflug bin ich überraschend erleichtert. Vielleicht brauche ich genau das. Mal an einem Ort sein, mit dem ich keine Erinnerungen verbinde, den Kopf freibekommen, Meeresluft schnuppern. Ich stehe auf und umarme Francis. »Ich brauche noch zehn Minuten«, sage ich, »dann kann es losgehen, ja?«

»Alles klar.« Francis verschwindet schnell, bevor er die gute Stimmung ruinieren kann, und summt auf dem Weg nach unten munter eine triumphierende Melodie.

Als ich ihm nachsehe, meldet sich mein schlechtes Gewissen. Im Grunde sollte ich auf die Mails gar nicht antworten. Ich starre mich im Spiegel an. Ich habe mein eigenes Leben. Du gehörst nicht dazu. *So wolltest du es doch haben.* Die Worte bilden sich lautlos auf meinen Lippen, mein Spiegelbild gibt sie ernst zurück.

Plötzlich piepst und vibriert mein Handy neben mir, und ich zucke zusammen. Es zeigt eine Nachricht von einer Nummer an, die ich nicht erkenne, und im ersten Moment schlägt mir das Herz bis zum Hals, aber dann lese ich sie. *Hallo Caroline. Hoffe, es ist in Ordnung, dass ich dir schrei-*

be, aber ich habe mir gestern deinetwegen etwas Sorgen gemacht. Möchtest du zu einem Kaffee oder so zu mir kommen? Amber x.

Stirnrunzelnd überlege ich, wie sie an meine Nummer gekommen sein kann. Ich bin nicht einmal sicher, dass ich ihr meinen Nachnamen genannt habe. Meine Kontaktdaten müssten noch auf der Website stehen, die ich vor ein paar Jahren eingerichtet habe, als ich überlegt habe, mich selbstständig zu machen, und ich erinnere mich nebulös, dass ich diesen beruflichen Testlauf bei unserem Gespräch in dem Café erwähnt habe, aber die hätte sie nur mit einiger Sucherei finden können. Ich stelle mir vor, wie Amber sich konzentriert über ihre Tastatur beugt, das Gesicht vom hellen Schein des Monitors erleuchtet, und verschiedene Kombinationen von Suchbegriffen ausprobiert. Die Vorstellung ist kein bisschen abwegig, und mir wird wieder einmal bewusst, dass ihr Interesse an mir über ein normales Maß hinausgeht.

Ich lege das Handy weg. Jetzt will ich noch nicht antworten. Ich weiß nicht, ob ich mich mit ihr treffen möchte, und außerdem kann ich die Vergangenheit besser unterdrücken, wenn ich weniger von ihr an die Welt durchsickern lasse. An diese Regel halte ich mich seit Jahren. Was nur in meinem Kopf lebt, existiert fast gar nicht.

Es ist zwanzig Grad warm, als wir Brighton erreichen, und für einen Nachmittag unter der Woche ist die Küste gut besucht, Grüppchen von Einheimischen und Urlaubern haben sich vom Versprechen der Frühlingssonne locken lassen. Wir schlendern immer wieder über die Promenade und zurück, es gefällt uns, uns ohne einen Plan einfach treiben zu lassen, bis uns etwas ins Auge fällt. Wie ich gehofft habe, beruhigt mich die saubere Meeresluft. Ich fühle mich erschöpft, aber irgendwie rein, und meine Glieder schmerzen, als hätte ich die letzten Nachwehen einer langen Krankheit überwunden.

Francis stupst mich an und zeigt auf ein paar junge Frauen Anfang zwanzig, die in abgeschnittenen Shorts und Bikinioberteilen am Ufer entlanglaufen. »Ganz schön optimistisch. Besonders heiß ist es noch nicht, oder?«

Als wir näher kommen, sehe ich, dass alle Glitter im Gesicht haben und die Größte von ihnen, die besonders spärlich bekleidet ist, sich eine Satinschärpe umgebunden hat. »Junggesellinnenabschied«, raune ich. Die Frauen lachen und grölen, trinken Alkopops aus Flaschen und funkeln jeden, der ihren Weg kreuzt, herausfordernd an. »Man muss in die richtige Stimmung kommen.«

»Bei deinem ist es nicht so zugegangen, oder?«, fragt Francis.

Ich krame in meiner Erinnerung. Es ist acht Jahre her. Eine relativ nüchterne und verhaltene Angelegenheit mit einem Dutzend Freundinnen in einer Bar mit Restaurant mitten in London, gefolgt von ein paar hastig organisierten Spielchen. »Damals war es anders«, sage ich, ohne genau zu wissen, ob ich damit die gesellschaftlichen Regeln, die Erwartungen oder mich meine.

»Du warst aber ganz schön blau, als du nach Hause zurückgekehrt bist, das weiß ich noch«, sagt Francis. »Bist du nicht über den Kleiderständer gefallen?« Er schwelgt weiter in der Vergangenheit, aber ich achte mehr auf die Gruppe, die uns entgegenkommt, und seine Stimme klingt immer ferner.

Ich beobachte eine der zurückhaltenderen jungen Frauen, die als Schlusslicht mitläuft. Sie hat lange dunkle Haare, die eine leichte Brise nach hinten weht, und trägt einen Chiffonschal. Ihr Blick und ihre Art zu gehen haben etwas an sich, das mich schaudern lässt. Es trifft mich wie ein Schlag – die schwarze Wolke senkt sich langsam auf mich herab, die Last der Erinnerungen, die zu gefährlich sind, um sich ihnen zu stellen, bedrücken mich.

Ich drehe mich zu Francis um und nehme seine Hand. »Komm«, sage ich. »Gehen wir auf den Pier.« Ich halte ihn ganz fest und ziehe ihn fort von dem Junggesellinnenabschied zu dem blendend weißen Licht am Horizont.

Ich werde nicht daran denken. Ich kann nicht. Bei jedem Schritt hallen die Worte durch meinen Kopf, und jede Wiederholung vertreibt die Gedanken ein wenig mehr. So mache ich weiter, bis es vorbei ist.

»Wir könnten es noch mal machen«, sagt Francis nach einer Weile, als wir uns den Spielhallen nähern. Ich sehe ihn verständnislos an. »Nicht den Junggesellinnenabschied«, erklärt er. »Du weißt schon. Uns noch mal trauen lassen oder so.« Sein Ton ist beiläufig, als hätte er nicht richtig darüber nachgedacht.

Ich kann nicht erkennen, ob es ein Scherz sein soll. Bei diesen zweiten Hochzeiten denke ich an Paare an ihrem Lebensabend, die sich mit etwas die Zeit vertreiben wollen, die eine Aufgabe und ein Ziel brauchen – oder die sich selbst etwas vormachen und sich einreden wollen, ihre Liebe wäre es immer noch wert, gefeiert zu werden, obwohl sie ihr Leben gegen die Wand gefahren haben.

»Sieh mich nicht so besorgt an«, sagt Francis. »Das war nicht ernst gemeint. Na ja …« Er macht eine Geste, als wolle er den unausgereiften Gedanken davongleiten lassen.

»Ja«, sage ich trotzdem. Wir sind am linken Rand des Piers entlanggeschlendert, und ich lehne mich auf die Brüstung und betrachte die sanften Wellen und die Schaumkrönchen, die der Wind zusammentreibt und wieder glatt streicht. Die Luft ist vom frischen, salzigen Geruch des Meeres erfüllt. Über uns ziehen kreischende Seemöwen weite Kreise und stürzen sich immer wieder herab. Eine landet dicht neben mir auf der Brüstung, legt fragend den Kopf schief und mustert uns aus schwarzen Knopfaugen. Ich lächle. »Tut mir leid«, sage ich ihr. »Ich habe kein Futter für dich.«

»Sie ist nicht die Einzige, die was vertragen könnte«, sagt Francis und nimmt meine Hand. »Ich würde vorschlagen, wir gehen noch ein Stückchen weiter, dann kehren wir um und holen uns Fish and Chips. Wenn du Lust hast, können wir unten am Strand essen.«

An den Spielautomaten hauen wir ein paar Pfund auf den Kopf, wir füttern die bunten, blinkenden Geräte mit Kleingeld, ohne einen Gewinn zu erhoffen oder zu erwarten. Beim Dosenwerfen gewinnt Francis einen kleinen Stoffdelfin und will ihn mir überreichen.

»Bitte schön. Sag nicht, ich hätte dir nie etwas geschenkt.«

»Danke, aber ich vermute mal, dass Eddie ihn mehr zu schätzen wüsste.« Als ich mir den kleinen violetten Delfin ansehe, stelle ich mir vor, wie Eddie eifrig die Händchen danach ausstreckt, und Traurigkeit durchzuckt mich. Es fühlt sich eigenartig an, dass er nicht hier bei uns ist, auf der Promenade hin und her rennt und nach Zuckerwatte und Eis quengelt.

»Du könntest ihn anrufen«, schlägt Francis vor, dem mein Schweigen nicht entgeht.

»Ja, ich glaube, das mache ich.« Als wir umdrehen und zu der Fischbude schlendern, die wir vorhin entdeckt haben, rufe ich meine Mutter an. Es wird abgenommen, am anderen Ende hantiert jemand herum, und aus dem Hintergrund kommt gedämpft eine Stimme: »Na los, sag was«, aber Eddie schweigt. Ich höre seinen schweren Atem, abwartend und ganz bei der Sache.

»Hallo!«, rufe ich. »Ich bin mit Daddy am Meer. Er hat für dich etwas zum Spielen gewonnen.«

»Zum Spielen?« Sein Interesse ist geweckt, er redet laut und deutlich. »Was denn?«

»Einen Delfin«, antworte ich, bin aber nicht sicher, ob er damit etwas anfangen kann. »Wie ein Fisch, weißt du … nur größer. Du bekommst ihn, wenn wir wieder da sind. Hattest du heute Spaß?«

»Ja«, sagt er zögerlich. »Wir waren auf dem Spielplatz. Ich vermisse dich.«

Seine Stimme klingt fest und ruhig, und trotzdem treten mir Tränen in die Augen. »Ich vermisse dich auch, mein Schatz.« Ich würde gerne noch mehr sagen, aber Eddies Atem entfernt sich, und dann höre ich, wie er das Telefon weglegt. Er ist zu klein, um sich lange auf ein Gespräch zu konzentrieren, und in diesem Moment begreife ich, wie wichtig es für unsere Bindung ist, einfach da zu sein, zur selben Zeit im selben Raum.

Wieder ein Scharren, dann meldet sich meine Mutter. »Amüsiert ihr euch?«, fragt sie.

»Ja«, antworte ich langsam. »Aber es ist nicht einfach. Nicht bei ihm zu sein und …« Nebelhaft rührt sich etwas in meinem Hinterkopf, ein unfertiger, unterdrückter Gedanke, die Vorstellung, dass du meinem Kind in diesem Moment näher bist als ich.

»Ach komm«, unterbricht mich meine Mutter. »Eddie geht es gut. Du sollst dich erholen.« Ich weiß, dass sie es gut meint, aber ihre Stimme hat einen kühlen Unterton, als wäre sie allmählich verärgert. Als würde eine unausgesprochene Frage mitschwingen: *Was willst du noch?* Ich weiß nicht mal, wie die Antwort lauten würde.

Als ich weiter zögere, kommt Francis mit zwei prallvollen

trichterförmigen Papiertüten und einer Flasche Wein aus der Fischbude und hebt fragend die Augenbrauen. »Ich muss los«, sage ich. »Wir wollen essen.«

»Alles in Ordnung?«, fragt Francis, nachdem ich das Gespräch beendet habe, und ich nicke.

Wir suchen uns am Kiesstrand ein passendes Plätzchen, wo wir uns hinsetzen können. Wieder merke ich, wie entspannend sich die verführerische Meeresluft auf meinen ganzen Körper auswirkt. Der erste Bissen Pommes frites brennt mir heiß und salzig auf der Zunge. Der Kies um uns herum schimmert feucht von der Gischt.

»Wir könnten hierher ziehen«, sage ich unvermittelt.

Lang ausgestreckt neben mir, das Gesicht der Sonne zugewandt, blinzelt Francis mich an. »Was? Aber ... Wir sind doch erst vor acht Monaten nach Leeds gezogen. Gefällt es dir nicht?«

»Das ist es nicht.« Ich fühle mich in Leeds nicht zu Hause, aber das würde ich auch nicht erwarten, nicht nach so kurzer Zeit. Während ich noch nach den richtigen Worten suche, merke ich, dass es töricht ist. Ich will dieses Gefühl, meinem Leben zu entkommen, immer haben. Ich will an jedem Tag der Woche Urlaub machen. Ich lege die zusammengeknüllte Zeitungsseite mit der Hälfte des Essens darin zur Seite und sehe aufs Meer hinaus. »Vergiss es«, sage ich. »Ich habe nur vor mich hin gedacht.«

Francis nickt zustimmend und trinkt den letzten Schluck Wein in seinem Plastikbecher. Neben ihm steht die fast leere Flasche. »Solltest du nicht lieber aufhören?«, frage ich. »Vergiss nicht, dass du noch fahren musst.«

Francis wirft mir einen Blick zu, bei dem ich schon ahnen kann, was er sagen wird. »Ich habe wahrscheinlich wirklich ein bisschen zu viel getrunken«, sagt er. »Ein paar Becher. Vielleicht solltest du zurückfahren.«

Ich schüttle den Kopf. Ein Windstoß fährt über das Fleckchen, an dem wir unser Picknick abhalten, und die Härchen auf meinen Armen stellen sich auf. »Nein«, sage ich. »Ich habe auch etwas getrunken, vergiss das nicht.«

»Ein halbes Glas«, widerspricht er, »höchstens. Komm, Caro. Das wäre doch vernünftig.«

Mir wird schlecht, als ich merke, dass er es ernst meint. »Nein«, wiederhole ich. In meinem Kopf beginnt ein Pochen, das alles um mich herum in einen zittrigen hellblauen Nebel hüllt. Ich weiß kaum noch, wie sich meine Hände auf dem Lenkrad anfühlen, wie der Motor beim Drehen des Zündschlüssels stotternd anspringt. Jetzt kehren die Erinnerungen wie Blitzlichter zurück – ein kurzes, bösartiges Aufflackern in der Dunkelheit. Die lange, schmale Straße, die ich zuletzt gefahren bin. Das aufgefächerte Scheinwerferlicht auf dem Asphalt, du neben mir, deine Hand auf meinem Rocksaum, der bis zu den Oberschenkeln hochgerutscht ist, die letzten, von der Zukunft noch wunderbar verschonten Minuten.

Der Himmel verdunkelt sich, und ich lege mich hin und schließe die Augen. Ich zittere, und plötzlich ist mir schwindlig.

Ich spüre, wie Francis mich beobachtet, und nach einer Weile redet er weiter. »Weißt du, eigentlich spricht wirklich nichts dagegen.«

Auch wenn es ungerecht ist, steigt in mir Wut empor. Er weiß es nicht. Versteht es nicht. Ich sage mir, dass ich es auch nicht von ihm erwarten kann. Den Zorn zurückzudrängen und ihn sicher wegzusperren, wo er niemanden erreichen kann, ist, als wolle ich einen rasenden Koloss aufhalten.

Nach einer weiteren Pause seufzt er. Ich höre, wie er sich wieder hinlegt. »Na gut«, sagt er. »Dann bleiben wir noch ein paar Stunden. Bis die Wirkung nachlässt.«

Ich nicke stumm, ohne die Augen zu öffnen.

Zu Hause

Francis, Mai 2013

Die verfluchten Züge! Als ich den Bahnhof erreiche, sehe ich sofort die hellblauen Zeilen auf der Abfahrtstafel: mit Verspätung, gestrichen, Status unbekannt. Unten auf dem Bahnsteig laufen Dutzende Menschen unruhig auf und ab, brabbeln wie Wahnsinnige vor sich hin, tippen auf ihren Handys herum oder trinken Kaffee.

Gelegentlich dringt eine gelangweilte Ansage durch den summenden Lärm. *Bei Zügen nach London-Waterloo ist mit Verspätungen und kurzfristigen Ausfällen zu rechnen. Die Ursache ist ein Todesfall auf der Strecke. Wir entschuldigen uns für alle Unannehmlichkeiten, die Ihnen vielleicht entstehen.* Irgendein Superhirn hat sich vor den Zug geworfen. Von allen Todesarten ist diese am schwersten vorstellbar. Filmreif, fast schon komisch – ein Aufprall bei hoher Geschwindigkeit und mächtige rote Spritzer. Irgendwo habe ich gelesen, dass man manchmal Körperteile mehrere Kilometer von der Unglücksstelle entfernt findet. Scheußlich. Trotz allem kann ich der Vorstellung auch etwas abgewinnen; es ist die beste Chance, die man hat, um dem System im Tod den Stinkefinger zu zeigen. Ein paar hundert Bonzen auf dem Weg zur Arbeit in die Quere zu kommen ist ein netter Nebeneffekt der eigenen Vernichtung, und normalerweise würde ich dem applaudieren, wenn ich dieses Mal nicht selbst betroffen wäre.

Die Ansage wird wiederholt. *Wir entschuldigen uns für die Unannehmlichkeiten.* Bei der Entschuldigung schwingt ein aggressiver Unterton mit. Wir haben uns entschuldigt, also verpisst euch. Nach zehn Minuten Warten laufe ich nach Hause und nehme das Auto. Normalerweise vermeide ich es, mit dem Wagen zur Arbeit zu fahren, weil man in der Nähe der Klinik kaum einen Parkplatz findet und die Straßen um diese Zeit manchmal verstopft sind. Erstaunlicherweise habe ich ziemlich gute Laune. Ich drehe das Radio lauter und konzentriere mich aufs Fahren. Meine Hände zittern, und in meinem Schädel pocht ein vertrauter Schmerz, aber das sind Kleinigkeiten. Keine Tabletten heute Morgen. Vielleicht nicht bis zum Abend. Ich singe aus voller Kehle mit, und in meinem Kopf rauscht es nur.

Für die Fahrt brauche ich nicht so lange wie sonst, aber vor der Klinik schleiche ich gute zehn Minuten auf der Suche nach einem Parkplatz durch die Straßen. Es ist aussichtslos, und am Ende gebe ich auf und stelle mich ins Parkverbot. Im Moment erscheinen mir solche Regeln noch kleingeistiger als früher, und dass manche Menschen es zu ihrer Lebensaufgabe machen, auf Straßen nach Fahrzeugen Ausschau zu halten, auf die sie ihre Strafzettel klatschen können, ist derart belanglos und blöd, dass man sich deswegen nicht den Kopf zerbrechen muss. Außerdem wird es Zeit, dass ich in die Praxis komme, sonst muss ich direkt in die Sitzung gehen, ohne vorher auch nur einen Kaffee zu trinken, und das stehe ich nicht durch.

Als ich schnell über die Straße laufe, brettert ein Geländewagen – in London – um die Kurve, dann steigt das Arschloch am Steuer auf die Bremse und hupt, als hätte er die Vorfahrt gepachtet. Ich zeige ihm den Mittelfinger und starre ihn durch seine Windschutzscheibe hindurch an, bevor ich weitergehe. Das Leben ist ein ewiger Quell solch reizender Begegnungen. Da wird einem doch ganz warm ums Herz, oder? Allerdings sind das die innigsten zwischenmenschlichen Kontakte, die ich zurzeit habe, abgesehen von den Stunden im Besprechungszimmer und den seltenen Zwei-Schiffe-in-dunkler-Nacht-Momenten mit der Frau, mit der ich angeblich immer noch verheiratet bin, nur spricht sie seit Wochen kaum noch ein Wort mit mir. Und wann wir das letzte Mal miteinander geschlafen haben, weiß ich gar nicht mehr. Nicht einmal, wann wir zuletzt im selben Bett geschlafen haben. Die Nacht ist für mich im Augenblick so etwas wie ein künstliches Konstrukt. Wenn man den halben Tag verschläft und die halbe Nacht durchwacht, zerfließen die Tage ineinander, und mit jedem neuen Turnus wird es schwerer zu erkennen, wann der eine endet und der nächste beginnt.

Als ich mir am Empfang einen Kaffee eingieße und meine Notizen durchsehe, hängt meine halbwegs gute Laune schon am seidenen Faden, und er reißt endgültig, als mir klar wird, mit wem ich gleich sprechen werde. Früher bin ich nicht unvorbereitet in die Sitzungen gegangen, aber es fällt mir immer schwerer vorauszuplanen, und bislang bin ich noch ganz gut damit gefahren. In diesem Fall hätte eine Vorwarnung allerdings helfen können, mich zu wappnen. Gefahr erkannt, Gefahr gebannt. Zu der Sitzung erscheint ein Paar – Mark und Kirsten, beide über vierzig und seit fast drei Jahren unregelmäßig bei mir. Er trinkt, und ihr gefällt das nicht. Er behauptet wieder und wieder, er würde aufhören, und sie glaubt ihm und wird sauer, wenn er ach so unerwartet beschließt, doch lieber weiterzumachen wie gehabt.

Manchmal hält mir meine Arbeit wirklich zu deutlich den Spiegel vor. Über den Stühlen der Patienten könnte auch einfach eine Leuchtschrift aus blinkenden Großbuchstaben hängen: KOMMT DIR DAS BEKANNT VOR? Niemand und schon gar nicht Caroline versteht, dass die Selbsterkenntnis nicht das Problem ist. Wir alle haben unsere scheußlichen Momente der Klarheit, der düsteren Offenbarung in den grauen Morgenstunden. Doch im Hintergrund mahlen die Mühlen des Lebens weiter, und früher oder später übernimmt das System das Ruder und reißt uns mit. Den Trott zu durchbrechen erscheint bei all den Gewohnheiten und Zwängen, die sich über Jahre unaufhaltsam eingeschliffen haben, nur noch wie ein Hirngespinst.

Mark und Kirsten drücken sich im Wartezimmer herum, hüsteln und scharren leise mit den Füßen, womit sie mir sagen wollen, dass ich fast zehn Minuten über die Zeit bin.

Ich hole sie ins Sprechzimmer. »Setzen Sie sich.« Beide schauen wirklich übel aus, als hätten sie seit Wochen nicht geschlafen, sich den ganzen Tag angeschrien und nur gelegentlich Pausen für Zigaretten und harte Drogen gemacht. Allerdings sehen sie mich an, als würden sie das Gleiche von mir denken. Ich habe nicht in den Spiegel geblickt, bevor ich heute aus dem Haus gegangen bin. Seit einer ganzen Weile nicht. Auf die Dissoziation kann ich verzichten.

»Also«, sage ich, nachdem ich mich gesetzt habe, »erzählen Sie mir von den letzten Wochen. Wie ist es gelaufen?«

Mark zuckt nur mit den Schultern und starrt auf seine Füße. In der ersten Zeit, erinnere ich mich, gab es zwischen uns recht häufig Momente, in denen wir eine verlegene, aber doch echte Verbindung aufbauen konnten – es war relativ leicht, seine Schale zu knacken und an seinen Kern zu gelangen. Doch das ist jetzt vorbei. Er hat sich völlig abgeschottet, und das Niemandsland um seine Festung erstreckt sich so weit, dass alle anderen Menschen nur noch Nebel und Schatten sind.

Dagegen bricht aus Kirsten ein unablässiger Redefluss

hervor. »Es hat sich nichts verändert. Ich bekomme immer nur die gleichen Versprechungen zu hören, für eine kurze Zeit wird es auch besser, und dann fängt wieder alles von vorne an. Als würde alles an ihm vorbeirauschen. Ins eine Ohr rein, aus dem anderen Ohr raus.« Sie hat abgeknabberte Fingernägel mit Resten von knallrosa Nagellack. Ihre Haare hat sie seit einer Weile nicht gewaschen, die Ansätze glänzen fettig. Soweit ich mich erinnern kann, hat sie früher sehr auf sich geachtet. Ich frage mich, ob es eine Taktik ist, ein Versuch, Mark zu zeigen, dass er sie zermürbt. Falls ja, weiß ich aus Erfahrung, dass es nicht funktionieren wird.

Ich schlage vor, Mark solle darauf reagieren, aber er zuckt wieder nur mit den Schultern und grummelt, er würde sein Bestes geben. So geht es noch zwanzig, dreißig Minuten lang hin und her – ein bizarres Pendeln zwischen dem Versuch, einem Stein Blut auszupressen, und dem Kampf gegen einen Tsunami. Kirsten reicht es. Es ist aus. Das würde überzeugender wirken, wenn sie nicht schon hundertmal etwas Ähnliches gesagt hätte, und ihn beeindruckt die Drohung überhaupt nicht mehr, hat es vielleicht noch nie. Ich glaube nicht, dass er gerade betrunken ist. Nur benebelt. Was so ziemlich auf das Gleiche hinausläuft.

»Wissen Sie was?«, sagt Kirsten, als sie ihre Litanei von Marks Fehlern beendet hat. »Ich habe neulich ferngesehen, und da lief dieses alte Interview, in dem Prinzessin Diana über ihre Ehe redet. Sie wissen schon, wo sie sagt, dass es in dieser Ehe drei Menschen gab und es etwas überfüllt war.« Sie weint, aber keiner von uns reagiert darauf, und sie nimmt auch kein Taschentuch oder wischt sich die Tränen weg. »Und ich dachte, verdammt noch mal, das wäre mir lieber als das, was ich jetzt habe. In dieser Ehe gibt es nur einen Menschen. Sie ist das Gegenteil von überfüllt. Sie ist – leer.«

Die letzten Worte klingen abgehackt, sie gehen fast in

ihrem unsteten Weinen unter. Mark wirft ihr einen Blick zu, und ich meine, in seinen Augen etwas aufflackern zu sehen, einen ersten Anflug von Verständnis oder Mitgefühl. Ich weiß, dass ich mich darauf stürzen und diese Tür weiter aufstoßen sollte. Aber ihre Worte haben etwas in mir ausgelöst, ich habe plötzlich alle Orientierung verloren und weiß nicht mehr, wer ich bin oder warum ich hier bin … und ich kann nur denken, dass es bei ihnen immer noch einer mehr ist als bei uns, weil ich nicht weiß, ob in unserer Ehe überhaupt noch jemand ist.

Wir bringen die nächsten zehn Minuten hinter uns, aber in meinen Gedanken breitet sich die Trostlosigkeit unaufhörlich weiter aus und erstickt alles andere. Ich nehme wahr, wie ihre Münder sich bewegen, und antworte automatisch, ohne recht zu wissen, was ich sage. Zwischen uns hat sich eine gläserne Trennwand geschoben. Dick, undurchdringlich. Die hellgelben Wände des Sprechzimmers verschwimmen und schimmern wie das Rauschen auf einem Bildschirm.

Ich sehe zu, dass ich sie aus dem Zimmer bekomme, und dann gehe ich zur Schreibtischschublade und ziehe den Umschlag heraus, der hinten steckt. Ich habe gesagt, vor heute Abend würde ich nichts nehmen, aber ich kann diese Flut nicht zurückhalten, und ich will nur noch diese aufsteigende Taubheit bremsen und mich für eine Weile ausklinken. Ich schüttle ein paar Tabletten heraus und schlucke sie. Früher habe ich meinen täglichen Konsum im Blick behalten, habe eine bestimmte Anzahl von Milligramm festgelegt und nichts darüber hinaus genommen, aber mittlerweile weiß ich gar nicht mehr, wo die Grenzen liegen, und habe längst aufgehört mitzuzählen. Und wie gesagt, Tage als Maßeinheit bedeuten kaum noch etwas. Manche sind länger als andere, und irgendwas sagt mir, dass dieser Rekord fallen wird. Da sollte man vorbereitet sein.

Ich bin mir nicht sicher, wie lange ich in der Klinik bleibe, bevor mir das Auto im Parkverbot einfällt. Als ich mich dann erinnere, wuchte ich mich aus dem Sessel hoch und schlurfe hinunter auf die Straße. Frische Luft. Sie rüttelt mich aus meinem benommenen Zustand, und plötzlich kommen mir Zweifel, ob ich überhaupt fahren sollte. Aber genau wie heute Morgen bleibt mir kaum eine andere Wahl. Das Auto kann nicht ewig da stehen. Auf dem Weg dorthin grüble ich darüber nach, dass Entscheidungen mir eher passieren, als dass ich sie selbst treffe, und ein bedeutender, tiefgründiger Gedanke scheint zum Greifen nahe, doch dann entgleitet er mir. Ich habe oft dieses zittrige Gefühl, dass ich unmittelbar vor etwas Großem stehe und es doch nie erreiche.

An der Windschutzscheibe klemmt kein Knöllchen – ein unbedeutender Sieg, trotzdem zeige ich demjenigen, der mich hätte erwischen sollen, den Mittelfinger. Ich werfe mich ins Auto, starte den Motor und fahre vorsichtig auf die Hauptstraße. Schon nach zwei, drei Minuten merke ich, dass es ein Fehler war. Die Straße verschwimmt mir vor den Augen, und meine Hände auf dem Lenkrad fühlen sich an wie mit Öl übergossen. Verkehrsschilder und Laternenpfähle rauschen mir mit Lichtgeschwindigkeit entgegen, dann weichen sie aus und verschwinden. Es ist ein Computerspiel, ein virtueller Albtraum.

Fahr langsamer. Der Tachozeiger sagt mir, ich würde schleichen, aber bei dem Rauschen in meinem Kopf und meinen Ohren kann ich mir nicht sicher sein. Ich hefte den Blick auf die Mitte der Straße. Diesen Weg kenne ich so gut, dass ich ihn mit geschlossenen Augen fahren könnte. Wäre vielleicht sogar einfacher. Autos blinken mich an und überholen mich hupend. Der Weg nach Hause dauert nur zehn, höchstens fünfzehn Minuten. Nicht lange, trotzdem hämmert mein Herz, und plötzlich starre ich in einen Gewehrlauf und bin verängstigter, als ich es einem Menschen, der nicht mehr viel zu verlieren hat, zugetraut hätte. Ich schlucke meine Panik herunter. Umklammere das Lenkrad. Und dann taucht es aus dem Nichts auf – im Kreisverkehr kommt ein Auto von rechts, und ich begreife zu spät, dass ich ihm die Vorfahrt hätte gewähren müssen. Ohne zu wissen, was ich da tue oder ob es gefährlich ist, weiche ich blindlings nach links aus, und die Hupe dröhnt mir in den Ohren, in meinen Schultern breiten sich Schmerzen aus, und wie durch ein Wunder lebe ich noch.

Ich fahre auf den nächsten Parkplatz, halte an und steige aus. Auf meinem Gesicht sind Tränen. Die Luft ist wunderbar und rein. Ich schließe das Auto ab und laufe den restlichen Weg nach Hause. Ich bin durch und durch nüchtern. Es ist, als wären die Tabletten in dem Augenblick, in dem ich das Lenkrad zur Seite gerissen habe, aus meinem Körper geschwemmt worden. Worte prasseln wie Regentropfen in meine Gedanken: *Jetzt reicht es.* Ich kann das nicht mehr. Mache mir ja selbst Angst. Muss clean werden. Das habe ich schon so oft gesagt, und dann sind die guten Vorsätze wie Dominosteine umgefallen, sobald ein Problem sie angehaucht hat. Dieses Mal nicht. Dieses Mal nicht.

Ich wanke durch die Haustür und ins Wohnzimmer. Caroline hockt auf dem Sofa, die Knie an die Brust gezogen, den Blick gebannt auf ihr Handydisplay gerichtet. Ich hatte vergessen, dass sie heute frei hat. Sie schreibt etwas und bemerkt mich im ersten Moment nicht. Als sie mich sieht, weicht ihr alle Farbe aus dem Gesicht, und sie stopft das Handy in ihre Tasche und funkelt mich an, als wüsste sie nicht, wer ich bin. Sie hat ihm geschrieben. Diesem Carl, dem Typen aus dem Büro. Ich bin nicht bescheuert, und ich habe es schon vor Langem herausgefunden, aber in letzter

Zeit ist mir immer häufiger alles scheißegal. Ich habe nicht weiter darüber nachgedacht, nur dass es keine große Überraschung ist. Es ist einfacher, sie als untreue Schlampe zu betrachten, als sich damit auseinanderzusetzen, aber jetzt will ich nur zu ihr gehen, mich in die Arme nehmen lassen, ihre warme Wange an meiner spüren und sie sagen hören, dass alles gut wird.

»Caro«, sage ich, und sobald ich den Mund öffne, merke ich, dass ich alles andere als nüchtern bin. Mein Kopf hat mich wieder reingelegt, und jetzt wollen die Worte nicht kommen.

Sie sieht mich an, und ihr ist der Ekel ins Gesicht geschrieben. »Du warst gar nicht arbeiten, oder?«, fragt sie.

»Nein«, sage ich. Ich meine damit, dass sie sich irrt, aber es klingt nicht richtig. Das Zimmer schwankt und dreht sich. Ich versuche mich zu erinnern, wie viele Tabletten ich in der Klinik geschluckt habe und warum es sich jetzt so anders und eigenartig anfühlt.

»Du Mistkerl«, sagt sie mit Tränen in der Stimme, denn sie sind zurzeit nur Sekunden unter der Oberfläche, egal wo wir sind oder was wir machen. Auch sie weiß nicht, was sie sonst noch sagen soll, aber davon lässt sie sich nicht aufhalten. Sie sagt einfach immer wieder das Gleiche, und ich würde ihr gerne klarmachen, dass ich sie verstehe und es endlich genauso sehe, aber ich kann mich nicht entscheiden, wie. Meine Gedanken blähen sich auf und platzen wie Seifenblasen.

»Wir sollten reden«, sage ich, aber das macht sie aus irgendeinem Grund wütend, und sie schlägt mit halb geballter Faust nach mir, schreit etwas, das ich nicht verstehe, rennt hinaus und schlägt die Tür zu, bevor ich begreifen kann, was passiert. Ich höre, wie sie im Flur ihre Schuhe nimmt, wie sie schluchzt und gegen die Wand hämmert und brüllt, als wäre sie wahnsinnig geworden. Es klingt verrückt, aber ich beneide sie. Sie kann alles herauslassen. Wütend werden kann sie verdammt gut, und ich kann nur hier stehen und mich fragen, wie zum Teufel alles so schnell so schiefgehen konnte.

Die Tür knallt zu, dann bin ich allein im Haus. Meine Hände zittern, und nicht nur wegen der Tabletten. In Gedanken durchlebe ich noch einmal den Moment auf der Straße, sitze im Auto, das zur Seite ausbricht. Ich kann kaum glauben, dass ich noch lebe. Und jetzt wünsche ich, ich hätte die Hände vom Lenkrad genommen und die Augen geschlossen, und verstehe nicht, warum ich es nicht getan habe. Ohne Grund gehe ich weiter ins Zimmer und sehe, dass Carolines Handtasche noch neben dem Sofa hängt, und dann öffne ich auch schon ihr Portemonnaie. Ich habe für diesen Monat nicht mehr viel übrig. Das werde ich brauchen. Ich nehme mir die beiden Zehn-Pfund-Scheine, die ich finde. Stopfe sie in meine Tasche. Und ja, verdammt, ich fühle mich wie ein Mistkerl. Aber das ist nicht neu, und so verstärkt es nur das Menetekel, gräbt es ein wenig tiefer in die Wand – und manchmal fühlt es sich an, als wäre es mit Blut geschrieben, direkt in meine Haut geritzt.

Ich habe mir angewöhnt, mich auf den Fensterplatz in Carolines Wohnzimmer zu setzen. Hier hat man einen guten Blick auf die Hauptstraße drei Etagen tiefer, und obwohl die Sicht recht trostlos und industriell geprägt ist, wirkt es seltsam beruhigend, den Rhythmus der Autos und Fußgänger zu beobachten. Der Nachmittag ist zur Hälfte verstrichen, und ich weiß nicht genau, wie lange ich schon hier bin. Meine Gedanken kreisen darum, was ich auf ihre letzte Mail antworten soll, ohne zu weit zu gehen. Ich dachte, es würde mir Freude bereiten, sie leiden zu sehen, aber die Wirklichkeit ist anders, als ich erwartet hatte. Als würde man einen Schmetterling mit einem Glas fangen und erst von Nahem erkennen, dass er vielleicht doch nicht so schön ist, wie man gedacht hat, und dann hat man ihn zwar, wo man ihn wollte, sieht aber kaum noch einen Sinn darin.

Als ich auf die Straße starre, ohne sie richtig wahrzunehmen, dringt nach einer Weile etwas Ungewöhnliches zu mir durch – ein ruhiges Fleckchen in dem Gewimmel unten. Sofort schaue ich genauer hin und entdecke eine Frau und einen kleinen Jungen, die vor dem Haus stehen. Der Junge zeigt zu dem Fenster hinauf, an dem ich sitze, seine Lippen formen Worte, die ich nicht lesen kann. Er trägt einen blauen Schulblazer und eine graue Hose, und seine blonden Haare sind ordentlich in der Mitte gescheitelt. Mein Blick bleibt an seinem herzförmigen Gesicht hängen, und dann gehe ich zu den Fotos im Flur und betrachte sie genauer, gehe ganz dicht an das Glas heran und versuche, das Bild vor meinen Augen mit dem übereinzubringen, was ich gerade gesehen habe. Er ist es. Eddie.

Ein starker, urwüchsiger Drang überkommt mich, überstrahlt alle Gedanken. Ich ziehe mir schnell die Schuhe an, schnappe mir den Schlüssel und laufe die drei Etagen hinunter. Als ich die Haustür erreiche, haben die beiden sich schon abgewandt und gehen langsam weiter. Die Frau – sie muss Carolines Mutter sein – hält die Hand des Jungen fest umklammert, und der Anblick überflutet mich mit einem so vielschichtigen, undefinierbaren Gefühl, dass mir Tränen in den Augen brennen.

Ich folge ihnen bis zur Bushaltestelle, bleibe aber so weit hinter ihnen, dass sie mich nicht bemerken. Sie warten ein paar Minuten lang. Eddie sitzt auf der roten Plastikbank, tritt nach hinten gegen die Glasscheibe und singt laut ein durcheinandergewürfeltes, selbst ausgedachtes Lied. Als der Bus kommt, nimmt die Frau ihn wieder an die Hand. Sie steigen zusammen ein und setzen sich, und ich könnte schwören, dass Eddie mich beim Losfahren direkt anguckt, mit großen Augen und klarem Blick. Und obwohl ich weiß, dass es ihm nichts bedeutet, habe ich das Gefühl, etwas hat sich für alle Zeiten geändert. Ich bin in seine Umlaufbahn eingetreten. Er hat mich gesehen. Mein Anblick ist in den Weiten und Windungen seines Gedächtnisses für immer gespeichert, und niemand kann ihn wieder löschen.

Unterwegs

Caroline, Mai 2015

Ich höre am Telefon Eddie zu und versuche, aus der witzigen, atemlosen Beschreibung, was er heute erlebt hat, schlau zu werden. Ich kann mir ausmalen, wie er auf der Treppe sitzt, ein Bein durch das Geländer gestreckt, und den Hörer umständlich mit der Schulter ans Ohr drückt, was seine Worte ein wenig verschluckt.

»Du fehlst mir«, sage ich. Seine Stimme ist gleichzeitig fern und nah, und plötzlich steigt mir der Duft seines Minzshampoos in die Nase, und ich will ihn bei mir haben.

»Du fehlst mir«, antwortet er in seinem schönen, klaren, schnörkellosen Tonfall. Ich presse das Handy fest an mein Ohr, lausche auf seinen Atem, versuche herauszuhören, was er denkt. »Kommst du mit Daddy bald nach Hause?«, fragt er.

»In drei Tagen«, sage ich. »Ganz bald schon.« So sollte ein Urlaub nicht laufen. Man sollte nicht die Tage zählen, bis man nach Hause fahren kann.

»Oma hat Kekse«, erzählt Eddie abgelenkt. »Mit Schokolade. Meinst du, ich soll einen essen? Willst du einen haben, Mummy?«

»Na ja, ich hätte gerne einen«, antworte ich, »aber das geht ja nicht, weil …« Beim Reden merke ich, dass Eddie den

Hörer weggelegt und sich auf die Suche nach den Keksen gemacht hat. Seine Schritte hallen durch den Flur und verklingen. Ich höre, wie er lacht und widerspricht, als meine Mutter ihn halbherzig ausschimpft. Ein Weilchen spitze ich noch die Ohren, um ihr Gespräch zu verstehen, dann gebe ich auf und beende den Anruf. Wenig später bekomme ich eine Nachricht. *Tut mir leid! Die Schokokekse waren zu verlockend. Ruf gleich noch mal an oder morgen, wenn du magst. Alles gut. Mum x*

Ich stelle mir vor, wie sie es sich vor dem Fernseher oder einem Brettspiel gemütlich machen, und wie es wäre, wenn ich aus diesem Zimmer in ihres treten könnte – in das warme orangefarbene Licht des Wohnzimmers, in dem meine Mutter und mein Kind sind –, und spüre die starken Bande zwischen uns. Wenn ich die Augen schließe, bin ich fast bei ihnen. Und dann stelle ich mir vor, wie es wäre, in mein eigenes Heim zu kommen … die Wohnungstür aufzuschließen und den Flur zu betreten und dich am Fenster zu sehen. Du würdest dich umdrehen, um mich zu begrüßen, und ich würde zu dir gehen, damit du mich in die Arme nimmst und küsst. Deine Bartstoppeln würden rau über mein Gesicht kratzen, deine Hände fest meine Taille umfassen, und du würdest mich mit einer geschmeidigen Bewegung an dich ziehen, mein Körper würde sich perfekt an deinen schmiegen.

Das Bild ruckelt, sprüht Funken, wird schwarz. Solche Gedanken über dich sind in den letzten Jahren immer mal wieder aufgetaucht – ob ich wollte oder nicht, ich konnte ihnen nicht ausweichen. Aber dieses Gefühlschaos aus Begierde und Angst ist neu. Ein Teil von mir freut sich darüber, dass du wieder in mein Leben getreten bist, trotz der bizarren Umstände. Gleichzeitig spüre ich von Tag zu Tag stärker, dass es so nicht laufen sollte, dass es falsch, sogar gefährlich ist, was sich gerade abspielt. Auch begreife ich noch nicht ganz, warum.

Wieder sehe ich auf mein Handy. Du hast meine letzte Mail bislang nicht beantwortet. Gestern Abend, nach unserer Rückkehr aus Brighton, habe ich zu viel getrunken und mir damit eine schlaflose Nacht eingehandelt, und dann bin ich morgens um drei durch diese Küche getigert, habe mich im Dunkeln an den Tisch gesetzt und Gedanken ins Handy getippt, die ich dir dann doch nicht geschickt habe.

Als mir das einfällt, springen mich schreckliche Zweifel an, und ich gehe sofort meine Post durch und atme erleichtert auf, als ich die Mail im Entwürfe-Ordner entdecke. Ich erkenne meine eigenen Worte nicht wieder. *Warum hast du nicht geantwortet? Warum verhältst du dich so? Hast du eine Ahnung, wie lange ich auf eine Nachricht von dir gewartet habe? Du weißt gar nicht, wie sehr du mir damals gefehlt hast, wie sehr ich dich gebraucht hätte – ich dachte, es bringt mich um. Und jetzt bist du zurück, aber ich hätte nicht vermutet, dass es so wird, und ich weiß nicht, warum.*

Damit endet der Entwurf, der Gedankengang bricht abrupt ab. Entsetzt starre ich auf die Mail und verziehe das Gesicht. Ich war wohl betrunkener, als ich angenommen hatte.

Ich muss an eine Bemerkung von Francis denken, als er letztes Jahr allmählich zu sich kam und begriff und sagte, eine Genesung müsse man jeden Tag von Neuem angehen. Damals fand ich das deprimierend. *Aber dann werde ich nie beruhigt sein können*, habe ich erwidert. *Wenn jeder Tag für dich der erste Tag ist, machst du nie Fortschritte.* Aber jetzt denke ich, dass meine eigene Sucht in gerade einmal achtundvierzig Stunden außer Kontrolle geraten ist und mich in einem Strudel mitreißt. Und dass fast zwei Jahre fast gar nichts bedeutet haben.

Erster Tag, denke ich. Fang wieder neu an.

»Alles in Ordnung?« Francis' Stimme erschreckt mich so, dass ich mich ruckartig umdrehe. Er steht in der Tür und beäugt mich argwöhnisch. Seit der Rückfahrt von Brighton, auf der wir kaum ein Wort gesprochen haben, ist die Stimmung wieder angespannt. Er ist gefahren, hat das Auto ruhig und gekonnt durch die einbrechende Dämmerung gesteuert, während ich aus dem Fenster auf die vorbeiziehende Landschaft gestarrt habe, ohne genau zu wissen, wo wir waren, und zu ängstlich, um die Augen zu schließen, wegen der Bilder, die dann vielleicht gekommen wären.

Mühsam zwinge ich mich zurück in die Gegenwart. »Ja, alles gut.«

»Hast du dir für heute etwas überlegt?«, fragt er. In seiner Stimme schwingt leise eine Herausforderung mit. Bis jetzt hat er in dieser Woche am Steuer gesessen, in mehrfacher Hinsicht. Er hat all unsere Unternehmungen organisiert. Er hat den Ton angegeben, und jetzt fragt er sich, ob ich auch eine Stimme habe und genug Interesse aufbringe, sie einzusetzen.

Ich überlege, eine der Ideen in den Raum zu werfen, mit denen ich gespielt habe: einen Ausflug zum London Aquarium, eine Ausstellung im British Museum, die ihm gefallen dürfte, ein Kinobesuch. Irgendwie kann ich mich nicht entscheiden. »Na ja, ich habe überlegt, heute Vormittag zu einem Treffen zu gehen«, sagt er nach einer Pause. »Um zehn Uhr ist eines in der Stadt.«

»Hier?«, frage ich dümmlich.

»Ja«, antwortet er verhalten. »Ob du es glaubst oder nicht, auch in Chiswick gibt es Süchtige.«

»Klar. Ja, natürlich.« Francis ist in den letzten beiden Jahren mal mehr, mal weniger häufig zu den Narcotics Anonymous gegangen, und eigentlich dürfte ich nicht überrascht sein, dass er ein Treffen besuchen will. Wenn ich darüber nachdenke und mein Unbehagen überwinde, dass er diese Hilfe auch in unserem Urlaub braucht, finde ich es sogar beruhigend.

»Wir könnten heute Nachmittag etwas unternehmen«, schlägt er vor. »Wenn du willst.«

»Ja«, antworte ich schnell. »Das würde ich gerne.«

»Wirklich.« Sein Blick wird plötzlich unterkühlt. Seine Stimme hebt sich nicht wie bei einer Frage, dafür ist sie zu nüchtern, mit einem leisen Anklang von Skepsis und Argwohn.

»Ja«, wiederhole ich sanft. Ich merke, dass er nach einem Zeichen sucht, ob ich es ernst meine, aber es scheint schwer zu finden zu sein, denn nach einem Moment zuckt er nur mit den Schultern und wendet sich ab.

Nachdem er gegangen ist, koche ich mir Kaffee und versuche, vor dem Fernseher zu entspannen. Ich kann mich nicht auf die ungewohnten Seifenopern und Talkshows konzentrieren, aber als ich das Gerät nach einer Weile ausschalte, fühle ich mich in der Stille unwohl. Nur leise Geräusche durchbrechen sie, ein gelegentliches Knarren der Dielen oder das Klappern der Rohre. Es ist, als würde das Haus atmen, als würde es sich um mich herum eine Winzigkeit verlagern. Aus den Augenwinkeln sehe ich eine Bewegung, und mein ganzer Körper spannt sich an, bevor ich erkenne, dass es nur mein Spiegelbild ist. Ich mustere mich, wie ich in der Ecke des Sessels kauere, das Gesicht sorgenvoll verkniffen. Ich stehe abrupt auf und gehe in die Küche, aber dort ist es nicht besser. Alles ist zu still, die geschnitzten Schubladengriffe erinnern mich an Klauen, das offene Maul der Spüle grinst mich starr und blind an.

Die Türklingel schrillt durch die Stille. Ich erschrecke

und springe auf, trotzdem bin ich dankbar. Im Moment möchte ich nicht allein sein.

Als ich die Tür öffne, steht Amber vor mir. Sie trägt ein rotes Etuikleid aus Baumwolle, wieder ein täuschend schlichtes Outfit, in dem es nicht so einfach ist, gut auszusehen. Bei ihr hat es eine umwerfende Wirkung. Ihre Haare sind hinter die Ohren zurückgestrichen und lassen kleine Diamantohrstecker aufblitzen.

»Ich dachte, ich komme dann eben vorbei«, sagt sie, und erst jetzt fällt mir ein, dass ich auf ihre Einladung zum Kaffee gestern nicht geantwortet habe.

»Tut mir leid«, sage ich und weiß nicht einmal, warum ich mich entschuldige; eine überfällige Antwort persönlich einzufordern ist doch wohl extrem. »Ich war ziemlich beschäftigt«, füge ich matt hinzu.

»Keine Sorge«, sagt Amber gnädig. »Hättest du denn jetzt Lust auf einen Kaffee?«

Ich denke an die Tasse im Wohnzimmer und nicke vage. »Vielleicht auf einen Tee ...« Wie üblich scheint ihr Verhalten keinen Widerspruch zu dulden, aber als ich meine Schuhe anziehe, gestehe ich mir ein, dass ich im Moment so ziemlich jedem folgen würde, der mich aus diesem Haus holt. Außerdem war lange niemand mehr so um meine Gesellschaft bemüht, und ein Teil von mir spricht einfach darauf an.

Als ich aufstehe, steigt mir ihr Parfum in die Nase, und ich stutze, weil ich es wiedererkenne; dieses Parfum oder ein sehr ähnliches habe ich vor ein paar Jahren oft getragen. Ich habe diesen kräftigen Duft nach Rosen und Gewürzen geliebt, und jetzt erinnert mich der Geruch an schummrige Bars und ein unbekümmertes Verhalten, mit dem ich längst abgeschlossen habe. Nachdem wir im Silver Birches waren, habe ich es weggeworfen, zusammen mit vielen anderen

Sachen, aber als ich diesen Duft jetzt einatme, spüre ich ein weiteres Mal diese Anziehungskraft, dieses flüchtige Wiedererkennen in dieser Frau, das ich kaum ignorieren kann.

Ich folge ihr über die Straße, und mir fällt auf, dass ihr Vorgarten mit der strengen Gleichförmigkeit der Nachbargärten bricht. An den Rand des Rasens hat sie eine wuchernde Wildrose gepflanzt, die kräftigen Farbtupfer der orangefarbenen Blüten bilden einen deutlichen Gegenpol zu den schnurgeraden Reihen aus Stiefmütterchen und Pfingstrosen der benachbarten Beete. Die getünchten Wände des Hauses sind hier und da von undefinierbaren Flecken überzogen, wie von kleinen Rußwolken. Allein würde das Haus nicht weiter auffallen, aber in dieser Gesellschaft wirkt es beinahe trotzig.

Wir gehen hinein, und sie läuft in die Küche, wo sie schon Tassen bereitgestellt hat. »Nimm dir einen Keks, wenn du willst«, sagt sie beiläufig, während sie den Tee kocht. »Die meisten habe ich gegessen, aber ein paar müssten noch übrig sein.«

Ich werfe einen Blick auf die Packung, die auf der Armlehne des Küchenstuhls liegt, und stelle mir vor, wie Amber sich gemächlich auf dem Stuhl rekelt und sie Keks für Keks leert. Die Vorstellung ist unglaublich dekadent, dabei wäre es vor Eddie genau meine Art gewesen, einen freien Vormittag zu vertrödeln. »Nein, danke«, sage ich, und dann nehme ich spontan doch einen.

»Und«, sagt sie, stellt klappernd meine Tasse auf den Tisch und schiebt sich auf den Stuhl mir gegenüber, »geht es dir gut? Neulich hast du – na ja. Nicht so ausgesehen. Nicht, wie ich es bei einer Frau erwarten würde, die mit ihrem Mann Urlaub macht.«

Sie sieht mich unverwandt an. Auf ihre Weise ist sie genauso neugierig wie die Nachbarn, die hinter der Gardine stehen und über die sie so abfällig gesprochen hat. Nur zupft sie nicht an einer Gardine, sondern an meinen Gefühlen, und sie zieht und knibbelt an den Rändern in der Hoffnung, dass etwas zum Vorschein kommt.

»Die letzten Tage waren nicht ganz einfach«, sage ich schließlich. »Die letzten Jahre nicht.«

»Für mich auch nicht«, wirft sie ein, und ich frage mich, ob ich sie falsch eingeschätzt habe, ob sie nicht begierig zuhören, sondern sich etwas von der Seele reden will, aber sie führt es nicht weiter aus, sondern zieht leicht die Augenbrauen hoch und wartet darauf, dass ich weiterrede.

Wieder stutze ich über die eigenartige Situation und diese Frau, über die ich kaum etwas weiß und vor der ich mein Innerstes ausbreiten soll. Ich bin nicht sicher, ob ich ihr vertraue, aber gleichzeitig ist es reizvoll, mit einem so unkonventionellen Menschen zusammen zu sein. Es erlaubt mir, ebenso zu sein, und ich bin es leid, diese Gedanken in meinem Kopf einzusperren.

»Ich liebe Francis«, erzähle ich, »aber unsere Ehe ist … kompliziert.« Ich zögere.

»Sind das nicht alle Ehen?«, fragt sie sanft.

»Einige mehr als andere.« Ich will mich erklären. »Er hatte eine Suchterkrankung, und er weiß selbst nicht, wie der nächste Tag werden wird. Manchmal, so wie diese Woche, ist er unglaublich euphorisch und optimistisch, er hat Energie und legt sich ins Zeug. Und dann ist er wieder ganz distanziert. Nicht richtig anwesend. Und ich bekomme schnell das Gefühl, dass uns nicht mehr viel zusammenhält.« Nachdem ich einmal angefangen habe, bereitet es mir eine ungezügelte Freude, diese Dinge laut auszusprechen. So offen rede ich nie über sie, nicht einmal mit meinen besten Freundinnen.

»Das verstehe ich«, sagt Amber behutsam. »Es ist schwer, mit so etwas zu leben.«

»Na ja, es ist nicht nur seine Schuld.« Ich zögere wieder, aber ich weiß schon, dass ich weiterreden werde. »Vor ein paar Jahren hatte ich eine Affäre.« Ich werfe ihr einen kurzen Blick zu, aber ihr Gesicht verrät keine Gefühlsregung. »Sie hielt etwa sechs Monate«, sage ich, »und ich habe meinen Mann zwar nicht für ihn verlassen, aber ich habe ihn wirklich geliebt. Ich habe sehr lange nicht mehr mit ihm gesprochen. Wir haben ausgemacht, dass wir uns nie wieder melden. Es … Das Ende war schrecklich. Nicht zwischen uns, nicht wirklich, aber …«

Ich schöpfe Atem. Bis jetzt sind die Worte so ungehindert geströmt wie Blut bei einem Aderlass. Nun schnürt sich mir die Kehle zu, meine Hände zittern, und es fühlt sich an wie ein verspäteter Schock. Indem ich diese Dinge laut gesagt habe, habe ich sie in die Wirklichkeit geholt, aber das konnte ihre Macht nicht bannen. Im Gegenteil, sie erscheinen mir noch gefährlicher, und alles, was ich nicht gesagt habe, ragt finster hinter ihnen auf, stürmt gegen die Tore und wartet darauf, herausgelassen zu werden.

Amber nickt und schwenkt ihre Teetasse, als wolle sie aus den Blättern die Antwort auf meine Probleme lesen. »Aber jetzt hat er sich gemeldet«, bemerkt sie. »Das hast du neulich erzählt.«

»Ja. Stimmt.« Mein Blick schweift durch die Küche, ich fühle mich plötzlich verloren. Es ist anstrengend, diese Gedanken zurückzudrängen, und ich bin ausgelaugt und antriebslos. Mir fallen die Geschirrstapel auf der Anrichte auf, dunkelblaues Porzellan mit einem weißen Rand.

»Kein Wunder, dass du deswegen durcheinander bist«, höre ich sie sagen. Mit Mühe konzentriere ich mich wieder auf das Gespräch. »Ich kann mir vorstellen, wie verlockend es ist, an etwas anzuknüpfen, an einen Menschen, der einem durch eine schwere Zeit geholfen hat. Aber wenn ich das mal so sagen darf, Caroline: Es scheint dich nicht besonders glücklich zu machen. Es hört sich an, als hättest du so schon einiges zu bewältigen, auch ohne ihn.«

Ich nicke stumm. In den ersten Wochen danach war es die reinste Qual, dich nicht am anderen Ende der Leitung zu hören. Ich hätte dich gebraucht, hätte mit dir reden müssen, um zu verarbeiten, was geschehen ist, um das Unbegreifliche zu begreifen. So ist es jetzt nicht. Aber man sagt, dass Amputierte häufig das fehlende Körperteil noch fühlen, als etwas Geisterhaftes und gleichzeitig seltsam Reales. Manchmal spüre ich immer noch, wie du dich unsichtbar neben mir bewegst, und in diesem Moment ist dieser Eindruck stärker als je zuvor.

»Was du von deiner Ehe erzählst, kann ich gut nachvollziehen«, sagt Amber. »Vor allem dein Gefühl, dass er irgendwie abwesend ist … Bei meinem Freund ist es das Gleiche, und zwar immer.«

Ich hebe sofort den Blick. »Wirklich?«

Sie zögert, als wolle sie die nächsten Worte abwägen, um nichts Falsches zu sagen. »Ja. Wobei er in meinem Fall oft nicht da ist. Er arbeitet häufig in einem Außenbüro, und dann ist er etwa eine Woche unterwegs.«

»Das ist bestimmt nicht einfach.« Ein Puzzleteil fügt sich ins Bild. Ihre Worte erklären ihre Ziellosigkeit, die unbestimmte Aura aus Erwartung und Einsamkeit, die sie bei unserer ersten Begegnung umhüllt hat. »Am Ende hat man das Gefühl, man würde nur Zeit totschlagen, wenn man nicht zusammen ist«, füge ich hinzu und kann gar nicht anders, als dabei an dich zu denken. Daran, wie ich mich bei jedem Abschied an dich geklammert habe, als wollte ich einen Abdruck deines Körpers bewahren, und wie das Gefühl schon nach wenigen Minuten verflogen ist und sich nicht festhalten ließ.

»Genau«, sagt Amber. »Und wenn er dann da ist, entsteht …«

»Entsteht Druck?«, werfe ich ein.

Sie deutet ein Nicken an und nippt wieder an ihrem Tee. »Entsteht so eine Bedeutungsschwere, wollte ich sagen. Alles ist … übersteigert. Ich will haarklein wissen, was er in jedem einzelnen Moment denkt und fühlt, und dadurch …« Ruckartig lässt sie die Tasse los und klatscht in die Hände. »Macht er dicht.«

Ich sehe, wie sich ihre lackierten Fingernägel in ihre Haut graben. Die Geste ist erschreckend rau und grob. »Verstehe«, sage ich.

Sie löst ihre Hände, lehnt sich zurück und legt den Kopf in den Nacken. »Tja«, sagt sie tonlos. »So sind die Männer. Ich glaube, seine Ex ist schuld. Diese Beziehung hat ihn sehr verletzt. Vor einer Weile hat er mir alles erzählt. Ich weiß nicht, ob er je wirklich über sie hinwegkommen wird. Er hat viel für sie geopfert, hat ihre Geheimnisse bewahrt. Ich glaube, sie hat keine Ahnung, wie viel ihn das gekostet hat.«

Mit einem Mal fühle ich mich in die Enge getrieben. Das Gespräch geht zu sehr an die Substanz, ich werde kurzatmig, und es meldet sich ein unterschwelliger, wortloser Instinkt, den ich nicht ganz deuten kann. Ich schiebe meinen Stuhl zurück, bringe meine Tasse zur Spüle und drehe den Wasserhahn auf. »Ich mache das schnell sauber«, sage ich, aber sie scheint mich nicht zu hören. Sie hat sich halb herumgedreht, die Arme hinter der Stuhllehne, das Gesicht mir zugewandt.

»Und weißt du was«, sagt sie, »sie hieß auch Caroline.«

Ich bin nicht sicher, ob ich zuerst die Worte höre oder die plötzlich auftauchenden Farben und Umrisse registriere, als ich das Trockentuch von seinem Haken am Kühlschrank nehme. Direkt unter dem Haken hängt eine Sammlung Fotos in kleinen, magnetischen Rahmen. Amber mit Bikini und Sonnenbrille, die an einem Sandstrand die Augen vor dem gleißenden Licht abschirmt. Amber lächelnd Nase an Nase mit einer getigerten Katze. Amber zurechtgemacht für eine Party. Und in der Mitte schlingt sie die Arme um den Hals eines Mannes und schmiegt ihr Gesicht an seines und hat selig die Augen halb geschlossen – und der Mann bist du.

Ich sage etwas oder glaube wenigstens, etwas zu sagen, aber die Worte bleiben mir im Hals stecken.

Ich kann den Blick nicht von diesem Foto losreißen. Du lächelst, hast kleine Fältchen neben den Augen. Du trägst ein Hemd, das ich noch nie gesehen habe, und du bist jemand, den ich nicht kenne.

»Caroline«, höre ich sie sagen, und als ich mich zwinge, mich umzudrehen, ist sie so blass, dass ich die Adern unter ihrer Haut erkennen kann. Wir sehen uns lange an. »Das bist du«, sagt sie schließlich.

Reglos stehen wir da, nur wenige Schritte voneinander entfernt. Als hätten wir Rollen gelesen und die Drehbücher fallen gelassen und wüssten jetzt beide nicht, was als Nächstes kommt.

Sie findet zuerst ihren Text, reckt das Kinn, starrt mich herausfordernd an. »Was zum Teufel läuft hier?«

Ich schnappe nach Luft und versuche, so etwas wie Ordnung in meine Gedanken zu bringen. Wieder betrachte ich das Foto, und dieses Mal wirkt dein Blick berechnend. Mich befällt das seltsame Gefühl, dass du hier im Zimmer bist und dem Spiel zusiehst. »Ich habe keine Ahnung«, antworte ich zittrig. »Das solltest du nicht mich fragen.«

»Was?« Sie wird lauter, verschränkt die Arme vor der Brust. »Was soll das heißen?«

»Wo ist er?«, frage ich. »Was hat er dir gesagt?«

»Er ist nicht – er hat mir nichts *gesagt*«, fährt sie mich an.

»Es ist alles wahr. Er arbeitet auswärts, das macht er oft. Das habe ich dir erzählt. Er ist in einem anderen Büro, in Cambridge, er …«

»Er belügt dich«, unterbreche ich sie, bevor ich überlegt habe, ob ich es sagen sollte. »Ich glaube nicht, dass er in Cambridge ist. Ich glaube, er ist in meiner Wohnung.«

»Was?«, wiederholt sie kopfschüttelnd. »Caroline, das ist verrückt. Soll ich etwa glauben, dass mein Freund …«

»Carl«, unterbreche ich wieder. »Du kannst ruhig seinen Namen benutzen, ich breche schon nicht zusammen, wenn du seinen Namen aussprichst.« Aber meine Stimme wird lauter, und ich höre die verräterische Unsicherheit in meinen Worten. Mir schießen Tränen in die Augen, und ich presse wütend die Fäuste gegen sie, bis ich Amber nicht mehr sehen kann.

Zu Hause

Caroline, Juni 2013

Er wartet an der U-Bahn-Station auf mich, als ich mich aus der Tube gekämpft habe – mit Sonnenbrille und einem kurzärmligen Hemd lehnt er an der Wand. Ich habe ihn schon von Weitem gesehen, lasse es mir aber nicht anmerken. Langsam und gelassen gehe ich weiter und spüre dabei, wie sich der Stretchstoff meines Kleides an den Oberschenkeln dehnt und reibt. Ich weiß, dass er mich beobachtet, und erst wenige Schritte vor ihm erwidere ich seinen Blick und gehe schneller, laufe fast in seine Umarmung. Er fängt mich schwungvoll auf, drückt mich an sich und küsst mich, während ich eine Hand unter sein Hemd gleiten lasse. Seine Haut ist warm und glatt, und in meinem Inneren flackert Begierde auf.

»Du siehst heiß aus«, sagt er nur und tritt einen Schritt zurück, um mein hautenges Kleid zu begutachten, das Oberteil mit dem Streifen aus rosa und roten Blüten, das meine Brüste betont, und den kurzen schwarzen Rock, der sich an meine Kurven schmiegt. Dieses Kleid habe ich heute Morgen vergraben in meinem Kleiderschrank gefunden. Ich habe es seit Jahren nicht mehr getragen – wahrscheinlich nicht mehr, seit ich in seinem Alter war. Als ich es anprobiert und mich im Spiegel betrachtet habe, war ich zuerst skeptisch, aber je länger ich dort gestanden habe, desto besser hat es mir gefallen, sowohl das Kleid als auch die Schamlosigkeit, mit der es Männer auffordert, sich nach mir umzudrehen und mich anzustarren. Ich hatte vergessen, dass ich diese Macht besitze, aber jetzt habe ich sie wiederentdeckt und merke, dass ich nur ihn will.

»Danke. Du auch.« Seine Hände streichen über meinen Körper, als hätten sie ein Eigenleben. Es wäre ganz leicht, mir dieses Kleid über den Kopf zu ziehen und mich zu haben, wo er mich will, und einen verrückten Moment lang wünschte ich, er würde es tun, gleich hier in der U-Bahn-Station, im hellen Licht der Sonne, das durchs Glasdach fällt. »Gehen wir was essen«, sage ich stattdessen. »Ich habe einen Riesenhunger.«

Er nimmt meine Hand, als wir hinausgehen und auf den überdachten Markt zuhalten. Diesen Teil der Stadt besuche ich fast nie, und ich war fast eine Stunde hierher unterwegs, aber genau das macht den Reiz aus. Hier kennt uns niemand. Wir sind nur irgendein Pärchen, Fremde mustern uns beiläufig, nehmen uns so hin und vergessen uns wieder.

Ich umklammere seine Hand fester und kann mein Glück und meine Aufregung kaum im Zaum halten. Es kommt mir vor wie ein Fest. Zum ersten Mal verbringen wir einen freien Tag miteinander, und obwohl ich später zu Hause vorbeischauen und Eddie um fünf vom Kindergarten abholen muss, werde ich um acht wieder bei ihm sein. Das habe ich verdient, sage ich mir. Ich habe die ganze Woche die brave Ehefrau gegeben. Habe für Francis abends gekocht, habe ihm hinterhergeputzt, mir seine Schimpftiraden angehört. Habe unseren Sohn von ihm ferngehalten, wenn er zu weggetreten war, um Eddie zu sehen. Ich denke an all diese Dinge und fühle mich in so rechtschaffene Höhen versetzt, dass mir fast der Atem stockt. Carl reckt das Gesicht dem

Himmel entgegen, die Sonne funkelt auf seinen dunklen Brillengläsern, und er wirkt locker und entspannt. Hier und jetzt will ich genau das. Nur das. An alles andere werde ich nicht denken.

»Wie läuft es im neuen Büro?«, frage ich, als wir zwischen den Ständen umherschlendern und überlegen, was wir kaufen wollen. »Neues Lebensgefühl?«

Er zuckt mit den Schultern. »Ehrlich gesagt ist die Arbeit gleich. Ohne einen Steven, der ständig blöde Sprüche bringt, aber abgesehen davon hat sich nicht viel verändert.«

»Und die Leute sind nett, hast du gesagt?«, hake ich nach. »Neben wem sitzt du?«

Er sieht mich an. »Neben einer jungen Frau.« Sein Gesichtsausdruck ist ernst, aber seine Mundwinkel zucken. »Sie ist sehr nett und ganz schön hässlich.«

Lachend drücke ich mich wieder an ihn. Auch wenn es mir peinlich ist, dass er mich durchschaut hat, überwiegt die Freude, dass er meine unbegründete Eifersucht so leicht erfasst. »Du kennst mich einfach zu gut.«

»Ja, ich dachte mir doch, dass dir das gefällt.« Er drückt mir einen Kuss auf den Kopf und zieht mich näher an sich. »Aber mal im Ernst, es ist ziemlich in Ordnung, ich schaffe nur nicht besonders viel. Wahrscheinlich sollte ich dir nicht ständig schreiben, aber ich kann einfach nicht widerstehen.« Als er sich von mir löst, schenkt er mir ein kurzes Lächeln, aber in seinem Blick scheint ein Anflug von Verwirrung aufzuflackern. Das erinnert mich an mein eigenartiges, mulmiges Gefühl, als wir uns vor ein paar Wochen verabschiedet haben und es mir vorkam, als hätte ich die Kontrolle verloren. Zum ersten Mal begreife ich, dass es ihm genauso geht. Auf diesem Schiff steht niemand am Ruder. Wir treiben beide auf offener See, jeder auf seine Art.

»Tja, wie Steven immer sagt: Man kann allem widerstehen,

nur der Versuchung nicht«, bemerke ich leichthin, um mein Unbehagen zu vertreiben. »Wobei ich nicht sicher bin, dass der Spruch von ihm stammt.«

Am Ende kaufen wir an einem mexikanischen Stand ein paar Wraps und gehen in einen nahe gelegenen Park, um sie zu essen. Wir machen es uns in der prallen Sonne gemütlich. Carl legt sich auf den Rücken und verschränkt die Hände hinter dem Kopf, und ich lasse mich neben ihn nieder, bette den Kopf auf seine Brust und spüre seinen Herzschlag. »Das ist schön«, sage ich nach einer Weile leise. »Schön, sich nicht beeilen zu müssen.«

»Ich weiß.« Seine Brust hebt und senkt sich bei einem Seufzer. »Manchmal wünsche ich, wir könnten einen Abend einfach zu Hause bleiben und, ich weiß nicht, fernsehen. Essen bestellen. Normale Sachen.«

»Na ja, könnten wir doch.« Ich weiß genau, was er meint, aber schon als ich es ausspreche, bin ich mir ziemlich sicher, dass es nicht dazu kommen wird. Die wenige Zeit, die wir miteinander haben, ist zu wertvoll. Den Großteil davon verbringen wir im Bett, und das fühlt sich alles andere als normal an.

Ohne zu antworten, streichelt er mir übers Haar, lässt seine Finger träge durch die Strähnen gleiten, zupft spielerisch an ihnen. »Im Büro gibt es ein Pärchen«, sagt er schließlich. »Beide noch keine dreißig, ich glaube, sie sind erst seit ein paar Monaten zusammen. Es ist komisch, bei der Arbeit reden sie kaum miteinander. Sie gehen auch nicht oft gemeinsam zum Mittagessen. Ich könnte in dieser Situation gar nicht die Finger von dir lassen.«

»Als wir noch zusammen gearbeitet haben, ist es dir ganz gut gelungen«, protestiere ich.

»Na ja, nicht besonders.« Er lacht schnaubend. »Zumindest nicht am Ende. Jedenfalls … ach, egal. Ich habe sie nur wieder und wieder angestarrt und gedacht, du weißt schon. Bei mir würde es anders laufen.«

Ich streiche mit den Fingernägeln sanft über seinen Bauch und denke über seine Worte nach. In letzter Zeit versuche ich immer öfter, mir auszumalen, wie eine echte Beziehung mit ihm wäre. Ich stelle mir die regelmäßigen Fahrten zum Supermarkt vor, die Hausarbeit, die vertrödelten Regentage, an denen man nichts unternehmen kann. »So wie jetzt würde es auch nicht laufen«, sage ich. »Das weißt du.«

Ich spüre, wie er tief Luft holt, nachdenkt. »Nein«, sagt er nach einer Weile. »Ich habe keine Ahnung, wie es sein würde. Ehrlich gesagt halte ich mich nicht viel mit dem auf, was passieren könnte. Ich nehme die Dinge, wie sie kommen. Du weißt – Arbeit, Familie, Freunde … mein Leben ist nicht besonders kompliziert.«

Ich drehe den Kopf und lege die Wange auf seine von der Sonne erwärmte Brust. »Abgesehen von mir.«

Er brummt zustimmend. »Von unserer Situation, ja, sicher. Aber es bringt nicht viel, das weiterzudenken, oder? Zu überlegen, wie eine wirkliche Beziehung wäre. Was mich angeht, bist du verheiratet, da gibt es gar keine Entscheidung zu treffen. So ist es nun mal, und das wusste ich von Anfang an.«

Was er sagt, ist vernünftig, und sein Ton ohne jede Bosheit, trotzdem sträubt sich etwas in mir, weil er diesen Gedanken offenbar so einfach abtun kann. Manchmal frage ich mich, ob ihm überhaupt klar ist, wie selten eine Konstellation wie unsere ist. Er ist gerade Ende zwanzig, und er hatte noch nie eine ernsthafte Beziehung; hier und da ein paar Monate mit der einen oder anderen Frau, nichts, das großen Eindruck bei ihm hinterlassen hätte. Ich kann ein Seufzen nicht unterdrücken. »Na, das klang, als würde es dich nicht besonders belasten.«

»Nein«, sagt er tonlos. »Das hast du falsch verstanden.«

Eine Wolke schiebt sich vor die Sonne, und ich vergrabe das Gesicht in seinem Hemd, weil mir plötzlich kalt wird. »Na komm«, sagt er nach einer Weile. »Gehen wir ein wenig spazieren.«

Wir schlendern durch den Park und reden, bis ich mich auf den Weg zur Tube machen und Eddie vom Kindergarten abholen muss. Vor dem Eingang drückt er mich wieder an die Wand und küsst mich heftig, er beißt mir auf die Lippe und reibt seine Hüften an mir. Unsere Gespräche sind vergessen, wir sind ganz in diesem Augenblick und können nicht über ihn hinaussehen. »Drei Stunden«, raunt er. »Ich weiß nicht, ob ich so lange warten kann.«

»Das wirst du wohl müssen«, sage ich, dabei weiß ich in Wahrheit selbst nicht, ob ich es kann, und ich werde so von Lust durchströmt, dass ich kaum noch sprechen kann. Ich streiche über seinen Rücken, erkunde seinen Körper, necke ihn. Ich denke daran, wie es nachher sein wird, wenn wir allein sind.

»Ich will dich so sehr.« Ich hake meine Finger in seine Gürtelschlaufen und ziehe ihn mit einem Ruck an mich, und es ist ein solcher Genuss, das laut auszusprechen, dass mir schwindlig wird. So ehrlich war ich noch mit niemandem. Es macht erschreckend schnell süchtig … Als er mich losgelassen hat und ich von ihm weggehe, will ich nur noch zurücklaufen und es ihm immer und immer wieder sagen.

Von dem Moment an, als ich Eddie vom Kindergarten abhole, ist er nicht gut aufgelegt – er starrt bockig und mit finsterer Miene zu Boden, als ich ihn frage, wie sein Tag war, quengelt im Bus grundlos herum und schlurft auf dem restlichen Heimweg. Fünf Schritte vor der Haustür stolpert er, fällt aufs Gesicht und rastet völlig aus; er kreischt, als würde ihm jemand die Haut abziehen. Ich bugsiere ihn ins Haus und sehe mir sein Gesicht an, finde aber nichts als einen winzigen roten Kratzer, der kaum zu erkennen ist.

»Ist schon gut«, will ich ihn trösten. »Dir ist nichts passiert. Es ist alles in Ordnung.« Aber es hat keinen Zweck, er trampelt heulend in sein Zimmer. Einen Moment später höre ich einen Knall, als ein Spielzeug gegen die Wand fliegt, dann ein langes, wütendes Kreischen, bevor er mich immer wieder ruft. Ich laufe ins Kinderzimmer, aber er ist kaum zu beruhigen, und als ich ihn auf den Schoß nehmen will, knurrt er mich fast an und schubst mich mit seinen kleinen Händen fest weg. Ich hole scharf Luft und zähle bis zehn. Meine Toleranzschwelle für diese Trotzanfälle sinkt zusehends, und mein Herz hämmert als Warnung, dass ich die Kontrolle verliere.

Ich beiße die Zähne zusammen und gehe ins Wohnzimmer, um ein paar Minuten Ruhe zu haben. Francis hockt in seiner üblichen Haltung auf dem Sofa, er sitzt matt mit seinen Kopfhörern vor dem Laptop und sieht kaum auf. Er ist da und auch nicht da. Mit starrem, glasigem Blick sieht er auf den hellen Bildschirm, seine Augen liegen dunkel in den Höhlen.

»Guten Abend«, sage ich sarkastisch, obwohl ich weiß, dass er mich nicht hören kann.

Er hebt mit unendlich erschöpftem Gesichtsausdruck langsam die Hände und zieht sich die Kopfhörer aus den Ohren. »Was?«

»Sehr nette Begrüßung.« In Sekundenschnelle ist die Entspannung vom Nachmittag verloren. Ich sehe mich im Zimmer um. Überall liegt Spielzeug, auf dem Esstisch stapelt sich dreckiges Geschirr, Staub und Schmutzschlieren ziehen sich über den Boden. Ich weiß, dass Francis heute keine Termine hatte. Er hat nur dagesessen und das Schlachtfeld überblickt. »Ich freue mich so, dass ich hier bin«, zische ich.

»Hat dich niemand darum gebeten.« Er seufzt, als wären diese fünf Wörter ein widerwillig gewährtes Geschenk.

»Klar – du würdest bestimmt auch ganz wunderbar mit allem zurechtkommen, wenn ich nicht hier wäre«, erwidere ich giftig und zeige Richtung Kinderzimmer, aus dem immer noch Schreie zu hören sind.

Er wendet leicht den Kopf und lauscht, sein Gesicht so ausdruckslos, als kämen die Geräusche von einem anderen Planeten. »Das liegt an dir«, sagt er. »Du machst es schlimmer. Du regst ihn auf.« Damit stopft er sich die Kopfhörer wieder in die Ohren und richtet seine Aufmerksamkeit auf den Bildschirm. Die Falte zwischen seinen Augenbrauen vertieft sich, während sich seine Lippen stumm zur Musik bewegen, deren Lautstärke ihm eigentlich die Trommelfelle zerfetzen müsste.

»Leck mich«, zische ich, »du nutzloses Arschloch«, und dann mache ich auf dem Absatz kehrt und gehe hinaus, bebend vor Adrenalin. Mittlerweile passiert das so schnell, in einem Sekundenbruchteil ist jede Aussicht auf Höflichkeit verpufft. Meine eigenen scheußlichen Worte hämmern mir durch den Kopf, und hinter ihnen lauert der fiese kleine Gedanke, er könnte recht haben. Vielleicht verströme ich auf gewisse Weise wirklich meinen eigenen Stress und werfe damit alles aus dem Gleichgewicht. Als ich das Chaos um mich herum betrachte, spüre ich nur noch Hoffnungslosigkeit; unsere Familie ist ein Zerrbild von dem, was wir einmal wollten, und ich weiß nicht, wie ich es in Ordnung bringen kann.

Am Ende kann ich Eddie doch noch beruhigen und spule mit ihm unser Ritual aus Abendessen, einem Bad und einem Buch ab. Zusammengekuschelt auf dem Sofa lese ich ihm seine Lieblingsgeschichte vor. Er ist jetzt lieb und ruhig, sieht sich aufmerksam die Bilder an und legt den Kopf schief, um die Worte in sich aufzunehmen. Es ist, als wäre Francis nicht im selben Zimmer. Mit Erschrecken fällt mir auf, dass Eddie ihn ignoriert; irgendwoher weiß er, dass es sinnlos wäre, seinen Vater anzusprechen.

»Gute Nacht«, flüstere ich, als ich ihn in seinem Bett zudecke. Ich schalte das blaue Nachtlicht ein, bleibe an der Tür stehen und beobachte ihn, wie er sich auf die Seite dreht und sich sein Körper bei einem Seufzer hebt. Ich habe nie daran gezweifelt, dass Francis ihn liebt, aber ich weiß, dass ich nicht nur nach Hause komme und Eddie ins Bett bringe, um ihn zu sehen. Mir fehlt das Vertrauen, ihn mit seinem Vater allein zu lassen. Ich will nicht gehen, bevor er eingeschlafen ist. Eine traurige, unvorstellbare Erkenntnis.

Im Bad dusche ich schnell, dann setze ich mich in die Wanne und will mir sorgfältig von oben bis unten die Beine enthaaren. Dazu verreibe ich Erdbeerduschgel auf meiner Haut und fahre mit dem Rasierer darüber. Als ich fast fertig bin, kommt er herein. Erst steht er nur mit verschränkten Armen da und beobachtet mich. Verachtung und Abscheu verzerren sein Gesicht. Ich fange seinen Blick auf, und mir wird bewusst, dass er genau weiß, was läuft und warum ich glatte, duftende Haut haben will. Nicht seinetwegen, zumindest das ist klar.

»Hoffentlich weiß deine Freundin Milly den Aufwand zu schätzen«, sagt er schließlich.

Ich würde gerne etwas antworten, aber ich habe keine Ahnung, was. Nach einem weiteren stummen Moment geht er. Meine Hand zittert, und als ich den Rasierer über mein Bein ziehe, kippt die Klinge und schabt meine Haut auf. Ich stille den Blutfluss mit meinen Fingern, mir ist ein wenig schwindlig. Ich muss hier raus.

Vierzig Minuten später laufe ich Carls Straße hinauf, mit

meiner neuen Seidenunterwäsche unter meiner Kleidung und ausgeschaltetem Handy. Als er die Tür öffnet, wirkt sein Anblick schneller als jede Droge. Ich bin wahnsinnig glücklich, stürze mich in seine Arme und klammere mich an ihn. Er küsst mich wild, und ich weiß, dass es heute Nacht so weit sein wird. Ich habe mich lange genug mit der Frage gequält, ob oder wann es geschehen soll. Ich will es jetzt, und ich hole Luft, um es zu sagen, aber in seinen Augen lese ich, dass es nicht nötig ist.

Er trägt mich ins Schlafzimmer, zieht mir die Kleider aus und wirft sie auf den Boden, öffnet seine Hose, streift sein Hemd ab, bis wir beide nackt auf dem Bett liegen, ineinander verschlungen, heiß und verschwitzt. Sein Atem streicht warm über meinen Hals, als ich die Beine spreize und um seine Taille lege. Sofort ist er in mir, und mir bleibt kaum ein Moment, um nachzuspüren, wie richtig es sich anfühlt und wie unglaublich es ist, dass wir so lange darauf verzichtet haben. Ich klammere mich an ihn, küsse ihn stöhnend, spüre Hitzewellen auf meiner Haut. Er vögelt mich hart und schnell, und ich wölbe unter ihm den Rücken und schreie fast, weil ich ihn so sehr begehre, dass ich selbst, während wir es tun, schon an mein Verlangen nach dem nächsten Mal denke.

Er redet, flüstert mir Dinge zu, die mich um den Verstand bringen wie nichts zuvor, und wir blicken uns in die Augen, er kommt in mir, und dann erfüllt dieser Gedanke zum ersten Mal meinen Kopf, unerwartet und mit voller Wucht – ich liebe dich, ich liebe dich, ich liebe dich.

Danach sagt keiner von uns ein Wort. Wir bleiben zusammen im Bett liegen. Er streichelt sanft und beruhigend über meine Haare. Ich könnte jetzt einfach einschlafen, aber ich weiß, dass es nicht geht. Unerwartet schießen mir Tränen in die Augen und laufen über mein Gesicht.

»Nicht«, sagt er, aber ich hebe den Kopf und sehe, dass er ebenfalls weint.

Wir bleiben minutenlang liegen. Ich hebe die Hand und halte seine Tränen mit den Fingerspitzen auf. Und in diesem Augenblick begreife ich, dass er mich liebt, auch wenn er es selbst nicht weiß. Ich habe noch nie etwas so tief empfunden. Ich war mir noch nie so sicher.

»Mein Gott«, sagt er nach einer Weile. »Was für eine fröhliche Stimmung.« Trotz allem müssen wir lächeln.

An diesem Abend reden wir nicht mehr viel. Als die Uhr elf schlägt, stehe ich auf und ziehe mich an, und er gibt mir an der Tür einen Abschiedskuss. Draußen ist es kälter, als ich erwartet habe, und ohne Jacke zittere ich auf dem Weg zur Tube. Ich setze einen Fuß vor den anderen und denke bei jedem Schritt: *Ich könnte gehen. Ich könnte meine Ehe beenden.* Diese Einsicht ist neu und überwältigend. Die ganze Zeit über habe ich das nie ernsthaft in Erwägung gezogen. Aber nun steht dieser Gedanke im Raum, und als ich in die Bahn steige, meine zerknitterte Kleidung glatt streiche und meinen verschmierten Lippenstift nachziehe, durchdringt er jede Faser meines Körpers. Glasklar habe ich vor Augen, dass ich es tatsächlich tun könnte.

Sie hat die Sache mit Amber herausgefunden und meinen Posteingang geflutet. Ihr Name wiederholt sich immer wieder. Einige Mails sind kurz und tragisch, voll hilfloser Fragen, auf die sie keine Antworten erwarten kann. Ich habe gerade mit deiner Freundin Kaffee getrunken. Soll das ein schlechter Scherz sein? *Andere sind länger und versuchen aufs Geratewohl, eine Reaktion zu provozieren.* Wenn ich dir je etwas bedeutet habe, dann musst du mir antworten und mir sagen, was hier gespielt wird. Ich habe Angst, und ich weiß nicht, was ich tun soll. Bitte, du musst dich melden und es mir erklären, bevor ich völlig durchdrehe … *Und so weiter und so fort. Sie streut ein paar Bemerkungen über Amber ein und wie hübsch sie sei, eine leicht durchschaubare Suche nach Bestätigung. Da fehlt jede Kontrolle, jeder Gedanke. Was ihr durch den Kopf geht, ergießt sich in einem Schwall aufs Display in der Hoffnung, dass ich Ordnung hineinbringe.*

Ich werde wütend, wenn ich diese Mails lese. Sie drückt in ihnen so viel Zweifel und Ratlosigkeit aus, aber diese Gefühle beruhen auf Annahmen und Einschätzungen, die sie kein einziges Mal hinterfragt hat. Sie ist sich der Lage der Dinge so sicher, so daran gewöhnt, die Welt durch ihre ganz eigene Linse zu sehen, dass sie gar nicht auf die Idee kommt, es könnte anders sein, als es aussieht.

Ich kultiviere diese Wut, bis sie zu explodieren droht, dann hole ich wieder die lange, scharfe Küchenschere und gehe zu den Fotos im Flur. Ich nehme einen Rahmen nach dem anderen von der Wand, löse die Rückseite und hebe das Glas heraus. Meine Hände zittern, und weil diese Aufgabe nach Präzision verlangt, setze ich mich hin und warte, bis ich absolut ruhig und konzentriert bin. Mein Blickfeld schnurrt auf das Stückchen Teppich vor mir zusammen, auf dem ich die Fotos in mehreren Reihen ausgelegt habe. Ich nehme jedes einzeln in die Hand und schneide vorsichtig hinein, grabe die Spitzen der Schere mitten in ihr Gesicht und gehe mit kleinen Schnitten nach außen, bis ich sie aus dem Foto entfernt habe.

Am Ende lege ich die Glasscheiben vorsichtig wieder auf die Fotos und hänge sie an ihre alten Plätze an der Wand. Ich gehe einen Schritt zurück, betrachte mein Werk und bin zufrieden. Eine Reihe kleiner schwarzer Ovale, die als Leerstellen sofort ins Auge fallen. Sie ist verschwunden. Von ihr ist nicht mehr übrig als das kleine Häufchen Fotopapierschnipsel zu meinen Füßen. Ich überlege, es wegzuwerfen. Aber dann denke ich daran, dass sie geschrieben hat, wenn man etwas für jemanden empfinde, müsse man in irgendeiner Weise mit ihm in Kontakt treten, und lasse die Schnipsel einfach liegen.

Unterwegs

Caroline, Mai 2015

Ich sitze auf einer Bank neben einem Spielplatz und sehe Kindern zu, die wie Ameisen über das blaue Klettergerüst aus Metall wuseln. Es ist kalt für diese Jahreszeit, und das Kreischen und Schreien geht mir auf die Nerven, aber ich kenne diese Gegend nicht, und als einzige Alternative ist mir das Café eingefallen, das ich mit Amber besucht habe. Dort könnte sie gut auftauchen, hierher kommt niemand ohne Kinder. Hin und wieder werfen mir die anderen Mütter komische Seitenblicke zu und versuchen, mich einem Kind zuzuordnen. Einige sprechen offenbar über mich, ihre scharfen, stechenden Augen blitzen beim Anblick einer Fremden in ihrer Mitte auf. Normalerweise würde ich mich deswegen unwohl fühlen, aber heute ist es mir egal. Mir schwirrt der Schock noch durch den Kopf, alles andere ist Rauschen im Hintergrund.

Ich lese ein weiteres Mal, was Amber mir vor ein paar Stunden geschrieben hat. *Caroline, es tut mir leid, dass ich dich gestern gebeten habe zu gehen. Ich war genauso überrumpelt wie du. Es ist doch ein sehr merkwürdiger Zufall. Ehrlich gesagt kann ich immer noch nicht glauben, dass es einer ist. Ruf mich bitte an.* Ich sehe ihr angespanntes, ungläubiges Gesicht vor mir, als wir in der Küche standen und sie meine Tränen kühl ignorierte. Sie hat mich nicht gebeten zu gehen, sie hat mich hinausgeworfen.

Seit dieser Nachricht versucht sie mich laufend anzurufen. Mein Handy klingelt jedoch nur noch kurz, weil sie schnell merkt, dass ich nicht abhebe, und dann aufgibt.

Ich weiß, dass ich sie zurückrufen sollte, dass ich irgendwann mit ihr reden muss, aber jetzt kann ich es nicht. In meinem Kopf herrscht ein zu großes Durcheinander. Ich sehe mir ihre Nachricht wieder an, und dieses Mal springt mir das Wort *Zufall* entgegen. Sie hat begriffen, dass es nicht nur eine skurrile Laune des Schicksals sein kann, aber nicht, dass ich unsere Begegnung nicht eingefädelt habe. Du hast alles geplant und in die Wege geleitet, und du musst gewusst haben, dass ich ihr möglicherweise begegnen würde. Ich habe keine Ahnung, ob es für dich ein Risiko war, das du bereit warst einzugehen, oder ob du genau das gewollt hast.

Dieser Gedanke schmerzt mich, ich hole scharf Luft. Warum solltest du wollen, dass ich sie sehe? Nachdem es nun einmal passiert ist, werde ich die Bilder, die sich in meinem Kopf wie ein Film abspulen, nie mehr loswerden. Wie du vielleicht an deinem Fenster gestanden und sie beobachtet hast, als sie gegenüber eingezogen ist, wie dir gefallen hat, was du da gesehen hast. Die sorgsam eingefädelte Begegnung, die kurzen, abschätzenden Blicke beim ersten Flirt. *Gerade hergezogen? Sag Bescheid, wenn du irgendwas brauchst …* Die aufregenden ersten Verabredungen, das Kribbeln bei eurem ersten Kuss. Ein Zeitsprung, ihr beide auf dem Sofa, wie ihr gemütlich aneinandergekuschelt fernseht oder von eurem Tag erzählt. Wie ihr an ihrem Küchentisch sitzt, zusammen esst und ein Glas Wein trinkt. Am Sonntagmorgen die Hausarbeit erledigt, die Wäsche aufhängt oder das Bad putzt. All diese heimeligen häuslichen Dinge, die wir nie zusammen gemacht haben. Und damit bin ich noch nicht bei den Bildern, die am meisten schmerzen – deine Hände an ihrer schmalen Taille, deine Lippen, die ihren Hals küssen, ihre Beine um deine geschlungen und dazu deine Stimme, die ihr zuflüstert, was du früher zu mir gesagt hast. Wenn ich mir in den letzten beiden Jahren in schwachen Momenten ausgemalt habe, was du tust, warst du immer allein. Ich hätte es nicht verkraftet, mir jemanden an deiner Seite vorzustellen.

Ich denke an den Brief, den ich dir wenige Tage nach unserem letzten Treffen geschickt habe – meine Worte waren auf ein liniertes gelbes Blatt gekritzelt, das ich aus einem Notizbuch im Büro gerissen habe, ein alberner Versuch, in dir ein wenig Wehmut zu wecken. Ich habe alle Erinnerungen festgehalten, auch, was sie mir bedeutet haben, und am Ende habe ich dir gewünscht, dass du glücklich wirst, und geschrieben, ich würde wissen, dass du mir das Gleiche wünschst. Jetzt bin ich mir bei beidem nicht mehr so sicher. Wenn ich mir vorstelle, dass du mit ihr glücklich bist, schnürt mir fast unerträglicher Kummer die Brust zu, und es wird immer deutlicher, dass du mir überhaupt kein Glück wünschst. Diese Situation fühlt sich eher wie Folter an, als wolltest du mich bestrafen.

Der Gedanke weckt etwas in mir, ein ungutes Gefühl hallt heftig in mir wider. Ich muss an den Moment denken, als ich dich zum letzten Mal gesehen habe; ich habe mich abgewandt und dich einfach allein gelassen, und als ich mich noch einmal umgedreht habe, hast du reglos am Straßenrand gestanden. Bei diesem Bild konnte ich nie weiter aufblenden, habe nie zugelassen, dass ich mich an alles erinnere. Ohne einen weiteren Blick zurück bin ich gegangen. Ich habe die Schuldgefühle und den Schmerz unterdrückt, habe sie aus lauter Verzweiflung bezwungen. Dir wird das nicht gelungen sein, das weiß ich. Du musstest damit leben, und ich habe keine Ahnung, wie es dich vielleicht verändert hat.

Es ist halb drei, ich bin schon seit Stunden unterwegs. Ich zwinge mich, aufzustehen und mich auf den Rückweg durch den Park zu machen. Ich biege in die nächste Straße ein und laufe eilig weiter, die Jacke eng um den Körper gezogen. Die kalte Frühlingsluft lässt mich zittern.

Ich bin so in Gedanken versunken, dass ich die Geräusche hinter mir nur am Rande bemerke – ein Heranrauschen, kreischende Bremsen. Und dann ist es direkt neben mir, in einem Sekundenbruchteil und in greller Farbe. Ein Auto, das den Bordstein fast berührt hätte – es rast so dicht an mir vorbei, dass ich den Beinahezusammenstoß spüren kann und mein Kraftfeld von dem Schreck sirrt. Dann schwenkt der Wagen ab und rast die Straße hinauf. Ich werfe mich gegen die Hecke. Das Auto ist nicht mehr zu sehen, aber mein Verstand und mein Körper hängen noch hinterher. Das war knapp. Sehr knapp. Mit wackligen Beinen hocke ich mich hin, senke den Kopf zwischen die Knie und versuche mühsam, mich zu beruhigen.

Es dauert bestimmt fünf Minuten, bis ich mich aufrichten und weitergehen kann. Ich sage mir, ich solle nicht so albern sein. Es war nur ein Augenblick, ohne tiefere Bedeutung. Er hatte nichts zu sagen.

Bis ich die Everdene Avenue erreiche, hat ein leichter Regen eingesetzt, und ich schlage den Kragen meiner Jacke hoch und ziehe den Kopf ein. Sollte Amber aus dem Fenster sehen, wird sie mich trotzdem sofort erkennen. Aber die Haustür öffnet sich nicht, niemand ruft kläglich über die Straße, und ich schließe schnell die Tür von Nummer 21 auf und schlüpfe ins Haus.

Erleichtert atme ich auf, als ich den weißen Zettel auf dem Küchentisch entdecke. *Bin zum Supermarkt, um ein paar*

Sachen zu holen, und sehe auf dem Rückweg vielleicht beim Kino vorbei, ob heute Abend etwas für uns läuft. Um vier bin ich wieder da. F. Wenigstens habe ich noch eine Stunde Zeit, um meine Gedanken zu ordnen. Aber ich finde keine Ruhe, und bald streife ich wieder durch das Haus, laufe von Zimmer zu Zimmer und sehe mir die wenigen Habseligkeiten an – suche nach irgendeinem Hinweis darauf, wie du lebst, wie du bist, was dir wichtig ist.

Je länger ich meine Bahnen durch die gesichtslosen Zimmer ziehe, desto hilfloser fühle ich mich. Es ist sinnlos, ich habe schon alles abgesucht, nachdem ich das Aftershave gefunden habe. Nur an einer Stelle habe ich nicht nachgesehen: in dem kleinen Schränkchen unter dem Schreibtisch im Arbeitszimmer, das verschlossen war. Letztes Mal habe ich es dabei bewenden lassen, aber jetzt bin ich mir sicher, dass ich dort nachsehen muss. Ich laufe ins Arbeitszimmer und lasse mich vor dem leeren Schreibtisch auf die Knie fallen. Die Schublade ist natürlich immer noch abgeschlossen. Ich spähe unter den Tisch, taste den Boden ab, dann durchsuche ich das restliche Zimmer, durchkämme sorgfältig jede Ecke. Der Schlüssel ist nicht da.

Frustriert knie ich mich wieder vor die Schublade und ziehe. Ich spüre den Widerstand, aber der Schließmechanismus ist billig, er klappert unter der Belastung. Ärger wallt in mir auf, und bevor ich mich zurückhalten kann, stemme ich eine Hand flach gegen das Schränkchen oberhalb der Schublade und ziehe mit der anderen fest am Griff, einmal, zweimal. Der Riegel knackt und bricht, die Schublade gleitet schnell und sanft auf Rollen heraus und gibt frei, was in ihr liegt.

Eine einzelne grüne unbeschriftete Mappe. Ich nehme sie heraus und ziehe ihren Inhalt hervor. Mehrere Blatt Papier, Ausdrucke aus dem Internet mit unleserlichen Anmerkungen, notiert mit einem dunklen Stift. Beim ersten Blick auf die oberste Seite schnürt sich mir die Kehle zu. Es ist ein Ausdruck der Suchmaschine 192.com von jedem Haushalt in Großbritannien, der unter Francis' und meinem Nachnamen eingetragen ist, und unsere Adresse in Leeds ist vollständig mit einem gelben Textmarker gekennzeichnet.

Mit hämmerndem Herzen breite ich die anderen Blätter vor mir auf dem Boden aus. Ein Foto einer Immobilien-Website von unserem Häuserblock, in dem eine der Wohnungen zum Verkauf angeboten wird. Die Homepage der Firma, bei der ich jetzt arbeite, zusammen mit der Seite unseres Teams, auf der ich nichtssagend aus einem kleinen Foto lächle. Ein paar Screenshots meiner Profile in den sozialen Medien, die gesperrt und wenig aussagekräftig sind. Alles öffentlich zugängliche Informationen, aber dass du dir die Mühe gemacht hast, sie auszudrucken … das kommt mir seltsam vor. Übergriffig.

Auf dem letzten Blatt entdecke ich das Profil, das ich vor Monaten auf der Haustauschseite erstellt habe: die Fotos aus unserer Wohnung, die weitschweifige Beschreibung der Umgebung und die Aufforderung, sich bei mir zu melden. Ich habe noch gar nicht überlegt, wie du mich auf der Haustauschseite gefunden hast, aber jetzt wird mir klar, dass du einen Google Alert oder was Ähnliches mit meinem Namen und meiner Adresse eingerichtet haben musst. Das könnte jeder machen, der sich über etwas auf dem Laufenden halten will. Ich kann versuchen, es mir schönzureden, trotzdem ist mir klar, dass zwischen *etwas* und *jemandem* ein himmelweiter Unterschied besteht, vor allem, wenn man zu diesem Jemand eine solche Beziehung hatte wie du zu mir. Ein himmelweiter Unterschied zwischen Interesse und Manie.

In meinem Kopf dreht sich alles. Ich schiebe mit zittrigen Händen die Blätter zusammen, stecke sie in die Mappe und werfe sie zurück in die Schublade, als könnte ich jeden Moment entdeckt werden. Ich lehne mich gegen den Schreibtisch, die Gedanken schwirren durch meinen Kopf.

Mein Handy neben mir zeigt mir blinkend eine neue Mail an. Ich habe gestern so viele Nachrichten geschrieben, fassungslos und verwirrt, wie ich war, und du hast keine einzige beantwortet. Bis jetzt.

Die Mail ist kurz. *Keine Sorge. Mir wird nicht langweilig.* Als ich nach unten scrolle, sehe ich, dass die Antwort einer meiner eher wütenden Mails gilt: *Was soll das alles? Was genau machst du in meiner Wohnung? Was zum Teufel tust du da?* Deine Antwort ist kryptisch, kurz und unpersönlich. Kaum der Mühe wert, sie zu tippen. Und dann bemerke ich den Anhang.

Mein Atem geht schnell und flach, als ich ihn öffne. Im ersten Moment begreife ich nicht, was ich sehe. Es ist ein Foto unseres Flurs, bei schwachem Licht von der Küche aus aufgenommen. Es ist nichts Besonderes zu erkennen, keine Anzeichen einer Aktivität. Dann fällt mein Blick auf die Fotos. Sie hängen so, wie ich sie zurückgelassen habe, aber etwas ist anders. Nach einer Weile erkenne ich es. Mein Gesicht ist herausgeschnitten, nur schwarze Löcher sind zurückgeblieben.

Ich bin vor Schreck wie gelähmt. Dass du einen derart zielgerichteten Aufwand betreibst, mit einer solch unheilvollen Präzision. Ich starre das Foto an und versuche, es zu begreifen. Warum solltest du das tun? Etwas beunruhigt mich, und es geht über das offensichtlich Surreale dieser Tat hinaus. Schlagartig wird es mir klar: Was mir aufstößt, ist, dass *mein* Gesicht herausgeschnitten wurde. Insgeheim habe ich mich immer noch an die Vorstellung geklammert, dass du diesen ganzen Zauber aufführst, weil du von Liebe getrieben wirst. Ich hätte verstanden, wenn du symbolisch meinen Mann eliminiert hättest, wenn du ihn hättest entfernen wollen. Aber das hier ist nicht Liebe, es ist das Gegenteil. Du sagst mir damit, dass du mich hasst.

Zu Hause

Caroline, Juni 2013

Wie von selbst haben Carl und ich uns in den letzten Wochen einen Rhythmus angewöhnt. Wir schreiben uns tagsüber sporadisch, erzählen lustige Dinge, die passiert sind, oder stöhnen über die viele Arbeit, und abends meldet er sich gegen acht, wenn Eddie im Bett ist, und wir chatten etwa eine halbe Stunde lang. Ich warte auf seine Nachrichten, sehe immer wieder auf mein Handy, fast zwanghaft, während ich das Abendessen zubereite und irgendwie mit Francis' unberechenbaren Launen zurechtkomme. Wenn Carl dann schreibt, ziehe ich mich ins Schlafzimmer zurück und antworte von dort aus. Francis ist um diese Zeit meist schon weggetreten, und selbst, wenn er es nicht wäre, glaube ich mehr und mehr, dass es ihm egal wäre. Die unsichtbaren Bande zwischen uns verkümmern und verdorren. Nach und nach sterben sie ab, und ich weiß nicht einmal, ob er es bemerkt.

Ich sitze an meinem Schreibtisch, schiebe nahezu automatisch Datenreihen hin und her und sortiere Zahlen. Eine hirnlose Arbeit, bei der ich die Gedanken schweifen lassen kann. Erinnerungen vom gestrigen Abend tauchen auf – Francis und ich haben zusammen auf dem Sofa gesessen und halbwegs vernünftig über das anstehende Wochenende gesprochen. Solche kurzen Phasen der Normalität, in denen wir ein paar Stunden lang höflich miteinander umgehen können und sein Verhalten in einem zivilen Rahmen bleibt, sind selten geworden. Und sie haben nicht mehr die gleiche Wirkung auf mich. Früher habe ich mich an ihnen festgekrallt, wie sich jemand, der von einer Klippe stürzt, an die letzten Krumen Erde und Gras krallt. Ich weiß, dass sie keine Rettung bieten – sie zerbröckeln unter meinen Händen, und komme, was wolle, ich werde fallen.

Am unteren Bildschirmrand blinkt das Chatprogramm, und ich lächle, weil ich weiß, welche Nachricht auf mich wartet. Und tatsächlich, Carl bestätigt unsere Pläne für heute Abend und schreibt, er könne es kaum erwarten. In letzter Zeit haben wir den Freitagabend füreinander reserviert, und heute ist erst Mittwoch, aber ich habe zu Hause gesagt, ich müsse lange arbeiten. Carl holt mich nach Feierabend ab. Es ist ein Risiko, das wir bisher noch nie eingegangen sind. Und wir werden uns diese Woche zweimal sehen – beides zusammen gibt mir das Gefühl, eine Grenze würde sich verschieben. Es geht mir immer öfter so wie letzte Woche, als ich nach dem Abend bei ihm zum ersten Mal zögerlich die Möglichkeit erwogen habe, Francis zu verlassen. Ich habe ihm nichts gesagt und werde es auch nicht tun, bis ich mir meiner Sache sicher bin. Aber jedes Mal, wenn ich ihn sehe, spüre ich diese Gedanken in mir, ein Geheimnis, das aus einem winzigen Samen erwächst und erblüht. Ich darf noch nicht an Eddie denken oder daran, wie ich mich vor meinen Mann setze und ihm zu verstehen gebe, dass ich ihn gerade dann, wenn er mich am meisten braucht, verlassen will. Aber es gab noch nie eine Zeit, in der er mich nicht gebraucht hätte, und was ich brauche, ist ihm anscheinend scheißegal. Dieser Gedanke macht mich wütend. Ich schüttle den Kopf und merke erschrocken, dass ich die Zahlen auf meinem Bildschirm falsch berechnet habe, weil ich so unkonzentriert war.

Dann bis halb sieben, antworte ich Carl und verbanne alles andere aus meinem Kopf. *Ich warte schon …*

Das will ich doch hoffen, chattet er zurück.

Meine Finger schweben über den Tasten, ich überlege, ihm schmutzige Dinge zu schreiben, einen Bruchteil von dem herauszulassen, was vor unseren Treffen immer durch mich pulsiert, aber am Ende schicke ich nur einen Kuss und schließe das Fenster. Ich darf mich nicht zu sehr ablenken, wenn ich die Arbeit auf meinem Schreibtisch pünktlich erledigen will. Ironischerweise hat er mir diese Selbstbeherrschung beigebracht. Er ist geschickt darin, mich schmoren zu lassen, und hält die ganze Woche über diesen heiklen Drahtseilakt der Begierde im Gleichgewicht, damit der Gipfel nicht zu früh erreicht ist. Anfangs hat mir das widerstrebt, ich wollte alles, so schnell wie möglich. Jetzt verstehe ich, wie reizvoll das Warten auf die Belohnung sein kann, und mache es genauso.

Gegen sechs Uhr packen die Kollegen einer nach dem anderen ihre Sachen und verabschieden sich in den Feierabend. Bald sind nur noch Steven und ich übrig. Als Chef bleibt er oft bis zuletzt. Er sitzt stirnrunzelnd vor einer Präsentation und übt offenbar, denn seine Lippen bewegen sich lautlos. Hin und wieder werfe ich ihm einen Blick zu und überlege, Carl zu schreiben und ihn zu bitten, irgendwo in der Nähe zu warten.

»Soll ich heute Abend abschließen, oder arbeitest du länger?«, frage ich Steven schließlich. Er blickt irritiert auf und bemerkt die leeren Schreibtische.

»Oh. Ich wollte nicht so lange bleiben«, antwortet er vage. Er schiebt seine Unterlagen zusammen und klappt den Deckel seines Laptops herunter. »Du gehst noch nicht?«

»Nein«, sage ich. »Ich habe noch ein bisschen zu tun.«

»In Ordnung.« Er zieht seine Jacke an, hängt sich seine Tasche um, und dann steht er da und mustert mich. »Geht es dir gut?«, fragt er.

»Ja!« Ich blicke auf, sehe ihm direkt in die Augen und strahle ihn an. »Mir geht's prima. Warum?«

Steven kratzt sich am Kinn. »Nur eine Ahnung. Du wirkst etwas – ich weiß nicht. Nervös. Nicht wie du selbst.« Die Worte wollen ihm nicht recht über die Lippen kommen, und ich sehe ihm an, wie verlegen er ist. Wir haben als Chef und Mitarbeiterin nicht die Art von Beziehung, bei der wir persönliche Bemerkungen machen würden, und wenn ich so darüber nachdenke, bezweifle ich, dass er mein »Selbst« überhaupt kennt, zumindest auf irgendeine bedeutsame Weise.

»Mir geht's gut«, wiederhole ich. »Ich bin nur ein bisschen müde und gestresst, mehr nicht.«

»Okay.« Steven nickt, dann verschwindet er, sichtlich erleichtert darüber, diesem Gespräch zu entkommen. Einen Moment lang bleibe ich allein im Büro sitzen. Mein Herz hämmert, und mir ist plötzlich so heiß, als könnte ich ohnmächtig werden.

Ich stehe auf, gehe in den Waschraum und starre mich in dem kleinen Wandspiegel an. Meine Wangen sind frisch gerötet, meine dunklen Augen leuchten. Steven hat recht. Ich bin nicht ich selbst. Die Frau im Spiegel besitzt eine Macht und eine Ausstrahlung, die ich jahrelang nicht gespürt habe. Ich denke an letzte Woche zurück, als ich mich mit Jess an der U-Bahn-Station getroffen habe und sie mich überrascht und ein wenig belustigt gemustert hat. *Ich muss schon zugeben, es scheint dir gut zu bekommen.* Ich fahre mit den Fingern durch meine Haare und sehe mich weiter an. In letzter Zeit schwanke ich beängstigend schnell und unregelmäßig zwischen zu Tode betrübt und himmelhoch jauchzend.

Wenn mir das gut bekommt, weiß ich nicht, was für ein Mensch ich bin.

Hinter mir öffnet sich die Tür, und ich drehe mich um und sehe, wie Carl hindurchschlüpft und sie hinter sich ins Schloss fallen lässt. Sein Blick gleitet über meine hochgeschlossene Bluse, den kurzen schwarzen Rock, die nackten Beine und die High Heels. Wir gehen schnell aufeinander zu, er schlingt die Arme fest um mich, und mein ganzer Körper entspannt sich. Wir küssen uns, langsam und innig. Vor einem der hohen Fenster bieten wir uns für die Büros gegenüber wie auf dem Präsentierteller dar, aber es ist niemand in der Nähe.

»Willst du deine Jacke ausziehen?«, raune ich schließlich.

Lachend senkt er den Blick. Er hat nicht einmal seine Tasche abgestellt. »Ja«, sagt er. »Tut mir leid. Hallo.«

»Kein Grund, sich zu entschuldigen.« Ich knöpfe seine Jacke auf, streife sie ihm von den Schultern und lasse sie zu Boden gleiten. »Möchtest du etwas trinken?«

Er schüttelt den Kopf, schleicht um die leeren Schreibtische herum und sieht sich seinen alten Platz an. »Es ist komisch, wieder hier zu sein. Auf dem Weg zu dir wäre ich fast Steven in die Arme gelaufen. Ich habe ihn unterwegs gesehen und mich in einer Seitenstraße versteckt, bis er weg war. Das wäre peinlich geworden. Oh, ähm, hallo. Ich war nur …«

»… zufällig in der Gegend«, beende ich den Satz kichernd. Eigentlich sollten mich diese brenzligen Situationen beunruhigen, aber ich finde die Vorstellung, entdeckt zu werden, auch aufregend. Ich will es in die Welt hinausrufen – die anderen sollen es verstehen, sollen begreifen, dass es real ist.

»Hmm«, sagt er, während er mich beobachtet. »Das würde dir gefallen, was?« Und dann kommt er zu mir und hebt mich hoch. Ich schlinge die Beine um seine Taille, und er trägt mich ins Besprechungszimmer und legt mich dort auf den Tisch. Sein Schatten fällt auf mich, als er sich über mich beugt. Seine Hände gleiten meine Oberschenkel hinauf, streicheln meine Haut. »Kein Slip«, flüstert er. »Böses Mädchen.« Mit einer Hand drückt er meine Arme auf den Tisch, hält sie fest gepackt, mit der anderen nestelt er ungeduldig an seinem Gürtel, denn das Warten ist vorbei, und er weiß, dass wir beide das Gleiche wollen. Sofort ist er auf mir, die Wucht rammt meinen Körper gegen das Holz, mein Rücken reibt und scheuert durch unsere rhythmischen Bewegungen darüber – morgen wird es wehtun, aber sein Atem streift heiß über meine Lippen, und ich schließe die Augen und sehe Sterne, und es ist mir völlig egal.

Danach bleiben wir etwa eine Stunde im Büro, halb angezogen lümmeln wir auf dem provisorischen Bett herum, das wir uns auf dem Fußboden hergerichtet haben. Die tief stehende Sonne verströmt warmes, gedämpftes Licht. Ich habe den Fernseher auf dem Schreibtisch eingeschaltet, aber die Lautstärke auf ein fast unhörbares Summen heruntergedreht; aus den Augenwinkeln sehe ich die Bewegungen, den verschwommenen Wechsel von hell und dunkel. Carl starrt an die Decke, hat eine Hand in meinen Haaren vergraben und zupft immer wieder sanft an ihnen, und ich merke, dass auch das schon zur Gewohnheit geworden ist. Wir haben unsere eigene Art des Zusammenseins gefunden, ganz von selbst.

»Bist du sicher, dass es mit dem achten Juli klappt?«, fragt er schließlich.

Ich drehe mich auf den Bauch, strecke einen Arm über seine Brust und sehe ihm in die Augen. »Auf jeden Fall.« Wir fahren über Nacht weg – in das Silver Birches, ein kleines Hotel in einer Stadt, in der uns niemand kennt. Er hat das Zimmer vor Wochen gebucht, als Zwischenstation auf der Fahrt zum dreißigsten Geburtstag seines Freundes am Tag danach. Als er vorgeschlagen hat, ich solle ihn begleiten, fand ich die Vorstellung ebenso reizvoll wie beängstigend. Obwohl Francis sich ziemlich offensichtlich nicht dafür interessiert, was ich tue, kann ich mir immer noch nicht vorstellen, mich so weit von meinem normalen Leben zu entfernen, ohne aufzufliegen. Aber wenn ich darüber nachdenke, am Ende des Abends nicht aufstehen und mich anziehen und hinaus in die Kälte gehen zu müssen, und mir den vertrauten Moment vorstelle, morgens aufzuwachen und ihn wirklich neben mir zu haben, nicht nur in meiner Vorstellung, dann durchströmt mich pure Vorfreude. Auf keinen Fall werde ich jetzt einen Rückzieher machen.

»Dann ist gut«, sagt er. »Wenn du dir sicher bist. Nicht dass ich dich nicht mitnehmen wollte. Du zweifelst hoffentlich nicht daran. Ich will nur nicht, dass du ein zu großes Risiko eingehst.«

»Es passiert schon nichts«, beruhige ich ihn. »Ich kann es kaum erwarten.« Dieser Satz kommt mir oft über die Lippen, und ihm auch. Wir scheinen in einem anhaltenden Erwartungszustand zu leben, und wenn er einmal aussetzt, ist unsere gemeinsame Zeit so kurz wie ein Wimpernschlag. Und danach kann ich wieder nur warten, als hätte ich nie etwas anderes getan. Seufzend rekelt er sich unter mir. »Und nach dem Wochenende müssen wir das hier zurückfahren. Es kann nicht ewig so weitergehen, oder?«

»Ich weiß.« Die Antwort kommt automatisch. Wir sagen das schon lange, und der achte Juli ist zu unserem Grenzpunkt geworden, zu einer Art Schwanengesang, bevor wir die Verbindung, die wir monatelang geknüpft haben, zu lösen beginnen. Jetzt kommt mir das besonders sinnlos vor.

Ich überlege, etwas zu sagen, anzudeuten, dass es auch anders sein könnte, aber es scheint mir nicht der richtige Moment dafür zu sein. Etwas hält mich zurück. »Ich will nicht«, sage ich stattdessen.

»Das ist mir klar«, sagt er. »Mir wird es auch nicht leichtfallen. Aber uns bleibt kaum eine andere Wahl, oder?« Es ist keine Frage. Etwas Ähnliches hat er schon öfter gesagt. Letztes Mal ist er weitergegangen. *In ein paar Jahren werde ich dreißig, und was habe ich dann vorzuweisen? Ich lebe in einer Mietwohnung ohne Freundin und treffe mich mit einer verheirateten Frau mit Kind. Wenn das hier vorbei ist, kannst du dich auf ihn konzentrieren, aber ich habe nichts. Ich muss mein eigenes Leben leben. Ich muss mich weiterentwickeln, ohne dich.* Ich war erschrocken, zuckte überrascht zurück, der Schmerz stand mir so deutlich ins Gesicht geschrieben, als hätte er mich angebrüllt. Als stumme Entschuldigung hat er eine Hand auf meine gelegt, aber seine Worte hat er nicht zurückgenommen.

Eine Weile lang bleiben wir noch schweigend liegen, und Traurigkeit wabert wie Rauch durchs Zimmer. Diese undefinierbare Melancholie, die jeden Blick und jede Berührung durchdringt, schleicht sich immer mehr ein, wenn wir zusammen sind. Am Anfang haben wir herumgealbert wie Teenager, haben den anderen mühelos zum Lachen gebracht. Es ist, als hätten wir alles im Schnelldurchlauf erlebt. In fünf Monaten sind wir zehn Jahre gealtert, weil wir schon den Schatten der Trennung geahnt haben.

Er dreht sich zu mir um und hebt meinen Kopf. So behutsam bin ich noch nie geküsst worden – so achtsam, als wolle er sich ins Gedächtnis prägen, wie unsere Lippen aufeinanderpassen. Ich weiß, was das bedeutet. Ich will das hier nicht verlieren. Vor Lust dränge ich mich an ihn, wortlos und heftig, will ihn dazu bringen, meine Gedanken zu lesen.

»Wir sollten gehen«, sagt er. Das war nicht, was ich wollte, aber ein Blick auf die Uhr zeigt mir, dass er recht hat. Ich nicke stumm und greife nach meiner Kleidung.

Nur eine knappe halbe Stunde später bin ich zu Hause, aber es wird langsam dunkel. Ich war länger unterwegs, als ich gedacht habe, länger, als ich glaubhaft hätte arbeiten können. Ich mache mich auf etwas gefasst, als ich den Schlüssel im Schloss herumdrehe, aber im Flur höre ich Francis im Wohnzimmer schnarchen, unregelmäßig und abgehackt.

Zuerst sehe ich nach Eddie und finde ihn ruhig schlummernd in seinem Bett. Voller Schuldgefühle streichle ich ihm sanft über die Haare. Es kommt mir vor, als hätte ich ihn diese Woche kaum gesehen. Morgen werde ich früher zu Hause sein und Zeit mit ihm verbringen, vielleicht mit ihm zum Spielplatz gehen. Ich gehe leise hinaus und schließe die Tür.

Auf Zehenspitzen schleiche ich ins Wohnzimmer und werfe einen Blick auf Francis, der schlaff auf dem Sofa liegt. Ich bin geschockt, als ich neben ihm eine Tablettenpackung finde. Ich weiß nicht mehr, wie viele noch übrig waren, als ich letztes Mal nachgesehen habe, aber jetzt ist die Folie ganz aufgerissen und komplett leer. Bei dem Anblick flackert brennende Wut in mir auf. Ich rüttle ihn grob an den Schultern und verdopple den Druck, als er sich kaum rührt. Er brummelt etwas, entweder begrüßt er mich oder sagt mir, ich solle ihn in Ruhe lassen. Seine Lider heben sich für einen kurzen Moment, dann fallen sie wieder zu.

»Um Himmels willen, Francis.« Ich höre selbst, wie meine Stimme hysterisch klingt, ich bin auf dem besten Wege auszurasten. »Was zum Teufel tust du dir an? Begreifst du eigentlich, was hier los ist? Hast du überhaupt eine Ahnung?«

Seine Augen öffnen sich in einer langsamen, qualvollen

Bewegung, als müsste er sie mit Zangen hochziehen. Sein Blick ist glasig, er scheint mich kaum zu erkennen, geschweige denn wahrzunehmen, was ich sage. Ich stehe mitten im Zimmer, habe die Arme um mich geschlungen und kann Carl noch an meinem ganzen Körper fühlen und riechen, und plötzlich schlägt mir das Herz bis zum Hals, und ich weiß einfach nicht, wie es so weit kommen konnte. Tränen strömen aus meinen Augen, schnüren mir die Kehle zu. »Jetzt reicht es mir«, höre ich mich sagen. »Du sollst auf unser Kind aufpassen, verdammt noch mal. Was, wenn er aufgewacht wäre und dich gebraucht hätte? Wie soll ich darauf vertrauen, dass du ihn nicht einfach ignorierst?« Meine Scheinheiligkeit ist genauso sehr Grund für die Tränen wie meine Angst. Ich habe keinen Begriff mehr davon, wie Vertrauen zwischen mir und meinem Mann aussehen soll.

Francis müht sich vergeblich, sich aufzusetzen, fährt sich mit einer Hand über das Gesicht und versucht, sich zu sammeln. »Das würde ich nie machen«, sagt er. »Ich kenne meine Verantwortung. Ich passe auf ihn auf.« Seine Wortwahl ist versöhnlich, aber der Unterton bissig, und dazu verzieht er unheilvoll das Gesicht. Das ist das Einzige, was ich noch sehe.

»Das ist ja gut zu wissen«, kontere ich. »Gut zu wissen, dass du dich für ihn zusammenreißt, aber …« Ich zögere, weil ich nicht sicher bin, ob ich wirklich aussprechen will, was mir auf der Zunge liegt. »… aber nicht für mich«, presse ich hervor.

Er runzelt die Stirn, als wäre er verwirrt, als hätte ich ihn überrumpelt. Vielleicht, weil meine Worte ein Gefühl andeuten, dem wir schon lange keinen Raum mehr geben. Ich weiß selbst nicht, warum es mir nicht egal ist. Er öffnet kurz den Mund, klappt ihn wieder zu, dann lehnt er den Kopf gegen die Sofakissen und schließt die Augen.

Ich bin immer noch so wütend, dass ich kaum atmen kann. »Ich will das nicht«, sage ich laut und deutlich, jedes Wort für sich. Als keine Antwort kommt, knirsche ich mit den Zähnen und schlinge die Arme fester um mich. »Ich will nicht mehr mit dir verheiratet sein«, sage ich. »Mir reicht es.«

Seine Lider flattern ganz leicht, aber er reagiert weiterhin nicht. Ich starre auf seine dunklen Wimpern, seine Gesichtszüge, die mich an Eddies erinnern, die Schatten der Knochen, über die ich früher mit den Fingerspitzen gestrichen habe, während er schlief, um meine Liebe zu ihm heimlich durch seine Haut strömen zu lassen.

»Ich werde dich verlassen«, sage ich schließlich. Die Aussage ist schlicht und deutlich, aber meine Stimme zittert unsicher, und ich weiß, dass er es unterbewusst auch hört und versteht. Nachdem ich es ausgesprochen habe, wissen wir beide, dass ich es noch nicht ernst meine. Aber ich werde es, sage ich mir. Bald werde ich es tun.

Sie sind wieder da. Dieses Mal bin ich bereit. Als ich sehe, wie sie vor dem Haus stehen bleiben, ziehe ich sofort meine Schuhe an und laufe hinunter. Ich krame in meiner Jackentasche herum, als ich die Haustür öffne, um beschäftigt zu wirken, dann werfe ich wie zufällig einen Blick in ihre Richtung, stutze und lächle überrascht, als würde ich sie gerade erkennen.

Ich spreche den kleinen Jungen direkt an. »Du bist Eddie, oder?« Er lächelt zurück, dann drückt er sich schüchtern eine Faust gegen den Mund und lutscht daran. Sein Blick gleitet zu seiner Großmutter hinauf, die mich mit höflichem Misstrauen beäugt. »Ich hüte für Caroline und Francis die Wohnung«, erkläre ich. »Überall hängen Fotos von Eddie.«

»Oh, ach so.« Carolines Mutter klingt erleichtert über diese oberflächliche Erklärung. »Wir wollten nicht neugierig sein«, erklärt sie. »Die Wohnung liegt auf dem Weg zur Schule, und …«

»Paddy«, bricht Eddie plötzlich laut sein Schweigen. Mit großen grauen Augen sieht er mich erwartungsvoll an. Ich muss kurz überlegen, doch dann fällt mir der kleine silbrige Hamster ein, der mich ab und zu an seine Anwesenheit erinnert, wenn er wie ein Geistesgestörter in seinem Rad läuft. Caroline hat bis ins Kleinste beschrieben, wie er zu versorgen ist, aber ich habe einfach ab und zu eine Handvoll Futter in seinen Käfig geworfen, und bis jetzt ist noch keine Katastrophe eingetreten. Das meiste ist leichter am Leben zu erhalten, als man denkt.

»Tut mir leid«, sagt Carolines Mutter munter. »Er redet oft

über den Hamster. Ich hätte ihn diese Woche auch versorgt, aber ich bin allergisch gegen ihn.«

»Tja«, höre ich mich sagen, »dann musst du mal raufkommen und ihn besuchen. Würdest du das gerne machen, Eddie?« Das Kind nickt, sein Gesicht strahlt vor Vorfreude. Dabei wird mir klar, dass ich die beiden jetzt nicht in die Wohnung lassen kann. Nicht solange alles wahllos auf dem Boden verteilt liegt und im Flur die entstellten Fotos hängen. »Ich muss jetzt etwas erledigen«, setze ich hinzu, »aber vielleicht morgen auf dem Rückweg von der Schule?«

Eddie springt auf und ab und jubelt vor Begeisterung. Carolines Mutter lächelt etwas verkniffen. »Das ist sehr nett von Ihnen«, sagt sie. »Wir werden sehen, wie es morgen läuft. Jetzt wollen wir Sie nicht länger aufhalten. Hat mich gefreut, Sie kennenzulernen, ähm …«

Sie unterbricht sich in der Erwartung, dass ich die Lücke füllen würde, aber ich lächle nur und laufe nach einem kurzen Winken zum Abschied los. Meine Schritte hallen wie Schüsse durch meinen Kopf. Ich bin mir nicht ganz sicher, was ich gerade getan habe, aber es versetzt mich in Hochstimmung, und ich fühle mich leicht und aufgekratzt. Es war eine dumme Idee, man könnte einem anderen durch den Ort, an dem er lebt, oder die Dinge, die er besitzt, nahekommen. Wer er ist, erkennt man an den Menschen, die er liebt.

Unterwegs

Caroline, Mai 2015

Ich liege hellwach im dunklen Schlafzimmer und beobachte das Heben und Senken der Decke neben mir, unter der Francis tief und fest schläft. Als sich meine Augen an die Dunkelheit gewöhnen, treten die Möbel nach und nach aus den Schatten und nehmen Formen an. Die Nächte hier haben etwas Unwirkliches. Alles scheint möglich zu sein, und meine tosenden Gedanken lassen mich nicht zur Ruhe kommen. Am liebsten würde ich aufstehen und das Haus noch einmal durchsuchen, um vielleicht einen weiteren Hinweis zu finden.

Die nüchterne, minimalistische Einrichtung des Schlafzimmers zeigt mir aber allzu deutlich, dass es nicht mehr zu finden gibt. Doch das hier kann nicht dein gesamter Besitz sein. Das ist unmöglich. Die Schränke und Regale sind fast leer, und du kannst nicht für diese Woche den Inhalt eines ganzen Hauses mitgenommen haben. Nicht einmal die Vitrinen – leere Holzkästen, die spärlich mit einer Kerze hier oder einer dekorativen Figur da bestückt sind – sehen aus wie in einem richtigen, bewohnten Heim. Du warst nie unordentlich, aber so spartanisch kann ich mir dich nicht vorstellen. Es muss mehr Sachen geben. Wo sind sie? Plötzlich kommt mir eine Idee. Ich schiebe leise die Decke zurück, schlüpfe aus dem Bett und gehe mit meinem Handy auf den dunklen Flur. Ich zittere, teils aus Kälte, teils aus Furcht.

Als ich nach oben sehe, starrt mir die Antwort ins Gesicht. In die Decke ist ein akkurates, weiß gestrichenes Rechteck mit einem kleinen Messingring eingelassen, der Zugang zum Dachboden. Ich erinnere mich, dass mir im Flurschrank eine lange Metallstange aufgefallen ist, und ich hole sie schnell und hake sie in die Deckenplatte ein. Sie schwingt herunter und gibt eine Leiter frei, die ausklappt, als ich an ihr ziehe. Auf dem Dachboden ist es fast dunkel, nur fahles Licht einer Straßenlaterne sickert durch ein Dachfenster. Nach einer Weile kann ich unter den Holzbalken eine Reihe von Umrissen ausmachen. Es ist eine schaurige Vorstellung, in die Finsternis hinaufzuklettern, aber ich beiße die Zähne zusammen und sage mir, dass da oben nichts und niemand ist. Was mir Angst macht, sind nur meine eigenen Gedanken.

Ich halte mich mit beiden Händen an der Leiter fest und steige hinauf, möglichst leise, um Francis nicht zu wecken. Das Adrenalin lässt mein Herz hämmern. Ich krabbele durch die Luke und lande auf allen vieren auf den Holzdielen. Im Schein meines Handys mache ich eine dicke Staubschicht aus, aber als ich mit zusammengekniffenen Augen tiefer ins Dunkle spähe, erkenne ich deutliche Spuren. Es sieht aus, als hätte jemand schwere Gegenstände über den Boden gezogen. Ich richte mich vorsichtig auf und bemerke an der Wand neben mir einen Lichtschalter; als ich ihn umlege, verströmt eine nackte Glühbirne in der Mitte des Raums schummriges, orangefarbenes Licht. Meine Augen müssen sich immer noch anstrengen, aber in einer Ecke entdecke ich einen Berg großer weißer Plastiksäcke, mindestens ein Dutzend. Daneben stehen Pappkartons übereinander – sie sind brandneu, noch unberührt von Staub oder Moder.

Unwillkürlich halte ich den Atem an, und meine Kehle ist wie zugeschnürt, als ich mich ihnen mit leisen Schritten nähere. In meinem Kopf tauchen wirre Bilder auf: Säcke voller abgehackter, geschundener Körperteile, aus denen Blut sickert. Schaudernd ziehe ich an der Schnur, die den ersten Plastiksack zusammenhält.

Ein Wust aus Küchenutensilien, Geschirrtüchern, Tassen und Tellern, alles nachlässig zusammengeworfen. In den nächsten Säcken sieht es ähnlich aus: hastig verpackte Gerätschaften und Deko, die scheinbar keinen persönlichen Wert und keine Bedeutung besitzen. Es gibt keinen Grund, diese Dinge zu verstecken, keinen anderen, als die Banalitäten deines Lebens vor mir völlig geheim zu halten. Ich reiße einen Sack nach dem anderen auf, ohne etwas Interessantes zu finden. In einigen Kartons stapeln sich Bücher, und ich nehme mir die Zeit, die Titel zu überfliegen. Diverse Klassiker, ein paar Biografien, sogar populärwissenschaftliche Bücher über Psychologie, bei denen ich mir kaum vorstellen kann, dass du sie liest.

Hinter den Kartons liegen weitere Säcke, viel leichter und weicher als die anderen, und mit einem flauen Gefühl wird mir klar, dass es Kleidung sein muss. Das ist deutlich persönlicher. Wenn ich die Augen schließe, kann ich mich noch an das Gefühl erinnern, wenn ich deine Sachen berührt habe, und an den Duft deines Aftershaves, der ihnen anhaftete. Mein Herz pocht schnell gegen meine Rippen, als ich den Sack unmittelbar vor mir öffne, aber als ich hineingreife, kommt mir etwas instinktiv falsch vor. Ich ziehe mehrere Kleidungsstücke heraus und betrachte sie im schummrigen Licht. Es sind Pullover in hellen Pastellfarben. Ich greife tiefer in den Sack, schütte ihn komplett aus. Die Kleidungsstücke gehören einer Frau, es sind gar nicht deine. Sie sind in Größe 36, teilweise teure Marken. Schaudernd denke ich, dass sie Amber gehören müssen. Ich durchsuche die anderen Säcke und finde das Gleiche. Es sieht aus, als wäre ihre gesamte Garderobe hier heraufgeschafft worden.

Verwirrt setze ich mich auf den Boden. Warum sind es so viele Sachen, und warum sind sie hier oben? Ich leere den letzten Sack, und aus der Kleiderflut fällt etwas Hartes aus Metall klappernd zu Boden. Ich hebe es auf. Es ist ein Medaillon aus Zinn, und als ich es vorsichtig öffne, streift etwas Vertrautes, aber Unerwartetes meine Fingerspitzen. Es ist eine Haarlocke mit fransigen Enden.

Instinktiv zucke ich zurück und lasse das Medaillon fallen. Für Amber sind die Haare zu dunkel, es sei denn, ihr aktueller Ton wäre kräftig gefärbt. Stammen sie von dir? Beim zweiten Blick sehe ich, dass es möglich wäre. Die Farbe ist ähnlich, und ich glaube, sie sind auch ähnlich dick. Ich strecke einen Finger nach ihnen aus, schließe die Augen und versuche, mir ins Gedächtnis zu rufen, wie sich deine Haare auf meiner Haut angefühlt haben. Ich kann die Erinnerung nicht ganz fassen, aber sie löst etwas in mir aus. Das schummrige Licht verschwimmt, wie weichgezeichnet, und mir wird schwindlig. Ich stopfe das Medaillon zusammen mit Ambers Kleidern zurück in den Sack und komme mir dabei vor wie ein Eindringling.

In Unterhemd und Slip hocke ich bebend auf dem Dachboden, und meine Gedanken überschlagen sich, verlangen nach Aufmerksamkeit. Mühsam bremse ich sie aus. Etwas schiebt sich in den Vordergrund – etwas, das mir seit Tagen im Hinterkopf herumspukt. Mir fällt ein, wie sie bei unserem ersten Treffen im Café ganz zugeknöpft wurde, als ich sie gefragt habe, ob sie wisse, wer hier wohnt. *Eigentlich nicht. Man sieht die Leute auf der Straße. Aber mehr auch nicht.* Warum sollte sie lügen? Hatte sie schon einen Verdacht, wer ich bin, und wollte die Wahrheit vor mir verbergen? Aber je länger ich darüber nachgrüble, desto unwahrscheinlicher kommt es mir vor. Sie hat sich nicht verhalten, als wollte sie sich oder ihren Freund verstecken; sie hat sich um meine Freundschaft bemüht, mehr als es nötig gewesen wäre. Und dann fällt mir noch etwas ein: Wie sie durch das Haus geschlichen ist, als sie uns abends besucht hat, wie entschlossen sie gewirkt hat. Meine Intuition sagt mir, dass man sich in einem Haus, das man gut kennt, anders verhalten würde. Es war, als wollte sie alles in sich aufnehmen – als würde sie überhaupt nicht hierher gehören.

Ein heftiger Schauder lässt meinen Körper erzittern, und ich kauere mich weiter zusammen, ziehe meine Knie gegen die Brust und versuche nachzudenken. Ist Amber möglicherweise gar nicht deine Freundin? Ist sie von dir besessen und stalkt dich von der anderen Straßenseite aus? Aber dann denke ich an das Foto an ihrem Kühlschrank und die Frauenkleidung vor mir, die Idee gleitet mir durch die Finger, und ich bin nicht weiter als vorher.

Ich presse die Finger auf meine schmerzenden Schläfen und atme vor Enttäuschung zischend aus. Aus einem Impuls heraus nehme ich mein Handy und schreibe eine Nachricht. *Tut mir leid, dass ich nicht mit dir telefoniert habe. Bald hole ich es nach, versprochen. Sag mir nur eines: Wenn du nicht wusstest, wer ich bin, warum hast du mir verschwiegen, dass Carl hier wohnt? Bitte. Sei einfach ehrlich, dann können wir reden.*

Ich schicke sie ab und werde augenblicklich unsicher, ob ich das Richtige getan habe, aber es ist zu spät. Angespannt starre ich auf das Display und warte auf eine Antwort. Ich vermute, dass sie so hellwach ist wie ich, und tatsächlich vergeht kaum eine Minute, bevor das Handy brummt und das Symbol für eine neue Nachricht blinkt.

Caroline, wir müssen das alles persönlich besprechen. Ich

bin nicht rübergekommen, weil ich weiß, dass es für dich eine schwierige Situation sein muss, und weil ich Francis nicht in die Sache hineinziehen will, aber ich werde nicht ewig warten. Die Warnung ist verschleiert, aber nicht zu übersehen. Ich würde Amber absolut zutrauen, mitten in der Nacht an die Haustür zu hämmern und zu verlangen, sofort mit mir zu sprechen. Ich weiß, dass sie es tun würde, genau wie ich es tun würde.

Meine Finger bewegen sich zögerlich über das Display. *Ich komme rüber. Fünf Minuten.* Dann steige ich die Leiter hinunter, gehe leise ins Schlafzimmer, hole die Kleider, die ich vor ein, zwei Stunden auf den Sessel geworfen habe, und streife sie wieder über. Während ich mir mit den Fingern grob die Haare kämme, überlege ich, mich zu schminken, aber ich will das Licht nicht anmachen, und vielleicht ist es jetzt nicht wichtig, wie ich ausschaue. Sie soll mich sehen, wie ich bin. Fünfunddreißig, die Erfahrungen der letzten Jahre deutlich ins Gesicht geschrieben. Nach einem letzten Blick auf Francis schlüpfe ich aus dem Schlafzimmer, laufe leise die Treppe hinunter und verlasse das Haus.

Die Straße liegt wie ausgestorben da, und ich komme mir vor wie der einzige sich bewegende Punkt in einer statischen Welt. Die Fenster in ihren schnurgeraden Reihen sind dunkel und leer, die Wipfel der tadellos geschnittenen Bäume zwischen ihnen zeigen reglos in den Himmel. In mäßig großen Abständen beleuchten Laternen die Straße und tauchen ihr Umfeld in eine matte orangefarbene Aura. Auf dem Weg zur Nummer 14 überholt mich mehrmals mein Schatten. Ich erinnere mich mit Nachdruck daran, dass kaum ein Ort so sicher ist wie eine Sackgasse in der Vorstadt. Beim ersten lauten Geräusch, beim ersten Schrei in der Stille würde hinter einem Fenster nach dem anderen das Licht angehen, wie ein Dominostein den nächsten umstößt, und die Aufpasser würden hinter ihren Gardinen stehen. Der Gedanke ist nicht so tröstlich, wie ich gehofft hatte. Gerade jetzt muss ich leise sein. Niemand soll mich sehen.

Ich habe kaum die Hand gehoben, um zu klingeln, als ich durch das Milchglas ihren Schatten wahrnehme, der mich hereinlassen will. Im ganzen Haus brennt nur eine Lampe, hinten in dem kleinen Zimmer, das, wie mir gerade klar wird, dein Arbeitszimmer sein muss. Mit undurchdringlicher Miene macht sie mir stumm Platz. Als sie mir ins Zimmer gefolgt ist, erkenne ich, dass sie auch nicht geschminkt ist; sie sieht aus wie eine Madonna aus Marmor, unverfälscht und verstörend rein. Ihre blonden Haare sind zurückgekämmt und kleben am Kopf, als wären sie schweißnass.

»Ich weiß wirklich nicht, was ich sagen soll«, bricht sie schließlich das Schweigen. Keine von uns hat sich gesetzt; wir stehen uns gegenüber, vielleicht einen Schritt voneinander getrennt, und unsere Körper spiegeln die Anspannung der jeweils anderen wider. Wir sind gleich groß, haben die gleiche Statur. Deutlicher als zuvor schießt mir der Gedanke durch den Kopf, dass ich ersetzt wurde. Ersetzt durch eine jüngere, hübschere Version von mir, ohne meine Sünden und Narben.

Ich öffne den Mund und will mit einer Nettigkeit antworten, die uns über diesen eigenartigen Moment hinweghilft, aber ich bringe keinen Ton heraus.

»Wie lange seid ihr schon zusammen?«, frage ich schließlich. Die Frage ist wahllos aus allen herausgegriffen, die mir durch den Kopf schwirren, aber es ist auch eine Frage, auf die ich unbedingt eine Antwort brauche.

Amber überlegt, um nichts Falsches zu sagen. »Seit achtzehn Monaten«, sagt sie. Ich rechne nach. November 2013, vier Monate, nachdem ich dich zum letzten Mal gesehen habe. Zu schnell. Für dich unglaubwürdig schnell. Du hast mir immer gesagt, niemand habe so dein Innerstes berührt wie ich, es sei das erste Mal, dass du an etwas festhalten wolltest.

Sie beobachtet mich, den Kopf leicht in den Nacken gelegt, vielleicht aus Trotz. »Nach sieben Monaten sind wir hier zusammen eingezogen«, sagt sie, und jetzt klingt ihre Stimme eindeutig provokant. »Es war schnell, aber wenn es passt, passt es, oder?« Ihr Ton ist nüchtern, aber so nachdrücklich, als wolle sie meinen Widerspruch herausfordern.

»Das ist wohl so«, antworte ich.

Nachdem sie jetzt weiß, dass ich sie nicht angreifen will, löst sich ihre angespannte Haltung ein wenig. Sie kommt ins Licht und lässt mich die Schatten auf ihrem Gesicht sehen, die Pupillen in ihren dunkelgrünen Augen kaum größer als Nadelstiche. Ich versuche, mich in ihre Lage zu versetzen – ich als aktuelle Partnerin, der eine Frau aus der Vergangenheit bedrohlich wird –, aber es gelingt mir nicht. Sie erscheint mir immer noch etwas unwirklich, zumindest als deine Freundin. Ihre Haut strahlt, das Licht der Lampe schimmert durch ihr blondes Haar. Unter ihrem dünnen weißen T-Shirt zeichnen sich ihre runden Brüste ab, man kann ihre Brustwarzen erahnen. Ein Bild taucht vor meinem inneren Auge auf – deine Hände, die das T-Shirt nach oben schieben, ihr über den Kopf ziehen.

»Hör mal«, sagt sie hastig, »dir muss doch klar sein, wie das aussieht. Sei ehrlich. Bist du hergekommen, um ihn zu sehen?«

»Natürlich nicht.« Ich versuche zu klingen, als wäre es völlig undenkbar. An ihrer Stelle würde ich das Gleiche vermuten, trotzdem verübel ich ihr den Verdacht.

»Na gut«, sagt Amber gedehnt. Ich kann nicht erkennen, ob sie mir glaubt oder nicht. »Aber du hast gesagt, dass er sich bei dir gemeldet hat.« Sie stockt und beißt sich auf die

Unterlippe. »Draußen. Vor ein paar Tagen. Du hast mir erzählt, dass dein Ex dir geschrieben hat. Damit meintest du Carl, oder?«

Als ich höre, wie ihr dein Name mit einer solch ungezwungenen Vertrautheit über die Lippen kommt, würde ich alles Weitere am liebsten für mich behalten. Sie steht auf deiner Seite, nicht auf meiner. Sie würde mich nicht ernst nehmen, mich als Fantastin abstempeln, sie würde dich sofort anrufen, wenn sie es nicht schon getan hat. »Hast du es ihm gesagt?«, presse ich hervor. »Dass ich hier bin?«

Amber schüttelt den Kopf. »Ich will ihn nicht aufregen. Es bringt doch nichts, die Vergangenheit wieder auszugraben – solange ich es nicht muss.« Die angedeutete Drohung entgeht mir nicht. Sie ist sich noch nicht sicher, was ich vorhabe.

»Verstehe.« Ihre Zurückhaltung kann ich nur bewundern. In dieser Hinsicht ist sie ganz anders als ich. Ich hätte dieses Geheimnis höchstens ein paar Minuten lang für mich behalten können … obwohl ich es natürlich seit Tagen vor Francis verberge. Ich weiß nicht genau, was den Unterschied ausmacht. Vielleicht liegt es einfach daran, dass ich es gewohnt bin, ihm Dinge zu verheimlichen. Ich spalte unser gemeinsames Leben in verschiedene Teile auf, stecke jedes in eine eigene Tasche und stülpe in einem komplizierten Spiel manche nach außen, damit jeder sie sehen kann, und drehe andere nach innen, wo nur ich heranreiche.

Amber starrt mich erwartungsvoll an, ich habe ihr immer noch keine Antwort auf ihre Frage gegeben. »Du hast mir erzählt, dass er sich bei dir gemeldet hat«, wiederholt sie. »Und dass du glaubst, dass er in deiner Wohnung ist. Warum sagst du so etwas?«

Ich setze an, es zu erklären, aber ich weiß nicht recht, wo ich anfangen soll. »Ich habe wirklich vor Kurzem eine Mail bekommen«, sage ich langsam, und dabei fällt mir ein, wie ich die Wahrheit verraten und dabei doch fast alles für mich behalten kann. »Sie war nicht von ihm, zumindest nicht mit seinem Namen unterschrieben. Es ging um meine Wohnung und … etwas hat mich an ihn erinnert. Ich dachte, er will sich bei mir melden. Aber ich könnte mich auch irren.«

Sie runzelt fast unmerklich die Stirn und lässt das erst einmal sacken. Dabei setzt sie sich und fordert mich mit einer Geste auf, es ihr gleichzutun. Sie beugt sich vor, verschlingt die langen Finger ineinander und streicht mit den hellrosa lackierten Nägeln nachdenklich über ihre Haut. Die Bewegung hat etwas Hypnotisierendes. »Ich glaube, das tust du«, sagt sie. »Ich glaube, du irrst dich.« Trotz der Einschränkung klingt es nicht wie eine Annahme. Sie scheint sich absolut sicher zu sein. »Wenn du Carl kennst«, fährt sie fort, »solltest du wissen, dass er seine Meinung nie ändert. In der Hinsicht übertreibt er es fast. Und er hat die klare Entscheidung getroffen, eure Beziehung hinter sich zu lassen.« Erst jetzt erwidert sie meinen Blick, so direkt und unverwandt, dass es mich irritiert. »Er hat damit abgeschlossen«, sagt sie.

Im ersten Moment treffen die Worte mich schmerzhaft, sie sind ein gut gezielter Schlag, der mich zusammenzucken lässt. Aber die Wirkung verfliegt fast so schnell, wie sie gekommen ist. Es sind nur leere Worte angesichts meiner Beweise – neben den Geheimnissen, die ich vor ihr verberge, ist es vor allem die schlichte, greifbare Tatsache, dass wir uns so ähnlich sehen. »Eine seltsame Art, damit abzuschließen«, sage ich und zeige von ihr zu mir.

Zweifel huschen über Ambers Gesicht, als sie versteht, was ich angedeutet habe, aber dann zuckt sie mit den Schultern und streicht sich die Haare zurück. »Er mag einen bestimmten Typ Frau«, sagt sie. »Das gibt es oft.«

Ich bin mir sicher, dass mehr dahintersteckt, aber ich gehe

nicht darauf ein; ich lasse sie in der Stille das Echo ihrer Worte hören. »Wie viel hat er dir erzählt?«, frage ich stattdessen. »Über mich. Über unsere Beziehung.«

Jetzt scheint sie sich sicherer zu fühlen, sie richtet sich auf und sieht mir direkt in die Augen. »Alles.« Sie verzieht das Gesicht, als wolle sie noch mehr sagen, aber sie presst nur die Lippen zusammen und schüttelt leicht den Kopf.

Ohne es zu wollen, bette ich dieses eine Wort in seinen Kontext. Bilder steigen in mir auf, die mich immer schneller dem Schlusspunkt entgegentragen: der Straße vor dem Hotel Silver Birches, dem Ort, an dem ich dich zum letzten Mal gesehen habe. Amber beobachtet mich, während ich mühsam versuche, die Erinnerungen zu unterdrücken, und ich frage mich, wie viel davon mir ins Gesicht geschrieben steht, und ob sie es wirklich weiß, ob sie es wirklich begreift. So lange habe ich geglaubt, unsere Geheimnisse würden nur uns gehören, unserem verschwörerischen, traurigen Klub, dem nur zwei Menschen angehören. Die Geheimnisse schaffen eine stillschweigende Verbindung, selbst über eine große Entfernung hinweg. Dadurch bin ich Teil deines Lebens geblieben und du Teil meines Lebens, unabhängig von den Umständen. Die Vorstellung, dass sich der Kreis um sie erweitert hat, wirft mich aus der Bahn.

»Hör mal.« Ihre Stimme dringt in meine Gedanken. »Du hast mir doch gerade geschrieben.« Erschrocken erinnere ich mich daran, warum ich mich bei ihr gemeldet habe. »Ich verstehe nicht ganz, was du mich fragen wolltest. Ging es darum, warum ich dir nicht gesagt habe, dass Carl hier wohnt?«

»Ja«, antworte ich. »An dem ersten Tag im Café habe ich dich gefragt, ob du weißt, wem das Haus gehört, in dem ich hier wohne, und du hast darauf keine Antwort geben können. Warum hast du mir nicht erzählt, dass es ihm gehört?«

Sichtlich verwirrt runzelt sie die Stirn. »Wie kommst du darauf?«, fragt sie. »Carl wohnt *hier.* Hier. In diesem Haus, mit mir.«

Ich blinzle und versuche zu begreifen, was sie sagt. Es ergibt keinen Sinn, und doch klingt es glaubhaft. Das Geschirr in ihrer Küche, die leuchtenden Farben an den Wänden, die kühlen Schwarz-Weiß-Drucke im Flur. Das alles entspricht deinem Geschmack, nicht ihrem. In diesem Haus sehe ich dich direkt vor mir, anders als in der Nummer 21. Die Vorstellung von dir hier erfüllt mich mit der Gewissheit, dass sie nicht lügt.

Ich tappe im Dunkeln, suche nach einer Erklärung, die mir noch verborgen bleibt. Gehört die Nummer 21 einer weiteren Freundin von dir, einer Frau, die dir vertraut, die dich in ihr Haus lässt und deren Abwesenheit du mit meiner Ankunft abgestimmt hast? Hast du ihre Angaben ohne ihr Wissen auf der Haustauschseite gepostet? Ein Profil für sie erstellt, dir ihre Schlüssel besorgt und meine abgefangen? Oder gehören dir beide Häuser? Aber keine dieser Erklärungen erscheint mir einleuchtend.

»Wann kommt er zurück?«, frage ich schließlich. Ich muss das Gespräch auf festeren Boden zurückholen. Wir müssen uns mit dem Hier und Jetzt befassen, nur damit können wir jetzt fertigwerden.

»Morgen Nachmittag«, sagt sie, und vor lauter Vorfreude wird ihre Stimme höher, und ihr Gesicht erstrahlt.

Ich balle die Fäuste, grabe die Fingernägel in die Handflächen. Ich fahre erst in zwei Tagen nach Leeds zurück, und obwohl ich immer noch nicht nachvollziehen kann, wie ich das alles zu verstehen habe, musst du das wissen. Du hast dich entschieden, früher zurückzukehren. Warum solltest du das tun? Doch sicher, weil du mich sehen willst?

»Wir müssen entscheiden, was jetzt passiert«, sagt Amber

geradeheraus. »Ich will ehrlich sein, ich glaube, du solltest nicht hierbleiben. Es kommt nichts Gutes dabei heraus, wenn du ihn siehst. Nicht für dich und nicht für ihn. Oder für mich«, fügt sie hinzu – beiläufig, aber mir ist klar, dass ihr das besonders auf der Seele brennen muss.

Spontan würde ich ihr am liebsten widersprechen, aber ich bin so vernünftig, den Mund zu halten und mir auf die Zunge zu beißen. »Ich denke darüber nach«, sage ich schließlich. »Ich schreibe dir morgen früh.«

Amber nickt, und mir fällt auf, wie sie in ihrem Sessel zusammensinkt, als hätte die Anspannung unseres Gesprächs sie ausgelaugt. »In Ordnung.« Sie lehnt den Kopf zurück und schließt leicht die Augen.

Ich stehe auf und will gehen, aber als meine Hand auf der Türklinke liegt, kann ich mich nicht mehr zurückhalten. Ich drehe mich um und stelle die Frage, die mir auf der Zunge liegt, seit ich weiß, dass sie mir als Einzige eine Antwort geben kann. »Wie geht es ihm?«

Langsam hebt sie den Kopf und sieht mich aus zusammengekniffenen Augen an. »Gut«, sagt sie. »Zufrieden. Glücklich.« Ihre Stimme klingt sanft, nicht kämpferisch, aber jedes Wort fühlt sich an wie ein dumpfer Schuss, der weitere Fragen unterbinden soll. Ich denke über die Antwort nach, wende sie in Gedanken hin und her. Sie passt nicht zu dem, was sie neulich erzählt hat; sie hat gesagt, du seist distanziert, sie habe oft das Gefühl, du seist nicht richtig anwesend. Aber mir fehlt die Kraft herauszufinden, welche Version mir lieber wäre oder welche wahrscheinlicher ist, also nicke ich nur, verlasse das Haus und ziehe die Tür leise hinter mir zu.

In den wenigen Stunden, in denen ich nach dem Besuch bei Amber geschlafen habe, bin ich irgendwie zu Francis hinübergerobbt. Als ich aufwache, sind meine Lippen gegen seinen Hals gedrückt, und er hat locker die Arme um mich gelegt. Er schläft noch, seine gleichmäßigen Atemzüge pusten mir die Haare ins Gesicht. An seinen warmen Körper geschmiegt erscheint mir die surreale mitternächtliche Begegnung mit Amber wie ein Traum.

Francis regt sich, er streckt sich und gähnt. »Hallo«, murmelt er und nimmt mich fester in die Arme. »Schön, dass du hier bist.«

Ich vergrabe mein Gesicht an seiner Schulter, in meinen Augen brennen plötzlich alberne Tränen. »Morgen.« Seine Hand liegt zärtlich auf meinem Kopf, dann gleitet sie zu meinem Nacken und will mich mit sanftem Druck dazu bringen, ihn anzusehen. »Hast du gut geschlafen?«

Er runzelt leicht die Stirn, als er mein Gesicht betrachtet. »Ich schon«, antwortet er, »aber als ich einmal wach geworden bin, warst du nicht da. Wo bist du gewesen?«

»Ich konnte nicht schlafen. Ich bin nur für ein Weilchen nach unten gegangen«, erkläre ich schnell. Zu spät wird mir klar, dass ich keine Ahnung habe, ob er mich gesucht und das Haus leer vorgefunden hat. Meine Muskeln spannen sich an, aber er widerspricht mir nicht.

»Weißt du«, sagt er stattdessen, »ich mache mir wirklich Sorgen um dich. Schon die ganze Woche. Ich weiß, dass wir manchmal gereizt waren, vor allem neulich im Museum, und mir tut leid, was ich dazu beigetragen habe, aber das ist nicht alles. Du wirkst einfach … beunruhigt. Nervös.« Er zögert, als würde er nach einem Begriff suchen, der mein Verhalten genau auf den Punkt bringt. »Abwesend.«

Das Wort lässt mich frösteln. Abwesendes Verhalten, Distanziertheit – das ist bei uns gefährliches Terrain. Ich bin lange genug zu einem Mann nach Hause zurückgekehrt, der mir nicht wie mein Ehemann vorkam, sondern wie ein

Roboter, der seinen Platz einnahm. Ein Hologramm mit Francis' Gesicht, ohne Innenleben. Anfangs habe ich mit Wut dagegen angekämpft, habe den leeren Raum, den sein Rückzug aus unserer Beziehung hinterlassen hat, mit doppelt so vielen Emotionen angefüllt. Ich bin nicht mal sicher, wann aus der Wut eine Gleichgültigkeit geworden ist, die mich bis ins Mark betäubt und mir alle Liebe ausgesaugt hat. Aber ich weiß, was sie verhärtet und verankert hat: du. Und jetzt, nach dieser langen Zeit, fängst du wieder damit an.

Ich schlinge die Arme um seinen Hals, versuche, den Weg zurück zu finden. »Ich weiß«, flüstere ich. »Es tut mir leid. Ich bin nur …« Ich lasse ihn los, drehe mich auf den Rücken und starre an die Decke, über die warme Sonnentupfen flackern. »Ich fühle mich hier nicht wohl«, sage ich ehrlich. »Ich weiß, wir haben uns auf den Urlaub gefreut, aber hier ist es seltsam. Ich vermisse Eddie und unsere Wohnung. Ich habe Heimweh.« Beim Sprechen werde ich immer entschlossener. Amber hatte recht. Ich habe die Gelegenheit, diese Misere zu beenden, bevor ich mich zu weiterem Kontakt mit dir hinreißen lasse. »Wir könnten einfach heute nach Hause fahren«, sage ich.

Francis holt verdutzt Luft. »Heute?«, wiederholt er. »Wir fahren morgen Abend doch sowieso zurück – warum sollten wir jetzt los? Vielleicht hast du es ja vergessen, Caro, aber in unserer Wohnung ist diese Woche auch jemand. Sie wollen bestimmt nicht einen Tag früher rausgeworfen werden.«

»Das habe ich nicht vergessen.« Die Ironie fühlt sich bitter an. »Aber …« Die Worte versiegen. Ich kann ihm nicht erklären, warum ich weiß, dass du nicht bis morgen Abend in unserer Wohnung bleiben wirst, dass du wahrscheinlich jetzt schon deine Sachen packst und dich auf die lange Rückfahrt hierher vorbereitest. »Es wäre bestimmt in Ordnung«, bringe ich den Satz dürftig zu Ende. »Wir könnten auch woanders hin, wir könnten unterwegs irgendwo in den Midlands in einem Hotel übernachten.«

»Warum sollten wir das machen?«, fragt Francis geradeheraus. »Da würden wir unnötig Geld ausgeben. Hör mal ... ich verstehe dich ja. Aber ich glaube, wir können noch was daraus machen. Es war nicht alles schlecht, oder? Und wir können heute was Nettes unternehmen. Mir gehen ehrlich gesagt die Touristenfallen aus, die wir besuchen könnten, aber uns fällt bestimmt etwas ein.«

Ich öffne den Mund, aber die Inspiration verlässt mich, und mir fällt kein Gegenargument ein. Er hebt meine Hand an seinen Mund und küsst sie aufmunternd, weil er mein Schweigen als Zustimmung versteht. »Also gut«, sagt er energisch und springt aus dem Bett. »Ich dusche schnell, und dann überlegen wir uns, was wir heute machen.«

Nachdem er im Bad verschwunden ist, ziehe ich mir die Bettdecke bis zum Hals, weil ich friere. Ich hinterfrage mich schon wieder – überlege, ob ich mir genug Mühe gegeben habe. Ich beruhige mich damit, dass es bestimmt gut gehen wird. Wir werden den ganzen Tag unterwegs sein und erst spät zurückfahren. Ich werde direkt ins Haus hineingehen und nicht einmal zur anderen Straßenseite hinübersehen. Es ist das Gleiche, ob ich ein paar Meter von dir entfernt bin oder Hunderte Kilometer. Es gibt keine Aura, die stärker wird, je näher du kommst. Es macht überhaupt keinen Unterschied.

Ich versuche, mir das einzureden, und weiß doch, dass es nicht funktioniert. Trotz allem will meine wahnsinnige Seite nicht abreisen und sich auch nicht fernhalten. Ich will dich sehen.

Für einen Moment schließe ich die Augen. Ich hasse mich selbst. Ich weiß nicht einmal, nach wem ich mich sehne. Der Mensch, den ich gekannt habe, hätte das alles nicht getan und schon gar nicht dieses bedrohliche Foto geschickt. Als ich daran denke, schalte ich mein Handy ein und öffne die Mail, um mir den Beweis nochmals anzusehen. Der Schock trifft mich wie beim ersten Mal. Diese brutal zerschnittenen Fotos, die leeren Ovale, wo vorher mein Gesicht war. Ich starre das Bild so lange an, bis es vor meinen Augen verschwimmt. Und dann verschiebt sich mein Blick, und so, wie man manchmal auf ein Anagramm starrt und die Buchstaben sich plötzlich wie von selbst neu ordnen, sehe ich etwas anderes.

In einer Ecke des Fotos ist gerade eben der Flurspiegel zu erkennen. Es ist dämmrig im Flur, und das Blitzlicht ist auf den Spiegel gefallen, aber ich kann vage das Profil der Person ausmachen, die das Foto geschossen hat. Das Gesicht kann ich nicht erkennen, aber ich sehe die Haarlänge, die schmalen Schultern, den Halsansatz. Es ist eine Frau. Nicht du.

Zu Hause

Francis, Juli 2013

Beängstigender als das Wissen, dass man den absoluten Tiefpunkt erreicht hat, ist nur die Furcht, dass man es noch nicht hat. In den letzten Monaten war ich einige Male so weit. Ein finsterer Ort, ein Gefängnis ohne sichtbaren Ausgang – ein fensterloser Kasten erfüllt vom Gestank von Fäulnis und Zerstörung. Und dann knirschen die Zahnräder wieder und senken den Fahrstuhl ruckelnd auf die nächste Ebene ab, und ich begreife, dass es nicht der Kerker, sondern nur eine Zwischenstation war. Es geht immer noch tiefer hinab. Diese Lektion lerne ich jeden Tag von Neuem, immer wieder.

Heute ist etwas anders. Es ist fast acht, die Sommersonne scheint durch die bis zum Boden gehenden Fenster, und ich war fast die ganze Nacht wach. Keine kurzen, unruhigen Schlafphasen, kein Abgleiten in die Bewusstlosigkeit vor dem Computerbildschirm, das mit einem heftigen Zusammenzucken endet, als wäre ich gefallen und würde gleich auf dem Boden aufschlagen. Ich sitze seit zehn Stunden hier, überdreht und mit weit aufgerissenen Augen. Nicht dass ich von dieser Zeit noch viel wüsste. Die letzte Nacht in Gedanken nach etwas abzusuchen, an dem ich meine Erinnerung festmachen könnte, ist, als wolle ich im tosenden Meer nach

Treibholz suchen. Das Sonnenlicht tut meinen Augen weh, und trotz der Wärme zittere ich.

Aus den Zimmern hinter mir kommen Geräusche. Ein Kind quäkt und ruft, singt wortlos ein Lied. Eddie. Sein Name kommt mir fremd und ausdruckslos vor. Liebe behagt mir nicht, sie ist ein verschlissener, übergroßer Mantel, der mich nicht umhüllt, wie er es früher getan hat. Irgendwann wird er zu nichts zerfallen, wie alles andere auch.

Caroline kommt ins Zimmer. Eine Frau in einem ärmellosen Shirt und einem schwarzen Rock mit transparenten Falten, die einen kurzen Seidenunterrock durchblitzen lassen und sich aufbauschen und wieder an ihre Haut schmiegen, wenn sie sich dreht. Sie hat weiche Haare und duftet nach Rosen. Wir haben nichts miteinander zu tun. Der Gedanke, dass diese Frau mir früher in die Augen gesehen und mir mit leidenschaftlicher Ungeduld gesagt hat, dass sie mich liebt, dass es so leicht war, sie kommen zu lassen, ist so seltsam, dass ich mich frage, ob ich alles geträumt habe und in einem anderen Leben aufgewacht bin.

Sie mustert sich im Spiegel, fährt sich mit einem Lippenstift über den Mund. »Wir fahren gleich«, sagt sie.

»Wohin?« Ich weiß nicht genau, warum ich überhaupt frage. Das Leben zieht an mir vorbei, mit mir hat es nicht viel zu tun, aber manche Angewohnheiten halten sich hartnäckiger als andere, und ich will immer noch wissen, wohin sie geht und was sie macht, oder zumindest, was sie darüber behauptet.

Sie hält inne und starrt mich an. »Zu meinen Eltern.« Sie spricht langsam und mit Pausen, wie mit einem Kind. »Ich bringe Eddie übers Wochenende zu ihnen, weißt du das nicht mehr?«

»Das ist doch nächstes Wochenende.« Ich weiß wirklich noch, dass darüber gesprochen wurde. Ein jämmerliches

Fünkchen Freude sprüht auf, weil etwas zu mir durchgedrungen ist. Aber es sollte nicht heute sein, glaube ich wenigstens.

»Heute ist der achte Juli, Francis«, sagt Caroline. »So war es die ganze Zeit geplant. Wir fahren jetzt und kommen Sonntagmorgen zurück. Das ist übermorgen.« Ich sehe sie scharf an. Es klingt sarkastisch, als wolle sie einem Idioten etwas ganz langsam erklären. Aber ihr Blick ist ernst. Als würde sie glauben, dass ich sie nicht verstehen kann.

»Ja, ich weiß«, tue ich es ab. »Bis dann. Viel Spaß. Ruf mich an.«

Sie hängt sich ihre Handtasche um und hantiert lange an dem Schulterriemen herum, während ihre Gedanken wie Schmetterlinge über ihr Gesicht huschen, einer deutlicher als der andere. »An deiner Stelle«, sagt sie schließlich, ohne mich anzuschauen, »würde ich die Zeit nutzen und mir überlegen, wie es weitergehen soll. Du kennst ja meine Meinung dazu. Ich habe nicht das Gefühl, dass es besser wird. Und wenn du mir nicht verdammt bald das Gegenteil beweist, weißt du ja, was passiert.« Trotz des Schimpfworts klingt sie unaufgeregt und traurig. In erster Linie gilt ihr kleiner Vortrag ihr selbst.

Der Gedanke beruhigt mich ein wenig. Wenn du mir nicht mal in die Augen sehen kannst, denke ich, dann glaube nicht, du könntest mir sagen, was ich machen soll. Und bald ist es, als hättest du es nie gesagt.

Eddie kommt hereingaloppiert. Rotes Shirt, blaue Schuhe. Ehe ichs mich versehe, stürzt er sich auf mich und trifft mit seinem Kopf meinen Bauch. Es tut weh, wie fast alles mittlerweile. Ich verziehe das Gesicht und schiebe ihn an den Schultern zurück. Er schlingt mir die Arme um den Hals. »Tschüss, Daddy.« Einen Moment lang sehen wir uns mit großen Augen an. Er ist der einzige Mensch auf der Welt, der mich nicht verdammt, und das nur, weil er nicht dazu in der Lage ist. Er ist noch zu klein, er weiß es noch nicht besser. Aber früher oder später wird Misstrauen seinen Blick trüben, seine Lippe wird vor Abscheu zucken, und er wird sich von mir abwenden.

Die Tür knallt zu, sie sind fort. Ich stochere in meinen Gefühlen, wie sich ein spitzer Stock in den Schlamm des Flussufers gräbt. Einsamkeit. Erleichterung. Zwei Seiten derselben Münze. Ich hasse es, allein zu sein, und trotzdem erscheint es mir natürlich, unvermeidlich. Zwei Tage. Ich hole den Briefumschlag mit den Tabletten aus der Sofaritze, in die ich ihn gestopft habe, und nehme ein paar. Die restlichen Tabletten will ich zählen, aber ich kann die Zahlen nicht in meinem Kopf behalten. Lieber auf Nummer sicher gehen. Ist ja nicht so, als würden sie noch wirken – an den Kick zu denken, den sie mir früher gegeben haben, an das rauschende High, das sich schon seit Monaten nicht mehr einstellen will, ist, wie in Erinnerungen an eine frühere Geliebte zu schwelgen. Aber trotzdem brauche ich sie. Sie geben den Takt meines Atems vor. Ermöglichen ihn.

Ich schicke einer meiner Quellen eine Nachricht und bitte sie, mir etwas zurückzulegen. Leisten kann ich es mir nicht, aber das macht keinen großen Unterschied mehr. Etwas sagt mir, dass ich nicht hier sein werde, um den Karren aus dem Dreck zu ziehen. Als ich letztes Mal meinen Kontostand überprüft habe, ist er mir irre hoch vorgekommen, bis ich das kleine Minuszeichen entdeckt habe. Wenn ich hier liege, sehe ich die Zahlen manchmal als Negative aufsteigen und sich im Kreise drehen wie lautlose Räder. Eine ganze Parallelwelt, die sich ausbreitet, während die Realität zurückweicht.

Ich stehe auf, gehe zum Fenster, atme die süße, warme Luft ein. Ich habe heute eine Sitzung. Ein junges Mädchen, das seit Monaten kommt. Anfangs konnte ich ihr helfen. Ich könnte absagen. Mache ich mittlerweile meistens auch. Aber plötzlich spüre ich einen seltsamen kleinen Energieschub, und es erscheint mir machbar, mit der Bahn zur Klinik zu fahren. Unterhaltsam. Vielleicht habe ich gelogen, als ich gemeint habe, dass es keinen Kick mehr gibt. Etwas ist da noch, auch wenn es schwer vorherzusagen oder zu definieren ist. Also kann ich die Gunst der Stunde nutzen.

Bis ich die Klinik erreiche, ist das Fenster, das sich in meinem Kopf für ein paar Minuten geöffnet hat, wieder geschlossen und verrammelt. Es ist kalt hier drin, vergilbte Teppiche, modrige Wände, verschossene Lampenschirme. Ich sollte nicht hier sein. Die Wände bauen sich wie Wächter vor mir auf, neigen sich bedrohlich nach innen und verdrängen Licht und Raum in meinem Kopf. Dieser Ort will mich nicht haben.

Aber jetzt ist es zu spät, und ich betrete das Sprechzimmer und sehe, dass alles bereitsteht, wie es sein sollte. Eine Packung Taschentücher auf dem niedrigen Tischchen. Wasserkrug mit zwei kleinen Gläsern. In der Ecke eine brennende Lampe. Direkt hinter mir trippelt das Mädchen herein. Kann mich nicht an ihren Namen erinnern. Ich werfe einen Blick auf den rosa Spickzettel, der aus meiner Mappe ragt. Melody. Eigentlich kein Name. Bedeutet etwas anderes, aber im Moment weiß ich nicht genau, was. Egal.

»Und«, sage ich, »wie geht es Ihnen?« In meinem Kopf klingt meine Stimme merkwürdig. Irgendwie dumpf, durch mehrere Geräuschebenen gefiltert. Das Mädchen legt den Kopf schief, und ich muss die Frage wiederholen.

»Oh«, sagt sie verdutzt, als hätte sie etwas anderes, etwas Originelleres erwartet. »Ganz gut, würde ich sagen. Die Woche insgesamt war aber nicht so toll. Es gab wieder Ärger mit meiner Mum.« Dann legt sie los, schleift mich durch den

Sumpf ihrer Erinnerungen und wühlt im Morast. Ich versuche zuzuhören. Es geht um einen Streit, laute, unfreundliche Worte. Um alte Wunden, die freigelegt wurden, und sie fragt sich, ob sich die Beziehung noch retten lässt. Die Worte dringen in meinen Kopf, aber er wirft sie wieder hinaus, weil mein Herz schnell hämmert und meine Hände schweißnass sind. Ich weiß, dass diese Dinge früher wichtig waren, aber jetzt nicht mehr, weil nur noch ich wichtig bin.

Sie redet weiter, aber ihre Augen erzählen eine andere Geschichte. Ihre Blicke tasten mich ab, als würde sie überlegen, wer zum Teufel dieser Mann ist, dem sie ihre Geheimnisse anvertraut. Ich habe mich wochenlang nicht rasiert und kann mich an meine letzte Dusche nicht erinnern, und mitten auf meinem Hemd ist ein Fleck so groß wie ein Handabdruck.

Meine Finger trommeln auf den Tischrand. Hör auf. Das sieht aus, als wäre ich ungeduldig, als würde sie mich langweilen. »Wiederholen Sie das«, sage ich, weil sie aufgehört hat zu reden. Es wirkt, als müsse ich ihr etwas zurückgeben, nur habe ich keine Ahnung, was sie gerade gesagt hat.

»Ich habe gesagt«, wiederholt sie und spricht dabei langsam und gibt jedem einzelnen Wort reichlich Raum, genau wie Caroline es gemacht hat, »dass ich das Gefühl habe, ich wäre in die falsche Familie geboren worden.«

»Interessant«, sage ich, und das ist wirklich interessant, mein Verstand kommt plötzlich auf Touren, und Gedanken flitzen mit hundert Kilometern in der Stunde darin umher, knallbunte Lotteriekugeln, die völlig willkürlich ins Loch fallen, ohne Sinn oder Muster. »Denn Ihnen ist sicher bewusst, dass Ihre Mutter möglicherweise den gleichen Gedanken hat. Dass Sie in die falsche Familie hineingeboren wurden. Dass sie selbst eine fremde Brut ausgetragen hat. Eine Art Inkubus.« Ich erwärme mich für das Thema, aber die junge Frau weicht zurück, als hätte ich sie geschlagen, ihre Augen füllen sich mit Tränen, und plötzlich springt sie auf und stürmt hinaus.

Ich bleibe auf meinem Stuhl sitzen. So etwas ist noch nie passiert. Heute gibt es offenbar einige Premieren. Aus dem Flur dringt das ferne Echo ihrer Stimme, laut und weinerlich, und als Antwort ein beruhigendes Murmeln. So geht es minutenlang weiter. Dann marschiert sie an meiner Tür vorbei, ohne hereinzusehen, und trampelt die Treppe hinunter und auf die Straße.

»Francis.« Es ist Sara mit ihrer gebogenen Hornbrille und ihren dünnen Haaren und ihren fluffigen Kleidern. Sie hat was von einem Hippie, nur ohne den Spaß und die freie Liebe. Der Gedanke amüsiert mich, und ich überlege, ob ich ihn mit ihr teilen soll. Bevor ich dazu komme, redet sie weiter, unerbittlich, jedoch mit weicher Stimme, die Arme vor der Brust verschränkt. »Ich konnte nicht richtig herausfinden, was du zu Melody gesagt hast, aber sie ist völlig aufgelöst.«

»Aufgelöst?« Ich denke zurück und versuche, es zu verstehen. Was ich gesagt habe, war interessant, ein Denkanstoß. Nichts Persönliches. Ich bin selbst ein Inkubus. Ich gehöre nirgendwohin. Nicht in den blasierten, gutbürgerlichen Raum, den meine Familie einnimmt, auch nicht in die vermeintlich perfekte Kleinfamilienblase mit meiner Frau und meinem Kind. Vielleicht hätte ich das sagen sollen.

»Ja«, antwortet Sara mit Nachdruck. »Und ich muss dir sagen, dass es nicht die erste Beschwerde über dich in den letzten Wochen war. Ganz zu schweigen von den vielen Terminabsagen. Das ist eine sehr schwierige Situation, das verstehst du bestimmt. Uns allen ist wichtig, dass es dir gut geht, aber du arbeitest hier in einer Vertrauensposition. Wir müssen sicher sein, dass du sie auch ausfüllen kannst. Du kannst Unterstützung bekommen, wenn du sie brauchst. Gerade du solltest doch wissen, dass es keine Schande ist …«

Und an diesem Punkt schalte ich ab, weil klar ist, worauf es hinausläuft. Ihr Mund bewegt sich noch, und es drängen Laute heraus. Wachsame Blicke, sanfte Worte. Sie irrt sich, wenn sie glaubt, dass sie mit mir vernünftig reden kann. Gebt mir eine geladene Waffe, und ich drücke den Abzug.

»Scheiß drauf«, sage ich und stehe auf. »Ich bin raus.« Dränge mich an ihr vorbei. Habe sie kaum berührt, aber ihr Mund formt ein erschrockenes kleines »o«, und sie hält sich die Seite, als hätte ich ihr ein Messer in die Rippen gerammt. Dabei habe ich nur ihren Stolz verletzt, und Menschen, die so schnell verletzt sind, sollten gar nicht leben dürfen.

Draußen auf der Straße, wieder im Zug, auf dem Weg zu unserem Haus. Lärm hämmert in meinem Kopf, meine Gliedmaßen fühlen sich angespannt an und schmerzen. Farberuptionen taumeln aus dem Nichts auf mich zu, Menschen gleiten an mir vorbei wie auf Eis. Damit ist jetzt Schluss. Es wird keine Maske mehr aufgesetzt, ich spiele nicht mehr jemanden, der sich eure Probleme anhören und euch eine Lösung herbeizaubern kann, oder überhaupt nur jemanden, der zuhören kann. Staub von den Händen klopfen, auf zu neuen Ufern. Welche auch immer das sein mögen.

Zu Hause schalte ich den Fernseher ein und schiebe eine Pizza in den Ofen. Ich schlinge das ganze Ding in gerade mal fünf Minuten hinunter, die Finger fettverschmiert und den Mund erfüllt von dem billigen, künstlichen Geschmack. Es läuft eine Sendung über den Grand Canyon, und die Kameraschwenks über die weite Landschaft und das Wissen, dass es da draußen eine ganze Welt gibt, zu der ich keinen Zugang habe, schleudern mich in meinen eigenen Canyon, einen Ort, den ich so gut kenne, dass er sich heimischer anfühlt als die vier Wände um mich herum. Ich schicke Caroline eine Nachricht: *Erinnere mich daran, dir von dem schwarzen Canyon zu erzählen.* Vor ein paar Monaten hat sie bei solchen kryptischen, aus dem Zusammenhang gerissenen Bemerkungen noch sofort Panik geschoben. *Was ist passiert, Francis? Geht es dir gut?* Ist manchmal früher zurückgekommen, wenn sie abends aus war, um schnell bei mir zu sein. Irgendwie hat mir das gefallen. Hat mir gezeigt, dass es ihr nicht egal war. Aber dieses Mal bleibt das Handy stumm und liegt nur wie ein Klotz neben mir, und es gibt sonst niemanden, den ich anrufen könnte.

In den nächsten Stunden sitze ich auf dem Sofa, fahre mit den Fingernägeln über den neuen Tablettenstreifen und drücke eine Pille nach der anderen heraus und schlucke sie. Wenn ich glaube, ich sollte aufhören, nehme ich noch ein paar, bis die Welt vor meinen Augen verschwimmt und ich den Halt verliere. Aber es passiert nicht mehr, als dass ich vierzehn Stunden später mit rasenden Kopfschmerzen aufwache und meine Knochen sich schmerzhaft spitz anfühlen, als würden sie mich wie Messer von innen aufschneiden. Weil alles andere ja zu einfach wäre. Und wie es aussieht, kann ich nicht einmal jetzt den einfachen Weg wählen.

Ich hätte das Foto nicht schicken sollen. Es war unüberlegt. Aber bei ihren vielen Mails musste es ihr wohl irgendwann gelingen, einen Nerv zu treffen und mich zu ködern. Ein Affe, der auf einer Tastatur herumtippt, könnte nach ein paar Stunden oder ein paar Millionen Jahren Macbeth hervorbringen, und im Großen und Ganzen hat sie nicht lange gebraucht, um eine Schwachstelle zu finden. Es war die Unterstellung, ich sei untätig. Die beiläufige Annahme, ich würde nur herumsitzen, machtlos und passiv, und darauf warten, dass etwas geschieht. Und wie jede gute Beleidigung hat sie mich getroffen, weil ich befürchtet habe, sie könnte wahr sein.

Ich habe nicht sofort verstanden, warum sie in ihren Mails plötzlich einen anderen Ton angeschlagen hat – knappe Fragen, versteckte, wirre Drohungen –, aber als ich mir das Foto noch einmal angesehen habe, habe ich in der Ecke meinen verräterischen Schatten entdeckt. Am Ende hat ein verwischter Lichtfleck in einem Spiegel genügt, um ihr romantisches Märchen zu zerstören. Es hat sie aus dem Gleichgewicht gebracht und ihre Annahmen in ein unangenehm harsches Licht gerückt. Solange ich Carl war, konnte sie sich vormachen, es gäbe nur einen einzigen Grund, sich auf diese Art in ihr Leben zu drängen, nämlich dass derjenige es ohne sie nicht mehr aushielt. Jetzt kann sie das nicht mehr. Und sie begreift immer noch nicht. So gründlich hat sie die Vergangenheit umgeschrieben. Sie kann immer noch nicht einsehen, dass damals so viel mehr verloren gegangen ist als diese eine Sache, die sie zu allem erhoben hat.

Trotzdem kann ich jetzt nicht nur herumsitzen und mich darüber ärgern. Ich muss mich auf Besuch vorbereiten. Ich muss die Wohnung perfekt herrichten, zumindest die Bereiche, die sie vielleicht sehen werden. Ich habe Staub gewischt und die Zerstörung beseitigt. Im Flur alle Fotos mit ihr abgenommen, wodurch zugegebenermaßen nicht mehr viele übrig sind, aber ich hoffe, dass es ihnen nicht auffällt. Und jetzt spüle ich, putze und schrubbe und denke dabei die ganze Zeit an den Moment, in dem sie über die Schwelle treten und wir zusammen in dieser Wohnung sind. Meine Vorstellung hat ihn zu einem perfekten Augenblick verklärt, zu einem makellosen Tableau, für das die Zeit stehen bleibt. Ich weiß noch nicht, was ich mit ihm machen soll. Aber je näher er kommt, desto mehr glaube ich, dass sich der rechte Weg vor mir auftun wird, dass eine Art göttlicher Inspiration mich befallen wird und ich wissen werde, wie ich alles in Ordnung bringen und die letzten zwei Jahre auslöschen kann, um neu anzufangen.

Unterwegs

Caroline, Mai 2015

Ich bin an dem letzten Ort, an dem ich jetzt sein will. In einem Irrenhaus mit Neonlicht, vergraben in einem Betonklotz von Einkaufszentrum, die Luft erfüllt von dem Geruch von Pommes frites, hämmernden Bässen und Kindergebrüll. Francis hat beschlossen, wir sollten eine Reise in die Vergangenheit unternehmen und die Bowlingbahn besuchen, so wie früher manchmal, als wir noch in London gelebt haben, vor Eddie. Als er mit diesem Vorschlag ins Schlafzimmer gekommen ist, habe ich immer noch auf das gemailte Foto gestarrt und versucht, mich zu konzentrieren, während mir das Blut durch den Kopf gerauscht ist. Ich war gar nicht in der Lage, Nein zu sagen. Einen verrückten Moment lang habe ich sogar gedacht, es könnte mir guttun – ich könnte eine Auszeit nehmen, den Kopf freikriegen, dieses vielschichtige Gewirr aus Enttäuschung, Erleichterung, Bestürzung und Angst entflechten. Aber in diesem Chaos habe ich keine Chance, und jedes Poltern und Kreischen zerrt an meinen Nerven.

»So!« Francis wiegt munter Kugeln in der Hand, bis er eine in der richtigen Größe findet. »Ich fange an. Jetzt mache ich dich fertig.« Er geht zur Bahn und wirft die Kugel mit mehr Kraft als Genauigkeit, und sie fegt mit einem Rumpeln in die Gasse, das mir durch Mark und Bein geht. »Na ja …«, sagt er, zuckt mit den Schultern und wirft mir einen kleinlauten Blick zu. »Es ist schon eine Weile her. Muss mich erst mal wieder einspielen.«

Ich versuche zu lächeln, aber mein Mund fühlt sich an wie eingefroren. Trotz der vielen Menschen ist es in dem Raum kalt, die Klimaanlage rackert sich so heftig ab, dass sich die Härchen auf meinen Armen aufstellen. Ich nehme eine Kugel in leuchtendem Orange, gehe zur Linie und zwinge mich zu einem Wurf. Erst sieht es nach einem Volltreffer aus, aber im letzten Moment macht die Kugel einen Schlenker und wirft zwei oder drei Pins um, bevor sie hinten von der Bahn fällt.

»Pech gehabt«, frohlockt Francis. Er tätschelt mir mit gespieltem Mitleid den Arm, als ich zurückkomme.

»Nicht so viel wie du«, sage ich automatisch, und mich überfällt Verzweiflung, weil ich unser Geplänkel höre und weiß, dass ich es eigentlich genießen sollte. Ich sollte mich entspannen und mit meinem Mann Spaß haben können, ohne diese drohenden Schatten und diese schrecklichen, hässlichen Gedanken, die sich zwischen uns drängen. Ich greife nach seiner warmen Hand, die noch auf meinem Arm liegt, und schiebe meine Finger zwischen seine. Das hier ist echt, und trotzdem kann ich das Wissen nicht abschütteln, dass alles zu Staub zerfällt, wenn ich den Mund aufmache, selbst jetzt noch. Durch eine einzige Enthüllung, eine einzige Entscheidung könnte sich alles, was wir mühsam wieder aufgebaut haben, in Luft auflösen. Und egal, was man tut, alles ist vergebens, wenn sich der andere abwendet und geht.

Während des ganzen Spiels wummern unablässig Gedanken durch meinen Kopf. Zwischen dir und dieser Frau auf dem Foto, das du mir gemailt hast, muss es irgendeine

Verbindung geben. Habt ihr beide euch das ausgedacht? Ist sie in dich verliebt und bereit, für dich die Drecksarbeit zu erledigen? Aber das passt nicht zusammen – wenn es dir darum gehen würde, in meinem Zuhause zu sein, zu wissen, wo ich lebe, wäre es doch unsinnig, jemand anderen hinzuschicken. Es sei denn, ihr wärt gemeinsam dort. Aber diese Bilder im Flur ... ich glaube, so etwas würdest du nie tun oder auch nur gutheißen. Es wäre für dich zu subtil, zu bedrohlich. Selbst wenn du mir wehtun wolltest, kann ich unterm Strich einfach nicht glauben, dass du es so machen würdest. Du würdest nicht mit solchen Tricks und Täuschungen arbeiten. Was nur bedeuten kann, dass du gar nicht derjenige bist, der hinter dieser ganzen Sache steckt.

Aber selbst das erklärt es nicht. Es kann doch kein Zufall sein, dass du schräg gegenüber von dem Haus wohnst, in dem ich diese Woche bin. Wie ich es auch betrachte, ich drehe mich im Kreis und komme immer wieder zu dem gleichen Punkt, den ich nicht verstehe. Wer zum Teufel ist diese Frau? Warum ist sie in meiner Wohnung, und was will sie?

In einer dunklen Ecke meiner Gedanken regt sich etwas, und ich dränge es zurück und balle vor Anstrengung die Fäuste. Der Raum beginnt zu flirren, die psychedelischen Muster auf dem verschossenen Teppich heben und senken sich unter meinen Füßen wie Wellen.

»Strike!« Francis steht vor der Bahn und reißt triumphierend die Arme hoch. »Das ist doch mal ein Abschluss.« Er läuft auf mich zu, um mir zum Trost einen Kuss zu geben. »Mach dir nichts draus, hm. Du warst auch gar nicht schlecht ...«

Ich sehe mir die Punktekarte an und merke, dass ich keinen Schimmer habe, wie das Spiel gelaufen ist. Offenbar habe ich achtundsechzig Punkte geholt, aber wenn ich zurückdenke, kann ich mich nur noch an den ersten Wurf erinnern. Ich habe wieder Zeit verloren, habe mich aus meinem Leben ausgeklinkt. Wie eine Sucht hat diese Selbstzerstörungslust an meinem Schutzwall genagt, unaufhörlich und unbeirrbar, bis er schließlich durchbrochen war.

In einem munteren Tonfall gratuliere ich Francis. Ich umarme ihn, atme den vertrauten Duft seines Aftershaves ein und klammere mich an seine beruhigende Beständigkeit. »Hast du Hunger?«, fragt er. Ich nicke, obwohl ich mir nicht vorstellen kann, etwas zu essen, und mir von dem Fettgeruch, der in der Luft liegt, schlecht wird. »Okay«, sagt er. »Ich hole uns ein paar Burger. Schaust du schon mal, ob du uns einen Tisch sichern kannst?«

Er marschiert im Neonlicht durch den Gang zur Cafeteria, und ich folge ihm mit etwas Abstand und suche die Reihen gelber Tische ab. In der Mitte entdecke ich einen freien Tisch, schlängele mich zu ihm durch und setze mich auf einen der harten Plastikstühle. Neben mir streitet sich eine fünfköpfige Familie um die letzte Portion Pommes frites, die größeren Kinder quengeln und kreischen sich über den Tisch voller Ketchupflecke hinweg an, und das Baby in seinem Hochstuhl trommelt schreiend mit den Fäusten. Die Geräusche zerren an meinen Nerven, die sowieso schon blank liegen. Ich sehe mich nach einem anderen freien Platz um, aber weil alle Tische belegt sind, gebe ich auf und lasse die Schultern hängen.

Als mein Handy in meiner Tasche vibriert, packt mich sofort wieder die vertraute Furcht. Im ersten Moment denke ich, es könnte Amber sein, die mir schreibt, dass du zurückgekommen bist – vielleicht, dass sie dir alles erzählt hat, dass du empört über die Vorstellung bist, ich könnte dir hierher gefolgt sein. Aber auf dem Display steht Jess' Name. Verdutzt starre ich ihn an. Es ist ein Zeichen, eine weiße Fahne in der Wildnis, die mich daran erinnert, dass zu meinem Leben noch mehr gehört.

Ich öffne die Nachricht. *Hallöchen! Hast du eine schöne Woche? Wie läuft es mit dir und F.? Habe dein Profilbild bei FB gesehen – bisschen komisch?! Verstehe ich den Witz nur nicht? LOL. Egal, hoffe, wir reden bald. Xx*

Stirnrunzelnd versuche ich, mich zu erinnern. Mein Profilbild bei Facebook ist ein Foto vom letzten Sommer – mit Eddie am Strand, bei einem Ausflug nach Margate. Ich habe es seit einer Ewigkeit nicht geändert. Ich benutze die Website kaum noch, außer um mal durchzuscrollen und gelegentlich meine Neugier über frühere Bekannte zu stillen.

Mein Instinkt lässt ganz leise eine Alarmglocke läuten, bei der mich ein Schauder überläuft. Ich lade schnell die Facebook-App herunter und klicke mich zu meinem Profil durch. Zuerst kann ich das Foto kaum erkennen. Es ist ein Durcheinander von Geraden und Formen, dunklen und bunten Flecken. Ich vergrößere es, sehe genauer hin. Und dann erkenne ich es. Es ist ein Auto, völlig demoliert, wie ein zusammengequetschtes Spielzeug liegt es am Straßenrand. Die Fenster sind zersplittert, der Haltestreifen ist von Glasscherben übersät, und durch ein dunkles Loch in der Windschutzscheibe sieht man die Sitze und dunkle Blutflecken.

Dieses Mal ist der Schauder so heftig, dass mein ganzer Körper bebt, ich stoße meinen Atem durch die geöffneten Lippen aus. Aus den Augenwinkeln sehe ich Francis, der sich mit einem Tablett voll Burger und Pommes frites einen Weg zu unserem Tisch bahnt. Ich sollte das Handy weglegen, aber meine Hand umklammert es so fest, dass ich nicht loslassen kann. Denn ich kann mich nicht mehr davor verstecken. Es starrt mir direkt ins Gesicht, und während ich zurückstarre, begreife ich, dass es mir in gewisser Weise die ganze Zeit über bewusst war – dass ich nicht vor Überraschung erstarrt bin, sondern vor Schuldgefühlen. Auch wenn ich noch nicht genau weiß, wer das getan hat, wer in meiner Wohnung ist, weiß ich doch, warum sie dort ist.

Zu Hause

Caroline, Juli 2013

Eddie und ich genießen die Zugfahrt, und am Bahnhof werden wir von meiner Mutter abgeholt. Sie winkt uns fröhlich durchs Fenster zu, als sie auf den Parkplatz fährt. Eddie entdeckt sie sofort und hüpft ungeduldig auf und ab.

»Oma! Oma!«, quäkt er, zieht an meinem Ärmel und strahlt mich an. Als das Auto vor uns hält, rennt er sofort los, reißt die Tür auf, ruft hallo und schmeißt sich auf den Rücksitz.

»Tja, dann tschüss«, sage ich in gespielter Entrüstung. Ich beuge mich ins Auto, um ihn festzuschnallen.

Meine Mutter wirft Eddie lachend einen Blick zu. »Sicher, dass du nicht für ein Weilchen mit zu uns willst?«, fragt sie mich.

»Nein, ich muss wieder los.« Mit einem flauen Gefühl versuche ich die Lügen, die ich erzählt habe, auszublenden. Sogar mir kommen meine Ausreden dürftig und wenig ausgefeilt vor. Francis könnte jederzeit bei meinen Eltern anrufen und mit mir sprechen wollen, und wenn er das tut, habe ich keine unschuldige Erklärung. Allerdings glaube ich nicht, dass es passieren wird, und falls doch, bin ich gar nicht sicher, ob es so schlecht wäre. In den letzten Wochen hatte ich immer mehr das Gefühl, dass sich in mir eine

Explosion anbahnt, dass die Spannung und der Druck steigen. Früher oder später muss sich etwas ändern.

»Wie du willst«, antwortet meine Mutter gut gelaunt. Sie lehnt sich zurück und lässt den Motor aufheulen. »Sag tschüss, Eddie«, ruft sie im Losfahren.

Eddie sieht mich durch das Fenster an, er lächelt ein wenig, sein Blick ist offen und unbeschwert. »Tschüss …« Ich höre seine leise Stimme, sehe, wie er mir einen Kuss zuwirft.

In diesem Moment will ich ihn nicht gehen lassen, und fast laufe ich hinter dem Auto her, um es anzuhalten. Ich könnte mit ihnen fahren, das Wochenende mit meinem Sohn und meinen Eltern verbringen, mit einem reinen Gewissen. Es wäre ganz einfach. Tröstlich. Aber während ich dastehe, biegen sie ab und sind nicht mehr zu sehen. Ich bleibe allein zurück mit meiner Reisetasche voll teurer, neuer Unterwäsche, hübscher Bikinis und Kleidungsstücken, die ich in schummrigen Umkleidekabinen anprobiert habe. Dabei habe ich mir Carls Blick vorgestellt, wenn er mich darin sieht, und die unsichtbaren Abdrücke, die seine Hände bald darauf hinterlassen werden. Und plötzlich fällt die Last von meinem Herzen; ich sehne mich so nach ihm, dass alles andere verblasst.

Ich fahre mit dem Zug zum Bahnhof King's Cross, laufe zur Hauptstraße und suche nach dem Auto, das er mieten wollte. Die Geburtstagsparty seines Freundes findet mitten im Nirgendwo statt, dreißig Kilometer von dem Hotel entfernt, in dem wir übernachten. Besorgt sehe ich mich um, kann ihn aber nicht finden. Ich befürchte schon, er könnte seine Meinung geändert haben. Zusammen wegzufahren, und sei es nur so kurz, passt nicht zu unserem bisherigen Muster, zu den heimlichen Abenden in seiner Wohnung, den einzelnen Stunden hier und da, die ich meinem restlichen Leben abgeknapst habe. Aber dann höre ich hinter mir ein Auto, und als ich mich umdrehe, lächelt er mich durchs offene Fenster an und klopft auf den Sitz neben sich. »Spring rein«, sagt er.

Glücklich laufe ich zum Beifahrersitz, steige ein und küsse ihn. Seit unserem letzten Treffen hat er sich die Haare schneiden lassen, und ich streiche mit den Fingerspitzen über seinen frisch ausrasierten Nacken, spüre, wie die Härchen sanft über meine Haut kratzen.

»Gefällt es dir?«, fragt er und fädelt sich in den Verkehr ein.

»Sehr.«

Er lenkt mit einer Hand, seine linke wandert zu meinem Bein, gleitet sanft meinen Oberschenkel hinauf und streicht den dünnen Stoff meines Rocks glatt. Im Rückspiegel treffen sich unsere Blicke.

»Gut«, sagt er zärtlich, und mich durchläuft ein kurzer Schauder, die Muskeln in meinem Bauch ziehen sich vor Verlangen zusammen. Ich lege die Hände flach auf meine Beine, drücke die Fingernägel in meine Knie, um mich zu fangen. Als ich zur Seite sehe, beobachtet er mich wieder, sein Blick wechselt zwischen mir und der Straße hin und her. »Du hast deine Ringe abgenommen«, sagt er. »Du willst richtig rangehen, was?«

»Ich dachte, wir gehen vielleicht in den Pool«, antworte ich, was zum Teil die Wahrheit ist. Im Zug habe ich die Ringe um meinen Fingerknöchel gedreht und gedreht. Sie haben sehr stramm gesessen, und meine Haut war feuerrot, als ich sie endlich abziehen konnte. Jetzt sind sie sicher in meinem Portemonnaie verstaut, wo sie niemand zu Gesicht bekommt. Ich weiß nicht genau, was mich dazu gebracht hat, sie abzunehmen, nachdem ich es bisher nie getan habe. Aber wenn ich jetzt meine nackte linke Hand betrachte, branden in mir Euphorie und ein trotziges Gefühl von Freiheit auf.

»Verstehe«, sagt er, aber das Funkeln in seinen Augen zeigt mir, dass ich ihm nichts vormachen kann.

»Glaub ja nicht, ich würde nicht richtig rangehen wollen«, erkläre ich, »das will ich nämlich …« Ich schiebe meine Hand zu ihm, greife um seinen Oberschenkel, spüre seinen festen Körper. Sie kriecht langsam höher, bis er zischend den Atem ausstößt und mich abwehrt.

»Beherrsch dich«, sagt er. »Ich will lebend ankommen.« Er schaltet das Radio ein, Musik erfüllt das Auto, und wir sind so berauscht von der Spannung zwischen uns, dass wir lachen. Die Sonne strömt durch die Fenster, und in diesem Moment verglühen alle traurigen Gedanken und Schwierigkeiten, und alles ist perfekt.

Kurz nach zwei erreichen wir das Hotel, ein kleines, dezentes Gebäude mit niedrigen Backsteinmauern und einer dunkelgrünen Markise. Über dem weiß gestrichenen Eingang prangt ein dilettantisch gemaltes Schild mit den Worten *Silver Birches* in schnörkeliger Schrift. Während Carl eincheckt und sich mit der Rezeptionistin über die Öffnungszeiten des Restaurants und des Pools unterhält, stehe ich neben ihm und achte darauf, ob ihr Blick irgendwie misstrauisch wirkt, aber das tut er nicht. Sie lächelt, als sie ihm die Schlüsselkarte gibt, und mir wird klar, dass wir hier ein ganz normales Pärchen sind, wie jedes andere auch. Der Gedanke ist berauschend, und als ich hinter Carl durch die Gänge zu unserem Zimmer eile, wirbelt er durch meinen Kopf, so schnell, dass ich ihn kaum fassen kann: wir beide, ein frischgebackenes Paar, auf einer Reise, die nicht in eine Sackgasse führt – die uns weit trägt und uns für sehr lange Zeit glücklich machen könnte.

»Gar nicht schlecht, oder?«, sagt er, als er die Tür aufstößt.

Dunkelrote Wände, ein Doppelbett mit einer Tagesdecke in der gleichen Farbe und Kissen mit weißen Paspeln. Über dem Kopfteil hängt ein Bild an der Wand, ein fast abstrakt gemaltes Feld voller Mohnblumen, deren Blütenblätter sich wie Blutspritzer auf der Leinwand verteilen. Es ist warm im Zimmer, die Vorhänge sind zugezogen, neben dem Bett brennt matt eine Lampe. Die Gedanken tosen in mir, mein Herz hämmert. Ich lasse meine Reisetasche fallen und gehe zu ihm.

»Es gefällt mir.« Ich schmiege mich an ihn und hebe die Hüften leicht an, um sie gegen seinen harten Schritt zu drücken. Seine Lippen streifen meine, einmal, zweimal. »Und«, frage ich, »sollen wir schwimmen gehen?«

»Klar. Wenn du willst.« Seine Hände streichen langsam über meinen Körper, immer tiefer, fahren unter meinen Rockbund und ein Stückchen in die Bikinihose, die ich schon unter meiner Kleidung trage. Ich bin erregt, aber ich nicke. Heute soll es nicht zu schnell gehen. Ich kann genauso lange warten wie er.

Er sieht mir in die Augen, und ich spiegele mich in seinen dunklen Pupillen. Nach einem langen Moment lächelt er. »Braves Mädchen«, sagt er, und dann löst er sich in gespieltem Desinteresse von mir und knöpft träge sein Hemd zu, das ich zum Teil aufgeknöpft habe, ohne es zu merken.

Wir gehen nach unten ins Schwimmbad, einen kleinen, weiß gekachelten Raum gesäumt von Grünpflanzen, deren wächserne Blätter wie Plastik glänzen, und mit einem leuchtend blauen, glitzernden Pool. Das Wasser ist kalt, ich gehe nur stückchenweise weiter und kreische, als es in meinen Bikini dringt. Carl ist schon ganz drin, er schwimmt bis zum Ende des Beckens und versprüht Wassertropfen. Ich beiße die Zähne zusammen und tauche unter. Als ich wieder hochkomme, grinse ich, aufgedreht vor Freude, wie immer, wenn ich im Wasser treibe. Ich schwimme zu ihm, er nimmt mich in die Arme, und ich umschlinge ihn. Seine nassen Haare streiche ich ihm nach hinten.

»Ich liebe das Wasser«, sage ich. »Seit ich denken kann.«

»Das sehe ich. Komisch. Das wusste ich gar nicht.«

Er sagt es leichthin, aber ich muss doch daran denken, wie wenig wir beide voneinander wissen. Ich ziehe mich auf seinen Schoß und küsse ihn, meine Beine ruhen auf seinen, und zusammen schweben wir. In diesem Augenblick würde ich ihm am liebsten alles über mich erzählen, das mir einfällt, Gutes und Schlechtes – alles auf einmal herauslassen, damit er mich nachher besser kennt als jeder andere. Aber ich habe keine Ahnung, wo ich anfangen soll, und am Ende beiße ich mir nur auf die Lippe, winde mich aus seinen Armen und schwimme zum anderen Ende des Pools.

Wir bleiben fast eine halbe Stunde im Wasser, reden über unsere Woche und belanglose Fernsehsendungen, die wir gesehen haben, und gehen dann für ein paar Minuten in die Sauna. Das Holz ist so heiß, dass es sich anfühlt, als würde es mir den Rücken verbrennen, als würde es mir zur Erinnerung Streifen in die Haut sengen. Er beobachtet mich in dem dämmrigen rötlichen Licht von oben; seine dunklen Bartstoppeln überziehen seine Kieferpartie mit einem Schatten, seine Augen schimmern schwarz. Schweiß rinnt über meinen Körper, und ich rutsche vor Ungeduld hin und her – ich will seinen Mund heiß auf meiner Haut spüren, will, dass seine Zunge dem Weg meiner Schweißperlen folgt und mir gibt, was ich jetzt so sehr begehre, dass ich es mir kaum noch verweigern kann. Ich fühle mich benommen und wehrlos, die Wände der kleinen, heißen Kammer drängen unkontrollierbar auf mich ein.

»Herrje«, sage ich und rapple mich auf. Diese Begierde ist zu viel, sie macht mir fast schon Angst. »Ich muss hier raus.«

Draußen scheint die Sonne, aber der leichte Wind, der durch das geöffnete Fenster unseres Zimmers fährt, ist herrlich kühl. Wir ziehen uns an und gehen auf dem kleinen Grundstück des Hotels spazieren, laufen über den Rasen und setzen uns schließlich auf eine Bank am Ende des Rosengartens. Er nimmt mich in die Arme, und ich lehne mich an seine Brust und blicke zu dem Hotel hinter uns. Ich habe das seltsame Gefühl, dass diese Momente ebenso flüchtig wie bleibend sind und dass ich sie niemals vergessen werde, egal, was passiert.

»Ich wünschte, du könntest morgen mitkommen«, sagt er plötzlich. So etwas hat er noch nie erwähnt. Trotz unserer tiefen Verbindung sind unsere Leben strikt voneinander getrennt. Wir haben nie die Familie oder die Freunde des anderen kennengelernt, haben unsere Beziehung nie öffentlich gemacht – haben nie das getan, was sie in den Augen der Welt oder vielleicht auch in unseren eigenen hätte real werden lassen.

»Das wünschte ich auch«, erwidere ich. Ich habe einen Kloß in der Kehle. Wenn ich vorschlagen würde, ihn tatsächlich zu begleiten, würde er nur lachen und es nicht ernst nehmen. Für ihn existiere ich nur in dem Raum, den wir füreinander geschaffen haben. Er weiß den Grund dafür und hat es akzeptiert. Zum ersten Mal frage ich mich, was ihm dieses Niemandsland, das wir geschaffen haben, wirklich bedeutet. Ich stelle mir vor, wie er nachts wachliegt und sich fragt, was zum Teufel er macht, warum er seine Zeit mit mir verschwendet. Ich frage mich, ob er sich wünscht, er wäre mir nie begegnet.

»He«, sagt er und streicht mir die Haare aus dem Gesicht. »Guck nicht so traurig.«

»Ich bin traurig.« Meine Stimme ist so leise, dass ich einfach so tun könnte, als hätte ich nichts gesagt, aber ich zwinge mich, lauter zu sprechen. Ich sehe ihm direkt in die Augen, die meinen ganz nah sind. »Ich will das hier nicht aufgeben.«

Er seufzt, seine Hand fährt gleichmäßig und zärtlich über meinen Kopf. »Ich auch nicht, Caro. Aber wir müssen es bald tun. Wir reden schon so lange darüber, und du weißt, dass ich dich immer wollte. Ich kann auch nicht widerstehen, aber so hat es keinen Sinn. Es ist nicht …« Er stockt und versucht, seine Gedanken in Worte zu fassen. »Du musst doch verstehen, dass ich nicht auf Dauer mit einer Frau zusammen sein kann, die verheiratet ist.«

Ich spüre, wie der Atem durch meinen Körper strömt, und ich bin so kurz davor, es ihm zu sagen. Dass ich wirklich nicht weiß, warum Francis und ich noch zusammen sind – dass unsere Ehe mich an zwei Fremde erinnert, die sich auf dünnem Eis umkreisen und dabei unglücklich den stets gleichen Bahnen folgen. Und dass ich keinen Zweifel mehr daran habe, dass ich in ihn verliebt bin, und dass ich befürchte, ich werde es bis an mein Lebensende bereuen, wenn ich ihn gehen lasse. Ich weiß nicht, warum ich es nicht aussprechen kann.

Tränen steigen mir in die Augen und spiegeln sich in seinen eigenen, und als er mich küsst, weinen wir beide – ich spüre die Nässe auf seiner Haut.

»Na komm«, sagt er nach einer Weile und fährt sich mit einer Hand über die Augen. »Das ist doch dumm. Wir sind nicht lange hier und sollten das Beste daraus machen. Gehen wir wieder rein und essen früh zu Abend. Einverstanden?«

»Einverstanden.« Ich wische mir mit meinem Ärmel über die Augen und blinzle die letzten Tränen weg. Er hat recht. Ich weiß nicht, wann wir dieses Gespräch führen sollten, aber jetzt sicher nicht. Als wir Hand in Hand über den Rasen zurück zum Hotel schlendern, erfüllen mich bald wieder Glück und Freude und übertünchen die letzten Minuten, als hätte es sie nie gegeben. Ich werde nicht an sie denken. Nicht heute.

Wir essen in dem fast leeren Restaurant, lachen über die scheußlichen künstlichen Blumen in der Vase auf unserem Tisch, studieren ausgiebig die laminierte Speisekarte und bestellen am Ende beinahe wahllos irgendetwas. Als die ältliche Kellnerin uns eine Flasche Wein bringt und sieht, wie wir Händchen halten, strahlt ihr mildes Lächeln Gutmütigkeit und Wohlwollen aus. Sie würde rasch ihren Gesichtsausdruck verändern, denke ich, wenn ich ihr erzählen würde, was hier wirklich los ist. Ich probiere den Wein, der kalt und spritzig ist, und finde die Vorstellung, ich wäre so etwas wie eine lasterhafte Frau, plötzlich zum Lachen. So bin ich nicht. So kommt mir das hier nicht vor.

»Das ist gar nicht schlecht, oder?«, fragt Carl während des Essens und deutet leicht überrascht auf seinen Teller.

»Es ist sogar ziemlich gut.« Ich setze noch einen drauf und reiße erstaunt die Augen auf. Wenn ich so überlege, ist das Essen ziemlich durchschnittlich, aber in diesem Moment fühlt sich alles vielfach verstärkt an, zehnmal besser, als es eigentlich ist. »An deine Kochkünste kommt es natürlich nicht heran.« Meine Erfahrung mit seinen Kochkünsten beschränkt sich auf schnell zubereitete Nudeln, als wir eines Abends in seiner Wohnung vom Sex zu aufgedreht waren, um essen zu gehen. Aber er nickt, als würde ihm das Kompliment gebühren.

»Ja«, sagt er ohne einen Hauch von falscher Bescheidenheit, »kochen kann ich ziemlich gut. Ich kann die meisten Sachen ziemlich gut«, fügt er mit einem verruchten Lächeln hinzu.

Wir stehen unvermittelt auf, durchqueren eilig das Restaurant und bitten die Kellnerin nur noch, das Essen auf unsere Zimmerrechnung zu setzen. Mit pochendem Herzen folge ich ihm durch den Flur. Er schließt die Tür auf, und als ich kaum im Zimmer bin, schlägt er sie schon hinter mir zu, drängt sich gegen mich und drückt mich gegen das harte Holz. Er hebt meine Arme über meinen Kopf, hält beide Handgelenke mit einer Hand fest und küsst mich heftig, seine Zunge ist in meinem Mund. Er beißt schmerzhaft auf meine Lippe, und ich schmecke Blut. »Sag mir, dass du es willst«, flüstert er mir ins Ohr, und ich höre mich Dinge sagen, von denen ich angenommen hatte, dass ich sie nie sagen würde. Die Worte strömen aus mir hervor, während ich meine Hüften an seinen reibe und er mit der freien Hand meinen Rock wegreißt.

Er hebt mich hoch, und dann liegen wir auf dem Bett. In dem langen Spiegel an der gegenüberliegenden Wand sehe ich uns, sehe meine Hände in seinen Haaren vergraben, ihn über mir, die Bewegung seiner straffen Schultermuskeln, als er sein Hemd auszieht. Die Vorhänge sind noch zugezogen, und das Licht der Lampe wirft unsere Schatten an die Wand, die sich im Einklang bewegen. Mein Atem geht schnell, als ich die Beine um ihn schlinge und er in mich eindringt. Wir lassen es langsam angehen, ohne Eile erkunden seine kräftigen Hände meinen Körper. Er sagt etwas, das ich nicht verstehe. *Fester*, sage ich. *Ja.*

»Sag bitte«, fordert er mit tiefem, glühendem Blick.

»Tut mir leid«, flüstere ich. »Bitte.« Ich spüre, wie sich sein Körper anspannt, und danach tut er, was ich will, ohne weitere Bitten, denn er weiß, was er mit mir machen muss, das wusste er immer, ohne ein Wort, weil man diese Chemie zwischen uns nicht lehren oder erklären kann. »Ich bekomme von dir einfach nicht genug«, flüstere ich, und er antwortet mit diesem lasziven Lächeln, das mir sagt, ich müsse es nicht laut aussprechen, weil es so gnadenlos offensichtlich ist, dass ein Blinder es sehen könnte.

Danach liegen wir im Bett und reden, und als der Himmel dunkel geworden ist und die ersten Regentropfen gegen das Fenster prasseln, umschlingen wir uns wieder. Ich setze mich auf ihn, meine Haare hängen herab und streifen seine Brust. Er berührt mit warmen, festen Händen meinen Körper. Ich sage ihm, dass ich liebe, was wir gerade tun, und er erwidert es. Es wäre so einfach, diese Grenze zu überschreiten und zu sagen, was ich wirklich meine, aber ich kann es nicht. Viel später, als er neben mir schläft und der Regen zu einem heißen Sommergewitter angeschwollen ist, liege ich die halbe Nacht wach, betrachte im Dämmerlicht sein Gesicht und sage es, denn ich weiß, dass er mich nicht hört und ich nicht auf eine Antwort warten muss.

Als es klingelt, kann ich es im ersten Moment kaum glauben. Ich habe den ganzen Nachmittag über im Wohnzimmer gesessen und konnte mich nicht länger als eine Minute am Stück konzentrieren. Ich war einfach nur hier. Habe gewartet. Geatmet. Diese beiden Dinge haben mich alle Energie gekostet, die ich aufbringen konnte. Im Grunde hatte ich mich damit abgefunden, dass sie nicht kommen würden. Aber jetzt schrillt das Klingeln zum zweiten Mal durch die Wohnung. Ich gehe zur Gegensprechanlage und sage »Hallo?« und höre eine Stimme, von der ich jetzt weiß, dass sie wie Carolines klingt. Sie überschüttet mich mit Erklärungen und Begründungen, obwohl ich sie doch eingeladen habe.

Ich drücke die Tür auf und höre, wie Eddies Schritte eifrig die Stufen herauftrappeln und seine Großmutter langsamer folgt. Mir bleibt keine Zeit mehr, mich vorzubereiten. Sie sind hier, stehen in der Tür. Der Junge wirft mir einen Blick zu und verliert sofort das Interesse, er läuft zu dem Hamsterkäfig in der Ecke des Zimmers und öffnet die Klappe.

»Danke, dass wir kurz vorbeikommen dürfen«, sagt Carolines Mutter. »Er hat wohl in der Schule die ganze Zeit davon erzählt. Wir stören Sie auch nicht lange.« Die Worte sind höflich, aber ihr unsteter Blick verrät ihre Unsicherheit. Unterbewusst weiß sie, dass hier etwas ist, dem sie nicht traut, und auch dass nur ich es sein kann. Die Stille dauert einen Hauch zu lange, so lange, dass ich merke, ich hätte sie durchbrechen müssen. »Ich mache uns schnell einen Tee«, sagt sie schließlich. »Ich weiß, wo alles ist.«

Ich höre, wie sie in der Küche hantiert, den Wasserkocher schnell füllt, die Teetassen klappernd auf die Arbeitsplatte stellt. Wie von selbst habe ich mich Eddie genähert. Er hockt auf dem Boden, hält den kleinen silbrigen Hamster in den Händen und brabbelt in seiner eigenen Sprache mit dem Tier, das schnuppernd die Nase reckt. Eddies blonde Haare fallen ihm in die Stirn.

»Er gehört mir.« Er sieht mich nicht an, spricht aber so laut und deutlich, dass klar ist, mit wem er redet. »Ich passe auf ihn auf.«

»Das sehe ich«, sage ich. Ich zögere, weil ich die nächsten Worte, die mir einfallen, erst einmal in Gedanken ausprobiere. Dann treiben sie wie zarte Ballons durch die Luft. »Und wer passt auf dich auf?«, frage ich.

Er zuckt mit den Schultern, immer noch auf das Tier in seinen Händen konzentriert. »Viele Leute.«

»Deine Mummy?«, frage ich, und er nickt. »Was würde deine Mummy für dich tun?« Endlich blickt er zu mir auf, er wirkt überrascht, und aus seinen großen grauen Augen spricht ein Misstrauen, für das er viel zu jung wirkt. Er hat gemerkt, dass meine Stimme anders klingt und dass das etwas bedeutet, auch wenn er nicht versteht, was. Er starrt mich unverwandt an, stumm, reglos und aufmerksam. Das Blut rauscht durch meinen Kopf und macht mich benommen.

»Würde sie für dich töten?«, frage ich.

Unterwegs

Caroline, Mai 2015

Irgendwie überstehe ich das Mittagessen, schlucke Bissen um Bissen hinunter, obwohl mir Übelkeit den Hals zuschnürt, und denke dabei die ganze Zeit an sie. Eine Frau, deren Gesicht ich nicht sehen kann, ist in meiner Wohnung. Jemand, der mich besser kennt, als ich es mir vorstellen kann.

Nach einer Runde mit Francis durch das Einkaufszentrum nebenan, einem Spaziergang durch den Park und die Rückfahrt mit dem Zug nach Chiswick, wobei Francis in einem fort gut aufgelegt geplappert hat, ist es fast fünf Uhr nachmittags. Als wir vom Bahnhof zum Haus laufen, sieht er mich an, beugt sich herüber und tippt mir mit den Fingerspitzen sanft gegen die Stirn. »Hallo«, sagt er. »Jemand zu Hause?«

Eigentlich ist der Spruch harmlos, trotzdem macht er mich nervös. »Tut mir leid«, sage ich. »Ich war ziemlich still, ich weiß. Ich bin nur müde.«

Francis zuckt mit den Schultern. »Wenn du meinst.«

Ich drehe mich halb zu ihm um, als ich die Haustür aufschließe. Er erwidert meinen Blick offen und unbeirrt. Er weiß, dass ich lüge. Er weiß nur nicht, was die Lüge beinhaltet.

»Tut mir leid«, wiederhole ich murmelnd. Mir ist klar, dass ich diese angespannte Ungewissheit nicht lange aushalten werde, ich kann nicht über meinen Ängsten brüten, bis sie immer größer werden und mich ersticken. Ich muss etwas unternehmen. Wieder überlege ich, nach Hause zu fahren. Nachdem ich dieses Profilbild gesehen habe, kommt es mir gefährlich vor hierzubleiben. Ich will nicht, dass diese Frau in meiner Wohnung ist. Ich habe keine Ahnung, was sie tun könnte.

»Francis …«, setze ich an, beiße mir aber sofort auf die Zunge. So weit waren wir schon. Ich bin mir bewusst, dass ich ihn kaum überreden kann, früher nach Hause zu fahren. Und selbst wenn, was würde dann passieren? Ich stelle mir seinen verständnislosen Blick vor, wenn wir gemeinsam in unsere Wohnung kommen und ich versuche, diese Frau hinauszuwerfen, ohne ihm etwas zu erklären. Das würde nicht funktionieren. Ich muss es für mich behalten, und das schaffe ich am ehesten, wenn ich dafür sorge, dass er ihr nie begegnet.

Trotzdem muss ich etwas tun. Und plötzlich habe ich eine genaue Vorstellung von dem, was zu machen ist, und dass ich sofort handeln muss, bevor ich die Nerven verliere und es mir anders überlege.

»Ich glaube«, sage ich unvermittelt, »ich sollte ein Bad nehmen. Danach geht es mir bestimmt besser. Dieser Laden war ganz schön klebrig.« Das ist nur zur Hälfte gelogen. Ich würde wirklich kaum etwas lieber tun, als mich auszuziehen, mich in die möglichst heiße Wanne zu setzen und zu versuchen, alles von mir abzuwaschen, von dem ich doch weiß, dass ich es niemals loswerden kann.

»Von mir aus.« Halb besänftigt zuckt Francis mit den Schultern. »Dann mach das, und ich fange schon mal mit dem Abendessen an.«

Ich renne schnell nach oben, lasse Wasser in die Wanne einlaufen und ziehe mich aus. Aber ich steige nicht hinein. Stattdessen setze ich mich vor der Wanne auf den Boden und rufe mit meinem Handy meinen Festnetzanschluss an. Zitternd drücke ich mir das Telefon ans Ohr und zähle das Klingeln. Sechs. Sieben. Beim achten Läuten springt der Anrufbeantworter an. Ich lege auf und wähle sofort noch einmal meine Nummer, und als das Gleiche passiert, rufe ich wieder an.

Beim dritten Versuch klingelt es viermal, dann klickt es leise, als hätte jemand abgenommen. Am anderen Ende ist nichts Erkennbares zu hören, nur ein Geräusch, das vielleicht ganz leises Atmen sein könnte. Ich hole selbst Luft, um etwas zu sagen. So weit bin ich in meiner Vorstellung noch nicht gekommen, geschweige denn in der Realität. Die Stille dehnt sich aus, nur unterlegt von einem leisen Knistern. Sie wird nicht zuerst einknicken, aber sie bleibt dran.

»Ich bin Caroline«, sage ich schließlich.

Nach einem Moment höre ich eine Bewegung, vielleicht ein Kleidungsstück, das zurechtgezupft wird, oder eine Hand, die über eine Stirn fährt. »Ich weiß.«

Die Stimme ist leise und tief. Sie klingt tonlos, als wären alle Gefühle aus ihr herausgepresst worden. Als sie wieder schweigt, kann ich mich schon nicht mehr erinnern, wie sie geklungen hat.

»Ich will Sie nicht in meiner Wohnung haben«, sage ich. Mir war gar nicht klar, dass ich es so angehen werde: kühl, ein wenig herrisch, die aufgebrachte Ehefrau und Mutter aus der Mittelklasse. »Ich würde vorschlagen, dass Sie jetzt gehen und mich nie wieder kontaktieren«, fahre ich fort. »Ich könnte die Polizei anrufen.«

Dieses Mal kommt als Antwort ein leises Ausatmen, das amüsiert klingt, aber sonst nichts. Ich merke, wie dumm es war, was ich gerade gesagt habe. Diese Frau hatte so gut wie keinen Kontakt mit mir, sie hat nur auf meine Mails geantwortet. Bei einem Haustausch mitzumachen ist nicht illegal, und die Beweise, die ich vorbringen könnte, sind so wenig greifbar, dass ich sie selbst kaum zu einem schlüssigen Bild zusammenfügen kann. Versteckte Hinweise und Erinnerungen an eine Vergangenheit, die außer mir niemandem etwas sagen. Keine Drohungen, keine Einschüchterungsversuche. Außerdem wird sie am besten wissen, dass ich in dieser Situation auf keinen Fall die Polizei hinzuziehen kann, es ist das Letzte, was ich tun würde. Und dabei weiß sie nicht einmal, dass ich beim Anblick eines uniformierten Polizisten einen trockenen Mund bekomme und meine Beine wegzuknicken drohen, sogar jetzt noch. Sie weiß nicht, dass ich monatelang von kühlen, anonymen Fluren geträumt habe, von Zellen hinter schweren Metalltüren. Aber sie weiß, dass ich mich verstecke, dass mein ganzes Leben daraus besteht, vor mir selbst die Augen zu verschließen. Sie ist mir nie begegnet, trotzdem kennt sie mich.

»Es tut mir leid.« Meine Stimme verrät, dass ich den Tränen nahe bin, und ich schlucke sie hinunter. »Ich habe keine Ahnung, was ich Ihnen sagen soll.« Stille, schneidend und eindringlich. Sie legt nicht auf. »Wer sind Sie?«, frage ich.

»Es bringt nichts, Fragen zu stellen«, sagt sie, »wenn Sie die Antworten schon kennen.«

Und dabei begreife ich, dass ich es natürlich weiß – dass es nur einen Menschen gibt, der das tun kann, der einen Grund und den Willen haben kann, das durchzuziehen. Ich denke an Eddie, seine klaren grauen Augen und seine perfekt gerundeten Wangen, an sein Gesicht, das sich im Laufe der Zeit verändert und weiterentwickelt hat, daran, dass ich immer noch sehen kann, wie er früher war, eine lange Reihe von Schnappschüssen, die durch die Jahre zurückreichen bis zu dem Baby, das ich zum ersten Mal in den Armen hielt. »Sie sind ihre Mutter«, sage ich, »nicht wahr?«

Wieder Schweigen, aber jetzt scheint etwas zerbrochen zu sein, als hätte sich eine Spannung entladen und nicht mehr als einen Nebel aus Verlust und Trauer zurückgelassen, der sich durch die Leitung bis in mein Herz schlängelt und mich erfüllt, bis ich kaum noch atmen kann. Und jetzt strömen die Tränen über mein Gesicht, ich kann nicht mehr zählen, wie oft ich aus Schuld und Schmerz so geweint habe, wie oft ich allein dagesessen und versucht habe, diese Gedanken zu vertreiben. Aber ich bleibe ganz still, weil mein Selbstmitleid das Letzte ist, was sie will.

»Sie haben diesen Mann nie losgelassen, oder?«, fragt sie schließlich. »Alles andere konnten Sie einfach wegschieben. Sie konnten es in eine Kiste packen und wegräumen, als hätte es nie existiert. Nur ihn nicht.«

Beschämt denke ich an die Mails, die ich ihr geschickt habe, als ich dachte, sie wäre du. An diese jämmerliche Sehnsucht, die aus ihnen gesprochen hat, den verzweifelten Wunsch nach Kontakt. Ob sie durchschaut hat, dass ich auch deshalb nicht über dich hinweggekommen bin, weil mich meine wahren Dämonen nicht finden können, wenn meine Gedanken nur um dich kreisen? Ich habe dich und die schmerzliche Sehnsucht nach dir gebraucht, um sie aus meinem Kopf auszusperren. Doch ich presse die Lippen aufeinander und sage nichts, und nach einer Weile spricht sie weiter.

»Glauben Sie an Gerechtigkeit, Caroline?«, fragt sie.

»Ich ...« Die Frage scheint mir eine Falle zu sein. Egal, was ich sage, sie wird mir die Worte im Mund herumdrehen können. »Ich glaube an vieles«, erwidere ich. »An Gerechtigkeit, Buße, Reue.« Vergebung hätte ich fast hinzugefügt, aber ich schlucke es herunter. »Aber an etwas zu glauben macht es noch nicht wahr.« Die beste Antwort, die mir einfällt.

Sie zögert wieder und scheint darüber nachzudenken. »Morgen ist alles vorbei«, sagt sie schließlich. »Ich habe nicht vor, mit jemandem darüber zu sprechen. Ich will Sie nicht sehen. Ich will nie wieder mit Ihnen reden. Es ist das letzte Mal, dass sich unsere Leben berühren.«

Eigentlich sollte es mich beruhigen, aber jedes Wort, das ich von ihr höre, macht mich ängstlicher; etwas stimmt nicht, es schwingt eine Bedeutung mit, die ich nicht erkenne. Und bevor ich auch nur zu einer Antwort ansetzen kann, legt sie auf.

Langsam lege ich das Handy weg und fahre mir mit den Fingern durch die feuchten Haare. Das heiße Badewasser lässt Dampf aufsteigen und beschlägt den Spiegel und das Fenster. Ein dünner Schweißfilm überzieht meine Haut. Ich wische mir mit dem Arm über die Augen, Spuren von Wimperntusche und Tränen bleiben auf ihm zurück. Das Gespräch spult sich noch einmal in meinem Kopf ab: ihre wenigen Worte, die Bedeutung, die zwischen ihnen hindurchschimmert, sorgsam mit der Stille verwoben. Sie weiß, was in der Nacht damals passiert ist. Ich habe keine Ahnung, wie, aber sie weiß es.

Mir ist schwindlig, und wenn ich nicht sofort frische Luft bekomme, werde ich ohnmächtig. Ich ziehe mich unsicher hoch, öffne das Badezimmerfenster halb und knie mich davor, die Arme auf den Sims gestützt und das Gesicht der Sonne zugewandt.

Nach einer Weile fühle ich mich sicherer, aber ich stehe nicht auf. Stattdessen blicke ich die Straße entlang, lasse ihre Gleichförmigkeit und Stille auf mich wirken. Die Sonne schimmert auf den roten Dächern und lässt sie wie frisch poliert aussehen. Davor erstrecken sich die Gärten als ordentliche kleine Rechtecke. Das Erste, was ich sehe, ist der Schatten, der auf die Rasenflächen fällt und schnell und bestimmt die Straße entlanggleitet. Die Art, wie er sich bewegt, hat mich erwischt, bevor ich es merke; mein Herz hämmert, weil ich sie wiedererkenne, Hitze durchströmt meinen nackten Körper. Die Gestalt geht zielstrebig weiter, ohne zu zögern oder sich umzusehen, hält sie direkt auf die Hausnummer 14 zu.

Die Sonne versteckt sich hinter einer Wolke, und ich umklammere den Fenstersims und drücke mich dagegen. Ich hätte darauf gefasst sein müssen, aber jetzt, da ich es mit eigenen Augen sehe, wird mir klar, dass keine Vorbereitung der Welt verhindert hätte, dass mein Herz rast oder ich weine, weil ich etwas empfinde, das ich nicht einmal benennen könnte. Du bist es. Du bist zu Hause.

Zu Hause

Caroline, Juli 2013

Carl bindet sich vor dem Spiegel seine Krawatte und beobachtet mich dabei. Er ist schon spät dran. Erst vor zehn Minuten hat er angefangen, sich fertigzumachen, und ist bis jetzt nur von der Taille aufwärts angezogen: weißes Hemd, dunkles Sakko, dazu schwarze Boxershorts. Wenn ich es darauf anlegen würde, könnte ich ihn dazu bringen hierzubleiben – wenigstens noch für ein Weilchen. Aber ich bin vom Sex erschöpft, und außerdem ist es nicht der Abschied, für den er es hält.

»Wann willst du gehen?«, fragt er. »Verdammter Mist.« Er fummelt an dem Knoten herum und löst ihn wieder. »Ich kriege das nicht hin.«

»Kannst du dich nicht konzentrieren?«, frage ich und rekle mich genüsslich auf dem Bett. Er lächelt. »Ich mache mich wahrscheinlich in ein, zwei Stunden auf den Weg«, sage ich träge. Mein Geheimnis behalte ich für mich. Ich habe mich von Anfang an entschieden, hier auf ihn zu warten und ihn zu überraschen, wenn er von der Party zurückkehrt. Ich muss Eddie erst morgen Mittag abholen, und es gibt keinen Grund, warum ich vorher zu Hause sein sollte.

Er zieht seine Hose und seine Schuhe an, fährt sich mit den Fingern durch die dunklen Haare und betrachtet sich von allen Seiten im Spiegel. »Ich muss jetzt fahren«, sagt er tonlos. In seinen Augen erkenne ich Traurigkeit, als er sich neben mich setzt, und ich bin versucht, ihm zu verraten, dass eine weitere gemeinsame Nacht auf uns wartet, aber ich beiße mir auf die Zunge. Ich will die Freude auf seinem Gesicht sehen, wenn er hereinkommt.

»Tschüss«, sage ich, ziehe ihn für einen Kuss näher zu mir und streiche über sein Sakko. »Sehr schick. In solchen Sachen gefällst du mir.«

»Das weiß ich, Caro. Glaub mir, das weiß ich.« Widerstrebend reißt er sich los. »Vielleicht schicke ich dir ein Foto, wenn ich zurück bin.«

»Mach das.« Wieder verspüre ich den Drang zu beichten, aber ich verscheuche ihn. Carl dreht sich an der Tür um, um mich ein letztes Mal anzusehen, dann geht er hinaus und lässt sie sanft hinter sich zufallen.

Das Zimmer fühlt sich leerer an, als es sollte, als hätte er sämtliche Energie mit sich genommen. Diese Wände sind dick und schallisoliert, und selbst wenn ich die Ohren spitze, höre ich nur ein leises Summen, eine vage Andeutung, dass Wasser durch Rohre rauscht. Das Gewitter von letzter Nacht hat sich verzogen, die Sonne ist wieder hervorgekrochen, scheint durch die dünnen roten Vorhänge und wärmt meinen nackten Körper mit ihren Strahlen. Über diesen Teil habe ich noch nicht nachgedacht – darüber, was ich in den zehn, elf Stunden tun soll, bis er zurückkommt. Kein Auto, meilenweit kein Geschäft in der Nähe. Nicht einmal ein Buch habe ich mitgenommen.

Ich schalte den Fernseher ein und klicke ein paar Minuten lang durch die Programme, aber ich finde nichts Interessantes. Ich kann mich auch nicht konzentrieren. Obwohl ich es überhaupt nicht will, kehren meine Gedanken immer wieder zu Francis zurück, der allein zu Hause sitzt, ohne seine Frau und seinen Sohn. Ich stelle mir vor, wie er Bilanz zieht und sich klarmacht, dass es ständig so sein würde, wenn wir nicht zusammen wären, und dass er allein nichts hat, um die Zeit herumzubringen. Einen verrückten Moment lang überlege ich, ihn anzurufen. Aber ich habe keine Ahnung, was ich sagen sollte, und verwerfe den Gedanken wieder. Mein Handy ist auf lautlos gestellt – ich will nicht erreichbar sein, weil nichts dieses Wochenende stören soll. Widerstrebend werfe ich einen Blick darauf und rechne schon mit einem Trommelfeuer wirrer Nachrichten, aber es ist keine eingetroffen. Ich weiß nicht genau, ob ich erleichtert, überrascht oder verletzt bin oder irgendetwas, das dazwischen fällt.

Ich schüttle den Kopf und scheuche mich selbst aus dem Bett. Ich werde nach unten zum Pool gehen, schwimmen und die Sauna besuchen. Dann frage ich vielleicht an der Rezeption nach ein paar Zeitschriften, die ich mir für ein, zwei Stunden leihen könnte. So unfreiwillig allein zu sein fühlt sich seltsam an. Früher hätte ich die Vorstellung, einen Tag ganz für mich in einem Hotel zu verbringen, herrlich gefunden, aber jetzt sehne ich mich einfach nur nach Carl. Ich stelle mir vor, wie er im Auto sitzt und sichtlich mit sich ringt, wie er dann umdreht und zu mir zurückkommt. Ich sehe es so deutlich vor mir, dass ich fast überrascht bin, als ich die Tür öffne und der Flur still und leer vor mir liegt.

Die Stunden vergehen langsam, zäh und schwer. Ich sehe alle fünf bis zehn Minuten auf die Uhr und kann kaum glauben, dass die Zeiger so wenig vorgerückt sind. Mittags esse ich in dem Hotelrestaurant, anschließend gehe ich schwimmen, bis sich das Chlor so in meine Haare gesetzt hat, dass ich es danach in der Dusche herauswaschen muss. Dann lege ich mich aufs Bett und denke an letzte Nacht, bis ich vor Begierde bebe. Ich berühre mich schnell und routiniert, die Erregung gipfelt nach Sekunden, und ich bin wieder an dem Punkt, an dem ich vorher war. Ich bestelle eine Flasche Wein und leere sie in etwa einer Stunde, nicht weil ich große Lust darauf hätte, sondern um etwas zu tun zu haben. Gegen neun wird es langsam dunkel. Mir ist ein wenig schwummrig. Ich glaube, ich habe mich seit Stunden nicht mehr bewegt.

Als ich die Schritte vor der Tür höre, sind alle meine Sinne unter Hochspannung. Ich setze mich kerzengerade auf. Mit einem Mal fällt mir die schreckliche Möglichkeit ein, dass er nicht allein sein könnte. Er hat auf der Tanzfläche eine junge Frau gesehen, hat ihren Blick gesucht. Hat sie in einem dunklen Flur geküsst, ihr einen Platz zum Schlafen angeboten. Ich habe ihn nie gefragt, ob er sich in den letzten sechs Monaten mit einer anderen Frau getroffen hat, weil ich gar nicht rechtfertigen könnte, wie ich mich fühle, wenn ich an seine Hände auf der Haut einer anderen denke. Ich will mich dem gar nicht aussetzen, aber jetzt, in diesen wenigen Sekunden, als ich das Klicken der Schlüsselkarte in der Tür höre und beobachte, wie der Türgriff heruntergedrückt wird, weiß ich nicht, ob ich es vielleicht doch muss.

Die Tür öffnet sich, und dann steht er da. Allein. Stumm schauen wir uns an. Im ersten Moment huscht pure Überraschung über sein Gesicht, aber sie wird bald von einer Freude vertrieben, die man nicht vorspielen kann: ein breites Lächeln legt sich auf seine Lippen, seine Augen strahlen.

Er kommt herein und stellt seine Tasche vorsichtig auf die Spiegelkommode. »Na, so was«, sagt er. »Was machst du …« Aber bevor er den Satz beendet hat, bin ich schon vom Bett aufgesprungen und habe mich in seine Arme gestürzt. Wie er mich an sich drückt, so fest und voller Hingabe, und wie er das Gesicht an meinem Hals vergräbt, zeigt mir, dass er es aufgegeben hat, den Coolen zu spielen. »Ich freue mich so, dich zu sehen«, glaube ich ihn sagen zu hören, wobei seine Stimme gedämpft durch meine Haare dringt, und ich erwidere es. Ich beuge mich zurück, um mit den Fingerspitzen über seine Schläfen zu fahren und ihn genau zu betrachten, um mir diesen Augenblick für immer ins Gedächtnis zu prägen.

»Ich kann kaum glauben, dass du hier bist«, fährt er fort. »Weißt du, es war sehr nett heute, aber ich habe die ganze Zeit an dich gedacht, habe mir so gewünscht, dass du bei mir wärst. Und am Ende habe ich gedacht, es hat keinen Sinn dazubleiben, ich kann genauso gut zurückfahren und in meinem Zimmer allein unglücklich sein.« Er lacht über sich selbst. »Jetzt wünschte ich, ich wäre schon vor Stunden zurückgekommen. Warum bist du hier?«

»Weil ich es will«, antworte ich einfach, und plötzlich drängt alles in mir empor, das Herz schlägt mir bis zum Hals. Ich weiß, dass ich ihm sagen werde, dass ich mit ihm zusammen sein will, dass ich mich nie wieder um Mitternacht anziehen und sein Zimmer verlassen werde, um zu einem anderen Mann zu gehen. Heute Abend werde ich es ihm sagen.

»Ist alles in Ordnung?«, fragt er, weil mir die Worte die Kehle zuschnüren und ich ihn nur stumm anstarre. Ich versuche, in seinen Augen zu lesen, frage mich, wie es enden wird.

»Ja, alles gut.« Ich spüre Rastlosigkeit in mir aufsteigen – all diese Gefühle nach einem langen, ziellosen Tag, fast wie ein Rausch, und der Wunsch, hier herauszukommen, treiben mir die Gedanken aus dem Kopf, bevor ich sie aussprechen kann. »Komm«, rufe ich spontan. »Lass uns ausgehen. Ich habe noch nichts gegessen. Wir könnten zu einem Pub fahren, es gibt bestimmt einen in der Nähe. Draußen sitzen. Vielleicht am Fluss. Na los«, drängle ich und ziehe an seinem Ärmel.

Er lächelt, fährt sich aber mit der Hand über die Augen und lässt sich halb aufs Bett fallen. »Ich weiß nicht«, sagt er. »Ich bin ziemlich kaputt. Ich bin gerade eine Stunde gefahren, und der Tag war ziemlich lang. Außerdem kann ich mir etwas vorstellen, was ich lieber tun würde, als in einem Pub zu sitzen …« Er schiebt eine Hand unter mein Oberteil, seine Finger erkunden zärtlich meine Haut und dringen bis zu meinem BH vor. Seine dunklen, glänzenden Augen fordern mich auf einzuwilligen.

Ich bin versucht, aber ich kann mein Bedürfnis nicht abschütteln, irgendwohin zu gehen, und sei es nur kurz. Erst seit er zurück ist, merke ich, wie beklemmend diese vier Wände auf mich wirken. Die Starre des Tages hängt schwer in der Luft, und es soll perfekt werden; ich will ihm in die Augen sehen und ihm sagen, dass ich ihn liebe, will es unter freiem Himmel herausschreien. Diese Worte und ihre Bedeutung erfüllen mich ganz. So habe ich mich noch nie gefühlt – die Welt ist von Licht und Farbe durchdrungen, alle Möglichkeiten strahlen hell auf.

Ich springe vom Bett auf und ziehe Schuhe und Jacke an. »Ich fahre«, sage ich. »Du musst überhaupt nichts machen. Lehn dich einfach zurück und lass dich chauffieren.«

Er steht auf und kommt zu mir, und ich merke, was auch immer mich befallen hat, ist ansteckend. Seine Augen zeigen, dass er sich mitreißen lässt, und er schaut mich an wie zum allerersten Mal. »Na gut«, willigt er ein, »wenn du meinst. Alles, was du willst, Kleines.« Er zieht mich an sich und küsst mich innig. Seine Lippen pressen sich auf meine, seine Zunge ist in meinem Mund. »Aber nicht zu lange«, warnt er mich, »und wenn wir zurückkommen, erwarte ich, dass du brav bist, klar? Sonst denkst du noch, du hättest das Sagen.«

»Du bist der Chef«, sage ich, und dann lächeln wir beide, wir können diesen Spielchen einfach nicht widerstehen. Auf dem Weg zum Parkplatz ziehe ich ihm den Autoschlüssel aus der Brusttasche.

»Bist du sicher?«, fragt er, als ich mich hinter das Steuer setze.

»Ja«, antworte ich augenblicklich. »Alles in Ordnung.« Als ich den Motor anlasse, fällt mir plötzlich die Flasche Wein ein. Ich zögere. Ich will ihm nicht sagen, dass ich etwas getrunken habe – er soll nicht glauben, mein Urteilsvermögen oder meine Entscheidungskraft wären beeinträchtigt. Mein Kopf fühlt sich völlig klar an, sogar so klar wie seit Jahren nicht mehr. Und so spätabends werden die Straßen fast leer sein, vor allem in dieser Gegend.

In meinem Hinterkopf melden sich Zweifel, aber ich schiebe sie beiseite. Ich spüre wieder diese Macht, dieses Wissen, dass sich endlich alles zusammenfügt und nichts es aufhalten kann. Ich schalte die Scheinwerfer ein, und die gewundene Straße vor dem Hotel wird in fahles gelbes Licht getaucht. Am Horizont bewegen sich Schatten, die unförmigen Äste der Bäume wiegen sich im leichten Wind. Ich lenke den Wagen auf die Straße, und durch den offenen Fensterspalt spüre ich den Luftzug.

»Wir fahren in den Ort, durch den wir auf dem Hinweg gekommen sind«, sage ich. »Da hat bestimmt noch etwas offen. Okay?«

Carl lacht und lehnt den Kopf gegen die Kopfstütze. »Ich habe nichts zu melden, schon vergessen? Ich bin Wachs in deinen Händen.« Er legt mir eine Hand aufs Knie und schiebt meinen Rock weiter nach oben. »Das ist verrückt«, kommentiert er trocken. »Wir fahren hier nachts durch die Pampa, obwohl ich dich jetzt richtig durchvögeln könnte.«

Das Wort durchzuckt mich wie ein Blitz, wie ein primitives, schmutziges, heftiges Verlangen, und einen kurzen Moment lang verschwimmt die Straße vor meinen Augen. Ich schüttle den Kopf und umfasse das Lenkrad fester. Aus den Augenwinkeln sehe ich, wie die Tachonadel zittert, und gehe vom Gas. Ich sollte nicht zu schnell fahren. Ein eigenartiges Gefühl kriecht durch meine Knochen, es gibt mir zu verstehen, dass ich mich nicht ganz im Griff habe.

»Nicht.« Meine Stimme klingt atemlos, ich keuche und sauge scharf die frische, kalte Luft ein.

Er beobachtet mich. Ich spüre, wie sein Blick über meinen Körper wandert. »Es gefällt mir, wie sehr du das magst. Ich meine nicht nur den Sex. Ich meine …« Er verstummt, dreht den Kopf zum Fenster und starrt in die Nacht hinaus.

Ich weiß, was er meint, auch wenn er es nicht weiß, und plötzlich will ich ihn durch mein Schweigen dazu bringen, es zu sagen, ich will von ihm hören, dass er mich liebt, bevor ich es sagen muss. Ich drehe ihm den Kopf zu, um seinen Blick aufzufangen, und achte nicht auf die Straße. Im nächsten Moment sehe ich ganz am Rande meines Gesichtsfelds etwas und erkenne die Kurve vor uns, die verborgen im Dunkeln liegt.

Mein Blick ruckt nach vorne, Adrenalin schießt durch meinen Körper. Ich muss das Steuer schnell herumreißen, lenke scharf nach links – in einem Sekundenbruchteil berechne ich, dass wir auf den Fußweg schlittern werden, aber nicht im Graben landen. Es wird nichts passieren. Aber Carl richtet sich auf, er ruft etwas, das ich nicht richtig verstehe, und dann sehe ich sie auch, mit gesenktem Kopf und den Händen in den Taschen läuft sie den Fußweg entlang, ihre dunklen Haare und ihr grüner Schal wehen hinter ihr im Wind, und ich ahne, dass sie zu nah ist, dass ich ihr nicht mehr ausweichen kann.

Ich trete die Bremse durch, mein Schreien gellt durch das

Auto, und im nächsten Moment spüre ich den Aufprall, die Wucht, mit der sie gegen die Windschutzscheibe geschleudert wird und sofort herunterrutscht, sehe die leuchtend roten Spritzer vor mir. Der Wagen ist abrupt zum Stehen gekommen, und wir sitzen völlig still und reglos da, aber es ist zu spät.

Meine Hände zittern wie verrückt, und Schmerzen schießen meine Wirbelsäule hinauf. Ich starre nur auf das Lenkrad. Ich kann den Kopf nicht heben. »Großer Gott«, höre ich mich sagen. »Verdammte Scheiße.« Es klingt nicht einmal wie meine eigene Stimme.

»Wir müssen aussteigen.« Mühsam sehe ich zu Carl hinüber und erkenne, dass er blutet, ein Splitter der zerbrochenen Windschutzscheibe hat ihm tief in die Hand geschnitten. »Es könnte – sie könnte …«

Ich löse meinen Sicherheitsgurt und öffne die Tür mit Händen, die so heftig zucken, dass ich sie kaum um den Griff legen kann. Schon auf den ersten Blick erkenne ich, dass es hoffnungslos ist, trotzdem falle ich neben ihr auf die Knie, beuge mich vor und zwinge mich hinzusehen. Ihr Arm ist unnatürlich verdreht und liegt quer über ihrem Körper. Ihre rechte Gesichtshälfte ist nur noch eine blutige Masse, fast bis auf den Knochen aufgerissen. Sie ist jung. Sechzehn, siebzehn. Wimperntusche läuft als dunkler Streifen an ihrer unverletzten Gesichtshälfte herab; ihr grüner Seidenschal ist rot verschmiert. Der Aufprall hat ihr die scharlachroten hochhackigen Schuhe von den nackten Füßen geschleudert. Völlig reglos liegt sie da. Ihre Augen sind halb geöffnet. Jede Einzelheit blitzt vor mir auf – brutale Schnappschüsse, einer nach dem anderen geschossen und dann weggerissen.

Er tastet nach ihrem Puls, neigt den Kopf über sie. Ich muss nicht fragen.

Einen Moment lang hocken wir stumm in der Dunkelheit. Mein Verstand ist ein einziges Rauschen. »Was machen wir jetzt?«, frage ich. »Was zum Teufel machen wir jetzt?«

Sein Gesicht ist blass und verhärmt. »Ich weiß es nicht. Ich schätze, wir müssen die Polizei rufen.«

Ich nicke langsam und ringe nach Atem. Jetzt überschlagen sich meine Gedanken, sie spielen fieberhaft durch, was geschehen wird. Ich bin nachts Auto gefahren, mit deutlich zu viel Alkohol im Blut, weit weg von meiner Familie, mit einem anderen Mann. Und dieses Mädchen – dieses Mädchen mit dem grünen Schal und den langen, dunklen Haaren und dem Make-up, mit dem sie sich wahrscheinlich erst vor ein paar Stunden in ihrem Zimmer sorgfältig geschminkt hat – ist jetzt tot. Ich habe sie getötet. Ich habe sie getötet.

»Caro«, sagt er schroff, fast wütend. »Du musst hier weg.«

Ich sehe ihn an. »Was hast du gesagt?«, flüstere ich.

»Du musst verdammt noch mal verschwinden, so schnell wie möglich. Ich rufe die Polizei. Ich mache alles Weitere. Hast du verstanden?« Als ich nicht antworte, holt er scharf Luft. »Der Mietwagen läuft auf meinen Namen«, sagt er. »Das Hotelzimmer ist unter meinem Namen gebucht. Es gibt keine Verbindung zu dir. Du musst in die Sache überhaupt nicht verwickelt sein.«

»Was redest du da?« Ich schreie fast, und plötzlich strömen mir Tränen über das Gesicht. Mir schnürt sich der Hals zu, Galle brennt bitter in meiner Kehle. »Das kann ich nicht machen«, schluchze ich. »Ich bin dafür verantwortlich. Ich kann nicht einfach …«

»Verdammt noch mal, Caro!«, brüllt er. Wir sind beide aufgestanden, sehen uns in diesem irrealen Moment an, das Mädchen zu unseren Füßen, die Straße verlassen, kalter Wind, der zwischen uns hindurchpfeift. »Du bist doch nicht dumm«, presst er hervor. »Du weißt, wie es für dich laufen würde. Du hast getrunken. Ich wusste es, und ich Idiot habe dich trotzdem hinters Steuer gelassen. Du kommst nicht davon. Du wanderst ins Gefängnis, vielleicht für Jahre. Du hast deinen Sohn. Du hast ein Leben. Ich habe einen Scheiß. Und ich bin nüchtern. Es war ein Unfall. Das ist das Vernünftigste!«, ruft er. Seine Stimme klingt beinahe hysterisch. Er steht mit geballten Fäusten vor mir und sieht unglaublich jung aus. »Das weißt du auch, also versuch nicht, die Märtyrerin zu spielen. Verschwinde einfach. Bitte.«

»Und dann?«, bringe ich mühsam heraus. Die Tränen strömen mir immer noch über das Gesicht, sie fühlen sich kalt an, sammeln sich feucht auf meiner Haut.

»Dann nichts«, sagt er. Eine Weile schweigen wir. »Das war's. Es ist vorbei. Wir verabschieden uns jetzt, und dann gehst du.«

Die Worte stehen zwischen uns, saugen alle Energie in sich auf. Die Dunkelheit um mich herum schwankt und kippt, und einen Moment lang glaube ich, ich würde ohnmächtig. »Das meinst du nicht so«, flüstere ich. »Wir müssen das zusammen durchstehen. Wir schaffen das nicht allein. Wir können nicht einfach …«

»Doch, können wir«, unterbricht er mich. Es erschreckt mich, wie entschlossen er klingt – sein unnachgiebiger Ton warnt mich. Es hat keinen Sinn, mit ihm zu diskutieren. »Es ist das einzig Richtige. Es war von Anfang an klar, dass es so kommen würde. Und jetzt muss es sein. Das ist mein Ernst. Keine Anrufe, keine Mails. Du musst dich von dem hier absolut fernhalten. Von mir.«

»Ich liebe dich«, sage ich. So hatte ich es mir nicht vorgestellt – mit dem bitteren Geschmack in meinem Mund, dem entsetzlichen Geruch von Blut in der Luft, mein ganzer Körper zitternd vor Schock. »Ich liebe dich.«

»Caro«, flüstert er. Zum ersten Mal klingt Zärtlichkeit in seiner Stimme durch. »Ich glaube, das solltest du nicht sagen. Es … es hat keinen Sinn.« Er zieht ein wenig die Augenbrauen zusammen, fährt sich mit einer Hand über die Stirn. »Ich weiß nicht«, sagt er jetzt. »Ich glaube, ich liebe dich auch. Aber das ist einer der Gründe, warum es so sein muss. Und ich werde meine Meinung nicht ändern.«

Langsam dringt es zu mir durch. Eine seltsame Ruhe senkt sich auf mich herab, wie in einem Traum. Ich begreife, dass ich nichts dagegen tun kann. Die Welt um uns herum steht still. Mein Blick huscht zurück zur Straße. Sie liegt noch da, das Blut sickert aus ihrem Kopf und tränkt den Granit. Ich erwarte fast, sie würde den Kopf heben, die Augen öffnen. Aber das passiert nicht. Meine Tränen sind versiegt, ich zittere vor Schock und Übelkeit und mache den ersten Schritt von ihr weg.

Ich blicke ihn direkt an und sehe den nackten, tiefen Schmerz auf seinem Gesicht. Ich kann kaum glauben, was gerade geschieht. Und dann hebe ich den Kopf, unsere Lippen treffen sich. Ich schließe die Augen. Er küsst mich sanft und bedächtig, und ich weiß, dass es das letzte Mal ist.

Danach steigt in mir eine absurde Hoffnung auf, der sinnlose Gedanke, ich müsste doch alles noch ändern können, müsste die magischen Worte finden, die das Mädchen aufstehen lassen und uns in die Zukunft katapultieren, die ich geplant hatte, die schon fast zum Greifen nah war. Aber was ist, lässt sich nicht ändern, und ich drehe mich um und folge der dunklen, leeren Straße. Jeder Schritt hallt in meinem Kopf wider.

An der nächsten Kurve drehe ich mich um. Er hat mir den Rücken zugewandt, und ich sehe das Display seines Handys leuchten, als er es ans Ohr hebt. Ich versuche, mir vorzustellen, was er sagen wird. Wie es für ihn sein wird, wenn sie kommen: das schonungslose Verhör, die entsetzten, anklagenden, vorwurfsvollen Blicke. Ich kann es nicht fassen. Ich laufe weiter, setze einen Fuß vor den anderen. Der nächste Bahnhof liegt acht Kilometer entfernt. Ich werde über eine Stunde brauchen. Und wenn ich dort ankomme, kann ich nur noch nach Hause fahren.

Immer noch unterwegs. Allein. Ich weiß noch nicht, wie es werden wird. Ahne nichts von den Dutzenden Nachrichten, die ich verschicke, ohne eine Antwort zu bekommen, von den Träumen, die mich aus dem Schlaf reißen, von der Hilflosigkeit und den Schuldgefühlen, die so heftig und so unerbittlich durch mich strömen, dass es mich fast umbringt. Aber ich weiß, dass sich manche Dinge in einen Menschen hineinfressen und ihn von innen vernarben. Keine Genesung, kein Entkommen. Der einzige Ausweg besteht darin, die Erinnerungen so tief zu vergraben, dass sie kaum noch zu erreichen sind. Zu lernen, sich zu verstellen, um neu anzufangen. Und so morbide und überraschend es scheint, wird mir klar, dass es möglich ist. Dass es beinahe beängstigend einfach ist. Schon jetzt kommt es mir vor, als würden die letzten zehn Minuten zu einem anderen Leben gehören. Diese Frau dort hinten im Auto – sie ist verschwunden. Das war ich nicht. Das war ich nicht. Ich habe sie bei ihm zurückgelassen, und sie ist endgültig fort.

»Würde sie für dich töten?« Der Junge starrt mich an und versucht zu verstehen. Die Worte an sich kennt er, sie waren nur noch nie so aneinandergereiht – und an seinem ernsthaften Blick kann ich ablesen, dass er erfasst hat, dass sie mehr als die Summe ihrer Teile bedeuten. Wir sehen uns still und reglos an, abgekapselt von der Welt. Seine Hände, die auf seinem Schoß den Hamster umschließen. Seine langen, geschwungenen Wimpern, als er blinzelt. Das leichte Kratzen der Teppichfasern unter meinen Beinen, als ich mich vor ihn hinknie. Diese winzigen Dinge erfüllen den Raum und lassen keinen Platz zum Atmen.

Es ist eine Offenbarung, ein Vorhang, der vor einer dunklen Bühne rasch hochgezogen wird, während das Licht angeht. Plötzlich ist es so gnadenlos offensichtlich, dass es mich schmerzt. Ich verstehe, warum ich hier bin, und warum ich sie gebeten habe zu kommen. Jetzt ergibt es einen Sinn. Wenn man trauert, will man demjenigen, der dafür verantwortlich ist, wehtun. Man will ihm genau das Gleiche antun, was er einem selbst angetan hat. Das ist Gerechtigkeit. Nicht der sterile Gerichtssaal, dem sie sich entzogen hat, mit seinen unzulänglichen Urteilen und Strafen. Gerechtigkeit geht tiefer, sie ist urtümlicher. Wird man in der Wildnis von einem Tier angesprungen, überlegt man nicht erst. Man wehrt sich. Diese Frau hat mit ihrem Leichtsinn mein Leben in Fetzen gerissen. Nach allem, was sie getan ist, ist sie ohne einen Blick zurück davonspaziert. Nimmst du mir etwas, nehme ich dir etwas.

Ich stehe auf, entriegle die Balkontür und gehe hinaus. Kalte

Luft drängt in meine Lunge. Ich starre auf das Gewimmel aus Autos und die Straße unter mir, zwei Stockwerke tiefer, und spüre, sehe sogar fast, wie die Schwerkraft die ganze Welt nach unten zerrt. Und als ich die Schritte höre, überrascht es mich nicht, dass er da ist, dass er langsam zu mir kommt, angezogen von dieser Kraft, den Kopf eine Winzigkeit schief gelegt. Mit großen Augen und festem Blick sieht er zu mir hoch. Jede einzelne Sekunde dehnt sich. Ich gehe ein wenig auf ihn zu. Beim nächsten Schritt muss es schnell gehen. Ein Moment nur, ein kurzer Augenblick, der alles verändert.

Meine Hände sind nur Millimeter von seinen Schultern entfernt, als er sich bewegt. Er begreift nicht ganz, was los ist, trotzdem weicht er zurück, ins sichere Zimmer, und ich stehe allein auf dem Balkon mit dem Wind in meinem Gesicht, und die Tränen sind so plötzlich gekommen, dass ich überrascht keuche. Ich kann kaum atmen, weil ich es natürlich nicht tun kann. Weil ich nur vorgebe, jemand zu sein, der ich nicht bin und niemals sein werde. Weil sogar die Vorstellung lächerlich ist. Weil es weder hier noch irgendwo anders Antworten gibt und der Gedanke, ein Leben zu nehmen, mich so sehr abstößt, wie er es immer getan hat. Und weil das unfassbare Wissen, dass nichts, was ich mache, jemals zurückbringen kann, was verloren ist, kompromisslos und zum ersten Mal auf mich einstürzt.

Unterwegs

Caroline, Mai 2015

Nachdem du hineingegangen bist, bleibe ich noch minutenlang im Bad, starre auf die Fenster deines Hauses, versuche hinter den Scheiben eine Bewegung auszumachen. Ich stelle mir vor, wie du ins Wohnzimmer gehst, dir einen Drink einschenkst, dich aufs Sofa setzt. Neben dir Amber, die ihre Beine auf deinen Schoß legt und dich fragt, wie die Woche war. Vielleicht verschiebt ihr das Reden auch auf später und seid zusammen, ohne viele Worte, im oberen Stockwerk.

Gänsehaut überzieht meinen Körper, und als ich mich umdrehe, sehe ich, dass das Badewasser kalt und milchig geworden ist, auf seiner Oberfläche schwimmt welker Seifenschaum. Ohne nachzudenken, lasse ich das Wasser ab laufen und ziehe mich wieder an. Mein Spiegelbild mustert mich abschätzig. Mein Make-up ist zerlaufen, meine Foundation fühlt sich ölig an. Ich hebe die Hand, um sie abzuwischen, aber selbst diese einfache Bewegung erscheint mir zu kompliziert, und am Ende lasse ich den Arm einfach wieder schlaff hängen.

Die Stimme der Frau klingt in meinem Kopf nach – ihr leiser, neutraler Tonfall, ihre nüchternen Worte. Eine Stimme am Telefon, Hunderte Kilometer entfernt, die aus meinem eigenen Zuhause zu mir dringt. Sie ist da, und ich bin hier, während du elektrisierend nah bist. Das ist verstörend, und plötzlich spüre ich deutlich, dass alles am falschen Ort ist. Ich will sie nicht in meiner Wohnung haben, und ich selbst will nicht hier sein. Ich will nach Hause fahren. Jetzt sofort. In meinem Hinterkopf regt sich schemenhaft eine unausgesprochene, widerliche Angst. Ich denke an Eddie, und obwohl er bei meiner Mutter und in Sicherheit ist, gefällt mir nicht, dass diese Frau ihm so nah ist. Nicht bei allem, was ich jetzt herausgefunden habe.

Diese Vorstellung verleiht mir die nötige Energie. Ich reiße die Tür auf, laufe zum Schlafzimmer und ziehe meinen Koffer unter dem Bett hervor. Wahllos raffe ich meine Kleidung zusammen und werfe sie hinein. Ich werde Francis sagen, dass wir einfach fahren *müssen*. Dass es irgendeinen Notfall gegeben hat und wir zu Hause gebraucht werden. Ich habe die Einzelheiten nicht alle durchgespielt, aber ich lasse mir etwas einfallen. Ich packe immer noch unsere Habseligkeiten, als es unten klingelt.

Ich bleibe stehen und lausche, und dann dringt Francis' Stimme herauf. »Kannst du zur Tür gehen, Caro? Ich koche gerade.«

Ich blicke mich in dem Zimmer um, noch längst ist nicht alles fertig. Ich werde nachsehen, wer es ist, und dann zurückkommen und weitermachen. Unten sehe ich durch das Milchglas eine Gestalt: eine Frau, zierlich, lange Haare, die ihr auf die Schultern fallen. Als ich die Tür öffne, steht Amber vor mir. Sie sieht aus, als hätte sie nächtelang nicht geschlafen, ihre Augen liegen tief in den Höhlen, die umliegende Haut ist vor Erschöpfung bläulich.

»Carl ist zu Hause«, erklärt sie in ihrer üblichen Direktheit. »Ich habe ihm gesagt, dass du hier bist.«

Obwohl ich nichts anderes erwartet habe, wird mir bei ihren Worten kalt. »Was hat er gesagt? Wie geht es ihm?«

Sie breitet stumm die Hände aus. »Er ist geschockt«, sagt sie schließlich. »Er versucht, es zu begreifen, zu verstehen, wie es dazu kommen konnte. So wie wir alle«, fügt sie mit einem kühl abschätzenden Blick hinzu. »Wie auch immer. Kannst du rauskommen?«

Ich zögere, fühle mich überrumpelt. In meinen Gedanken flackert wieder das Bild der Frau in meiner Wohnung auf. »Ich muss nach Hause«, sage ich. »Du hattest recht.«

»Kann ja sein«, entgegnet sie schnell, »aber vorher muss ich mit dir reden.« Ihr Tonfall ist ungezügelt und eindringlich, und irgendwie ist ihr *muss* stärker als meines und überstimmt mich. Ich sehe sie an, und durch meinen Kopf wirbeln so viele unbeantwortete Fragen, die mich ihr entgegentreiben. Und dazu bist du nah, auf der anderen Straßenseite, nur wenige Meter entfernt.

»Es dauert nicht lange«, sagt sie, als sie mein Zögern spürt. »Wir können in den Park gehen. Francis?«, ruft sie plötzlich laut und munter. »Ich bin's, Amber. Ich entführe Caroline für eine halbe Stunde, ist das in Ordnung? Ich brauche ihren Rat.«

Es dauert einen Moment, bis er eine Antwort gibt. »Ähm – okay.« Er klingt hörbar verdutzt.

Ich schaue Amber an, und sie zuckt mit den Schultern. Mir bleibt nichts anderes übrig, als meine Schuhe anzuziehen und ihr zu folgen. Sie läuft in zügigem Tempo die Straße hinauf und durch ein paar Seitenstraßen zum Park am Fluss. Unterwegs spricht sie kein Wort, und ich versuche zu erraten, worüber sie reden will. Ich bin mir sicher, dass sie immer noch glaubt, ich wäre mit Hintergedanken hierhergekommen. Ich wäre dir wie eine armselige Stalkerin gefolgt, weil ich dir unbedingt nahe sein wollte.

»Ich bin nicht so, wie du glaubst«, sage ich plötzlich. Meine Stimme versagt, und ich muss erst einmal durchatmen, um das Zittern zu unterdrücken, das sie mir als Schwäche auslegen könnte. »Ich will mich nicht zwischen dich und Carl drängen.«

Amber sieht sich nach einem passenden Platz für uns um. »Hier.« Sie geht zu einer Bank, die nahe am Ufer im Schatten einer Weide steht. Sie setzt sich, zieht die Knie an die Brust und wartet darauf, dass ich mich zu ihr geselle. »Ich habe keine Ahnung, ob das stimmt, Caroline«, sagt sie. »Woher sollte ich das wissen? Aber deshalb wollte ich eigentlich nicht mit dir sprechen.«

Zögernd lasse ich mich neben ihr nieder. Sie sieht mich nicht an, als würde sie mich hassen oder auch nur bemitleiden. Sie wirkt eher vorsichtig abschätzend, als würde sie überlegen, ob ich das letzte Stück eines Puzzles bin, das sie zusammenfügen will.

»Weshalb dann?«, frage ich.

Sie streicht sich die Haare aus der Stirn, zieht dann an einzelnen Strähnen. Die Geste kommt mir vertraut vor, und ich überlege, ob ich das auch manchmal mache. »An diesem ersten Tag im Café war ich nicht ganz ehrlich zu dir«, erklärt sie. »Als ich gesagt habe, ich würde Sandra nicht kennen.«

»Sandra?«, frage ich, aber dann weiß ich, wen sie meint. Ihr Name verweilt auf seltsame Weise in meinem Mund. Ich weiß nicht genau, ob ich ihn schon einmal ausgesprochen habe.

»Ja«, sagt Amber. »Die Frau, der das Haus gehört, in dem du gerade wohnst.«

»Verstehe«, erwidere ich, und jetzt hämmert mein Herz aus einem anderen Grund. »Und du …« Ich weiß nicht, was ich sagen soll.

Amber runzelt leicht die Stirn, verschlingt die Finger ineinander und starrt sie an. »Sie ist mir sofort aufgefallen«, sagt sie. »Sie ist kurz nach uns eingezogen. Ich begegne ständig Leuten auf der Straße, aber sie habe ich von Anfang an öfter gesehen als die meisten anderen. Irgendwie war sie immer da, wenn ich draußen war – ging gerade vorbei oder war im Garten vor dem Haus. Wir haben nicht viel miteinander geredet, aber sie schien nett zu sein, und wenn man in eine neue Stadt zieht … Mit der Zeit hatte ich sogar das Gefühl, dass ich sie kenne.« Sie zuckt mit den Schultern und beobachtet meine Reaktion.

Ich betrachte die geraden Häuserreihen in der Nähe. In solchen Gegenden kann man Vertrautheit schnell überbewerten. »Ja«, sage ich, »das verstehe ich.«

»Carl und ich hatten unsere Probleme, als wir hierhergezogen sind.« An dem Widerwillen in ihren Augen merke ich, dass es wichtig sein muss – dass sie es mir nicht erzählen würde, wenn es nicht nötig wäre. »Unsere Beziehung hat sich sehr schnell entwickelt. Ich kam damals noch nicht richtig mit ihm klar. Manchmal hatte ich das Gefühl, ich wäre mit jemandem zusammengezogen, den ich kaum kannte, und er machte es mir auch nicht gerade leicht. Ich glaube«, jetzt wird ihre Stimme lauter, und sie spricht schneller, »dass er noch nicht über dich hinweg war oder über das, was passiert ist. Überhaupt nicht. Er hat mir ganz am Anfang alles erzählt, obwohl er mich kaum kannte. Als müsste er es loswerden. Es war fast egal, bei wem er es ablud. Das soll nicht heißen, er würde mich nicht lieben«, fügt sie mit einem warnenden Blick hinzu. »Aber damals … ich weiß nicht. Das war eine merkwürdige Zeit.«

»Das kann ich mir vorstellen«, sage ich automatisch, weil sie nicht weiterspricht und etwas zu erwarten scheint. Dabei sind meine Gedanken nur bei dir – du bist hier mit einer Frau gestrandet, in die du dich verliebt hast, um nicht wahnsinnig zu werden, hast jeden Tag und jede Nacht versucht, mit den Konsequenzen von all dem, was geschehen ist, fertigzuwerden. Ich weiß nicht, warum ich nie an so etwas gedacht habe. Du warst für mich immer unabhängig, nichts konnte dir etwas anhaben. Ich habe mir eingeredet, dass du damit klarkommen würdest, dass du dich von mir losgesagt hast und mich nie wiedersehen wolltest. In meinen dunkelsten Momenten habe ich fast geglaubt, du wärst froh über diese Gelegenheit gewesen, bei der du das Opferlamm spielen konntest und damit von aller Schuld entbunden warst. Ich war diejenige, die am Boden lag. Es gab gar keinen Raum für den Gedanken, dass es dir genauso gehen könnte.

»Jedenfalls«, fährt Amber fort, »habe ich sie irgendwann zu einem Kaffee eingeladen. Wir haben bei mir gesessen und uns unterhalten. Über nichts Wichtiges, du weißt schon … Small Talk, aber es war eine angenehme Abwechslung. Nach einer Weile haben wir es immer so gemacht, wenn Carl für ein paar Tage weg war. Sie war deutlich älter als ich, aber das hat mir gefallen. Es klingt verrückt, aber es war ein bisschen so, als hätte sie mich unter ihre Fittiche genommen. Ich war einsam, weißt du? Ich wollte jemanden haben, mit dem ich reden kann.«

Unbewusst breitet sie die Hände aus, als wolle sie ihre Einsamkeit demonstrieren. »Und dann habe ich mich mit Carl gestritten, am Telefon, als er unterwegs war, und ich habe gesagt, dass ich mich frage, warum wir es noch versuchen, dass ich nicht weiß, ob er die Vergangenheit überhaupt hinter sich lassen kann. Er hat nicht mal geantwortet – er hat einfach aufgelegt. Gleich nach dem Gespräch mit ihm stand Sandra vor der Tür. Ich hatte vergessen, dass ich sie eingeladen hatte. Ich habe geweint, und sie hat gefragt, was denn los sei. Ich …«

»Du hast es ihr erzählt«, beende ich den Satz, weil ich plötzlich begreife, was passiert ist, und sich das Bild zusammenfügt. »Du hast ihr alles erzählt.«

Amber nickt. »Du weißt ja nicht, wie das war«, versucht sie zu erklären. »Ich habe nicht mehr aus dem Kopf bekommen, was er gesagt hat. Als er von eurer Affäre erzählt hat und von dem Unfall, war es, als würde er ein Drehbuch vorlesen. Wie gesagt, er musste es loswerden. Und ich musste es auch.«

Ich versuche, mich in die Lage dieser Frau zu versetzen. Stelle mir vor, ich würde Amber in ihrem Haus gegenübersitzen und von ihr erfahren, wie meine Tochter gestorben ist. Würde verstehen, dass der Mann, den ich dafür verantwortlich gemacht habe, sich nur schützend vor jemanden gestellt hat. Vor jemanden, der ungeschoren davongekommen ist. Es gelingt mir nicht wirklich – ich kann nicht lange genug aus meinem eigenen Kopf heraus, um in ihren zu klettern –, aber ich glaube, ich kann es erahnen, sehe es kurz aus den Augenwinkeln aufblitzen, und schon das lässt mich schaudern.

»Und wie hat sie reagiert?« Ich bringe die Frage nur mühsam heraus.

Amber zuckt wieder mit den Schultern. »Schwer zu sagen. Sie ist sehr … beherrscht. Sie hat sich eigentlich gar nicht viel anmerken lassen. Aber wenn ich es genau bedenke, hat sie sich von diesem Moment an mir gegenüber anders verhalten.«

»Wie meinst du das?« Meine Stimme klingt ein wenig brüchig, und ich atme tief ein, um mich zu sammeln.

»Das ist schwer zu beschreiben«, sagt Amber. »Vielleicht eindringlicher. Normalerweise haben wir uns einmal die Woche getroffen, wenn Carl weg war, aber danach kam sie immer öfter vorbei, irgendwann fast jeden Tag. Nach und nach ist mir klar geworden, dass wir gar nicht viel gemeinsam haben. Als wir uns so oft sahen, hatten wir uns nichts zu sagen, aber sie ist trotzdem gekommen. Und … ich weiß, das klingt jetzt etwas verrückt, aber mir ist aufgefallen, dass manchmal Sachen gefehlt haben. Mein Lieblingsregenschirm, ein Pullover, den ich gerne getragen habe, eine Flasche von Carls Aftershave. Ich meine, ich hatte keinen Beweis, dass sie die Sachen genommen hat, aber …«

»Ich weiß, was du meinst«, werfe ich ein. Ich erinnere mich daran, wie erschrocken ich war, als sich meine Finger um diese Aftershave-Flasche geschlossen haben. Das Ganze war akribisch geplant. Eine raffiniert entworfene Schatzkarte aus Hinweisen, Andeutungen und falschen Fährten, die mich ködern sollte.

»Mir hat das nicht gefallen«, unterbricht Amber meine Gedanken. »In den letzten Monaten habe ich versucht, auf Abstand zu gehen. War zu den Zeiten, zu denen sie meist aufgekreuzt ist, unterwegs, habe unsere Treffen schnell beendet. Es hat funktioniert, zumindest kommt sie nicht mehr so oft vorbei. Aber sie … ist immer noch da.« Ein kurzes Zittern durchfährt ihren Körper, mit verlorenem Blick starrt sie ins Leere, bevor sie ins Hier und Jetzt zurückkehrt. »Und dann«, sagt sie, »bist du aufgetaucht.«

»Hast du mich deshalb angesprochen?«, frage ich. »Weil du gedacht hast, ich würde sie kennen?«

»Na ja …« Einen Moment lang wirkt Amber verlegen. »Es war nicht der einzige Grund … ich meine, unter anderen Umständen hätten wir vielleicht Freundinnen sein können …«

Ich glaube, sie merkt auch, wie absurd es ist, sich in dieser Situation an höfliche Umgangsformen zu halten, denn ihre Lippen verziehen sich kurz zu einem schiefen Lächeln. »Stimmt«, fährt sie fort, »ich habe wirklich angenommen, ich könnte über dich mehr über sie herausfinden. Aber dann hast du gesagt, dass du sie nicht gut kennst, und für mich war es sicherer, das auch zu behaupten. Ich wusste nicht, ob du ehrlich bist, und mich hast du ja gar nicht gekannt. Irgendwann habe ich sogar geglaubt, Sandra hätte dich als Spitzel geschickt, nur um zu hören, was ich über sie sage, wenn sie nicht da ist …« Sie stockt und holt Luft, während sie diesen hastig hervorgestoßenen Worten nachlauscht.

»Ich habe nicht gelogen«, antworte ich. »Ich habe nie …« Erst will ich sagen, ich hätte nie mit ihr gesprochen, aber dann fällt mir der Anruf ein, ihre leise, klare, neutrale Stimme. »Ich habe nie ihr Gesicht gesehen«, beende ich den Satz.

Amber nickt. »Ich behaupte ja nicht, ich würde dir nicht glauben. Aber eine Sache verstehe ich nicht. Ich weiß, dass ich es mir nicht einbilde. Etwas an ihr ist komisch. Als ich dich vor ein paar Tagen besucht habe, war ich zum ersten Mal in ihrem Haus. Wir haben uns immer bei mir getroffen. Ich habe mich kurz umgesehen, und die meisten Sachen, die verschwunden sind, habe ich nicht gefunden, nur den Regenschirm. Sie hatte ihn aufgehängt, als wäre er eine Art Talisman. Warum zum Teufel macht man so was? Ich habe keine Ahnung …« Sie zögert, um ihre Gedanken zu ordnen. »Es ist nicht nur der Regenschirm. Auch alles andere.«

Abrupt bricht sie ab und zieht die Knie noch enger an sich. Blonde Haarsträhnen fallen ihr über die Schultern, während sie mich aufmerksam beobachtet. Eine Falte gräbt sich zwischen ihre Augenbrauen, über ihr Gesicht huscht Unsicherheit. In diesem Moment empfinde ich Mitleid mit ihr. Sie ist in etwas hineingeraten, das sie nicht versteht und das sie nicht ändern kann. Sie weiß, dass etwas nicht stimmt, aber sie weiß nicht, was, und ich will es ihr nicht sagen. Wenn überhaupt, ist das deine Aufgabe.

»Hast du Carl davon erzählt?«, frage ich. »Kennt er Sandra auch?«

Amber schüttelt den Kopf. »Ich habe mich ja nur mit ihr getroffen, wenn er fort war. Am Anfang habe ich sie vielleicht ein paarmal erwähnt, aber später nicht mehr. Er würde es idiotisch finden und könnte nicht nachvollziehen, warum ich zugelassen habe, dass sie sich so an mich ranschmeißt. Er sagt immer, ich wäre zu weich.« Sie hält plötzlich inne, als würde ihr klar, dass ich diese Einzelheiten weder wissen will noch wissen muss. Sie hat recht. Schon die Vorstellung, wie du ihr vorhältst, sie sei einfach zu gutherzig, schmerzt mich.

Mein Schweigen beunruhigt sie, sie sieht mich unverwandt an und wappnet sich gegen das, was kommt. »Sie hat etwas mit dieser ganzen Sache zu tun, oder?«, fragt sie. »Damit, dass du hier bist? Mit dir und Carl?« Als ich nicht antworte, setzt sie sich aufrecht hin. »Das macht mir Angst. Ich will nicht das Gefühl haben, beobachtet zu werden.«

Bei diesen Worten macht etwas in mir klick, und ich begreife, dass es natürlich genau darum geht. Diese Frau hat dich hierher verfolgt, weil sie dich beobachten will. Manche Menschen wenden sich von Tragödien ab und vergraben sie, andere blicken ihnen direkt ins Auge. Sie wollte ihrer eigenen Tragödie nahe sein. Vielleicht kann sie nur so damit umgehen, weil es ihr das Gefühl gibt, ein Stück Kontrolle zurückerlangt zu haben. Selbst wenn es bedeutet, sich Tag für Tag mit dem zu quälen, was geschehen ist. Aber was sie mit mir getan hat, geht über reines Beobachten hinaus. Sie hat einen Gang hochgeschaltet.

Amber beißt sich auf die Lippe, sie hat mich nicht aus den Augen gelassen. »Niemand beobachtet dich«, sage ich. Das ist die Wahrheit, aber weiter kann ich nicht gehen. In ihren Augen schimmern Tränen, und plötzlich wünschte ich, sie würde sich einfach in Luft auflösen. »Es ist in Ordnung«, sage ich. »Ehrlich.«

Stirnrunzelnd schüttelt sie den Kopf. »Es fühlt sich aber nicht so an.«

»Glaub mir. Bald ist das alles vorbei, Amber. Ich verspreche es dir.« Es ist seltsam, aber ich bin von dem überzeugt, was ich da sage. Es fühlt sich an, als würde sich alles zuspitzen, als würden wir uns einem entscheidenden Moment nähern, auch wenn ich noch nicht genau weiß, wie er aussehen wird.

Sie öffnet den Mund, als wolle sie mir widersprechen, lässt sich dann aber nach hinten sacken. Sie will diesen Trost – so sehr, dass sie ihn ohne weitere Klagen oder Fragen akzeptiert. »Ich hoffe, du hast recht«, sagt sie leise.

Erschöpft sitzen wir eine Weile nur schweigend da. »Na komm«, sage ich schließlich. »Gehen wir zurück.«

»Okay.« Als sie aufsteht und wir uns auf den Rückweg machen, wirken ihre Schultern nicht mehr so verspannt; sie scheint erleichtert zu sein, obwohl wir zu keiner Lösung gekommen sind. Sie hat die Last weitergegeben. So läuft es im Leben – einer schiebt dem anderen seinen Schmerz zu, streckt ihn, verwässert ihn. Wartet darauf, dass er sich so weit verteilt und so dünn wird, dass er kaum noch zu sehen ist.

Als wir in die Everdene Avenue einbiegen, erstarrt Amber und schnappt plötzlich nach Luft. Sie hat es vor mir gesehen. Du und Francis steht euch gegenüber, jeder auf einer Seite des Gehwegs. Ihr starrt euch über die Straße hinweg an. Die Sonne fällt so hell auf euch, dass ich den Ausdruck auf euren Gesichtern nicht sehen kann. Keiner geht auf den anderen zu, aber ihr wendet euch auch nicht ab. Es ist, als wäre die Zeit stehen geblieben.

Und dann hebt Francis den Blick, schaut die Straße hinauf und entdeckt uns. Im nächsten Moment siehst auch du zu uns, und dann drehst du dich um und gehst mit zügigen Schritten zurück zu deinem Haus. Francis läuft in die entgegengesetzte Richtung zur Nummer 21. Es fühlt sich in dieser Sekunde an, als würde es mich zerreißen. Ich will mich in zwei Hälften teilen. Aber meine Füße tragen mich zu Francis und folgen ihm, und als ich mich kurz umdrehe, sehe ich, wie Amber zu dir läuft. Unsere Blicke treffen sich, bevor du sofort wieder wegschaust, und dann streift deine Hand ihre Schulter, als du sie ins Haus führst.

Zu Hause

Francis, August 2014

Ein neuer Tag. Der erste Tag, jedes Mal, wenn ich die Augen öffne. Alles auf Anfang. Sechzehn wache Stunden, die ich nutzen kann, wie ich will. Ich kann arbeiten, spazieren gehen, fernsehen, Musik hören, mit meiner Familie oder meinen Freunden etwas unternehmen, durch die Stadt fahren, Museen besuchen. Ich kann tun, was ich will, solange ich die Tabletten nicht nehme.

Die Sonne scheint warm und sanft auf mein Gesicht, als ich im Bad hin- und herlaufe, dusche, mir die Zähne putze, mich anziehe. Im Spiegel sehe ich meine Wangenknochen, deutlicher als zuvor. Meine Haut ist glatt. Meine Augen sind strahlend klar. Es hat lange gedauert, aber jetzt, nach elf Monaten, sehe ich wieder mich selbst. Ich sehe gut aus. Ein schlichter, wohltuender Gedanke.

Als ich das Fenster öffne, weht eine leichte Sommerbrise ins Bad, und ich merke, dass es heute leicht wird. Ein Tag, an dem ich zuversichtlich bin, dass ich auf dem richtigen Weg bleiben und alles erreichen kann, was ich will – dass ich mir Erfolge erarbeiten und kaputte Beziehungen reparieren kann. Es ist nicht immer so. An manchen Tagen fühle ich mich immer noch, als würde ich auf einem morschen Drahtseil balancieren, als könnte die dünne Hülle, in der ich lebe, nicht den brutalen Angriffen meines Verstands standhalten. Manchmal scheine ich einen Kampf auszufechten, den ich unmöglich gewinnen kann, und das bloße Weiterexistieren ist so mühsam, dass es wie eine unentrinnbare dunkle Wolke über mir hängt, wie eine Finsternis, die mich erdrückt, bis ich kaum noch sprechen kann. Aber heute nicht.

»Daddy, Daddy«, singt Eddie nebenan, und ich öffne die Kinderzimmertür und sehe ihn in seinem Bett liegen. Er winkt mir grinsend zu, seine blonden Haare liegen zerzaust auf dem Kissen. Als ich langsam aus meinem jahrelangen Traum aufgetaucht bin, hat mich seine Nähe überwältigt. Er war die ganze Zeit da gewesen, aber ich nicht. Plötzlich waren wir ein Team, Vater und Sohn, und ich war selbst überrascht, dass ich die Last seiner Erwartungen an mich leicht tragen konnte. Ich habe Geduld mit ihm. Bin streng, aber gerecht. Ich nehme ihn mit zum Einkaufen oder in den Park, und er trottet neben mir her und schiebt seine kleinen Finger in meine Hand. Wenn ich ihn abends zudecke, streicht sein Atem warm und süß über mein Gesicht. Kleine Dinge. Wenn ich sie früher überhaupt bewusst wahrgenommen habe, dann wie Dolchstiche ins Herz – sie haben mich an ein Leben erinnert, das ich nicht genießen konnte und das für mich unerreichbar war. Jetzt baue ich meine Welt um sie herum auf. Sie ist kleiner als die meisten Welten, aber so gefällt es mir. Vorerst.

»Morgen.« Caroline kommt ins Kinderzimmer und lehnt sich lächelnd hinter mir an die Wand. Sie trägt ein dunkelgrünes ärmelloses Shirt, das gerade eben ihre Oberschenkel berührt, und darunter einen kleinen schwarzen Slip. In meinen Gedanken blitzt ein Bild von letzter Nacht auf: ihr Kopf, den sie vor Leidenschaft zur Seite dreht, ihre Beine, die meine heiß umklammern. Die Erinnerung weckt eine Begierde in mir, die ich zurückdrängen muss. In letzter Zeit scheine ich manchmal an nichts anderes denken zu können. Das gehörte zu den ersten Dingen, die sich wieder einstellten, nachdem ich die Pillen abgesetzt hatte. Es war ein bizarr ungewohntes Gefühl, meine eigene Frau zu vögeln, und eine berauschende Erkenntnis, dass ich es noch konnte. Jetzt beobachtet sie mich mit einem Gesichtsausdruck, als könnte sie meine Gedanken lesen. »Gehst du bald?«, fragt sie.

Ich nicke. »Ich habe einen frühen Termin.« Eine neue Patientin, die sich kurzfristig angemeldet hat. Ich habe mich langsam wieder etabliert. Eine neue Klinik, eine neue Praxis. Ein weiterer Neuanfang. Ich lade mir nicht mehr auf, als ich tragen kann, und kümmere mich nicht darum, was andere Menschen denken. Lasse mir selbst Raum zum Atmen. Ich mache es richtig. Es ist nicht perfekt, aber es geht weiter in eine gute Richtung.

Sie nimmt Eddies Hand, um ihn aus dem Bett und in eine Umarmung zu ziehen. »Na ja, ich bin hier, wenn du zurückkommst. Heute habe ich frei, weißt du noch? Ich bringe ihn in den Kindergarten, und danach können wir vielleicht zusammen Mittag essen.«

»Klingt gut.« Ich spüre ein unerwartetes Stechen oberhalb der Nasenwurzel, Tränen kündigen sich an. Meine Gefühle lassen sich nicht immer vorhersehen. Manchmal weiß ich nicht, woher sie kommen oder was sie bedeuten. Ich habe gelernt, mich zurückzunehmen und ihnen das Ruder zu überlassen, wenn sie wollen, und sie anschließend wieder sorgfältig wegzupacken. Lad deine Gefühle zum Essen ein, hat mein Sponsor mir vor einer Weile geraten, und dann sag ihnen, sie sollen sich verpissen. Und so mache ich es. Ich lasse diese seltsame Zärtlichkeit und Traurigkeit einen Moment lang zu, bevor ich sie verscheuche.

Caroline bringt mich zur Tür, umschlingt mich, drängt

sich an mich. Sie ist anhänglich und begierig geworden. Ich habe nichts dagegen. Das gleicht die vielen Monate in unseren finsteren Zeiten aus, in denen sie mir ausgewichen und vor meinen Berührungen zurückgeschreckt ist. »Bis nachher«, raunt sie.

»Bis nachher.« Ich küsse sie, dann löse ich mich von ihr und mustere sie. Sie hat Falten, die es vor ein paar Jahren noch nicht gab, und ihren Augen sehe ich an, wie müde sie ist, aber sie ist immer noch schön. Für mich sogar mehr denn je, seit sie wieder mir gehört.

In strahlendem Sonnenschein folge ich der Hauptstraße zum Bahnhof. An den Bäumen hängt noch üppiges grünes Laub, und der Himmel ist blau und wolkenlos. Es ist ein Filmset, eine perfekte Kulisse. Ich denke an Caroline und den Geruch ihres Parfums, als sie mir die Arme um den Hals geschlungen hat. Ein leichtes Flackern am Rande stört dieses Bild. Ich lasse es zu, weil ich weiß, dass ich es nicht ignorieren sollte. Die Erinnerungen sind da, und es ist sinnlos, sie zu leugnen. Manchmal überfällt mich immer noch das bittere, verblüffende Wissen, dass ein anderer Mann in ihr war und sie dazu gebracht hat zu glauben, sie würde ihn lieben. Jedes Mal fühlt es sich an wie das erste Mal. Es wird nicht verschwinden. Ich muss damit leben, wie mit allem anderen auch.

Ich denke an die Nacht im letzten Juli zurück, in der sie weinend nach Hause gekommen ist und mir nicht sagen wollte, warum. Sie stand tränenüberströmt mitten im Wohnzimmer, verloren in einer eigenen kleinen Welt, die sie nicht erklären und die ich in dem Nebel, der jeden meiner Atemzüge erstickte, nicht erreichen konnte. Das hätte ein Weckruf sein müssen, aber es hat mich noch tiefer abtauchen lassen. Die ersten Wochen danach bestanden für mich aus einer unzusammenhängenden Folge von Schlafstörungen, gelallten Beleidigungen und erfolglosen Versöhnungsversuchen, durchsetzt von Tabletten rund um die Uhr, bis ich vollends das Gespür verlor, wer und wo ich war. Und schließlich die reglose Stille des Septemberabends, an dem sie mir sagte, sie würde fortgehen. *Morgen früh bringe ich Eddie zu meinen Eltern, und ich verlasse dich. Es reicht mir. So will ich nicht mehr leben.*

Was zu mir durchdrang, war ihre Erleichterung. Verborgen in dem angespannten Zug um ihre blassen Lippen, dem leicht trotzig gereckten Kinn. Sie hatte eine Entscheidung gefällt, und zumindest ein Teil von ihr war glücklich. Seltsam, dass ich erst dadurch gemerkt habe, dass ich sie nicht gehen lassen konnte. Ich bin die ganze Nacht wach geblieben und habe keine Tabletten mehr genommen. Es war das erste Mal seit Wochen, dass ich länger als ein paar Stunden nichts nachgeworfen habe. Dieses absonderliche, traumähnliche Gefühl aufzutauchen, werde ich nie vergessen – als würden Luftblasen meinen Körper füllen und mich emportragen, gehäutet und neugeboren.

Es hat Stunden gedauert, bis ich sie überreden konnte, nicht zu gehen. In der grauen Dämmerung habe ich lange mit ihr gesprochen und sie davon überzeugt, dass sich jetzt etwas ändern würde. Gleich am Anfang habe ich gemerkt, dass die Entscheidung zwar gefallen, aber nicht unwiderruflich war. Sie hatte die Bande zwischen uns nicht so gründlich gekappt, wie sie gedacht hatte, und ich konnte ihr ansehen, dass sie mir zwar nicht glaubte, es aber wollte, und damit war die Schlacht schon halb gewonnen.

Es war sechs Uhr morgens, und ich hatte mich so weit offenbart, wie ich es körperlich ertragen habe. In meinem Kopf hat es gehämmert, und die Gegenstände im Zimmer sind mir seltsam plastisch erschienen, nachdem ich wochenlang zwischen ihnen gesessen und nur Schatten gesehen hatte. Und als ich aufgehört habe zu reden, hat sie angefangen. *Wenn wir eine Chance haben wollen, das hinzubekommen, muss ich dir auch etwas sagen.*

Es ist ihr schwergefallen, über die Affäre mit Carl zu sprechen. So viel Trauer und so viel Zögern hatte ich in ihren Augen noch nie gesehen. Es war ernster, als ich gedacht hatte. Die Affäre war über mehrere Monate gelaufen, und in ihrem Kopf hatte Caroline sie zu einer großen Leidenschaft aufgebläht. Ich wusste nicht und weiß immer noch nicht, wie weit das stimmte. Aber ich weiß, dass sie es so empfunden hat, und das hat genügt. Es war vorbei, auch wenn sie mir nicht sagen wollte, warum, aber sie war eindeutig nicht darüber hinweg. Es war egal. In diesem Moment waren da weder Schmerz noch Wut. Beides kam später, aber erst einmal gab es nur diese wunderbare Offenheit. In diesen wenigen Stunden haben wir mehr miteinander gesprochen als in den Monaten oder vielleicht Jahren davor. Die Tatsachen lagen ausgebreitet vor uns, und wir konnten sehen, dass unsere Ehe absolut verkorkst war. Aber die Luft war rein und frisch, ich habe ein- und ausgeatmet, und wir beide haben noch gelebt.

Ich war so in Gedanken versunken, dass ich überrascht bin, als ich mich im Zug wiederfinde und wir losfahren. Durch das Fenster fällt die Sonne auf meine Hände, die ich auf dem Schoß gefaltet habe. Mein Ehering sitzt viel zu locker, trotzdem trage ich ihn noch. Wenigstens bis jetzt scheinen wir überlebt zu haben.

Die Frau, die das Sprechzimmer betritt, ist Ende vierzig: dunkle, kinnlange Haare, zierlicher Körper, elegante, neutrale Kleidung. Die Notizen von ihrer Beurteilung, die mir geschickt wurden, konnte ich nur überfliegen. Es klingt nach einer recht typischen Depression. Aber beim ersten

Blick befällt mich das seltsame Gefühl, dass es alles andere als typisch wird.

Vielleicht liegt es daran, wie sie auf der Schwelle stehen bleibt und erst mich und anschließend das Zimmer eindringlich mustert. Auf solche Dinge achten die Leute normalerweise nicht. Sie werden von ihren eigenen erdrückenden Sorgen getrieben – deshalb sind sie hier. Sie dagegen sieht sich ganz aufmerksam um, und ihr Blick bleibt an meinem Schreibtisch hängen, auf dem eine kleine rote Topfblume und ein gerahmtes Bild von Caroline und Eddie stehen. Das Foto zeigt zu mir, sie starrt also nur auf die Rückseite, aber das so, als wollte sie unbedingt wissen, was darauf zu sehen ist. Sie hat die Hände ineinander verschlungen, und ihr Kiefer wirkt angespannt, als würde sie die Zähne zusammenbeißen.

»Guten Morgen«, sage ich. »Sandra, richtig? Kommen Sie rein. Nehmen Sie Platz.«

Langsam tritt sie weiter ins Zimmer, ihr Blick huscht zwischen den freien Plätzen hin und her. Am Ende entscheidet sie sich für den Sessel mit dem violetten Überwurf vor dem Fenster, der mir am nächsten ist. Sie setzt sich stumm. Aus dunkelblauen Augen sieht sie mich unverwandt an.

»Wenn Sie nichts dagegen haben«, sage ich, »würde ich Ihnen gerne erst einmal zuhören. Erzählen Sie mir ein bisschen von sich und was in letzter Zeit passiert ist.«

Sie nickt fast unmerklich, als hätte ich damit ihre Erwartungen erfüllt. Anfangs muss ich genau hinhören, um sie zu verstehen. Ihre Stimme ist gleichmäßig und leise, fast hypnotisch. Sie entwirft das Bild eines recht unscheinbaren Lebens. Vor ein paar Jahren haben sie und ihr Mann sich scheiden lassen, aber sie berichtet davon ohne große Gefühlsregungen, ohne Bedauern. Seitdem ist sie mit ihrer Tochter Robyn allein.

Erst nach einer Weile fällt mir etwas Seltsames an der Art auf, wie sie über ihre Tochter spricht. Sie benutzt manchmal die Gegenwart und manchmal die Vergangenheit. Sie springt von einer Erinnerung zur anderen, die Jahre verlaufen ineinander. Fast beiläufig erwähnt sie, dass Robyn seit über einem Jahr tot ist. Sie scheint das Gefühl zu haben, sie müsste es nicht aussprechen, weil sie selbst so davon durchdrungen ist. Es ist jeder Sekunde und jedem Atemzug eingeschrieben.

»Mein Beileid«, sage ich, um das kurze, schroffe Schweigen zu durchbrechen, aber sie reagiert darauf nicht, sondern erzählt mir, wie ihre Tochter gestorben ist. Beim Zuhören kriecht mir leise Panik den Nacken hinunter und verspannt meine Muskeln. Ich bin kein Trauerberater. Ich habe mich auf Beziehungen und familiäre Spannungen spezialisiert. Wer zum Teufel hat mir diese Frau zugeteilt? Ich bin mir fast sicher, dass in der Beurteilung, die ich vorhin überflogen habe, nichts davon steht. Aber ich kann mir kaum vorstellen, dass sie es bei ihrer ersten Sitzung verschwiegen hat. Sie ist doch eindeutig deswegen hier. Warum sollte sie das verbergen?

»Ich habe lange nach einem Sinn gesucht, nach einem Grund, aus dem es passiert ist«, sagt sie. Tonlos, ohne hörbare Trauer. »Aber ich habe etwas gesucht, das es nicht gibt. Das Auto war in der Kurve zu schnell. Mit Sicherheit. Es gab aber keinen Grund, warum Robyn genau in diesem Moment dort war. Keinen Grund, warum ein unachtsamer Augenblick ihr Leben und damit meines zerstört hat. Auf diesem Weg kann man nicht bleiben. Er führt nirgendwohin.«

Ich nicke und überlege, etwas zum Thema Akzeptanz zu sagen und darüber, dass diese Erkenntnis ein Schritt in diese Richtung sein kann, doch etwas hält mich davon ab. Was auch immer sie fühlt, Akzeptanz ist es nicht. Das erkenne ich an ihrer Muskelspannung, an ihrer leicht vorgebeugten Sitzhaltung, als wolle sie jeden Moment fliehen, und an ihrem gequälten Blick, der weit in die Ferne zu gehen scheint, obwohl sie mich direkt ansieht.

»Ich habe den Mann, der dafür verantwortlich war, auf der Anklagebank beobachtet«, fährt sie fort, »und ich habe gedacht, er hat gerade erst sein eigenes Leben begonnen und meines schon zerstört. Klingt das ungerecht?« Ich antworte nicht, drehe nur leicht den Kopf als unverbindlich ermutigende Geste. »Er war jung. Reumütig – sogar tief erschüttert. Er hat nicht wie ein junger Raser ausgesehen. Ich wollte ihn hassen. In gewisser Weise habe ich ihn gehasst.«

Sie unterbricht sich und starrt durch das Fenster auf die vorbeiziehenden Wolken. Als sie weiterspricht, geht ihr Blick immer noch nach draußen, sie richtet ihre Gedanken an den Himmel. »Er hat sechs Monate bekommen und war nach drei wieder draußen. Eigentlich keine Überraschung. Es war ein Unfall, ein Fehler. Aber trotzdem. Es war lachhaft. Natürlich hätte nichts es wiedergutmachen können, aber das … das hat den Schmerz, den er mir zugefügt hat, nicht einmal berührt. Ich will ehrlich sein«, erklärt sie mit entwaffnender Offenheit, »ich war ein bisschen besessen von ihm. Sagen wir einfach, ich habe verfolgt, was er macht. Es hat ein wenig gedauert, aber ich habe genug gesehen, um zu wissen, dass er nicht glücklich ist. Nicht wirklich. Das hätte ich nicht ertragen. Ich war schließlich so weit zu glauben, dass ich langsam loslassen sollte. Was nicht heißt, dass ich sie vergessen wollte oder ihm vergeben. Aber es kam mir vor, als wäre nichts übrig, was ich nicht schon gedacht oder gefühlt hätte. Ich war am Ende angelangt.«

»Aber etwas hat sich verändert.« Ich äußere diese Vermutung, weil sie mich wieder anschaut und offenbar eine Reaktion erwartet.

Zum ersten Mal lächelt sie vage. Es ist ein seltsames, flüchtiges Experiment eines Lächelns, und es wirkt unpassend bei ihr, aber es verwandelt sie für einen Moment und zeigt mir, dass sie früher attraktiv und charmant war. »Das stimmt«, bestätigt sie. Es klingt wie ein Lob, dafür, dass ich ihren unausgesprochenen Hinweis verstanden habe. Es ist nicht das erste Mal, dass mich ein neuer Patient auf diese Weise auf die Probe stellt, aber das erste Mal, dass jemand so begierig ist, dass ich den Test bestehe – sie scheint regelrecht darauf zu brennen, mich mit ihren Geheimnissen zu belohnen. »Wie gesagt, die Strafe war lächerlich, aber als ich den Richterspruch hörte, habe ich gedacht, na, immerhin. Es ist wenigstens etwas. Dann habe ich vor Kurzem herausgefunden, dass die Dinge anders liegen. Es baut alles auf einer Lüge auf. Der Mann, der dafür zur Verantwortung gezogen wurde – er war nicht allein. Er ist nicht einmal gefahren. Eine Frau war bei ihm. Seine Geliebte. Er hat gelogen, um sie zu schützen, vermute ich. Im Grunde ist mir egal, warum er es gemacht hat. Aber die Gerechtigkeit ist mir nicht egal. Und wie es aussieht, begreifen die beiden nicht, was das heißt. Vor allem sie nicht.«

Sie ist laut geworden und spricht hitzig und wütend – ihre Augen glühen, die Hände auf den Knien sind geballt. »Finden Sie, man sollte so etwas zulassen? Darf sich ein Mensch einfach von dem Unglück, das er angerichtet hat, abwenden und nahtlos sein eigenes Leben weiterleben? Verstehen Sie, was ich meine? Verstehen Sie, warum das falsch ist?«

Das sind keine hypothetischen Fragen. Sie feuert sie auf mich ab wie Gewehrschüsse, und ich frage mich, ob sie tatsächlich gestört ist, ob sie eine Fantastin ist, und ob oder wie viel von dem, was sie erzählt, wahr ist. »Ich verstehe, was Sie meinen«, sage ich schließlich. »Ich kann absolut nachvollziehen, warum Sie so empfinden.«

Sofort lässt ihre Anspannung sichtbar nach. Die Wut, die sie ausgestrahlt hat, ebbt ab und verschwindet. Sie lehnt sich zurück und atmet tief durch. »Gut«, sagt sie. »Das dachte ich mir.« Ihr Blick wirkt unangenehm persönlich. »Ich finde nicht, dass sie verdient hat, was sie hat. Diese Frau. Diese Caroline.«

Als ich den vertrauten Namen höre, stutze ich leicht, wie immer, wenn jemand einen Namen nennt, der einem selbst etwas bedeutet, der sich durch das eigene Leben zieht. Auf den Lippen dieser Frau ist er von nachdenklicher Verbitterung getrübt. Er steht im Raum, bevor sie weiterspricht. »Ich denke oft an sie«, sagt sie. »An sie und an ihren Geliebten. Carl Jackson.«

Dieses Mal trifft mich der Name wie ein Schlag gegen den Kopf. Im Laufe der Jahre habe ich gelernt, bei den scheußlichsten und absurdesten Behauptungen meiner Patienten einen neutralen Gesichtsausdruck zu bewahren. Ich habe Geschichten über Besessenheit und Verrat, Betrug und Wahnsinn mit einstudiertem Gleichmut aufgenommen. Aber jetzt zucke ich unwillkürlich zusammen, und das grimmige Funkeln in ihren Augen verrät mir zwei Dinge. Erstens, sie weiß genau, wer ich bin. Und zweitens, sie lügt nicht. Alles ist wahr.

In den wenigen stillen Sekunden, bevor ich antworte, schießen mir zahlreiche Gedanken durch den Kopf. Ich denke an die Wochen und Monate, nachdem Caroline weinend nach Hause gekommen ist, daran, wie sie oft mitten in der Nacht aufgestanden ist und ich sie dann im Flur gefunden habe, wo sie ins Leere gestarrt hat. Ich denke an ihren fiebrigen, schweißnassen Körper, wenn sie aus Träumen aufgewacht ist, von denen sie nicht erzählen konnte oder wollte. An ihr Auto, das sie verkauft hat, weil sie nicht mehr fahren wollte, einfach so, ohne Erklärung. Und ja, es passt. Aber ich habe noch keine Ahnung, wie ich dazu stehe oder was es bedeutet. Ich weiß nur, dass diese Situation enden muss.

»Unsere Zeit ist um«, sage ich. Die Uhr gibt uns noch zwanzig Minuten, aber wir wissen beide, was ich meine. Ich stehe auf und gehe zur Tür. »Wenn Sie einen weiteren Termin ausmachen möchten, wenden Sie sich bitte an den Empfang. Aber ich fürchte, dass ich Ihnen in Zukunft in diesem Zeitfenster nicht mehr zur Verfügung stehen kann. Genau genommen bin ich völlig ausgebucht.«

Ohne Eile, ordentlich und gefasst, steht die zierliche Frau auf. »Ich will keinen weiteren Termin«, antwortet sie. »Ich habe getan, wofür ich hergekommen bin.« Ihr rachsüchtiger Unterton ist verschwunden. Sie klingt nur noch traurig, als hätte sie gerade eingesehen, dass die Wirklichkeit nicht mit ihrer Vorstellung mithalten konnte. Dass es nie genug sein würde.

Sie schüttelt die dunklen Haare nach hinten und räumt leise das Feld. Unmittelbar vor mir dreht sie sich kurz zu meinem Schreibtisch um und starrt mit kühlem Blick auf das Foto. Ihr Profil ist das Letzte, was ich von ihr sehe, als sie sich abwendet und meine Welt verlässt. Ihre blasse Haut spannt sich über hohe Wangenknochen, und ihre Gesichtszüge erscheinen mir auf eine ganz eigene Art schön.

Als sie gegangen ist, schließe ich meine Bürotür von innen ab und setze mich wieder. Ich bleibe lange, wo ich bin. Denke über meine Frau nach und über das Leben, das sie ohne mich geführt hat. Über die Geheimnisse, die sie in sich verbirgt, weil sie mir nicht vertraut. Und ich frage mich, ob alles anders gekommen wäre, wenn sie an diesem Abend eine andere Richtung eingeschlagen hätte, und ob sie dieser Weg von mir fortgeführt hätte.

Ich würde gern wütend sein, aber ich kann es nicht. Ich spüre Trauer und Mitleid. Und noch etwas anderes – eine

Überzeugung, deren Ursprung so tief sitzt, dass ich ihn nicht genau bestimmen kann: Ich bin mir sicher, dass diese Sache uns nicht zerstören wird, wie diese Frau geglaubt hat, sie wird das Gegenteil bewirken. Ich bin jetzt stark genug. Ich kann eine Last tragen, ohne unter ihr zusammenzubrechen. Ich verstehe meine Frau besser, als sie weiß. Und ich kann warten, bis sie mir die Wahrheit sagt. Egal, wie lange es dauert.

Carolines Mutter ist zurückgekommen, und plötzlich spult sich alles vor meinen Augen ab wie ein Film. Sie läuft zu Eddie, nimmt seine Hand und schnappt sich mit der anderen den Hamsterkäfig. Und so steht sie mit ihren Habseligkeiten in der Tür, mit großen, verständnislosen Augen. Ich glaube, sie fragt mich, ob sie etwas tun kann. Vor lauter Tränen kann ich nicht antworten, und im nächsten Moment zieht sie Eddie mit und hastet die Treppe hinunter. Die Haustür schließt sie behutsam, als wolle sie so leise wie möglich entkommen.

Ich bleibe stehen und warte. Vielleicht ruft sie gerade die Polizei an und sagt, sie solle mich hier wegholen. Komisch, welche Ruhe mir diese Vorstellung bringt. Jemand würde die Kontrolle übernehmen und alles klären. Ich sehe uns vor mir, Robyn und mich, wie wir an ihrem vierten Geburtstag den Buckingham Palace besucht und die aufmarschierenden Polizisten beobachtet haben. »Wer sind die Männer?«, hat sie gefragt, und ich habe ihr erklärt, dass es Polizisten sind und sie das Sagen haben. Ihr kleines, ernstes Gesicht unter der Wollmütze, ihr verständiges Nicken, ihre warmen Atemwölkchen in der kalten Luft.

Ich wünschte, ich könnte sie vergessen. Ich will geläutert werden und rein aufwachen, ohne Erinnerung. Stattdessen habe ich diese Menschen zwei Jahre lang umkreist und Fantasien gehegt, die niemals wahr werden. Habe Carl und seine neue Freundin in ihrem Alltag beobachtet. Habe Carolines Mann in seinem Sprechzimmer gegenübergesessen. Anfangs habe ich gehofft, ich könnte allein durch meine Anwesenheit etwas ändern. Durch meine Nähe zu ihnen. Aber das konnte ich nicht, und selbst jetzt, nachdem ich so lange in ihrer Wohnung war und vor den Füßen ihrer Familie meine nutzlose Bombe habe platzen lassen, kann ich es immer noch nicht.

Ich habe das Häufchen mit den Fotofetzen aus dem Schlafzimmer geholt, knie wieder im Wohnzimmer auf dem Boden und betrachte die winzigen Streifen ihres Gesichts. Aus meiner Tasche ziehe ich den zerknitterten gelben Brief, den ich seit Monaten mit mir herumtrage. Mein Blick wandert hin und her zwischen ihrem lächelnden Mund und den verzweifelten Worten, die sie ihm geschrieben hat, und ich versuche, sie in Einklang zu bringen. Ich denke jeden Tag an das, was passiert ist, *hat sie geschrieben*, und ich kann es kaum ertragen, und ohne dich weiß ich nicht, ob ich es überhaupt ertragen kann.

Sie ist nur eine Frau. Nicht der Teufel, den ich mir vorgestellt habe – berechnend, gnadenlos. Die Wahrheit ist viel schwerer zu akzeptieren. Ich starre auf ihre Augen und denke daran, wie oft ich mir vorgestellt habe, was ich ihr sagen würde, sollte ich je vor ihr stehen – eine Flut bitterer, wüster Schmähungen, Worte, die sie ihr Leben lang begleiten würden. Aber darauf kann ich nicht vertrauen – vielleicht kämen mir diese Worte nicht über die Lippen, und am Ende würde ich gar nichts sagen.

Die Sonne scheint durch die dünnen Vorhänge und durchflutet das Zimmer mit einem eigentümlichen, reinen Licht. Mein Kopf schmerzt, aber mein Körper ist sanft und entspannt. Er kommt endlich zur Ruhe, weil ich begreife, dass ich es falsch angegangen bin, und ich weiß, was ich jetzt tun muss.

Unterwegs

Caroline, Mai 2015

Francis knallt die Tür zu, als ich sie fast erreicht habe, und ich muss mit dem Schlüssel hantieren und aufschließen. Ich laufe durch den Flur und versuche zu erkennen, wohin er gegangen ist. In der Küche finde ich ihn dann, er steht mit dem Rücken zur Tür, stützt die geballten Fäuste auf die Arbeitsfläche und stiert die Wand an.

»Francis.« Mir stockt fast der Atem.

Er fährt wütend herum, so wütend, wie ich ihn noch nie gesehen habe – mit finsterer Miene, der Kiefer angespannt, der Mund vor Abscheu und Misstrauen verzerrt. »Willst du mir nicht endlich sagen, was zum Teufel hier los ist?«

Die letzte, verzweifelte Hoffnung, er könnte den Mann, der ihm gerade auf der Straße gegenübergestanden hat, nicht erkannt haben, verpufft. Er hat dich gesehen, und ich kann nicht mehr ausweichen. »Francis«, sage ich noch einmal, »das muss ein echter Schock für dich sein, ich weiß. Aber bei allem, was passiert ist, wollte ich dich nicht verletzen, glaub mir.«

Ungerührt starrt er mich an. »Warum ist er hier, Caro?«, fragt er. Dann stockt er und schüttelt heftig den Kopf. »Nein. Warum sind *wir* hier? Das ist die eigentliche Frage. Ist das ein perverses Spiel? Ein paar Tage Urlaub gegenüber von deinem Geliebten? Hast du dich schnell rübergeschlichen und ihn gevögelt, wenn ich nicht hingesehen habe? Macht dich so was an?«

»Natürlich nicht«, stottere ich. Mir wird heiß und schwindlig. »Er ist nicht mein Geliebter, nicht mehr. Und ich schwöre dir, ich habe das nicht eingefädelt. Ich hatte keine Ahnung, dass er hier wohnt, ich …«

»Interessant«, unterbricht Francis mich, voller Verachtung. Er spricht barsch, aber beherrscht. Mir wäre es lieber, er würde mich beschimpfen, würde die Kontrolle verlieren, doch das ist nicht sein Stil. »Es ist also nur ein erstaunlicher Zufall, dass ich den Müll rausbringe und ihm dabei in die Arme laufe. Von allen Häusern, in die wir hätten ziehen können, landen wir ganz zufällig zehn Meter von ihm entfernt. Bemerkenswert. Da glaubt man doch glatt ans Schicksal, was? Als würde es in den Sternen geschrieben stehen, dass …«

»Hör auf, bitte.« Ich hole tief Luft und will es ihm erklären, aber es türmt sich ein solcher Berg vor mir auf – dieser Sturz zurück in die Vergangenheit, die hässliche Wahrheit über den Abend des Unfalls und über alles, was uns bis zu diesem Punkt geführt hat –, dass ich überfordert die Augen schließe.

Als ich sie wieder öffne, hat sich sein Gesichtsausdruck verändert. Er wirkt nicht mehr höhnisch, nur noch besorgt und ratlos, als wüsste er nicht, ob er verletzt oder böse oder etwas anderes sein sollte. Es zerreißt mir das Herz, ihn so zu sehen. »Ich verstehe das alles nicht, Caro«, sagt er. Seine Stimme ist noch voller Zorn, aber ruhiger; er will mir die Möglichkeit geben, es zu erklären.

Ich zwinge mich dazu, ihm in die Augen zu sehen. Früher oder später muss ich ihm das geben, was er einfordert, aber jetzt kann ich es noch nicht. Ich kann ihm nicht die Wahrheit sagen, wenn er am Abgrund steht.

»Ich verstehe es auch nicht«, erwidere ich, ohne mit der Wimper zu zucken.

Er betrachtet mich lange und versucht, in meinem Gesicht zu lesen. »Dann war er es«, sagt er. »Er hat die ganze Sache irgendwie eingefädelt.«

Ich schüttle den Kopf. »Nein.«

Frustriert stößt Francis den Atem aus. »Eine andere Erklärung habe ich nicht.«

»Nein«, wiederhole ich. »Das ergibt keinen Sinn. Er will mich hier nicht haben. Du hast ihn doch gerade erlebt – er hat kein Wort mit mir gesprochen. Er hat sich einfach umgedreht und ist gegangen.« Ein schmerzhafter Stich, schnell wie ein Blitz, aber nicht zu ignorieren. Ich verscheuche ihn, doch Francis muss mir etwas angesehen haben, denn er verzieht gequält das Gesicht.

»Liebst du ihn immer noch?«, fragt er.

Diese Frage habe ich mehr oder weniger erwartet, tagelang habe ich sie mir selbst gestellt. Ich habe die Erinnerungen an uns von allen Seiten beleuchtet, habe in ihnen gestochert, um zu testen, wie sehr sie schmerzen, habe mich von ihnen wieder in den Bann schlagen lassen. Mir liegt das Nein auf der Zunge, mit dem ich antworten sollte, aber dann schlucke ich es hinunter. Er hat recht – er hat meine Ehrlichkeit verdient, auch wenn ich mir nicht sicher bin, wie die Wahrheit lautet.

Nach einem langen Augenblick antworte ich: »Ich vermisse ihn noch. Ich weiß nicht genau, ob ich beides auseinanderhalten kann.« Ich zögere, überlege. Francis wartet aufmerksam, bis ich weiterspreche. »Ich kenne ihn nicht mehr. Aber irgendwas kann ich nicht loslassen.«

Diese Antwort wollte Francis bestimmt nicht hören, aber er wirkt nicht wütend. Wenn überhaupt, spricht Mitleid aus seinem Blick. Ohne darüber nachzudenken, gehe ich zu ihm und greife nach seinen Händen. Ich drücke das Gesicht an seine Brust und lausche auf seinen schnellen Herzschlag. »Ich liebe dich immer noch«, flüstere ich, bin mir aber nicht sicher, ob er mich hört. »Das weißt du, oder?«

Plötzlich weicht er zurück. »Tja, das ist das Problem mit dir, Caroline«, sagt er. »Es ist nicht so leicht zu erkennen, wann du lügst.«

Ich beiße mir auf die Lippe. Ich bin klug genug, den Mund zu halten. Als er zum Herd sieht, folge ich seinem Blick; seine Pastasauce ist eine einzige klebrige Masse. Francis stellt den Herd aus, dann fährt er sich mit einer Hand über die Stirn und seufzt.

»Das ist mir zu viel, heute Abend werde ich daraus nicht mehr schlau«, sagt er. »Ich gehe ins Bett. Ich muss mich hinlegen.«

Ich denke an den halb gepackten Koffer, an diesen verzweifelten Drang von vorhin, augenblicklich zurückzufahren, an Sandra, die durch unser Zuhause streift. Heute Abend werde ich ihn nicht mehr dazu bringen können, nach Leeds zurückzukehren, nicht nach allem, was passiert ist. »Ist gut«, antworte ich leise und schlucke mein Unwohlsein hinunter. Noch eine Nacht. Ich zähle schon die Stunden. »Ich komme gleich nach.«

Er nickt und geht zur Tür.

Die Nacht vergeht langsam, nur manchmal falle ich in einen unruhigen Schlaf. Ich beobachte die Schatten vor dem Fenster, ihr Schwanken, das zunehmende Licht, das durch die Vorhänge sickert.

In dieser Stille ist es, als wäre nichts geschehen. Du, Francis, Amber … ihr alle seid weit entfernt, und in meinem Kopf sind nur noch die Bilder, die ich jahrelang ausgeblendet habe und die nun doch meinen Schutzwall durchbrechen.

Sobald ich für ein paar Sekunden abdrifte, ist das Mädchen da – auf der schmalen Grenze zwischen Realität und Traum bewegt sie sich leise durchs Zimmer. Ihre langen dunklen Haare wehen, ihr grüner Schal hängt von der Schulter. Immer wieder zieht sie an mir vorbei, und dann folgt der Moment, von dem ich nicht weiß, ob er nur in meiner Vorstellung existiert: ihr Blick, die aufgerissenen Augen, als sie herumfährt, unmittelbar vor dem Aufprall, bevor das Glas splittert. Der Aufprall weckt mich, er reißt mich brutal aus diesem sonderbaren Reich der Erinnerung in das dunkle Schlafzimmer. Bis zum nächsten Mal. Wieder und wieder.

Irgendwann muss ich länger als ein paar Minuten geschlafen haben, denn es ist hell, und Francis liegt nicht mehr neben mir. Dafür befindet sich auf seinem Kissen ein Zettel: *Ich gehe spazieren, um den Kopf freizukriegen. Bin in ein paar Stunden zurück. Muss jetzt erst mal allein sein. Bis später.* Mir wird flau zumute. Ich habe keine Ahnung, was er denkt, wie es ihm geht, ob die lange Nacht unser Gespräch von gestern Abend verzerrt hat.

Ich quäle mich aus dem Bett und ziehe mich an, danach irre ich durch das Haus, bis ich in der Küche lande. Reglos bleibe ich stehen und frage mich, was ich tun soll. Es ist merkwürdig ruhig – Sonnenstrahlen dringen durch das Fenster, in ihrem Licht wirbeln winzige Staubkörnchen. Als mein Handy mit einer neuen Nachricht piepst, schrecke ich auf. Ich sehe aufs Display. Sie stammt von einer Nummer, die ich nicht gespeichert habe, aber ich erkenne sie sofort.

Wenn du willst, können wir reden. Ich bin unterwegs zum Garden Café in der Castle Street. Komm hin, wenn du möchtest.

Ich bin nicht mal überrascht. Vielleicht, weil es so sehr nach dir klingt, weil der Tonfall so vertraut ist. Du hast dich nicht verändert; in deinen Formulierungen geht es um meine Wünsche, als wären deine eigenen nicht wichtig, als hättest du vielleicht gar keine. Damals habe ich es zuerst charmant und rücksichtsvoll gefunden, später dann frustrierend undurchschaubar. Ich wusste nie und weiß bis heute nicht, ob wir beide das Gleiche wollten oder ob dir das überhaupt wichtig war.

Ich bin schon unterwegs, mit zügigen Schritten biege ich in die Hauptstraße ein und halte auf die Straße zu, die du mir genannt hast. An dem Café bin ich vor ein paar Tagen vorbeigekommen, vage erinnere ich mich an dunkelgrüne Wände und sanftes Licht. In der hinteren Ecke, abgeschirmt vom restlichen Raum, sind mir zwei Ledersofas aufgefallen, und ich ahne, dass du dort sitzen wirst.

Erst in der Castle Street, als ich das Café am Ende der Straße schon sehen kann, wird mir bewusst, dass ich nicht hätte kommen müssen – nicht hätte kommen sollen. Ich hätte höflich ablehnen und schreiben können, dass wir nichts zu bereden hätten. Ich hätte die Nachricht auch einfach ignorieren können. Diese Möglichkeiten gab es, und gleichzeitig gab es sie nicht.

Ich öffne die Tür des Cafés und lasse den Blick durch den Raum schweifen. Als ich dich tatsächlich auf einem der Sofas entdecke – den Kopf wie gebannt über eine Zeitung gebeugt, die du mit Sicherheit nicht liest –, habe ich das Gefühl, dass es unvermeidlich war. Die Teile fügen sich zusammen, und ich bin davon überzeugt, dass es früher oder später ohnehin passiert wäre, also warum nicht heute?

Ich bleibe an der Tür stehen, beobachte dich, völlig gebannt, dich so nah vor mir zu haben. Du bist größer als in meiner Erinnerung, dein Gesicht ist schmaler. Du siehst älter aus, irgendwie markanter. Deine Haare sind kürzer als bei unserer letzten Begegnung, und du trägst eine dunkelgrüne Jacke, die ich noch nie gesehen habe. Trotz der Unterschiede passt du perfekt in das Bild in meinem Kopf, das die Jahre verwischt hatten. Es fügt sich so nahtlos ein, als wärst du nie fort gewesen.

Ich bin nur noch ein paar Schritte entfernt, als du aufschaust und mich mit deinen dunklen Augen ansiehst. Unwillkürlich lächle ich, und du erwiderst mein Lächeln. Nahezu automatisch, ein Rückfall in alte Zeiten. Einen Moment lang kommt es mir vor, als wären die letzten beiden Jahre ausgelöscht, als wären wir zurückversetzt in den Juli 2013, als unsere gemeinsam verbrachte Zeit noch schön und kostbar war.

Offenbar verändert sich mein Gesichtsausdruck, denn du blinzelst und wirkst plötzlich verlegen und konfus. »Hallo«, sagst du und forderst mich mit einer Geste auf, Platz zu nehmen. Es ist verrückt, aber Tränen brennen in meinen Augen, weil deine Stimme genauso klingt wie in meiner Erinnerung.

Ich schiebe mich auf das Sofa. Wir sitzen uns gegenüber, und das Licht der Lampe wirft Schatten auf dein Gesicht, lässt deine Wangen eingefallen wirken und betont dein Kinn. Mir fällt auf, dass ich dich unentwegt anschaue. Ich hungere so sehr nach jeder Bewegung von dir, dass es mich selbst überrascht; keine einzige will ich verpassen. Es ist wichtig, was hier geschieht. Ich habe so lange darauf gewartet, dass mir nichts entgleiten darf. Ich zittere, weiß nicht, wie ich mit dieser Situation umgehen soll. Wegsehen kann ich aber auf keinen Fall.

Eine Weile sitzen wir stumm da. Dann seufzt du und schiebst die Hände flach auf dem Tisch nach vorn; eine bezwungene Geste, fast ein Flehen. »Das ist verdammt merkwürdig«, sagst du. »Ich begreife nicht, was hier läuft. Sei ehrlich, bist du mir gefolgt?«

»Nein«, antworte ich. »Ich verstehe, warum du das glaubst,

aber nein, Carl, bin ich nicht. Selbst wenn ich gewusst hätte, wo du wohnst, hätte ich das nicht getan. Nicht nach dieser langen Zeit.« Niemals, denke ich, aber ich spreche es nicht laut aus. Dir ist ebenso klar wie mir, dass ich damals zu allem fähig gewesen wäre, weil ich das Gefühl hatte, ohne dich verrückt zu werden. Nur die Angst hat mich zurückgehalten.

Du starrst mich durchdringend an, deine Augen schimmern im weichen Licht der Lampe. Es ist das erste Mal, dass dieser kühle, abschätzige Blick, mit dem du andere so oft bedacht hast, mir gilt. Es gefällt mir nicht. »Na schön«, sagst du schließlich. »Dann ist es nur ein sehr ungewöhnlicher Zufall, mehr nicht.«

»Das habe ich nicht behauptet.« Ich weiß erst nicht, wie ich anfangen soll. Wie soll ich das hier erklären, so unvorbereitet, ohne einen Plan? »Kennst du die Frau, der das Haus gehört, in dem ich wohne? Die Nummer 21?«

Überrascht runzelst du die Stirn. »Na ja, nein, eigentlich nicht. Ich kenne niemanden in der Straße gut. Warum?«

Ich hole tief Luft. Ich weiß, dass Ausflüchte sinnlos sind; das Einzige, was uns bleibt, ist die Wahrheit. »Das kann ich dir sagen.« Allein dieser Satz erleichtert mich.

Ich erzähle dir von der Nachricht, die mich zum Haustausch gebracht hat, von den vielen Hinweisen, die ich gefunden habe, von den Mails und wie mir allmählich dämmerte, dass alles ganz anders war, als ich gedacht hatte. Ich erzähle dir von der Frau in meiner Wohnung und warum sie dort ist. Und dass wir uns geirrt haben, als wir dachten, wir könnten mit der Vergangenheit abschließen und sie wegsperren, weil es nicht nur unsere Vergangenheit ist und nicht nur wir damit abschließen müssen.

Du hörst stumm zu. Ein paarmal siehst du mich scharf an, hin und wieder weiten sich deine Augen vor Angst oder

Überraschung, aber du lässt mich ausreden. Und selbst danach schweigst du geraume Zeit.

»Das muss ich erst mal verdauen«, sagst du schließlich tonlos. Du kratzt dich geistesabwesend an deinem stoppeligen Kinn. Ich weiß, wie es sich unter deinen Fingern anfühlt; mein Körper erinnert sich schmerzlich genau daran. »Das klingt vielleicht wie eine Untertreibung, aber so ist es.«

Ich versuche, mich in deine Lage zu versetzen, mir vorzustellen, alles, was ich quälend langsam erfahren habe, würde in wenigen Sätzen auf mich einprasseln. »Das kann ich mir vorstellen«, sage ich.

»Ich habe keine Ahnung, was ich machen soll.« Du klingst, als würdest du mit dir selbst sprechen. »Ich kann nicht ...« Fast ungeduldig atmest du aus. »Ich kann jetzt nicht darüber nachdenken. Ich habe seit Monaten nicht darüber nachgedacht. Seit Jahren nicht.«

»Das kann ich nicht glauben«, sage ich, aber im Grunde stimmt das nicht. Du bist gut darin, Dinge auszublenden. Du sperrst sie in eine Kiste und wirfst den Schlüssel weg. Dafür hast du ein echtes Talent.

»Das soll nicht heißen, es wäre mir egal, was passiert ist«, erklärst du schroff. »Ich war drei Monate im Gefängnis. Damals hatte ich Zeit, darüber nachzudenken. Und glaub mir, das habe ich auch getan. Es schärft die Konzentration, an einem solchen Ort zu sein. Es war ...« Stirnrunzelnd stockst du für einen Moment. »Es war wie in einer schrecklichen Version dieses Murmeltierfilms, jeder Tag lief zermürbend gleich ab. Ich konnte nicht viel tun außer nachzudenken. Ich habe sogar davon geträumt – von dem Aufprall, dem Blut, wie sie auf dem Boden lag. Aber als ich endlich rausgekommen bin, habe ich mir gesagt, dass ich mir verdammt noch mal nicht mein ganzes Leben kaputtmachen lasse von etwas, das ich nicht ändern kann. Trotzdem ist es mir natürlich nicht egal«, wiederholst du. Nach einem kurzen, angespannten Moment erwiderst du meinen Blick, und deine nächsten Worte klingen, als hättest du sie eigentlich nicht aussprechen wollen. »Und du auch nicht.«

»Du hast nie geantwortet, wenn ich dir geschrieben habe.« Ich kann das nicht zurückhalten. Ich denke an den letzten langen Liebesbrief an dich und an all die Mails, die ich dir in den Wochen danach geschickt habe, weil ich nicht wusste, ob du den Brief gelesen hast. Die Mails habe ich getrackt, deshalb weiß ich, dass du sie gelesen hast. Jede einzelne. Manche immer wieder. Aber du hast nie reagiert.

»Weil es mein Ernst war«, sagst du behutsam. »Es musste vorbei sein. Du hast geglaubt, ich würde meine Meinung noch ändern, aber das konnte ich nicht. Ich wollte bei meiner Entscheidung bleiben. Und das bin ich.«

Deine Stimme klingt defensiv, aber auch Stolz ist aus ihr herauszuhören. Diese Unbeirrbarkeit, dieses Festhalten an deiner Meinung hast du immer als eine bewundernswerte Eigenschaft angesehen. Nur hat dir nie jemand erklärt, dass man zwar an etwas festhalten kann, es dadurch aber noch nicht richtig wird. Oder du hast einfach nicht zugehört.

Meine Augen brennen, und ich reiße sie weit auf, weil ich spüre, dass mir sonst die Tränen kommen. Ich denke daran, wie ich mitten in der Nacht über den Tisch gebeugt unsere Beziehung auf diesen gelben linierten Seiten festgehalten habe, verzweifelt auf der Suche nach Worten, auf die du hättest antworten müssen. Worten, die in dir eine solche Sehnsucht nach mir geweckt hätten, dass du mich wieder gewollt hättest. Ein vager Verdacht kommt in mir auf. »Hast du den Brief behalten, den ich dir geschickt habe?«, frage ich.

Dein Gesicht verfinstert sich, und dir scheint unbehaglich zu sein. »Ja, habe ich. Sogar, als ich hierhergezogen bin, obwohl ich nicht sagen kann, warum. Aber ich habe keine

Ahnung, wo er jetzt ist. Ich habe ihn mir monatelang nicht mehr angesehen. Er muss irgendwo bei meinen Sachen sein.«

Ich kann nicht mit absoluter Gewissheit behaupten, dass du dich irrst, aber ich spüre es. Die vielen Kleinigkeiten, die außer uns niemand gewusst hätte. Die blassrosa Rosen im Bad, das Lied im CD-Player, das Foto aus dem Park, in dem wir zusammen gelegen haben. Als Amber mir erzählt hat, was aus ihrem Haus verschwunden ist, konnte sie nur die Dinge erwähnen, von denen sie wusste. Mit einem Klick fügt sich das ganze Bild zusammen. Ich versuche, mir die gelben Blätter in Sandras Händen vorzustellen, und spüre nur noch Mitleid.

»Ich habe mir nie verziehen, dass ich so gedankenlos und unvernünftig war, mich hinters Steuer zu setzen, obwohl ich getrunken hatte. Und vor allem nicht, dass ich vor dem, was ich getan habe, weggelaufen bin. Ich hätte mich der Sache stellen müssen. Das war ich dem Mädchen schuldig. Aber ich bin gegangen – als hätte sie nichts bedeutet.« Zum ersten Mal habe ich es laut ausgesprochen.

Du schüttelst den Kopf. »Tu das nicht«, sagst du. »Das bringt doch nichts. Du kannst es nicht ungeschehen machen. Du hast recht, du warst verantwortungslos, und ich auch, weil ich dich nicht aufgehalten habe. Ich kann dir dein Gewissen nicht erleichtern. Aber alles, was danach passiert ist … Wenn es dich beruhigt: Ich glaube immer noch, es war richtig, dass du gegangen bist. Auch jetzt noch. Ich will nicht behaupten, ich wäre nie wütend oder böse auf dich gewesen. Aber ich habe nie daran gezweifelt, dass ich die Schuld besser auf mich nehmen konnte als du.« Wie überzeugt du klingst. Ich habe dich immer darum beneidet, dass du dir deiner Entscheidungen so sicher warst. Du hast offenbar nie unter den Zweifeln gelitten, die ständig an mir nagen, die mich dazu bringen, meine Gedanken und Motive immer wieder zu sezieren.

»Ich bin froh, dass du es so siehst«, sage ich, und auch in dieser Hinsicht bin ich mir nicht sicher. Ein Teil von mir wünscht sich, dass es dir so geht wie mir. Diese Abgeklärtheit lässt keinen Raum für Ungewissheiten oder Sehnsüchte. Doch dann denke ich an Amber und das, was sie mir über dich erzählt hat, als sie noch nicht wusste, wer ich bin. Das Bild, das sie von dir skizziert hat, war das von einem Mann, an den sie nicht richtig herankommt, der sich in seiner eigenen Welt abgeschottet hat. Und ich frage mich, ob deine Gedanken im stillen Kämmerlein wirklich so viel Ähnlichkeit mit denen haben, die du mir hier schilderst.

»Bist du glücklich?« Mir ist bewusst, dass ich dich mit der Frage überrumple, aber mir fehlt die Zeit, sie abzufedern oder so zu tun, als würde sie mir nicht zustehen.

Du runzelst leicht die Stirn, deine Schultern zucken, eine knappe, entnervte Geste. Als du mit einer Hand durch die Luft fährst, streift sie ganz kurz meine Finger auf dem Tisch. Du reißt sie zurück, als hätte ich dich verbrannt. Ein Schauder durchläuft meinen Körper, und ich denke daran, wie seltsam doch alles ist. Früher hast du nackt neben mir gelegen, hast mich so eng an dich gezogen, dass dein Schweiß in meine Poren gedrungen ist. Und jetzt hast du das Gefühl, kein Teil von dir dürfe mich berühren.

»Klar«, antwortest du. »So glücklich, wie ich sein kann.«

»Mit ihr? Mit Amber?«

Die Falten graben sich tiefer in deine Stirn. Es gefällt dir nicht, wenn ich ihren Namen ausspreche. Einen Moment lang ist sie bei uns, ein Geist, sie gleitet auf das Sofa neben dich, verbiegt ihren schlanken Körper zu einem Fragezeichen. Jemand gehört nicht in dieses Bild. Sie oder ich.

»Ja«, sagst du. »Wir sind glücklich.« Jetzt beobachtest du

mich genau, versuchst, meine Reaktion einzuschätzen, herauszufinden, was hinter der Frage steckt. In diesen wenigen Sekunden verändert sich etwas. Es ist, als wäre ein Damm gebrochen. Plötzlich kann ich nur noch daran denken, wie es zwischen uns war, und deinen Augen sehe ich an, dass du an das Gleiche denkst. »Es ist anders als mit dir.« Du sprichst so leise, dass ich konzentriert hinhören muss. »Realer«, erklärst du. »Nicht so …« Du zögerst. »Ich weiß nicht, wie ich es beschreiben soll. Nicht so unwirklich oder was auch immer.«

Ich nicke. Ich komme auch nicht auf das Wort. Aber mir schnürt sich die Brust zusammen, und ich denke an dieses wunderbare Gefühl, wie es war, wenn ich meine Arme um dich schlang, wenn ich deine Lippen auf meinen spürte. Auf einmal weiß ich, dass wir dieses Gefühl nie wieder haben werden, weder du noch ich, egal, was an seine Stelle tritt.

»Und du und Francis – ihr habt euch zusammengerauft«, sagst du. Es klingt wie aus dem Zusammenhang gerissen, aber wir beide wissen, dass es nicht so ist. Selbst jetzt kannst du diesen verächtlichen Ton, der kaum mehr angebracht ist, nicht aus deiner Stimme verbannen.

»Wir sind noch dabei.« Mit einem Mal packt mich der heftige Wunsch, dir weiszumachen, meine Ehe sei glücklich. Ich würde dir gern ausführlich erzählen, wie Francis sich verändert, wie sehr er sich bemüht hat, welchen Weg wir zurückgelegt haben. Ich will beweisen, dass er es wert ist. Aber ich bin nicht sicher, dass es dich interessiert. Warum sollte es?

»Es ist nicht einfach«, gebe ich zu, und das ist wahr. »Wir haben gute und schlechte Zeiten.« Ich denke an die Tage, an denen ein Fremder mit dem Gesicht meines Mannes im Wohnzimmer auf und ab geht, geschüttelt von Ängsten und Neurosen, über die er nicht sprechen kann. Seltsame, plötzliche Stimmungsschwankungen, die unmöglich vorherzusehen oder zu lenken sind. Jeder Tag ist ein neuer Tag, und er hat immer noch keine Ahnung, wie der nächste laufen wird. Bei dem Gedanken an all das wird mir schwindlig, ich muss mich an der Tischkante festhalten und schließe kurz die Augen.

Als ich sie öffne, beobachtest du mich wieder. »Tja, du bist erwachsen, Caro. Du triffst deine eigenen Entscheidungen.«

Ich nicke nur, weil ich mir eine Antwort nicht zutraue. Diese Dinge lassen sich nicht in Worte fassen, und außerdem sind es nicht deine Probleme, nicht mehr.

Langsam fährst du dir mit einer Hand durch die Haare, streifst sie nach hinten. Die Lampen über uns scheinen schwächer zu leuchten, und ich spüre regelrecht, wie nah du bist, wie einfach ich die Hände an dein Gesicht legen könnte. »Ich habe dich wirklich geliebt«, sagst du schließlich. »Das solltest du wissen.«

»Das weiß ich«, antworte ich leise. Plötzlich erscheinen mir die vielen Wochen und Monate, die ich über diese Frage gegrübelt habe, wie eine verrückte Zeitverschwendung, weil ich es schon immer gewusst habe. Vielleicht war es mir sogar klarer als dir selbst.

Du stehst auf, und ich begreife, dass das Gespräch vorbei ist und du gehen willst. Meine Beine zittern, aber ich erhebe mich ebenfalls. Du lächelst, und dann legst du mir eine Hand auf die Schulter, ziehst mich an dich und umarmst mich. Mein Gesicht ist an deinem Hals, ich rieche dein Aftershave. Es ist so vertraut und seltsam zugleich, deine Haut zu spüren, dass meine Tränen fließen. Mir ist bewusst, dass es unser letzter Abschied ist.

»Ich bin froh, dass wir das gemacht haben«, raunst du in meine Haare.

»Ich auch.« Wir halten uns fest, eng aneinandergeschmiegt.

Unsere Lippen berühren sich fast, und einen Moment lang glaube ich, wir würden so leicht und wie von selbst zum anderen finden wie früher. Ich erinnere mich an das Gefühl, dich zu küssen, als wäre es gestern gewesen. Die Möglichkeit, es wieder zu tun, ist so unfassbar nah, dass sich in meinem Kopf alles dreht. Deine Arme um meinen Körper werden plötzlich starr, dein Atem geht schnell und heftig. Du schluckst, wir lösen uns voneinander, und ich habe keine Ahnung, wer den ersten Schritt getan hat.

»Leb wohl. Pass auf dich auf«, sagst du, und dann verlässt du mich.

Ich will nicht sehen, wie du gehst. Mit tränenverschleiertem Blick starre ich auf den Tisch. Als ich es mir anders überlege und schnell aufschaue, ist es zu spät.

Du bist fort, und meine innere Ruhe, das Gefühl, damit abgeschlossen zu haben, schwinden schon wieder. Denn so läuft es nun einmal. Es gibt keine Worte, die diese Geschichte wirklich zu Ende bringen könnten. Wir könnten uns jeden Tag sehen und bis tief in die Nacht hinein reden, und ich würde es nicht verstehen. Ich bin es überdrüssig, nach Antworten zu suchen, wo keine sind, oder definieren zu wollen, welche Art Liebe ich für dich empfunden habe oder immer noch empfinde oder wie viel sie bedeutet. Es spielt keine Rolle. Es ist, was es ist.

Heimkehr

Caroline, Mai 2015

Ich sitze vielleicht noch fünf Minuten im Café, nachdem du fort bist, aber als ich mich wieder hochquäle und zur Tür gehe, wirkt die Welt da draußen so hell, dass mir die Augen wehtun. Eine schwache, kühle Brise begleitet mich die Straße entlang.

Ich zittere immer noch, und meine Glieder schmerzen. Beinahe begrüße ich das Gefühl. Damit schüttle ich die letzten Reste eines Fiebers ab, das mich gepackt hatte. Ich kann kaum glauben, dass ich es überlebt habe. Mich durchströmt eine widersinnige Euphorie, als ich die letzten Minuten noch einmal Revue passieren lasse. Durch meinen Kopf tosen so viele Gedanken, dass sie sich gegenseitig verdrängen und nur noch ein Rauschen übrig bleibt.

Als ich von der Hauptstraße links Richtung Everdene Avenue abbiege, merke ich, dass mein Handy vibriert. Ich ziehe es aus der Tasche und sehe, dass jemand vor zehn Minuten eine Sprachnachricht hinterlassen hat. Ich höre sie ab. Die ersten Sekunden sind nur ein angespanntes Luftholen, dann meldet sich meine Mutter. *Hallo, Caroline.*

Schon daran merke ich, dass etwas nicht stimmt. Ich bleibe wie angewurzelt stehen. Sie spricht sofort weiter, aber in diesem kurzen, verdichteten Augenblick ist mein einziger Gedanke: Eddie. Ihm ist etwas zugestoßen. Meine Mutter ruft an, um mir zu sagen, dass mein Sohn tot ist. Der Gedanke entfaltet eine solche Wucht, dass er alles andere aus meinem Kopf fegt und sich in mein Hirn brennt. Ich muss mich an die Häuserwand neben mir lehnen und die Augen schließen.

Ich will dich nicht beunruhigen, fährt meine Mutter fort, und obwohl sie immer noch angespannt klingt, weiß ich, dass sich so keine Tragödie ankündigt. Ich atme scharf ein, sauge die Luft in meine Lunge, als wäre ich vor dem Ertrinken gerettet worden. *Eddie und ich waren heute Nachmittag in eurer Wohnung – es ist eine lange Geschichte, aber jedenfalls haben wir die Frau getroffen, mit der du getauscht hast, und sie wirkt ehrlich gesagt ziemlich gestört. Ich weiß nicht genau, was los ist, aber etwas kam mir komisch vor, Caroline, deshalb wollte ich mit dir reden. Es geht uns gut, keine Sorge, aber … Na ja, ruf mich einfach an, wenn du kannst.*

Mein Herz hämmert, als ich ihre Nummer wähle. Sie nimmt sehr schnell ab, und ich komme sofort zur Sache, ohne Vorgeplänkel. »Was ist passiert?«

Meine Mutter seufzt. »Ich weiß nicht, wie ich es beschreiben soll«, sagt sie. »Diese Frau – wir sind ihr zufällig über den Weg gelaufen, und sie hat uns eingeladen, Paddy zu besuchen. Sie hat einen sehr netten Eindruck gemacht, aber als wir heute da waren, ist sie einfach – zusammengebrochen. Sie hat geweint und wirre Sachen gesagt. Ich kann mir nicht vorstellen, was ihr durch den Kopf gegangen ist. Vielleicht ist es albern, aber ich habe kein gutes Gefühl dabei, dass sie in deiner Wohnung ist. Ihr kommt heute ja sowieso zurück, trotzdem dachte ich, du solltest das wissen, und …«

»Ich mache mich sofort auf den Weg«, unterbreche ich sie. »Ich habe schon angefangen zu packen, und wir sind so schnell da, wie wir können. In drei oder vier Stunden müssten wir bei euch sein.«

»Das ist vielleicht eine ganz gute Idee«, sagt meine Mutter hörbar erleichtert. »Es tut mir leid, ich wollte dich in deinem Urlaub nicht beunruhigen. Hast du dir eine schöne Woche gemacht?«

Mir schnürt sich die Kehle zu, ich bekomme kein Wort heraus, und die Tränen, die gerade erst getrocknet sind, nehmen mir wieder die Sicht. Ich halte das Handy fest umklammert und lausche auf das leise Summen. Bevor ich mir eine Antwort abringen kann, höre ich am anderen Ende ein Rumoren und dann plötzlich das laute Atmen meines Sohnes. »Mummy«, ruft er, und mit diesem einen Wort weichen die Tränen zurück. Ich kann seinen Namen laut und klar aussprechen.

»Ich vermisse dich«, sagt er.

»Ich bin bald da«, verspreche ich ihm. »Daddy und ich. Wir kommen heute zurück.«

»Das ist gut.« Er klingt seltsam erwachsen und nachdenklich. »Dann kannst du mich nämlich ins Bett bringen.«

»Das stimmt.« Ich will ihm so gern etwas sagen, das er nicht vergessen wird – es soll ihm zeigen, dass ich verstehe, was wichtig ist, auch wenn ich es so lange aus den Augen verloren habe. »Ich habe dich lieb«, beginne ich, aber dann hat er auf den falschen Knopf gedrückt und das Gespräch beendet.

Ich überlege, noch einmal anzurufen, doch schließlich stecke ich das Handy ein und renne los. Meine Schritte dröhnen in meinem Kopf. Ich kann nicht länger warten. Ich laufe zur Nummer 21, hantiere mit dem Schlüssel, stoße die Haustür auf. Schon vom Flur aus sehe ich Francis. Er beugt sich im Wohnzimmer über unseren Koffer und zieht den Reißverschluss zu. Als er mich hört, richtet er sich auf und klopft sich die Hände ab. Er sieht mich an, ich sehe ihn an und spüre die Verbindung zwischen uns. Wir verstehen uns.

»Wir müssen nach Hause«, sagt er, und ich nicke stumm. Wie eigenartig, dass wir aus entgegengesetzten Richtungen zum gleichen Schluss gekommen sind.

Ich sehe mich im Zimmer um, betrachte die nackten Wände, die leeren, glänzenden Oberflächen. Nicht, weil ich mir diese Dinge ins Gedächtnis prägen will. Auch so werden sie mich lange Zeit begleiten. Ich überlege, ob ich der Frau, in deren Haus ich gelebt habe, eine Nachricht oder ein Zeichen hinterlassen soll, aber ich weiß nicht, welches. Also nehme ich nur meine Handtasche, folge meinem Mann durch den Flur und ziehe die Haustür hinter uns zu, ohne noch einmal zurückzublicken.

Francis geht zum Auto, schließt auf und will auf der Fahrerseite einsteigen. Ich habe es nicht geplant, aber die Worte drängen unaufhaltsam aus mir heraus. »Nein. Ich fahre.«

Er bleibt reglos stehen, eine Hand auf dem Türgriff. »Bist du sicher?«, fragt er.

»Ja.«

Ich gehe zu ihm und nehme ihm die Schlüssel ab. Sie fühlen sich kühl und glatt an. Ich steige ein und stecke den Schlüssel ins Zündschloss. Lege die Hände aufs Lenkrad. Blicke durch die Windschutzscheibe auf den Weg vor mir.

Und dann fahre ich los, und es ist einfach. Ungewohnt, aber einfach.

Anfangs fahre ich langsam, achte genau auf die Straße und nehme nichts anderes wahr. Zum ersten Mal seit zwei Jahren sitze ich wieder hinter dem Steuer – abgesehen von den vielen Malen in meinen Albträumen. In ihnen ist mir der Schweiß von den Händen getropft, und mein Kopf hat gedröhnt. Selbst im Schlaf habe ich gewusst, dass es ein böses Ende nehmen wird. Jetzt ist es anders. Ich fahre, und alles ist klar und ruhig und kommt mir vor, als hätte ich nie damit aufgehört.

Erst auf der Schnellstraße breche ich mein Schweigen, und selbst dann drehe ich nicht den Kopf, weil ich weder die Straße aus den Augen lassen noch seinen Blick auffangen will. »Ich muss dir jetzt etwas erzählen.« Ich habe noch keine Ahnung, wie ich anfangen soll. »Etwas, das passiert ist, als es mit Carl und mir zu Ende war.« Ich hole tief Luft und umklammere das Lenkrad fester. Vor uns breitet sich ein weiter, leerer Horizont aus, an dem graue Wolken vorbeiziehen.

»Caro«, sagt er. »Das musst du nicht.«

Jetzt sehe ich ihn doch an, nur kurz, bevor ich wieder auf die Straße achte. Sein Blick ruht voller Traurigkeit und Zärtlichkeit auf mir. »Ich weiß es. Das mit dem Unfall.«

Ich schüttle den Kopf, das ergibt keinen Sinn. »Wie kann das sein?«

»Ich weiß es schon seit einer Weile«, sagt er. »Jetzt ist doch nur wichtig, dass wir nach Hause kommen. Wir können später alles bereden. Aber vor ein paar Monaten ist eine neue Patientin zu mir gekommen. Das Mädchen … es war …«

»Ihre Mutter«, beende ich den Satz. Weil außer mir nur drei Menschen auf der Welt die Wahrheit kennen, ist sie die Einzige, die ihn gefunden haben kann, die Einzige, die es gewollt haben kann.

Meine Hände sind eiskalt. »Wir müssen darüber reden«, sage ich leise. »Wir müssen …«

»Ja«, unterbricht er mich, »das werden wir auch. Vertrau mir.«

Ich beiße mir fest auf die Lippe und suche angestrengt nach der richtigen Antwort. Doch dann verspüre ich plötzlich eine große innere Ruhe und begreife, dass ich in diesem Moment keine Antwort brauche. Ich muss einfach nur fahren.

Vertrau mir. Die Worte hallen in meinem Kopf wider, als

ich mich vorbeuge und mich auf das Fahren konzentriere. Vertrauen lässt sich nicht erklären oder steuern – es ist da, oder es ist nicht da. Und jetzt ist es da. Es durchdringt unser Schweigen und wärmt unsere eigene kleine Welt. In den letzten zwei Jahren haben wir fast jeden Tag miteinander verbracht, aber jetzt empfinde ich diese Vertrautheit zum ersten Mal.

Es trifft mich und macht mich traurig. Ich denke daran, dass mich vor nicht einmal einer Stunde ein anderer Mann in den Armen gehalten hat. Es hat keinen Sinn, sich an einen Traum zu klammern, wenn ich behalten will, was ich hier direkt vor mir habe. Ich weiß nicht, wo wir in fünf Jahren oder auch nur in fünf Wochen sein werden, aber ich will in der Gegenwart leben, mit meiner Familie. Ich will nicht mehr wie ein Geist durch mein Leben gehen, nur körperlich anwesend sein, während meine Gedanken weit weg sind.

Die restliche Fahrt über reden wir nicht mehr. Die Stunden und die Kilometer ziehen still vorbei. Kurz vor drei Uhr nachmittags kommen wir zu Hause an. Ich fahre vorsichtig auf unseren Parkplatz und stelle den Motor aus. Meine Hände zittern. Ich habe es geschafft, aber das war noch nicht alles. Ich spähe zu unseren Fenstern im zweiten Stock hinauf und versuche zu erkennen, ob sie noch da ist.

Bei der Vorstellung wird mir übel, aber jetzt gibt es kein Zurück mehr. Ich drehe mich zu Francis herum und lege meine Hände auf seine. »Ich muss erst allein hochgehen«, sage ich. »Warte hier auf mich, bitte.«

Er öffnet den Mund, als wolle er protestieren, dann schließt er ihn abrupt und nickt. Mit nachdenklichem Blick lehnt er sich gegen die Kopfstütze. Er weiß, dass hier etwas sein Ende findet. Wenn es vorbei ist, wird sich unser Leben anders gestalten, und wir müssen herausfinden, ob es sich lohnt.

Ich steige aus, schlage die Autotür zu und gehe zum Haus, die Arme fest vor der Brust verschränkt. Als ich die Stufen zu unserer Wohnung hinauflaufe, hallen meine Schritte durch den stillen Flur. Fast rechne ich damit, dass sie mich schon erwartet, aber die Tür ist zu. Ich ziehe meinen Schlüssel aus der Tasche, schließe auf und stoße die Tür vorsichtig auf.

Als ich die Wohnung betrete, spüre ich es sofort – etwas Fremdes ist da, eine unheimliche Präsenz, die nicht recht greifbar ist. Die Luft ist zum Schneiden, als wäre sie von unsichtbarem Rauch erfüllt.

Die Wohnzimmertür steht einen Spaltbreit offen. Mit zögerlichen Schritten gehe ich zu ihr. Meine Lippen wollen eine Frage formen. *Sind Sie hier?* Aber bevor es dazu kommt, flattert etwas Grünes vorbei und ist auch schon wieder verschwunden. Ich drücke eine Hand flach gegen die Tür und schiebe sie auf, damit ich ins Zimmer blicken kann.

Sie hängt an der Deckenlampe und schaukelt sanft in der Brise, die durch die offene Balkontür hereinweht. Der grüne Seidenschal, den ich zuletzt im Scheinwerferlicht gesehen habe, ist fest um ihren Hals geknotet.

Sie ist etwa fünfzig Jahre alt und hat schulterlange braune Haare und zierliche Gliedmaßen. Ihr elegantes Blusenkleid ist hellblau, so wie ihre offenen Augen.

Eine Minute lang stehe ich reglos da, dann setze ich mich auf den Teppich und beobachte sie. Ich suche nach einem winzigen Ausstrecken der Fingerspitzen, einem leisen Zucken eines Augenlids, nach Bewegungen, die mir zeigen, dass es noch nicht vorbei ist. Da ist nichts. Sie hat mir ihre letzte Botschaft hinterlassen.

Dann sage ich es.

Es tut mir so leid.

Die kargen Worte dringen durch die Stille. Sie genügen

nicht, trotzdem müssen sie ausgesprochen werden. Eine Weile bleibe ich bei ihr, betrachte ihr Gesicht, ihren traurigen Mund, und frage mich, wer sie einmal war. Bevor sie eine Mutter ohne ihr Kind wurde. Ich kann nicht behaupten, ich hätte an ihrer Stelle nicht das Gleiche getan. Ich kann nicht einmal erahnen, wie weit es mich getrieben hätte.

Ich stehe auf, gehe zum Balkon und sehe zu unserem Auto hinunter. Ich überlege, Francis anzurufen, meine Mutter, die Polizei. Wenn ich das tue, werden diese Momente der Stille vergehen. Alles wird sich ändern. Ich weiß noch nicht, wie. Vor mir sehe ich nur Nebel und Schatten, und ich gehe in die Dunkelheit und die eigentümliche Freiheit, die sie bietet – ich öffne mich ihr und füge mich vertrauensvoll meiner Zukunft.

Aufbruch

Caroline, September 2015

Der Makler – schicker Anzug, nach hinten gekämmte Haare, sieht fast aus wie ein Teenager – steht um Punkt zwölf vor der Tür, hinter ihm ein junges Pärchen mit schüchternem Lächeln. Die Frau hat eine Hand auf ihren gewölbten Bauch gelegt.

»Wir dürfen uns doch umsehen?« Er drängt sich herein und präsentiert mit ausladender Geste das Wohnzimmer, als würde ihm die Wohnung gehören.

»Natürlich«, sage ich und füge an das Pärchen gewandt hinzu: »Wenn Sie irgendetwas wissen möchten, fragen Sie ruhig.«

Ich bleibe im Flur zurück und höre mir das Geplapper des Maklers an: wunderbares Licht durch Südfenster, Bauelemente unverändert, solides Fundament. Ich bin nicht sicher, ob ihm bewusst ist, was sich hier abgespielt hat, jedenfalls lässt er sich nichts anmerken. Ein Selbstmord macht sich in einem Verkaufsgespräch nicht gut, nicht einmal, wenn die Behörden ihn sauber und schnell bearbeitet haben; ohne weitere Nachforschungen wurde er abgehakt und abgeheftet. Als wäre nichts passiert.

Von meiner Position aus kann ich verfolgen, wie das Pärchen von Zimmer zu Zimmer geht. Ich beobachte das

Gesicht der Frau und die Gefühle, die sich auf ihm widerspiegeln, ihren scharfen, aufmerksamen Blick. Mit leicht zusammengekniffenen Augen mustert sie alles, als würde sie sich die Wohnung ohne die Einrichtung vorstellen, mit ihren eigenen Habseligkeiten in einen neuen Ort verwandelt.

Ihr Rundgang endet im Wohnzimmer, wo er begonnen hat. Der Makler zieht sich zurück, um ein Handygespräch anzunehmen, und blafft Anweisungen. Der Mann und die Frau diskutieren leise, gestikulieren, schätzen ab, achten auf die Reaktion des anderen. Als die Frau auf dem Weg zur Balkontür unter der Deckenlampe stehen bleibt, weicht für einen Moment jeder Ausdruck aus ihrem Gesicht, sie scheint leicht zu zittern

»Ich glaube, diesen Teil des Zimmers würde ich heller streichen«, sagt sie. »Dann wäre er etwas freundlicher.« Dabei wirft sie einen Blick zur Tür, sieht mich im Flur stehen und errötet, weil ich ihre Kritik gehört habe. »Die Wohnung ist sehr hübsch«, ruft sie lauter und lächelt zaghaft.

»Danke.« Die Arme um mich geschlungen, trete ich ein paar Schritte näher.

»Bleiben Sie in der Stadt?«, fragt die Frau.

Ich nicke. »Erst mal mieten wir etwas in der Nähe. Wir wollen sehen, wie es läuft.«

»Verstehe«, sagt sie, obwohl sie es natürlich nicht tut, ganz und gar nicht.

Von draußen dringt Eddies aufgeregte Stimme in die Wohnung, er redet laut und schnell und hämmert mit den Fäusten gegen die Tür. Der Schlüssel dreht sich im Schloss, und Francis kommt herein. Er lässt Eddie vorbei, damit er mich umarmen kann. Ich bücke mich, drücke ihn an mich und spüre die wohlige Wärme seines Körpers, fühle seine weichen, glatten Haare an meiner Wange.

Der Makler kommt ins Zimmer geschossen und steckt sein Handy weg. »Tut mir leid«, sagt er. »Sind wir fertig?«

Das Pärchen murmelt zustimmend, verabschiedet sich und bedankt sich bei uns. Francis dreht sich zu mir um und zieht die Augenbrauen hoch. »Was hattest du für einen Eindruck?«, fragt er. »Hat ihnen die Wohnung gefallen?«

»Ich glaube ja. Schwer zu sagen.«

»Wir werden sehen.« Er zögert kurz, dann lehnt er sich vor und drückt mir als verspätete Begrüßung einen Kuss auf den Mundwinkel. Ich erwidere ihn, auch wenn sich unsere Lippen nicht ganz berühren. Drei Monate ist es her, und wir gehen immer noch behutsam miteinander um – so behutsam, dass es manchmal unbeholfen wirkt. Wir passen nicht richtig zusammen, aber es scheint so, als würden sich die groben Kanten abschleifen, sodass wir besser mit der Situation umgehen können.

Nach einer weiteren Pause deutet er mit einem Nicken auf mein Handy, das aus meiner Blusentasche ragt. »Neue Nachrichten?«, fragte er wie beiläufig.

Ich schüttle den Kopf. »Nein. Seit fast einer Woche keine mehr.« In den ersten Monaten hat Amber mir unzählige Male geschrieben. Zuerst dachte ich, sie würde dem Prinzip folgen, man solle seine Feinde im Auge behalten, aber in letzter Zeit frage ich mich, ob sie die Verbindung aufrechterhalten will, weil sie sich in mir wiedererkennt, so wie ich mich einmal in ihr wiedererkannt habe. Ich bin die Einzige, die dem Menschen, den sie liebt, nahe war, und sie begreift allmählich, dass sie keine leichte Aufgabe übernommen hat. Ich habe auf ihre Nachrichten nie geantwortet, aber ich habe sie auch nicht blockiert, und ich weiß genau, warum. Ich glaube, dass ich irgendwann stark genug sein werde. Dass ich diese Verbindung dann nicht mehr will.

Francis geht nicht darauf ein, verliert darüber kein weiteres Wort. »Ich fange mit dem Mittagessen an«, sagt er und hebt seine Einkaufstasche hoch. »Eddie, willst du mir helfen?«

Eddie folgt ihm in die Küche und erzählt wieder von dem Film, den sie sich gemeinsam angesehen haben. Als ich zuhöre, zupft ein Lächeln an meinen Mundwinkeln. Die Liebe zu ihm durchdringt mich, unmittelbar gefolgt von der Schuld, die sie als schwere Last immer begleitet. Ich fürchte, dass ich so viel mehr habe, als mir zusteht, und dass ich dieses Glück, auch wenn es auf unsicheren Füßen steht, nicht verdiene. Dieses Gefühl ist mir nur zu vertraut. Ich schließe die Augen, atme tief ein und warte, bis es abklingt.

Danach gehe ich zum Balkonfenster und sehe auf die Straße hinunter. Das junge Pärchen wartet noch an der Bushaltestelle, sie sind einander zugewandt und unterhalten sich angeregt. Die Frau fährt mit den Händen durch die Luft, als würde sie Puzzleteile zusammensetzen.

Ich sehe sie vor mir, wie sie hier gestanden hat, denke an ihren leeren Gesichtsausdruck, ihr Zittern. Es mag ein Zufall gewesen sein, aber im Innersten glaube ich, dass etwas zurückgeblieben ist, ein Nachhall, den man nicht mit neuer Farbe oder hübschen Lampenschirmen tilgen kann. In der Nacht spüre ich dieses Kraftfeld oft. Die Präsenz der Frau, die hier war, die Anziehungskraft, die mich wie ein Magnet von meinem Bett zu dieser Tür lockt. Und manchmal frage ich mich, ob es in dem anderen Haus genauso ist, Hunderte Kilometer von hier entfernt und gleich gegenüber von dir. Ob von den wenigen Tagen, die ich dort verbracht habe, etwas zurückgeblieben ist, und ob mein Geist jetzt dort die Schläfer aus unruhigen Träumen voller Liebe und Verlust reißt.

Dank

Meinen Roman *Das andere Haus* zu schreiben war für mich ein Sprung ins Ungewisse, und ich hatte das Glück, vielen Menschen zu begegnen, die mit mir gesprungen sind. Eine von ihnen, die Erste, war meine wunderbare Agentin Caroline Wood von der Felicity Bryan Agency. Sie hat von Anfang an das Potenzial des Buchs erkannt und mir geholfen, es in Form zu bringen und ihm Schliff zu verleihen. Umsichtig hat sie mit Schwung und Scharfsinn dafür gesorgt, dass es in den besten Händen gelandet ist. Ich danke auch dem großartigen Team bei Transworld, das sich voller Energie und Leidenschaft für das Buch eingesetzt hat – vor allem meiner Lektorin Frankie Gray mit ihrem Adlerblick für den Text, kombiniert mit einem tiefen Verständnis dafür, was ich ausdrücken wollte. Das Buch hat auch in anderen Teilen der Welt ein Zuhause gefunden, und dafür danke ich vor allem Pam Dorman und Jeramie Orton in den USA, speziell für ihre redaktionelle Unterstützung und ihren Enthusiasmus.

Ansonsten bin ich meinen Freunden und meiner Familie sehr dankbar, die mir bei allen Höhen und Tiefen des Schreibens geholfen haben, meinen Optimismus nicht zu verlieren. Besonders möchte ich hier Charlotte Duckworth erwähnen, die mir als Testleserin mit enormem Einfühlungsvermögen beigestanden hat; Jenny Duggin, die mich angefeuert und immer an mich geglaubt hat; die Book Frisbees, die mir als

Experten und als Stimme der Vernunft in der Wildnis geholfen haben; meine Eltern Nigel und Elaine für ihre unerschütterliche Unterstützung; und meinen Mann Daniel, der dafür gesorgt hat, dass ich nie aus den Augen verloren habe, was wirklich zählt. Zu guter Letzt danke ich Saskia, die mich daran erinnert hat, dass das Leben genauso wichtig ist wie das Schreiben.

Unsere Leseempfehlung

416 Seiten
Auch als E-Book
und Hörbuch
erhältlich

Adam Price ist glücklich verheiratet. Doch dann spricht ihn eines Tages ein völlig Fremder an. Ein Fremder, der Dinge weiß über Adams Frau Corinne, die diesen zutiefst erschüttern – und ihn in einen wilden Zwiespalt stürzen: Soll er seine Frau mit dem konfrontieren, was er erfahren hat? Oder soll er schweigen? Dann verschwindet Corinne spurlos. Adam macht sich auf die verzweifelte Suche nach ihr, ohne zu ahnen, dass es um weit mehr geht als eine Familienangelegenheit. Denn er ist längst Teil eines düsteren Komplotts, bei dem eine einfache Wahrheit schnell das Leben kosten kann ...

www.goldmann-verlag.de
www.facebook.com/goldmannverlag

GOLDMANN
Lesen erleben